無星之海

艾琳・莫根斯坦
Erin Morgenstern——著

謝靜雯——————譯

THE STARLESS SEA

一本獻給愛書人的情書！

當初愛上《夜行馬戲團》的人苦等將近十年，終於盼到了艾琳．莫根斯坦的下一本小說，而《無星之海》絕不令人失望。事實上，莫根斯坦在文字與意象上施展的魔法跟以往一樣精緻動人、栩栩如生，連最細膩的細節也躍然紙上……關於莫根斯坦的寫作之美，蜜蜂、鑰匙和劍的象徵，實在一言難盡，但我可以告訴你，讀完這本書的當晚，我就夢到了它。這是真正純粹的魔法！

❀ **亞馬遜書店／賽拉．威爾森**

一則神話般的故事——關於故事的故事，本質上都和命運與時間脫不開關係。莫根斯坦將閃閃發亮的後設敘事、神話、民間傳說寓言置入主角追尋歷程的故事主線中。《無星之海》就是那種會培養出像《哈利波特》狂粉一樣的書。我可以想像書迷設立網站，針對錯綜複雜的故事製作示意圖、剖析、連結線索。我預言這本書在讀者心中將會占有特殊地位，成為他們一生的珍藏。這就是那樣的書！

❀ **紐約每日新聞報**

《夜行馬戲團》作者又一力作，一場奇想連翩的歷險，它包含所有熱門的元素：秘辛、愛情、圖書館、哈利波特、海盜。極具陰暗之美的複雜故事，是一整年下來我們所讀過的書裡，說故事技巧最具創意的作品之一！

❀ **《好主婦》雜誌**

非凡大膽的後設文本作品，一連串令人驚嘆的寓言、神話和起源故事……看著這部史詩規模奇幻故事的齒輪啟動運轉，真是無與倫比的享受。就像在《夜行馬戲團》裡，莫根斯坦以生動的細節想像各種世界、房間和派對，這正是她顛峰時刻的展現！

❀寇克斯評論

艾琳．莫根斯坦懂得施展魔法……這位作者帶著一本獻給成人的新奇幻童話回歸……作品多處可以比擬托爾金、卡洛爾、C．S．路易斯等名家！

❀娛樂週刊／莫琳．李．蘭克

莫根斯坦的新奇幻史詩有如一個書本機關箱，滿是後設敘事和令讀者歡喜的民間傳說……莫根斯坦運用甜如蜜的詩意文筆述說故事，挑弄著我們對故事的期待與想望……她相信讀者會起而追隨，自行臆測、奇想、跳接……這本書因此帶有一種神秘的質地，在讀者閱畢之後依然揮之不去。熱愛莫根斯坦首作的大批讀者也會急著想再次捕捉那種魔幻的閱讀體驗！

❀《書單》雜誌

妙不可言的小說……我讀到無法放下，閱畢之後立刻從頭讀起，這樣就不必離開這個魔幻世界。如果你相信故事的力量足以穿越時空、媒合愛情與命運，就來讀這本書吧！

❀《奇蹟小溪》作者／安吉．金

令人愛不釋卷！……這本規模宏大的續作不會令《夜行馬戲團》的粉絲失望，一則史詩般的浪漫故事在秘密地下世界開展，那裡有失落的城市、俊美的海盜和有待破解的無盡謎題！

❀娛樂週刊

在我近來的記憶中，這是最愉快的一次閱讀體驗……妙不可言……情節設計與寫作手法皆屬上乘之作……毫不避諱的浪漫……一場由文字和構想組成、溫暖且甜蜜的洗禮！

❀多倫多星報／羅伯特．威瑟瑪

充滿奇思妙想……她的首作是勇於冒險的奇幻小說《夜行馬戲團》，暌違八年之後推出新小說，和前作一樣魔幻，但手法更加大膽……是愛書者的夢想……其中不乏對托爾金和桑達克、蘇珊娜．克拉克和勒夫．葛羅斯曼、格林和蓋曼致敬之處。構築世界的繁複手法美妙至極，文筆華麗精巧。

❀明尼亞波利斯明星論壇報／南希．派特

凡是讀過艾琳．莫根斯坦紅遍半邊天的小說出道作《夜行馬戲團》的人，就知道她一向擅長以鉅細靡遺的手法雕塑想像世界……讀者沉浸在多重的故事裡，故事線逐漸交織成令人低迴不已的結局！

❀美國公共廣播電台

這封寫給愛書人的情書如夢似幻、詭奇神秘，奠基於發自肺腑的情感，令人擊節驚嘆！

❀出版家週刊

美不勝收！……這部小說讀來彷彿是一幅幅神話插圖……需要讀者以更老派的方式詮釋，就像我們閱讀十六世紀的史詩《仙后》……文筆絕佳……這本小說的視野與抱負都不容否認！

❀衛報／娜塔莎・普利

獻給書與說故事的頌歌，想像力豐沛……這本充滿奇想的小說將兩者交織在一起：一個玄妙的地下世界、一位研究生為了理解個人過去所踏上的追尋之旅！

❀《人物》雜誌

一場壯麗的追尋，冒險與險境極具臨場感，精采無比的奇想，對於說故事的真實意義的無盡挑戰！

❀圖書館雜誌

一則絕美的史詩愛情故事，充滿魔法和謎團！

❀Popsugar網站

魔幻世界裡的神秘探險！

❀紐約時報／安娜貝爾・葛特曼

不朽的愛情故事！

❀「書呆子日常」網站

第一部

甜美的憂傷

Sweet Sorrows

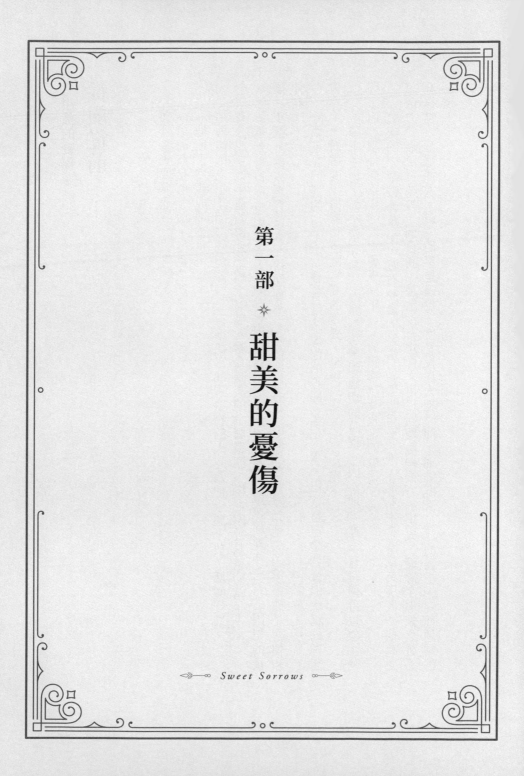

甜美的憂傷

從前從前……

地下室有個海盜。

（這海盜是個象徵，但也依然是個人。）

（把地下室想成地窖也可以。）

這海盜因為犯下諸多偷盜罪行，有權決定此類事物的人認為他十惡不赦、活該受罰。有人說要把牢籠的鑰匙扔掉，但鑰匙繫在暗淡的金屬環圈，掛在附近牆壁的鉤子上。

（近到可以從籠桿後方看到。自由近在眼前卻無法企及，留在那裡作為對這囚犯的提醒。牢籠外的人現在沒人記得這件事。這個精心設想的心理伎倆遭到遺忘，濃縮成了習慣和便利。）

守衛坐在門邊的椅子上，讀著紙張褪色的犯罪系列故事，巴望自己是個經過虛構的理想化身，一面忖度，海盜和盜匪之間的差異，是否只在於船隻和帽子。

一陣子之後，換了個守衛。海盜無法辨別確切的時程，因為地牢裡沒有時鐘可以標記時間，而石牆外面拍岸的海濤聲模糊了晨間的鐘響以及夜晚的歡愉。

這次的守衛較為矮小，沒有閱讀的習慣。除了自己之外，他並不希望成為別人；他缺乏想像力，無法召喚另一個自我，甚至沒有想像力可以同理籠桿後方的男人，而除了老鼠之外，房裡也只有那個人。這守衛不是睡覺，就是投注大把時間、細細盯著自己的鞋子。（他通常都在睡。）

矮小的守衛接替讀書的守衛大約三小時之後，一個女孩來到。

女孩端了一碟麵包和一碗飲水，放在海盜的牢籠外，雙手抖得厲害，灑掉一半的水。接著轉身慌慌張張拾級而上。

第二夜（海盜猜想是晚上），海盜盡可能貼著籠桿而站，目光炯炯，女孩弄掉了麵包，落在幾乎搆不著的地方，而整碗水近乎傾灑殆盡。

第三夜，海盜待在牢籠後方的陰影裡，勉強保住了大半的飲水。

第四夜來了另一個女孩。

這女孩並未吵醒守衛。她踩在石地上的步履更為輕柔，雙腳發出來的任何聲音都被海濤或老鼠所偷走。

這女孩凝望暗影裡幾乎隱去形跡的海盜，發出失望的輕嘆，將麵包和水碗擱在籠桿旁邊，然後靜待。

海盜繼續留在暗影中。

這片靜寂延續了好幾分鐘，其間穿插著守衛的鼾聲，之後女孩轉身離去。

海盜取得自己的餐點時，發現飲水中摻了酒液。

隔天晚上，倘若真的是晚上，就是第五夜了，海盜在籠桿旁等待女孩踩著無聲的步伐下來。

她看到他的時候，腳步只是停頓一瞬。

海盜凝望，女孩回望。

他伸手要接水碗和麵包，但女孩將它們擱在地上，不曾斷開與他交會的目光，不讓自己的裙襬飄進他的手能觸及的範圍。大膽卻靦腆。她站直身子時，對他稍稍行個禮，略微點個頭，這動作讓他想起一支舞的開頭。

（連海盜都認得出一支舞的開頭。）

隔夜，海盜從籠桿旁退開，只消跨出一步便能越過的禮貌距離，女孩則湊前一步。

另一夜，這支舞延續下去。上前一步，退後一步，往側邊移動。下一夜，他再次伸手去接她端來的東西，這一次她有所回應，他的手指拂過她的手背。

女孩開始流連，每晚停留更久時間，雖說如果守衛蠢動到即將甦醒的地步，她就會頭也不回離開。

她端了兩碗酒來，兩人在友好的靜默中對酌。守衛不再打鼾，睡眠深沉安詳。海盜懷疑女孩跟這件事有關。大膽、靦腆且聰慧。

有些夜裡她帶來的不只是麵包，還有藏在長裙口袋裡的柳橙和李子。一塊塊薑糖裹在寫滿故事的紙張裡。

有些夜裡，她一直逗留到守衛換班之前幾分鐘。

（白天的守衛開始把犯罪系列小說留在牢籠牆壁伸手可及的地方，表面上是出於大意。）

較矮的守衛今晚來回踱步。他清清喉嚨，彷彿要說什麼，但什麼也沒說。他安坐在自己的椅子裡，陷入焦慮的睡眠。

海盜等待那個女孩。

她空著手來到。

今晚就是最後一夜。絞刑前之夜。（絞刑也是個隱喻，儘管顯而易見。）海盜知道不會有另一夜，再一夜之後，不會有守衛交班。女孩清楚知道還剩多少鐘頭。

他倆並未談起這件事。

他們從未交談。

海盜在指間旋著女孩的髮絡。

女孩抵在籠桿上，臉頰貼著冰冷的鐵，盡可能靠近，卻依然在一個世界之外。近到可以接吻。

「跟我說個故事。」她說。

海盜答應她的請求。

❀ 甜美的憂傷 ❀

曾經有三條道路。這是其中一條。

在地表底下深處，太陽和月亮照耀不到的地方，在無星之海的岸上，那裡有個由隧道和房間組成的迷宮，隧道和房間裡充滿了故事。故事寫在書本裡、封在瓶罐裡、畫在牆壁上。頌歌刻寫在皮膚上、壓印在玫瑰花瓣上。地板鋪磚上印有傳說，有些情節被路過的雙腳磨去。水晶上刻著傳奇，掛在枝狀吊燈上。故事經過分類、得到照料和敬重。老故事獲得保存，新故事在它們四周蹦現。

這個地方雜亂擴展卻相當親密。它的廣度難以衡量。走廊通往房間或畫廊，樓梯往下或往上曲折延伸，連接凹室或拱廊。到處都有門通往有待發掘的新空間、新故事、新秘密，而書本無所不在。

這是個說書人、故事守護者、故事愛好者的聖殿。他們在編年史、歷史和神話的圍繞之下飲食、睡覺、作夢。有些人會逗留幾個鐘頭或幾天，然後返回上方的世界，但另外些人會停留幾個星期或數年，住在共用或個人的寢室裡，將時間花在閱讀、研究或寫作上，和其他住客一起討論和創作，或是單獨投入工作。

那些留下來的人，有一些選擇全心投入這個空間，奉獻給這個故事的殿堂。

有三條道路，這是其中一條。

這是助手的道路。

希望選擇這條道路的人必須單獨冥想一整個月亮週期，然後才能投入其中。一般以為，冥想必須靜默無聲，可是那些自願被鎖進石牆房間的人當中，有些人後來會領悟到，根本沒人聽得到他們的聲音。他們大可以講話、吶喊或尖叫，並不會違反任何規定。只有那些不曾進過這種房間裡的人，才會以為冥想默不作聲。

一旦冥想結束，他們有機會離開這條道路。他們可以選擇另一條道路，或者全部都不選。

那些默默冥想的人最後往往選擇離開這條道路和這個空間。他們回到地表，瞇眼張望太陽，有時會想起自己曾經有意投身的地底世界，但那份記憶模糊不明，有如夢境裡的所在。

那些在冥想中尖叫、哭泣、哀號的人，那些自言自語好幾個鐘頭的人，當時候到來，他們往往準備好要進行入會儀式。

今晚，新月當空，門鎖打開，一個年輕女子現身，她大半時間都在唱歌。她生性害羞，平日沒有唱歌的習慣，但冥想的第一個晚上，她幾乎意外地意識到，根本沒人聽得到她。她放聲笑了，部分笑自己，部分笑自願被囚禁在最奢華的牢房裡，裡面有羽毛床鋪和絲質床單。笑聲在石房裡迴盪，好似一波波漣漪。

她捂住嘴巴，等著什麼人過來，但沒人出現。她試著回想，是否有人明確交代過她別說話。

她說「哈囉？」，只有回音回應她的問候。

她花了幾天時間才鼓起勇氣唱歌。她從沒喜歡過自己的歌喉，但她在囚禁中擺脫了尷尬與期待。她開口唱歌，起初聲音輕柔，接著響亮而大膽。回音帶回她耳畔的歌聲意外悅耳。

她將自己知道的歌曲全都唱過一遍。她自創歌曲。想不出歌詞的時候，就亂編語意不通的東西充當歌詞，配上她覺得悅耳的聲音。

時間過得飛快，令她意外。

現在門開了。

走進房間的那位助手握著一圈銅製鑰匙。他將另一邊手掌伸向她。掌心上有個蜜蜂浮雕的金屬小圓盤

接受那隻蜜蜂是成為助手的下一步。這是她拒絕的最後機會。

她從助手的掌心接過蜜蜂。他行了個禮，打手勢要她跟著走。

兩人穿過燭光照明的狹窄隧道，沿牆擺放著書架；走過敞放的洞穴，那裡擺滿了不配對的椅子和桌子，書本高高堆在上頭，四處散落著雕塑，即將成為助手的年輕女子一面在指尖中翻動那只溫暖的金屬圓盤。路過一尊狐狸雕像時，她伸手輕輕拍了拍，這個常見的習慣讓它耳間的雕刻皮毛變得光滑。

一個年紀稍長的男人正翻著一本厚書，在他們經過時抬起頭來，認出這個行列時，便將兩指貼在唇上，向她頷首。

針對她，而不是她尾隨的助手。這個手勢對她尚未正式取得的身分表達敬意。她鞠躬隱藏自己的笑容。他們繼續順著鍍金階梯拾級而下，穿過她從未涉足的彎曲隧道。她放慢腳步看著掛在書架之間的畫作，畫中有樹木、女孩和幽魂的影像。

助手在標示著金色蜜蜂的門前停步，從環圈裡挑了把鑰匙，打開門鎖。

入會儀式就此開始。

這是個秘密儀式。只有經歷過以及負責執行的人才知道箇中細節。就任何人的記憶所及，向來以同樣的方式進行。

有金色蜜蜂的那扇門開啟了，一跨過門檻，助手就捨棄了自己的姓名。不管這位年輕女子之前叫什麼，永遠不會再有人用這個名字叫她，那個名字就留在她的過去。總有一天她可能會得到一個新名字，但她暫且無名無姓。

這是個天花板挑高、又小又圓的房間，就是她那間冥想牢房的迷你版本。一側有張樸素

木椅，還有高及腰際的石柱，上面頂著一盆火。那團火是唯一的光源。

資深助手打手勢要年輕女子坐上那把木椅。她聽話照做。她面對火光，看著火焰舞動，直到對方用黑絲綢遮住她的雙眼並且綁好。

儀式在視線之外持續下去。

金屬蜜蜂從她手中被取走。金屬器材鏗鏘響起之後是一陣停頓，接著她的胸口感受到一根手指的碰觸，壓進她胸骨上的一處。施壓的力量鬆開，接著被劇烈火辣的痛楚取代。

（她事後會明白，金屬蜜蜂在火裡加熱過，帶翅的影像烙印在她的胸膛上）。

這件事來得突然，令她心頭一亂。她原本預備好要面對她所知的剩餘儀式，但這不在她的意料之中。她意識到自己不曾見過另一個助手袒露胸膛。

幾分鐘之前她準備妥當，此刻卻心煩意亂、失去把握。

但她並沒有說**住手**。她並沒有說**不要**。

她作出了決定，雖然她無法預知那個決定所牽涉的一切。

黑暗中，手指撥開她的嘴唇，一滴蜜落在她的舌上。

事實上，留在助手嘴裡的最後滋味不只是蜜：甜美之後，鮮血、金屬和燒灼的肉席捲而來。

事過境遷，等助手能夠形容的時候，他們可能會加以澄清，表示自己體驗到的最後滋味是蜜與煙。

並非全然是甜的。

每回他們捻熄蜂蠟，就會憶起這件事。

提醒他們自己的忠誠。

但他們無法談起。

他們自願捨棄舌頭，獻出說話的能力，以便為其他人的聲音提供更好的服務。

他們許下未說出口的誓言——不再述說自己的故事，為了對過往與未來的故事表示敬重。

在這個蜜香的痛苦之中，這個年輕女子坐在椅子裡，心想自己可能會放聲尖叫，但她並沒有。黑暗中，火光似乎吞噬了整個房間，即使雙眼被遮住，她也可以看到火焰中的種種形狀。

她胸口上的那隻蜜蜂撲拍翅膀。

她的舌頭一旦被摘掉並燒成灰燼，一旦典禮完成，她身為助手的勞役便正式開始；一旦她被消音，她的耳朵隨之甦醒。

接著故事開始紛紛湧現。

甜美的憂傷

騙過眼睛

這男孩是占卜師的兒子。他已經到了一個年紀，無法確定自己是否該為這點覺得得意，甚至不確定是否需要透露這個細節，但這件事依然確鑿無疑。

他放學走路回家，他的家位於店面上方，店裡放眼都是水晶球和塔羅牌、薰香和頂著動物腦袋的神像。（鼠尾草的香氣滲透一切，從他的床單到鞋帶都是。）

今天，就像平日上學一樣，男孩抄近路，穿過環抱店面後方的巷道，那條窄道兩側是高聳的磚牆，上頭常常畫滿塗鴉，之後會重新粉刷，然後再次畫滿塗鴉。

今天，牆上不是創意拼寫的簽名塗鴉、泡泡字體畫成的髒話，而是單幅的藝術作品，除此之外就是一整片的白磚。

是一扇門。

男孩停下腳步。他的視力有時不盡可靠，所以他調整眼鏡的位置，好讓視線更為清晰，確保自己看到的東西就在眼前無誤。

朦朧的邊緣清晰起來，還是一扇門。比他模糊不明的第一眼，更巨大更華麗，也更搶眼。

他不確定該怎麼看待它。

它的不協調令他無法輕忽。

那扇門位於巷子的後端，就在太陽照不到的幽暗區域，但色彩依然飽滿豐饒，有些顏料帶有金屬質感。比男孩看過的大半塗鴉更精緻細膩。他知道這種繪畫風格有個花稍的法文名稱，跟捉弄視覺有關，不過他當下想不起怎麼說。

那扇門上刻有——不，是畫有——線條鮮明的幾何圖案，旋繞著門的邊緣，在平坦的表面上製造深度的錯覺。門的中央有一隻蜜蜂，就在窺視孔的高度。那裡，線條造型呼應了彩繪而成的雕刻。蜜蜂下面有一支鑰匙。鑰匙下面有一把長劍。

儘管缺乏光線，一個狀似立體的金色門把正閃閃發光。下方畫了個鑰匙孔，色調暗得像是一處虛空，就等著鑰匙探入，而不是幾筆黑色顏料。

那扇門奇特美麗，男孩無法以言語形容，也不知道是否有文字可以描述，連花稍的法文表達都不足以傳達。

街頭不知何方有狗吠了吠，但聽起來遙遠抽象。太陽移到一朵雲後方，巷子感覺更長、更深也更暗。那扇門反倒更明亮了。

男孩試探地伸手要去摸門。

他內心依然相信世間有魔法的那部分，預期這扇門摸起來有暖度，儘管空氣冰冰冷冷。他預期魔法會從根本改變磚塊的質地。他的心跳加快，但手放慢速度，因為他心中多少認為相信魔法的那部分自己很幼稚，準備就要大失所望。

他的指尖碰到那把劍下方的門，停在覆蓋涼爽磚面的平滑漆料上，表面略微粗糙，暴露下方的紋理。

那只是一面牆。只是一面上頭有漂亮圖案的牆。

儘管如此。

心中依然有種揮之不去的感覺，覺得事情不只是表面看來的樣子。

他用手掌抵住彩繪的磚。假木門的色調只跟他的膚色相差一兩階，彷彿這個棕色是特地調來搭配他的。

門後是別的地方。不是牆後的房間，而是更多的什麼。他很清楚這一點，腳趾裡就感覺得到。

這一刻正是他母親會稱之為「別具意義的一刻」。會改變緊接著那一刻的一刻。

占卜師的兒子只知道這扇門相當重要，原因他解釋不來，即使對自己也說不明白。

在一個故事開頭的男孩不可能知道自己的故事已然開場。

他用指尖描過鑰匙的彩繪線條，驚奇於那支鑰匙看起來彷彿應該是立體的，如同那把劍、那隻蜜蜂、那個門把。

男孩納悶這扇門是誰畫的，有何意義，如果有任何意義的話。如果不知道那扇門的意義，那麼他至少想知道那些符號的意思。他忖度這是否是個標示而不是一扇門，或者兩者皆是。

在這個重大的時刻，如果男孩轉動了彩繪門把，打開那扇不可思議的門，一切都將會改觀。

可是他並沒有。

他只是將雙手插進口袋。

他心中有一部分判定，他這種想法很幼稚。他判定自己已經大到不能期待現實人生像書本那樣。另一部分的他判定，如果他不去嘗試，就不會落得失望一場，就能繼續相信那扇門即使只是假裝的，還是打得開。

他雙手插在口袋裡站著，多打量那扇門半晌，然後才轉身離開。

隔天，他抵不住好奇心而回到原地，卻發現那扇門已經被漆掩去。磚牆塗白到一個程度，他連門原本的位置都無法準確分辨。

於是占卜師的兒子並未找到通往無星之海的道路。

時候未到。

二〇一五年一月

某座大學圖書館裡的架上有本書。

這沒有什麼不尋常的，但這本特定的書不該放在這裡。在這本書誤放在小說區，雖說這本書裡的內容大多真實無誤，而剩下的部分也都不假。在這座圖書館裡，走訪小說區的人潮不如其他區域，一排排書架照明昏暗，往往蒙著塵埃。

這本書來自捐贈，屬於遵照前任主人的遺囑、贈予大學的一批書。這些書納入圖書館藏，按照杜威十進系統分類，在書封內側放上條碼貼紙，就能在借書櫃臺那裡掃描，然後送往四面八方。

這本書在添進目錄之後，只掃描過一次。書裡並沒有作者姓名，於是系統裡輸入了「不詳」。起初放在U字首作者之間，但周圍的書本移來挪去，這本書逐漸在字母之間曲折前進。有時被拿下來打量，然後放回去。它的裝訂裂開好幾次。有一回某個教授甚至瀏覽了頭幾頁，打算之後回頭再讀，最後卻忘得一乾二淨。

這本書收進這座圖書館以來，沒人從頭到尾完整讀過。

有些（包括那位健忘的教授）人心裡曾經閃過一個念頭：這本書不屬於這裡。認為這本書應該放在特殊藏書區，也就是需要學生填寫申請單才能進去的房間。他們在翻閱那些善本書時，圖書館員老是在附近徘徊不去，那裡的書一律不許外借。那些書本上沒有條碼，有不少都需要戴上手套才能碰觸。

但是這本書一直留在一般藏書區。留在假設性的流通狀態裡，但實則動也不動。

這本書的封皮是深酒紅色布面，久而久之，色彩從濃豔褪成了暗淡。書皮上曾經印有燙金字體，但現在那些金粉已經磨成了象形文般的凹陷。頂端的角落永遠彎折，因為一九八四到一九九三年間，曾經存放在倉儲機構的箱子裡，上頭壓著一本更厚重的書。今天是一月的其中一天，學生們都稱這段時間為ＪＪ，課程尚未開始，而校園已經歡迎他們回來，會舉辦各類演講、學生帶領的研討會、戲劇節目的彩排。在正常作息再度開始以前，一種假期後的暖身。

薩克里．艾思拉．羅林斯為了閱讀來到校園裡。他對這一點略感心虛，因為他理應為了論文作準備，將寶貴的冬季時光花在玩（以及重玩和分析）電玩遊戲上。可是他在螢幕前投注了大把時間，亟需讓自己的眼球停在紙張上。他提醒自己，會有不少主題重疊的地方，雖說他在電玩遊戲和幾乎每件事情之間都找到了主題上的重疊。

閱讀小說，他推想，就像玩一個電玩遊戲，而這個特定電玩的某位高手玩家提前替你作好了所有的選擇。（雖然他有時候希望，「選擇自己的歷險」的小說可以回歸流行。）

他也一直在讀（或該說重讀）大量的童書，因為那些故事比較像故事，雖說他有點擔心，這可能是人生過了四分之一的危機所引發的症狀。（他有點期望，這個四分之一人生危機會在他二十五歲生日按時出現，而再兩個月就是他的生日。）

圖書館員們以為他主修文學，直到其中一人和他聊開來，而他覺得自己有義務坦承，其實自己是作新興媒體研究的。一失去自己的秘密身分，他就想念起來。他先前根本沒意識到，自己還滿喜歡這種偽裝。他推想自己看起來像文學主修，戴著方框眼鏡、穿著麻花毛衣。薩克里還沒完全適應新英格蘭的冬天，尤其像這樣落雪不停的冬季。他以厚重的毛料層層護住南方生長的身軀，兜著圍巾，以裝滿熱可可的保溫瓶取暖，有時還摻了點威士忌。

一月還剩兩星期，薩克里的童年經典書單已經讀完大半，至少把這座圖書館有的相關館藏都讀遍了，所以他繼續去讀一直想看沒看，還有試讀頭幾頁之後隨意挑選的一些。

這已經成了他的晨間儀式，在圖書館擺滿書籍的寂靜架子之間作出選擇，然後回到宿舍閱讀一整天。陽光透過天窗灑照中庭，他在入口地氈上甩掉靴子上的雪，再把《麥田捕手》和《風之影》投入還書箱，納悶碩士課程第二年讀到一半，對自己的主修失去把握，是不是為時已晚。接著他提醒自己，他喜歡新興媒體，如果他花了五年半時間研究文學，到現在可能也厭倦了。主修閱讀，那才是他想要的。不必寫讀後感報告，不用考試，不必分析，只要純粹閱讀。

小說區在地下二樓，要先穿過一條走道，走道兩側掛著這座校園青春時代的裝框石版畫。小說區空無一人，這也不意外。薩克里在書架之間遊走時，腳步聲迴盪不止。這棟建築的這一區比較古老，和入口的明亮中庭成為對比，天花板較低，書籍一路往上堆高，燈泡的陰暗光線灑下範圍有限的長方形，那裡的燈泡不管更換得多頻繁，依然動不動就燒壞。薩克里心想，如果畢業以後有了錢，可能會捐款指定要修理圖書館這區的電線。**二〇一五年那屆的Z.羅林斯為您獻上亮得足以閱讀的光線。別客氣。**

他找到作者首字母為W的那區，他近來愛上了莎拉・華特絲，雖然圖書館系統裡列了好幾本作品，架上卻只有《小陌生人》，讓他省卻作決定的麻煩。薩克里接著搜尋他心中的謎樣書籍，就是他不認得的書名，或從未聽過的作者。他從書脊空白的書本找起。

他朝較高的架子伸手，較矮的學生可能得靠梯凳才搆得到，拉下一本酒紅色的布裝書。書脊和封面皆為空白，於是薩克里翻開那本書到標題頁。

《甜美的憂傷》

他翻過那一頁，想看另一頁是否列出作者，卻直接進入了內文。他翻到書末，那裡既沒有謝詞也沒有作者註記，只有封底內側有張條碼貼紙。他回到開頭，找不到版權資料，沒有出版年月，也沒有印刷編號的資訊。

一眼就能看出這本書相當老舊，薩克里對於出版或書籍裝幀的歷史所知不多，不清楚某個年代是否不收錄那類資訊。沒列作者讓他滿頭霧水。也許缺了一頁，或者有誤印的狀況。他快快翻過內文，注意到有幾頁不見了，整本書裡有空缺跟參差的邊緣，但前面書籍基本資料該在的地方並沒有撕扯跡象。

薩克里讀了第一頁，一頁又一頁。

接著，原本照亮U—Z區的燈泡在他腦袋上方眨了眨，然後熄滅。

薩克里猶豫不決合上書，擱在《小陌生人》上頭。他將兩本書穩穩塞進腋下，回到中庭的光線之中。

櫃臺學生兼職的圖書館員頭髮往上紮成髻，以原子筆插定，在處理這本神秘書本的時候碰上了困難。起初掃描不出來，然後徹底變成了另一本書。

「我想它條碼不對。」她說。她輕敲鍵盤，瞇眼瞅著螢幕。「你認得這一本嗎？」她問，把書遞向櫃臺另一位圖書館員，是個中年男人，穿著令人嚮往的綠毛衣。他翻了翻前面幾頁，蹙起眉頭。

「沒有作者，這倒是新鮮事。原本放在哪邊？」

「在小說那邊，W區的某個地方。」薩克里回答。

「用無名氏的類別試試看。」綠毛衣圖書館員提議，將書遞還，將注意力轉到另一位訪客身上。

前一位圖書館員再次敲敲鍵盤，搖了搖頭。「還是找不到，」她告訴薩克里，「好怪。」

「如果有問題……」薩克里開口，但越說越小聲，希望她可以讓他把書帶走。怪的是，他對這本書已經湧現占有欲。

「沒問題，我會在你的檔案裡註記。」她說。她打了點什麼到電腦裡，再次掃描條碼。她把那本沒作者的書、《小陌生人》和他的學生證，越過桌面朝他推來。「祝你讀得開心！」她爽朗地說，然後回頭去看薩克里來櫃臺時她原本在讀的書。是瑞蒙．錢德勒的作品，可是他看不到書名。圖書館員在J學期期間似乎都較有熱忱，因為他們可以有更多時間跟書共處，而不用跟疲憊的學生和暴怒的教職人員耗那麼久。

在凜冽的氣溫下步行回宿舍的路上，薩克里滿腦子只有這兩件事：心癢難耐想繼續讀那本書，以及納悶它為何不在圖書館系統裡。他借閱過大量的書籍，過去碰過類似的小問題。有時掃描器讀不出條碼，不過這時圖書館員就能手動輸入編號。他納悶館方在沒有掃描器以前都怎麼處理，當時還用卡片目錄，而且書末的小口袋裡有借閱人的簽名。如果可以簽上自己的名字，而不是系統裡的一個編號，會滿好的。

薩克里的宿舍是個磚造樓房，夾在一群快解體的研究生會館之間，牆面覆著撒滿雪花的死去長春藤。他爬了許多階梯抵達四樓的房間，那個房間塞在這棟樓的屋簷底下，有斜傾的壁面和漏風的窗戶。他用毯子遮去大半的窗戶，冬季時還會違規使用電暖器。他母親寄來的掛毯蓋住所有的牆面，讓房間變得更加舒適，部分因為他似乎清除不掉上頭的鼠尾草味，不管他洗了多少遍。隔壁的藝術創作碩士生說他房間是個洞窟，雖然更像獸穴，如果獸穴會有馬格利特的海報和四種電玩系統的話。他的平板螢幕烏黑似鏡，從牆上盯著他。他應該用織毯蓋住的。

薩克里將書放在桌上，靴子和外套收進衣櫃，然後才穿過走道到小廚房泡杯可可。他等電煮水壺滾沸時，巴不得帶了那本酒紅色的書過來，但他是刻意不要老把鼻子埋在書本裡的。

這是他的一種嘗試，他想表現得更容易親近，他不確定生效了沒有。

他端著可可回到自己的小窩，安坐在懶骨頭軟椅上，軟椅是去年離開的學生餽贈給他的。原本是俗麗的霓虹綠，但薩克里披上重到無法掛在牆上的織毯，以棕、灰、紫藍掩住軟椅。他將電暖器對著自己的雙腿，將《甜美的憂傷》翻到不可靠的圖書館燈泡困住他的地方，然後開始閱讀。

讀了幾頁之後，故事有了變化，薩克里無法判斷這是小說或短篇故事集，也許是故事中的故事。他納悶故事會不會繞回前一部分，接著又起了變化。

薩克里・艾思拉・羅林斯的手抖了起來。

因為這本書的頭一部分是有點浪漫的海盜故事，第二部分則牽涉到某個奇特地下圖書館的助手儀式，第三部分則是全然不同的東西。

第三部分講的是他。

這男孩是占卜師的兒子。

他原本以為是巧合，但他繼續讀著細節，這些細節完美得不可能是虛構。鼠尾草味可能會滲進很多占卜師兒子的鞋帶，但他懷疑那些兒子放學回家並不會也抄近路走巷子。

讀到門那部分的時候，他放下書來。

他覺得頭暈目眩。他站起來，擔心自己可能會暈厥，想說也許開個窗，卻踢到他遺忘的那杯可可。

薩克里不自覺地穿過走廊，到小廚房拿廚房紙巾。他抹淨可可，回到小廚房丟棄溼透的紙巾。他在水槽裡沖了沖馬克杯。馬克杯缺了個角，他不確定原本是不是就在。笑聲順著樓梯

1. Magritte（一八九八～一九六七）比利時超現實主義畫家。

井往上迴盪，遙遠且空洞。

薩克里回到房裡，再次面對那本書，盯著無動於衷靠在懶骨頭椅上的書。

他鎖上房門，他很少這麼做。

他拿起那本書，比先前更徹底地檢視一遍。封面頂端的角落凹陷，布面開始脫線。書脊上散落著迷你金點。

薩克里深吸一口氣，再次翻開書。他回到之前離開的那一頁，強迫自己閱讀那些文字，故事如他所預期的那樣展開。

他的記憶填滿書頁上省略的細節：洗白的牆壁往上一路延伸到半路，然後磚面再次變成紅色，巷子另一端有大垃圾箱，裝滿課本的背包掛在肩上的重量。

那一天他反覆回想過一千回，但這次不同。這次他的記憶受到書頁文字的指引，鮮明且靈動。彷彿這個時刻才剛發生，而不是十多年前的陳舊往事。

他可以在腦海裡完美描繪那扇門的模樣。油彩的準確度。他當時還不知怎麼說的「錯視效果」。有細緻金線條的蜜蜂。往上指向天空的長劍。

可是當薩克里繼續讀下去的時候，裡頭卻有超過他記憶的東西。

無意間發現某本書敘述了他多年前經歷的生活事件，而這事件他從未向他人轉述，不曾口頭說過，更不曾書寫下來，卻以排版文字展開——他原本以為不會有比這個更詭異的感受，但他錯了。

那段敘事證實了他久遠以來的懷疑：那個時刻，在那條巷道面對那扇門時，有人給了他某個非比尋常的東西，他卻任由機會從指間流逝。

在一個故事開頭的男孩不可能知道自己的故事已經開場。

薩克里讀到了那頁的末尾，翻了頁，以為他的故事會繼續下去，但是卻沒有。敘事整個完全變調，講起關於娃娃屋的事。他快速翻過餘下的部分，掃視頁面，看看是否再次提及占卜師兒子或彩繪門，卻一無所獲。

他回頭重讀關於男孩的那幾頁。關於他。關於他當初並未發現的那個門後的所在，不管無星之海是什麼樣的地方。他的雙手不再顫抖，但他暈頭轉向、皮膚熱燙，這才想起自己一直沒開窗，但他無法停止閱讀。他將眼鏡往鼻梁上方推，好讓焦點更清晰。

他不懂。不只是有人怎麼可能鉅細靡遺捕捉那個場景，還有那個場景怎麼會出現在一本看來比他歲數大上許多的書裡。他在指間搓搓揉頁，感覺厚重粗糙，邊緣泛黃到接近棕色。

難道有人針對他發出預言，掌握的細節小至鞋帶？那是不是表示，這本書的其他部分都真實無誤？在地底圖書館的某處有無舌助手？在一本虛構角色的故事集裡，如果只有他是真人，未免也太不公平，不過他認為那個海盜和女孩可能真有其人。不過，這個想法荒唐得他不禁嘲笑自己。

他忖度自己是不是逐漸失去理智，然後判定，如果他還能忖度這件事，可能不是，但這個想法也不特別令人安心。

他往下看著那頁上的最後幾個字。

時候未到。

他的腦海湧進上千個疑問，而那幾個字就在當中泅泳。

接著其中一個疑問浮至他的思緒表面，源自再三出現的蜜蜂主題和他記憶中的門。

這本書是從**那個**地方來的嗎？

他再次檢視這本書，停頓於黏在封底內側的條碼。

薩克里瞧得更仔細，看出那張貼紙遮去了原本寫在或印在那裡的東西。貼紙底部有一點黑墨探出來。

摳起貼紙的時候，他有點罪惡感。反正那個條碼有問題，需要更換。也不是說他打算歸還那本書，他現在可沒那個打算。他緩緩撕掉貼紙，小心翼翼原封不動地移開，盡量不要扯破下方的紙張。貼紙輕輕鬆鬆就脫落，他先把貼紙黏在書桌邊緣，再回頭去看底下寫了什麼。

沒有文字，只有一串符號，要不是以印章蓋在封底上，不然就是刻劃上去的，已經淡去模糊，卻能輕鬆辨識。

那個露出來的墨點是劍柄。

劍的上方是把鑰匙。

鑰匙上方是隻蜜蜂。

薩克里．艾思拉．羅林斯盯著看的那些符號，就是他曾經在母親店面後方巷子裡細細打量過的迷你版本。現在他納悶，他過去不知自己身在其中的故事，該怎麼繼續下去。

甜美的憂傷

杜撰的人生

它起初是個娃娃屋。

一個迷你居留地，以木頭、膠水和漆料細心打造而成。以一絲不苟的手法重現正常大小的居所，細節精緻無比。當初打造出來是為了送給孩童，作為他們的玩物；以簡化過的誇張方式，描繪日常事件。

裡頭有娃娃。有雙親與兒女和一條小狗的家庭。他們穿著細緻的西裝和洋裝複製品，小狗身上有真正的皮毛。

那裡有間廚房、客廳和日光室。有臥房、階梯和閣樓。每個房間都擺滿了家具，裝飾著迷你畫作以及極小的瓶花。壁紙印著繁複的圖案。小小書本可以從書架上取下。

它的屋頂由木瓦搭成，每片都不比指甲大。小小的門可以關起和拴住。這間娃娃屋可以用鑰匙開鎖並往外展開，但大多時候都關著。裡面的娃娃生活只能透過窗戶一窺究竟。

娃娃屋放在一個房間裡，位於無星之海的這座海港。娃娃屋的歷史已經佚失。玩過這間娃娃屋的孩子們早已長大遠去。

最初怎麼會放在一個隱蔽地方的隱密房間，緣由已經遭人遺忘。

它並沒有特出之處。

特出的地方是在它四周衍生出來的東西。

說到底，四周空無一物的單棟屋子算什麼呢？沒有讓小狗活動的後院。沒有對街愛抱怨的鄰居，沒有一條可供鄰人居住的街道？沒有樹木、馬匹和商店。沒有港口。船隻。大海對面的城市。

這一切都在它的周圍打造出來。某個孩子當初創造的世界成了另一個人的世界，然後又成為下一個人的世界，如此延續下去，最後成為每個人的世界。以金屬、紙張、膠水來修飾和拓展。有傳動裝置、隨手找到的物品、黏土。更多房子被建造起來。更多娃娃被添加進去。書本按照色彩來堆疊，作為風景。紙摺的鳥兒在上頭飛翔。熱氣球從上方往下垂降。

有山脈、村莊和城市，有城堡、惡龍、飄浮的宴會廳。設有穀倉的農場，毛茸茸的綿羊。一座塔的頂端有個以手錶改造而成的時鐘。一個有湖泊和鴨子的公園。一處有燈塔矗立的海灘。

世界繞著房間傾瀉。有小徑可供訪客行走，通往各個角落。建築物下方露出的線條，曾經屬於一張書桌。牆上的架子現在成了海洋對岸的遙遠國度，有細心做出漣漪的藍色紙製浪濤。

起初它是一間娃娃屋。日積月累，它逐漸超越。

成了娃娃鎮。娃娃世界。娃娃宇宙。

時時刻刻在拓展。

凡是找到這房間的人，幾乎都會忍不住想添點什麼進去。他們留下口袋裡的物品，改造成牆壁、樹木或聖殿。頂針成了垃圾桶。用過的火柴搭成籬笆。鬆脫的鈕釦化為輪子、蘋果或星辰。

他們加進以破損書本製成的房子，或是用玻璃亮片喚出暴風雨。他們移動某個人物或地標。他們護送一頭小小綿羊從一處牧草地到另一處。他們更動山脈的走向。

有些訪客在這房間裡玩耍好幾個鐘頭，創造故事和敘事。有些訪客四處走逛，調整一下歪扭的樹木或門，然後離開。或者只是在湖上挪了挪鴨子的位置，就心滿意足。

只要走進這房間的人都會影響它，即使只是無意間也會在那裡留下印記。靜靜打開那扇門，讓一陣輕風吹過裡面的物件。有棵樹可能倒下。一個娃娃可能會弄丟帽子。一整棟建築可能坍塌。

一不小心可能會踩扁一家五金行。衣袖可能會勾住城堡頂端，害得公主失足摔落地面。這是個脆弱的地方。

任何損壞都是暫時的。有人會過來提供修復。將落地的公主送回她的城垛。以細棒和厚紙板重建那家五金行。在舊有的商店上方創建新商店。

中央那間原始的房子以微妙的方式變化著。家具從房間移往房間。牆壁重上油彩或換貼壁紙。母親娃娃和父親娃娃分隔兩地，跟其他娃娃在其他建物裡。女兒和兒子離家之後歸來，然後再次離開。小狗追著汽車和綿羊跑，壯起膽子對著惡龍吠叫。

在他們四周，世界變得越來越大。

有時候，那些娃娃得花好些時間才能適應。

薩克里・艾思拉・羅林斯坐在櫥櫃地板上，櫃門關著，吊掛的襯衫和外套有如森林包圍著他，他背倚櫃門，陷入了存在危機；如果他的櫥櫃是個魔法衣櫃，通往納尼亞的入口就會是他背部服貼的地方。

他讀完《甜美的憂傷》，又重讀一遍，心想也許不該讀第三遍，但還是讀了，因為他難以成眠。

他還是睡不著覺。

此刻凌晨三點，薩克里待在櫥櫃後側，他小時候就愛在老家的櫥櫃後側讀書。這種已有多年不曾重溫的慰藉，他不曾在這間櫥櫃裡試過，因為這櫥櫃並不適合這種坐法。

他在發現那扇門之後，坐進童年的櫥櫃裡，他現在想起來了。當時那個櫥櫃更適合坐臥。空間更深，他拖了幾個枕頭進去增加舒適度。那個櫥櫃也沒有通往納尼亞的門，他知道，因為他檢查過。

《甜美的憂傷》裡只有一部分關於他，雖說有些內頁不見了。內文又回到那個海盜和女孩，但其餘互不連貫，感覺並不完整。大多都圍繞著某間地下圖書館發展。不，不是圖書館，而是一個以書為中心的奇幻之地，薩克里錯過了前往此地的邀約，因為他十一歲的時候沒打開那扇彩繪的門。

顯然他大費周章尋找過的想像入口，全都找錯了。

那本酒紅色書放在床腳那裡。薩克里不願意承認的是，他正在躲它；他躲在櫥櫃裡，免得被它看到。

一整本書，即使讀過三遍，他也不知道自己該怎麼繼續。

那本書餘下的部分，不像開頭附近那幾頁那麼容易捉摸。因為母親的關係，薩克里對魔法向來抱持複雜的看法，可是雖然他可以理解藥草學和卜卦，但書裡的東西遠遠超過他對真實的定義。**魔法的**魔法。

可是如果關於他的那幾頁真實無誤，那其他的部分也可能……

薩克里在雙膝間垂下腦袋，試著穩住呼吸。

他繼續忖度，書寫的人是誰。誰在那條畫了門的巷道裡看到他，又為何要把這件事記下來。開頭幾頁暗示著，頭幾個故事層層疊疊：海盜說著關於助手的故事，而助手看到關於那個男孩的故事。也就是他的故事。

可是如果他在故事中的故事，那麼說故事的人是誰？一定有人把這個故事送去排版印刷，然後裝幀在書裡面。

某處的某人知道這個故事。

他納悶，某處是否有人知道他正坐在櫥櫃的地板上。

薩克里離開櫥櫃爬進房裡，雙腿僵硬。黎明將至，窗外的光線將暗未暗。他決定出門散個步。他將書留在床上，手指馬上開始抽搐，渴望將書帶在身邊，好再讀一遍。他將圍巾繞在脖子上。一天當中讀同一本書四次是再正常不過的行為。他扣上羊毛外套的鈕釦。身體對缺乏書本會產生反應，這點並不稀奇。他將毛線帽往下拉，蓋住耳朵。讀研究所的人都會在自己櫥櫃地板裡過夜。他套上靴子。都會在沒作者的謎樣書本裡找到關於自己童年的事件。他戴上手套。這種事稀鬆平常。

他把書放進外套口袋。

薩克里吃力地跋涉過新落的雪，心裡沒有目的地。他路過圖書館，繼續朝校園裡的一片坡地走，在大學部宿舍附近。他能調整路線，刻意路過以前的宿舍，但他沒這麼做，看著他以前從另一面望出來的窗戶，總是讓他覺得很怪。他走過爽脆完好的積雪，靴子壓扁純淨無瑕的表面。

他通常很享受冬季、飄雪和寒冷，即使感覺不到腳趾。這當中有種神奇感，遺留自這樣的經歷：他先在書本裡讀到雪，然後才親身體驗。他對雪的初體驗是在他母親農舍外田野上度過的、笑聲滿盈的夜晚，當時他徒手捏雪球，腳底打滑不停，事後才發現那雙鞋根本不防水。他戴著有喀什米爾羊毛內襯的手套，想到這件事時，雙手湧現刺癢感。

雪融之前如此寧靜，總是令他訝異。

「羅林斯！」背後有人呼喚，薩克里轉頭。一個頂著條紋帽子，全身裹滿衣物的身影，戴著鮮豔無指手套對他揮揮手。他看著那團不搭調的色彩越過一片雪白，穿過積雪跋涉上坡，有時在他先前留下的腳洞裡蹦蹦跳。當人影的距離只剩幾碼時，他終於認出是凱特，是幾個從點頭之交到幾乎變朋友的其中一位同系大學生，多半因為凱特會主動跟每個人打交道，而他得到了凱特的認可。她經營一個以電玩遊戲為主題的烹飪部落格，總會拿她常常頗為可口的成品，在他們其他人身上試驗。靈感來自《無界天際》的甜麵包捲、《生化奇兵》的鮮奶油內餡經典蛋糕，以及歌頌《小精靈》櫻桃的櫻桃酒松露巧克力[2]。薩克里懷疑她從不睡覺，而且她常會平空出現，提議共酌雞尾酒、一起跳舞，或找其他藉口，逼他離開宿舍房間。薩克里從來沒說破，在他高度內向的生活型態裡，有她這樣的人，他還滿感激的，但他確定她早就知道了。

「嘿，凱特。」薩克里在她走到身邊時說，希望自己的神情不像心裡感覺的那樣怪異。

「怎麼這麼早出門？」

凱特嘆口氣，翻了翻白眼。在凜冽的空氣中，那聲嘆息化為雲朵飄離。

「只有起個要命的早，才能搶到實驗室的時段，處理目前還是非正式的計畫，你呢？」

凱特在肩膀上移了移背包，險些失去平衡。薩克里伸手要扶她，但她自己又站穩了。

「睡不著，」薩克里回答，此話不假，「妳還在忙那個以氣味為基礎的計畫嗎？」

「是啊！」凱特的臉頰洩漏了藏在圍巾裡的笑容，「我想那就是沉浸式體驗的關鍵，要是沒有氣味，虛擬實境根本沒那麼真實。我還沒想通要怎麼讓它在家使用，可是在特定地點就進行得滿順利的。我春天可能會需要有人作驗收測試，如果你願意。」

「如果春天真的會到，算我一份。」凱特的計畫在整個系所裡簡直是傳奇，繁複的互動裝置，不管她認為成效多大，總是令人難以忘懷。相較之下，薩克里的東西就過於智性和靜態，尤其他大多都是在分析其他人作過的研究。

「太棒了！」凱特說，「我會把你加進我的清單。真高興碰到你，今天晚上忙嗎？」

「還好。」薩克里說，還沒想到這天會繼續下去，校園會按慣例持續運轉，而只有他一人的宇宙是歪斜的。

「可以幫我一起帶J學期的課程嗎？」凱特問，「七點到八點半左右？」

「妳的哈利波特編織班嗎？我對編織不大行。」

「不是，那是星期二，這個是沙龍風格的討論會，叫『說故事的創新方法』，這星期的主題是電玩。每堂不同的課我都試著找個來賓一起主持，法子原本要來這堂課的，可是她竟然放我鴿子跑去滑雪。會超酷的，不必準備講稿什麼的，只是在輕鬆智性的場景裡聊聊電玩。我知道你會很喜歡，羅林斯，拜託？」

只要牽扯到跟人談話，薩克里自動就會湧現拒絕的衝動，但凱特為了保持身子暖和而在原地彈跳時，他考慮接受這項提議，聽起來是個將他從思緒拉出來、稍微離開那本書的好方法。畢竟這就是凱特的功能。有個凱特真好。

2. 這三種電玩的原文依序為Skyrim、BioSchock、Pac-Man。

「好啊，沒問題。」他說。凱特歡呼。歡呼的回音竄過覆雪的草坪，驚得棲在附近樹上的一雙烏鴉，不滿地棄樹而去。

「你真好，」凱特說，「我要替你織條雷文克勞[3]的圍巾當作謝禮。」

「妳怎麼知道——」

「拜託喔，看也知道你屬於雷文克勞。晚上見，我們在史考特館的會客廳集合，就是右邊後側那個。等我的手解凍以後，細節我再傳簡訊給你。你最棒了。我想給你個擁抱，可是我想我會摔倒。」

「好意我心領了。」薩克里要她放心，此時站在雪地裡，他考慮要問凱特是否聽過某種叫無星之海的東西，因為要是有人聽過一個可能來自童話或神話的地點，那個人非凱特莫屬，可是大聲說出口會讓它變得過於真實，於是他只是目送她費力走向科學院，新興媒體中心就設在那裡，但是他明白她可能會到化學實驗室去。

薩克里獨自佇立在雪地裡，俯瞰緩緩甦醒的校園。

昨天，校園給他的感覺一如既往，幾乎像家又不完全像家。今天他覺得自己像個冒牌貨。他深深吸氣，夾帶松木香的空氣填滿他的肺。

兩個黑點破壞了無雲的淡藍天際，之前飛離的烏鴉正消失在遠處。

薩克里．艾思拉．羅林斯走了好一段路程之後，回到他的房間。

薩克里踢掉靴子，剝除層層冬衣之後，取出那本書。他在手中來回轉著書，接著放在桌面上。看起來沒什麼特別的，看不出容納了一整個世界，雖說任何一本書也是如此。

薩克里拉起窗簾，窗簾還沒掩住窗面、遮擋陽光照亮的雪景以及對街一棵凌亂雲杉陰影下望著他的人影之前，他已經半睡半醒。

幾個鐘頭之後，手機的簡訊提示音喚醒了他，震動搖晃著手機，最後手機從桌上摔到地板，輕輕落在隨手亂丟的襪子上。

7pm史考特館一樓交誼廳——從前側入口路過階梯，然後右轉穿過走廊，就在雙開門後面，看起來像是後末日版本的貴婦茶室。我會提早到，你最棒了。<3凱。

手機上的時鐘通知他，已經5:50，而史考特館遠在校園對面。薩克里打了哈欠，將自己硬拖下床，穿過走廊去沖澡。

他站在蒸氣中，認為那本書是自己夢見的，但這個念頭帶來的解放感慢慢散去，他想起了真相。

他用家裡自製的杏仁油和糖調成的浴液，將皮膚搓到將近紅腫；每到冬季，母親就會送他這個東西，今年這一批成品為了促進情緒平靜，添加了香根草的香氣。也許他可以把站在那條巷道裡的男孩刷掉，也許刷掉以後就會在下面找到真正的薩克里。

每隔七年，身上的每個細胞都會改變，他提醒自己。他不再是那個男孩。他已經和那個男孩相隔很遠。

薩克里在淋浴間待了太久，準備得匆忙，也意識到自己整天都沒吃東西，於是隨手抓了根高蛋白營養棒。他將筆記本丟進斜背包，手在《甜美的憂傷》上方徘徊，然後改拿《小陌生人》。

他房門才踏出一半就折返回來，將《甜美的憂傷》裝進提包。

他走向史考特館的時候，潮溼的頭髮凍成了鬈髮，脆脆地拂過脖子。雪地上頭交錯著許多靴子踩出的路線，校園裡幾乎沒有未經碰觸的地方。薩克里路過一個傾斜的雪人，圍著真正的紅圍

3. 小說《哈利波特》系列裡霍格華茲魔法與巫術學校裡的四大學院之一。

巾；一排前任大學校長的半身雕像大半被雪掩住，偶爾有大理石眼睛和耳朵從雪花下面探出來。

他抵達史考特館的時候，凱特提供的指示還滿實用的，這是他沒來過的會館之一。他經過階梯和一間無人的小小讀書室，找到了那條走道，沿著走道走一陣子，最後抵達半開的雙門。

他不確定是否找對了房間。有個女孩坐在扶手椅裡編織，另有兩個學生正在重排一些看起來像後末日茶會的家具、久經使用而磨薄破損的絲絨椅和長沙發，其中幾張用防水膠帶修補過。

「耶，你找到我們了！」凱特的聲音從他背後傳來，他轉身發現她端著托盤，上頭有茶壺和幾個疊起的茶杯。脫掉外套和橫紋帽子後，她變得更嬌小，短髮蓋在頭上灑下模糊的影子。

「我不知道茶聚的事妳是認真的。」薩克里說，幫忙她將托盤端到房間中央的矮桌。

「我不會拿茶的事開玩笑，我有伯爵茶、薄荷茶，還有某種跟薑有關，可以提升免疫力的東西。我還做了餅乾。」

等茶和好幾個托盤的餅乾都擺好之後，上課的人陸續來到，大約有一打的學生，雖說椅背和沙發靠背上披著外套和圍巾，感覺起來人數更多。薩克里坐進窗邊一把古老的扶手椅裡，是凱特端著一杯伯爵茶和超大的巧克力碎片餅乾領著他過去的。

「大家好，」凱特說，將大家的注意力從烘焙品和閒聊拉過來，「謝謝你們過來。我想我們有幾位錯過上星期課程的新人，所以我們先快快作個自我介紹，從我們的主持人來賓開始吧。」凱特轉頭，滿懷期待望著薩克里。

「好……嗯……我是薩克里，」他邊咀嚼邊勉強說，然後將剩下的餅乾吞下去，「我是新興媒體碩二生，主要研究電玩設計，焦點放在心理學和性別議題。」

而且我昨天在圖書館找到一本書，有人把我的童年寫了進去，拿這例子來講說故事創新如何？他想歸想但沒說出口。

自我介紹持續下去，比起名字，薩克里更容易記住足以識別的細節和興趣領域。有幾位是戲劇主修，包括那個滿頭彩色雷鬼辮的搶眼女生，和雙腳跨在吉他箱上的金髮男生。模樣有點熟悉的貓型眼鏡女生是英文主修，雙手編織不停但連一眼也不往下瞥的女生也是。其餘大多是新興媒體大學部的學生，有些人他認得（穿著藍色兜帽衫的傢伙、毛衣袖口露出藤蔓刺青的女生、綁馬尾的傢伙），可是都沒有凱特那麼熟。

「我是凱特．霍金斯，新興媒體和戲劇雙主修的大四生，我大多時間都忙著把遊戲轉化成劇場、劇場轉化成遊戲。還有烘焙。今天晚上我們要談的是電玩，我知道這邊有很多電玩玩家，可是如果你不是，需要先釐清專有名詞之類的意思，請儘管開口發問。」

「我們要怎麼定義『電玩玩家』？」藍色兜帽傢伙問，語氣帶刺，凱特明亮的神情幾乎難以察覺地一暗。

「我個人按照葛楚德．史坦的定義：玩家就是玩家就是玩家。」薩克里跳了進來，一面調整眼鏡，因為如此做作而討厭自己，但更討厭什麼都需要定義的那個傢伙。

「就我們在這個脈絡下對『遊戲』的定義，」凱特說下去，「就以敘事遊戲、又稱為RPG角色扮演遊戲的類型為主，一切都應該回歸故事。」

凱特敦促薩克里針對遊戲敘事、角色形塑、選擇和後果，分享他的一些標準入門知識，就是他在諸多報告和計畫裡闡述過的論點，能跟還沒聽過這些論點幾千遍的一群人分享，換換口味，還滿不錯的。

凱特時不時會加進來，不久討論自然而然展開，在啜飲茶水和餅乾屑之間，發問成了來來回回的辯論和觀點交流。

對話轉進了上週的主題沉浸式劇場，然後回到電玩遊戲，從大型多人線上遊戲的合作本質，回到單一玩家敘事和虛擬真實，並且在桌遊上短暫停留。

最後，玩家為何要玩以故事為根基的遊戲，以及如何讓它變得引人入勝，這個問題受到了檢視和解析。

「不過，那不是大家都想要的嗎？」作為回應，貓型眼鏡女孩問，「能夠自己作選擇和決定，但必須屬於一個故事？你想要一個信得過的敘事，即使你想保有自己的自由意志。」

「你想決定去哪裡、做什麼、打開哪扇門，但你依然想要贏得遊戲。」馬尾傢伙補充。

「即使贏得遊戲就表示故事終結。」

「尤其如果遊戲允許多重可能的結局。」薩克里說，觸及兩年前一份報告的主題，「想要合寫那則故事，而不是自己單獨主導，所以是協力合作。」

「這在遊戲裡會比其他東西更有效果，」其中一個新興媒體的傢伙若有所思說，「也許在前衛劇場裡也是。」他追加，這時有個劇場主修生發聲抗議。

「『選擇自己的歷險』數位小說？」編織不停的英文主修抛出這句。

「不，如果你要體驗所有作決定的選擇枝狀圖，所有的假設，就必須投入一個發展完全的遊戲，」藤蔓刺青女孩爭辯，邊說邊比劃雙手，那些藤蔓幫忙強調她的論點，「正式的文本故事是事先存在的敘事，等人陷進去；遊戲則是你邊進行邊發展。如果我能選擇故事裡發生的事件，我想當魔法師，或者至少有把花稍的槍。」

「我們離題了，」凱特說，「有點啦，讓故事吸引人的是什麼？任何故事。就最基本的。」

「改變。」

「謎團。」

「高風險。」

「角色成長。」

「浪漫。」藍兜帽傢伙插話。「怎樣？是真的啊。」幾個人轉頭朝他挑眉時，他補了一句。

「性張力，這種說法是不是比較好？這也是真的。」

「有待克服的障礙。」

「意料之外。」

「意義。」

「可是由誰來決定意義？」薩克里大聲發問。

「讀者，玩家，觀眾。那就是你帶給故事的東西，即使你一直以來並未作出決定；故事對你有什麼意義，由你自己決定。」編織的女孩一時停頓，接住滑針之後說了下去，「對我來說有意義的一個遊戲或一本書，對你來說可能很無聊，反之亦然。故事很個人，你能產生共鳴或者不能。」

「就像我說的，大家都想成為故事的一部分。」

「大家都是故事的一部分，想要的是成為某種值得記錄的東西的一部分。起因是人對自己必有一死懷著恐懼。一種『我曾經存在，我並非無足輕重的』心態。」

薩克里的思緒開始飄忽。他覺得自己老了，不確定自己過去是否也曾像大學部學生這麼有熱忱，納悶自己以前在研究生眼中是否也同等稚嫩，就像這群人在他眼裡這樣。他想到提袋裡的那本書，腦海裡反覆琢磨「置身在故事裡」是什麼意思，納悶自己為何花這麼多時間推動敘事，試著想通該怎麼也將這個故事往前推。

「紙張上有文字，一切都留給想像力，這樣不是比較輕鬆嗎？」另一個英文主修問，是個穿著蓬鬆紅毛衣的女孩。

「紙張上的文字從來就不輕鬆。」貓型眼眼鏡女孩強調，有幾個人點點頭。

「那換個說法好了：『比較單純』，」紅毛衣女孩舉起筆，「我可以用這個創造一整個世界，可能不夠創新但有效果。」

「直到筆沒水。」有人反駁。

另一人指出已經九點，不只一個人跳起來，表達歉意之後匆忙離席。其他人繼續分組或成雙聊天，兩個新興媒體學生在薩克里身邊流連，請他推薦課程和教授，大家一邊恢復場地的原貌。

「剛剛好棒，謝謝你，」等到他能分神的時候，凱特說，「我欠你一次人情，我這個週末就會開始織你的圍巾。我保證，天氣還冷到可以圍圍巾的時候就能給你。」

「妳不用勉強，可是還是謝了，凱特。我玩得很愉快。」

「我也是。噢，艾蓮娜在走廊上等。她想在你離開之前攔住你，又不想在你跟別人聊的時候打岔。」

「噢，好。」薩克里說，試著回想哪位是艾蓮娜。

凱特又擁抱他一回，在他耳畔低語。「她不是想跟你搭訕，我事先警告過她，說你在性向上是不可得的。」

「謝了，凱特。」薩克里說，壓抑翻白眼的衝動，知道凱特刻意用那個說法而不直說他是同志，是因為凱特討厭貼標籤。

原來艾蓮娜是那個貓眼鏡女生，她倚著牆讀瑞蒙．錢德勒的小說，薩克里現在可以看出是《漫長的告別》，他終於明白為什麼她這麼面熟。要是她把頭髮紮成髻，他可能早就認出她來了。

「嘿。」薩克里說，她從書中抬起頭，臉上掛著他自己常有的茫然神情，就是從一個世界被拉出來、回到另一世界的迷惘感覺。

「嗨。」艾蓮娜說，從小說迷霧裡走出來，將錢德勒塞進包包，「我就是昨天在圖書館的那個人，不知道你記不記得。你借了那本掃描不到的怪書。」

「我記得，」薩克里說，「那本書我還沒讀。」他補了一句，不確定為何覺得有必要說謊。

「你離開之後，我好奇起來，」艾蓮娜說，「那時候圖書館安靜得不得了，我有點在推理的興頭上，所以決定作點調查。」

「真的嗎？」薩克里問，突然興致一起，先前他還因為緊張憂慮而說了謊，「妳查到什麼了嗎？」

「沒查到多少東西，這個系統那麼倚賴條碼，只要電腦認不出來，就很難挖出檔案，可是我記得那本書看起來有點老舊，所以就到卡片檔案庫去，以前什麼都儲藏在那些美妙的木頭目錄裡，看看是不是在那裡，並沒有，可是我破解了它的編碼方式，條碼裡有兩三個數字，表明加入這個系統的時間，所以我拿來作交叉比對。」

「圖書館員會這樣查案，真厲害。」

「哈，謝謝。遺憾的是，最後查到的資料是那是私人藏書的一部分，有個傢伙過世之前，某個基金會將他的圖書館藏書分配給好幾所學校。我更新了那些檔案，寫下了名稱，這樣一來，如果你想找這批贈書裡的其他書目，應該有人能幫你列印一張清單。開學以前，我大多早上都在圖書館值班，如果你有興趣的話。」艾蓮娜在包包裡挖了一陣子，拉出一張摺好的線條筆記本內頁。「有些應該在善本室，不在流通的書區，可是不管，反正我給了它一個目錄條目，這樣只要你來還書，掃描起來應該沒問題。」

「謝謝。」薩克里說，從她那裡接過紙張。**物件取得**，他的腦袋裡有個聲音說。「好的，我很快找時間過去。」

「酷，」艾蓮娜說，「謝謝你今晚過來，討論帶得很精采。很快見。」

他還來不及道別，她已經離開。

薩克里攤開那張紙，共有兩行字，字跡工整無比。

出自J．S．奇汀的私人藏書，捐贈於一九九三年。

來自奇汀基金會的餽贈。

甜美的憂傷

曾經有三條道路。這是其中一條。

紙張很脆弱，即使以布料或皮革來裝幀。無星之海海港裡的故事，大多以紙張捕捉而成。在書本裡、捲軸中或摺成紙鳥懸掛於天花板上。

有些故事更脆弱：只要有一則故事刻在岩石上，就有更多刻劃於秋葉上或織進了蜘蛛網。有的故事裹在絲綢裡，這樣它們的紙頁就不會化為塵埃，而早已不敵歲月摧折的故事，碎碎片片蒐集起來存放於甕缸裡。

它們是脆弱的東西。不如那些高聲講述和背誦起來的表親堅韌耐久。

總是有人會束手旁觀古亞歷山大圖書館[4]陷入火海。

過去有過這樣的人，未來也總會有這樣的人。

所以總是有監護人。

很多人貢獻一生為之服務。更多人在來不及以其他方式失去性命之前，就被時間奪走了生命。

一日監護人，終身監護人，相反的狀況很罕見。

要當監護人必須受到信任，而為了得到信任必須接受測試。

監護人的測試是個漫長艱鉅的過程。

人無法自願擔任監護人；監護人是受到揀選的。

監護人人選會受到指認並觀察。受到仔細檢視。他們的一舉一動、每個選擇、每次行動都被隱身的裁判標記下來。那些裁判什麼都不做，只是觀察好幾個月，有時長達數年，然後才會進行頭幾次測試。

監護人人選不會意識到自己受到試煉。關鍵在於，當事人必須在不知情的狀況下投身於測試中，才能得到純粹的反應。許多測試永遠不會被辨認出來，即使事後回想。

在早期階段就被剔除的監護人人選，永遠不會知道自己曾經被納入考慮之列。他們會繼續過生活，找到其他道路。

多數人選在第六次試煉以前就會被剔除。

很多人通不過第十二次試煉。

頭一次測試的節奏總是相同，不管發生在海港內或海港外。

在一間大型公共圖書館裡，有個小男孩正在瀏覽書籍，打發時間，等著跟姊姊會合。他踮起腳尖伸手去拿架子上的書本，高度超過他的腦袋。他早已捨棄童書區，可是身高又不足以搆到其他書架。

有個深色眼眸的綠圍巾女人——就他看來，並不是圖書館員——將他伸手想拿的書遞給他，他羞澀地點頭道謝。她問他是否能幫個忙；當他表示同意時，她請他幫忙看住某本書，一面指出放在附近桌上一本皮革裝幀的棕色薄書。

小男孩同意，女人離去。幾分鐘過去。男孩繼續逛著書架，總是讓那本棕色小書留在視線之內。

又過了幾分鐘。男孩考慮去找那女人。他查了查手錶，再不久他自己就得離開。

4. 據文獻記載，古亞歷山大圖書館位於埃及的亞歷山大港，是世界上第一座圖書館，也是人類早期歷史上最偉大的圖書館，於一千六百年前遭火焚毀。

接著有個女人路過，沒跟他致意就順手拿起了這本書。

這女人也有深色眼眸，也兜著綠圍巾，看起來跟頭一個女人很相似，但並不是同一個人。她拿著書轉身要走開時，男孩因為些微恐慌和困惑而動彈不得。他出聲阻止她。女人轉身，臉上滿是問號。

男孩支支吾吾說，那本書是別人的。

新來的女人漾起笑容，強調說圖書館裡的書屬於每個人。

男孩差點放她離開。現在他甚至不確定這是另一個女人，因為這女人幾乎跟上一個一模一樣。再等下去，他就要遲到了，乾脆放書走會比較輕鬆。

但男孩再次抗議，囉囉嗦嗦解釋說，有人要他幫忙守著這本書。

女人終於退讓，將書還給慌亂的小男孩。

他將那本辛苦掙來的物品摟在胸口。

他並不知道自己受到了測試，但他依然以自己為榮。

兩分鐘過後，頭一個女人回來了。這一次他認出她來。她的眸色淡一些，綠圍巾上的圖樣鮮明，金色耳環沿著右耳一路往上，左耳沒戴。

他將那本棕色薄書遞給女人時，她為了他的服務向他道謝。她伸手到包包理，掏出一塊包著的糖果，一指抵住嘴唇。他將糖果塞進口袋，明白圖書館不容許這樣的事。

女人再次向他致謝，然後帶著書本離開。

很多初步的測試都很類似，重點放在細心、尊重、對細節的掌握。觀察人選怎麼應對日常生活的壓力，或非比尋常的緊急事件。衡量他們如何回應挫敗或走失的貓咪。有些人會被要求燒毀或破壞一本書。（不管書本身寫得品味多差、惹人不快或拙劣，只要毀壞書本就通不過測試。）

只要一次沒通過就會遭到剔除。

在第十二次測試過後，監護人人選就會被告知他們正受到考量。那些不在下頭出生的人會被帶到海港，進駐居民不會看到的房間裡。他們潛心研修之後，再次接受不同型態的測試。測試心理韌性與益智能力；測試應變能耐與想像力。

這個過程歷時三年。很多人會遭到剔除。有的人半路就會放棄。有些人——但並非全部——則會想通，這個時候毅力比表現更重要。

如果他們成功撐到第三年，就會拿到一只蛋。

他們從訓練和研修的狀態被釋放出來。

現在他們只需要在半年之後，完好無缺帶著同一顆蛋回來。

不少監護人人選在蛋的這個階段功敗垂成。

那些帶著蛋離開的人，回來的大約只有一半。

監護人人選和完好的蛋被帶到一位資深監護人面前。資深監護人打手勢要那顆蛋，監護人人選以掌心捧高那顆蛋。

資深監護人伸出手，但並非取走對方獻出的蛋，而是推著監護人人選的手指包住那顆蛋。

資深監護人接著往下壓，迫使監護人人選捏碎那顆蛋。

監護人人選手中只剩下裂開的蛋殼和塵粉。這種金色細粉永遠不會完全從他們的掌心退去，即使過了幾十年依然閃閃發亮。

資深監護人完全沒提起脆弱或責任。那些話語無須明說；一切心領神會。

資深監護人點頭表示讚許，監護人人選便到了訓練的末尾與入會的開端。

監護人人選一旦通過蛋的測試，就能踏上一場巡遊。

從海港熟悉的房間開始，始於心那座鐘大力揮擺的鐘錘，往外穿過幾條走廊、居民邊廂、閱讀室，往下進入酒窖，再來是宴會廳，那裡有宏偉的壁爐，甚至比最高壯的監護人還高。

接著被帶進除了監護人之外其他人都沒看過的房間。隱藏的、上鎖的、被遺忘的房間。他們比任何居民、任何助手走得更深。他們點亮自己的蠟燭，見到了沒人看到的事物。他們看到了過去發生過的事物。

他們不能發問，只能觀察。

他們在無星之海的岸上漫步。

巡遊結束時，監護人人選被帶到點了爐火、有單張椅子的小房間。監護人坐下，被問了個問題。

你願意為此獻出生命嗎？

然後他們回答願意或不願意。

回答願意的人，繼續坐在椅子裡。

他們被蒙住眼睛，雙手綁在背後。衣袍或襯衫被調整，以便露出胸膛。

一位他們看不到的藝術家帶著針和一罐墨，扎刺他們的皮膚，一次又一次。

每個監護人身上都紋了一把劍的圖樣，長度或許有三到四寸。

每把劍都獨一無二，專為該監護人所設計，不為他人所用。有些很單純；有些華麗繁複，色調採黑、深褐或金，描繪得輕巧細緻。

如果監護人人選說出否定的答覆，原本專為他們設計的劍就會收進目錄裡，永遠不會刻劃在皮膚上。

在見識過種種事物之後，很少有人會說不願意。少之又少。

那些說不願意的人雙眼也會被蒙住，雙手縛在背後。

一根銳利的長針迅速扎入，刺穿心臟。

相對來說無痛的死亡。

在種種見識過後，在這個房間裡，要挑選別條道路已經太遲。他們可以選擇不擔任監護人，可是在這裡，替代的選項只有這個。

監護人無法從外表辨識。他們不穿長袍，也沒有制服。他們的職務是輪流擔當的。大多會待在海港裡，但有些人會到地表上遊走，不被注意，無人看見。對於那些不明白箇中深意的人來說，掌心沾染的金塵了無意義，而劍的刺青很容易隱藏。

他們看起來彷彿不受任何東西的束縛，但其實有。

他們知道自己要服務什麼。

知道自己要保護什麼。

他們明白自己的本分，那才是重點所在。

他們明白身為監護人，就是隨時準備獻出生命。

身為監護人，就是將死亡戴在胸口。

薩克里・艾思拉・羅林斯站在走廊上，盯著那張筆記本撕下來的紙片，凱特從交誼廳走出來，再次裹好層層冬衣。

「嘿！你還在啊！」她說。

薩克里將那張紙條摺好，收進口袋。

「有人跟妳說過，妳觀察力敏銳過人嗎？」他問，凱特搥了他的手臂一拳。「算我活該。」

「我和萊可希要去獅鷲喝一杯，如果你想一起來的話。」凱特說，往肩後打手勢，指著正在穿外套、滿頭雷鬼辮的那個戲劇主修。

「當然好。」薩克里說，既然圖書館的營運時間沒辦法讓他進一步調查口袋裡的線索，況且笑面獅鷲有很棒的側車雞尾酒。

他們三人越過雪地遠離校園和市中心，抵達短短一段酒吧和餐廳林立的街區，背後襯著夜空散放光亮，行道樹的枝椏上結了層冰。

他們持續稍早對話的部分內容，聊著聊著，凱特和萊可希將上堂課討論的重點說給薩克里聽。一行人抵達那家酒吧時，她們正在向他描述環境劇場。

「我不確定耶，我不是很喜歡觀眾參與。」薩克里說，大家在角落的桌邊安頓下來。他都忘了自己有多喜歡這間酒吧，由深色木頭、不配對的古董固定裝置營造出來的空間，以光裸的愛迪生燈泡照亮。

「我討厭觀眾參與，」萊可希要他放心，「這個比較是自我導向的東西，你想去哪裡就去哪裡，決定自己要看什麼。」

「那要怎麼確定，任何一名觀眾可以看到整個敘事？」

「無法保證，可是如果提供夠多東西可看，希望觀眾可以自己拼湊出來。」

他們點了雞尾酒，還有菜單上半數的開胃菜。萊可希描述自己的論文計畫給薩克里聽，牽涉到破解和追尋通往不同地點的線索，以便找出表演的片段。

「你能相信她不是遊戲玩家嗎？」凱特問。

「真是令人驚訝。」薩克里說，萊可希哈哈笑。

「電玩我一直進不了狀況，」她解釋，「況且，你們必須承認，電玩對局外人來說有點可怕。」

「有道理，」薩克里說，「可是妳做的那個劇場，聽起來距離沒那麼遙遠。」

「她需要從電玩的入門款下手。」凱特說。他們啜飲雞尾酒、吃培根裹蜜棗和沾了薰衣草蜂蜜的炸羊乳酪球，一面拼組萊可希可能會喜歡的電玩清單，不過當他們指出有些遊戲得花上一百個鐘頭才能玩得徹底時，萊可希直呼不可思議。

「太扯了，」她說，啜著威士忌酸酒，「你們都不睡覺的嗎？」

「睡覺是弱者才做的事。」凱特回答，在紙巾上又多寫了幾個遊戲名稱。

背後有個托盤的飲料砸到地上，他們不約而同皺了皺臉。

「我希望那不是我們點的下一巡酒。」萊可希說，越過薩克里的肩膀瞥著落地的托盤和尷尬的女侍。

「你有機會活在遊戲裡，」他們回歸原本的對話，回到薩克里知道自己跟凱特討論過的主題，他指出，「篇幅比書、電影或戲劇都長得多。妳知道現實生活的時間相對於故事時間，故事會省略無聊的部分，經過大量濃縮吧？長篇敘事的ＲＰＧ還滿有分量的，會留時間讓人在沙漠上遊蕩、聊個天或是在酒吧閒晃。也許不是最接近現實生活的東西，但就步調來說，比起電影、電視節目或小說都更貼近現實生活。」這個想法加上近來的事件，以及喝下的酒飲，都讓他微感暈眩。他告退到男廁一趟。

不過，到了男廁，維多利亞風格的印花壁紙在鏡子裡無限重複，對他的暈眩毫無幫助。他摘下眼鏡放在水槽邊，往臉上潑灑冷水。

他盯著模糊潮溼的映影。

老派爵士樂以舒服的音量在酒吧內播放，但到了這個小小空間，音量卻擴增不少，薩克里不自在地覺得自己彷彿在時間中墜落。

鏡子裡那個朦朧的男人回盯著他，表情呼應了他內心的困惑。

薩克里用擦手紙抹乾自己的臉，盡量整頓自己的心緒。他戴上眼鏡，走回他們那張桌子時，眼前的細節變得過於鮮明：黃銅門把，沿吧檯一字排開、被燈光照亮的酒瓶。

「有個傢伙一直盯著你看耶，」他坐下來的時候，凱特告訴他，「就在那——噢，等等，他離開了。」她掃視酒吧其他的空間，蹙起眉頭，「一分鐘前明明還在，單獨在角落裡。」

「妳人真好，還替我虛構了個幻象情人。」薩克里邊說邊啜一口他離席時送來的第二杯側車。

「他本來在的！」凱特抗議，「他不是我虛構出來的吧？萊可希？」

「角落裡本來是有個傢伙沒錯，」萊可希確認，「可是我不知道他有沒有盯著你看。我以為他在看書。」

「而且一臉悲傷。」凱特說，再次皺著眉環顧房間一次，接著換了話題，薩克里終於全心投入對話。戶外又開始落雪。

他們走走滑滑回到校園，在街燈的光暈下各分東西，薩克里沿著通往研究生宿舍的彎曲道路走。他面帶笑容聽著她們的閒聊聲在遠處淡去。雪花卡在他的髮間和眼鏡上，他覺得有人在監視他，他回頭望向街燈，但那裡只有落雪、樹木和空中的泛紅霧靄。

薩克里回到房裡，在雞尾酒的迷濛中回到《甜美的憂傷》，再次從頭讀起，但是睡意悄悄前來，才讀兩頁就將他偷走。那本書合起，落在他的胸口上。

一到早上，那是他第一個看見的東西。他沒想太多，就將書收進提包，往圖書館走去。

「艾蓮娜在嗎？」他問借還書櫃臺的男士。

「她在保留櫃臺，繞過轉角的左邊。」

薩克里向男圖書館員道謝，繼續穿過中庭，繞過轉角到了設有電腦的櫃臺，艾蓮娜就坐在那裡，頭髮又紮成了髻，這次鼻子埋在瑞蒙．錢德勒的另一本小說《重播》裡。

「有什麼需要幫忙的嗎？」她頭也沒抬就問，但一抬起頭便補了句，「噢，嗨！沒想到這麼快就見到你。」

「我對這個圖書館謎團滿好奇的。」薩克里說，這樣說也沒錯。「那本怎樣？」他問，指著錢德勒，「我還沒看過。」

「到目前為止還好，可是我要等看完才能點評，因為永遠不知道可能會發生什麼事。我按照出版順序讀他所有的小說。我最愛的是《大眠》。你想要那張清單嗎？」

「嗯，能拿到就太好了。」薩克里說，很高興自己的語氣相當隨興。

艾蓮娜輸了點東西到電腦裡，等了等，又打了點別的。

「看來其他每一本都有作者姓名，所謂謎團也不過如此，不過小說跟非小說都有。我會幫你找那些書出來，可是我得守在這個櫃臺到十一點。」她再次按了按鍵，櫃臺旁邊的古老印表機轉了轉便活過來。

「就我看來，原本捐贈了更多筆書，那些書可能太脆弱，不適合流通外借或者受損了。這十二本還在流通，也許你手邊那本就是某個東西的第二冊？」她將書名、作者和索書碼的列印清單遞給薩克里。

她的假設相當不錯，而且是薩克里沒考慮到的。頗有道理。他看了這些書名，沒有什麼因為別具意義或特別有意思而引人注目。

「妳真是優秀的圖書偵探，」他說，「謝謝妳幫這個忙。」

「別客氣。」艾蓮娜說著便再次拿起她那本錢德勒。

「謝謝你為我的工作日帶來活力，如果找書碰到問題，再告訴我。」

薩克里從熟悉的小說區開始。他在靠不住的燈泡底下瀏覽書架，按照字母順序，挑出清單上的五本小說。

頭一本是福爾摩斯小說，還滿應景的。第二本是《塵世樂園》。另外兩本他從未聽過，可是看來是一般的書籍，有正式的版權頁。最後一本是法文原版的儒勒·凡爾納的《黑印度》，所以是放錯地方了。雖然老舊，但全部看來都是一般版本；當中沒有一本跟《甜美的憂傷》有共通之處。

薩克里把整疊書塞在腋下，朝著非小說區走去。這部分比較困難，因為他再三察看索書號，原路折返。他慢慢蒐集到另外七本書，因為當中沒一本跟《甜美的憂傷》相似，使得他的熱度逐漸冷卻。這些書大多都跟天文學或製圖學有關。

他最後的選項將他帶回小說區附近的神話。是布爾芬奇的《寓言時代，或神話之美》。儘管出版日期是一八九九年，看起來卻滿新的，彷彿從未有人讀過。

薩克里將那本有金粉點綴的藍書，放在整疊書的頂端。封面上的戰神艾瑞斯半身像一臉沉思，視線低垂，彷彿因為薩克里找不到跟《甜美的憂傷》同類的書籍也覺得失望。

他上樓回到幾乎空無一人的閱讀室（圖書館員正在整理推車上的書本；穿著橫紋毛衣的學生正在筆電上打字；模樣像教授的男人正在讀唐娜·塔特的小說），往房間遠處的角落走去，將書在更大的一張桌上攤開。

薩克里有條不紊檢查每本書。他尋找線索，察看首尾的空頁，內頁每一頁都不放過。他忍住不去撕掉條碼貼紙，但它們似乎沒遮住什麼重要東西，反正如果再出現一隻蜜蜂、一支鑰匙或一把長劍，他也不確定自己能夠得到什麼資訊。

查了七本書，連一個摺過的書角都沒找到。薩克里的眼力吃緊，需要休息一下，也許補充一下咖啡因。他從提包裡拿出筆記本，寫了張紙條，他懷疑其實沒必要：**十五分鐘後回來，請不要返架**。他忖度是否有「返架」這個用法，然後判定自己不在乎。

薩克里離開圖書館，走到街角的咖啡館，在那裡點了雙倍義式濃縮咖啡跟檸檬瑪芬。他兩個都用完之後，踅回圖書館，路過了可比《凱文和跳跳虎》連載漫畫裡的一批迷你雪人軍隊。

他回到閱讀室，現在只剩在整理推車的圖書館員，甚至更安靜了。薩克里脫下外套，再次細細翻閱每本書。他檢查的第九本書，就是費茲傑羅那本，偶爾有些段落以鉛筆畫了線，但沒畫什麼愚鈍的東西，只是寫得精采的幾行。接下來兩本書沒有標記，從它們書脊的狀態判斷，連讀都沒讀過。

薩克里伸手去拿最後一本，手卻在桌上撲了個空。他回頭去看那疊書，想說自己可能算錯了。可是那疊有十一本。他為了確認又再數一回。

他花了片刻才意識到缺了哪一本。

《寓言時代，或神話之美》消失了。四處不見戰神艾瑞斯的半身像。薩克里檢查桌椅底下，察看附近的桌面，以及最近的書架，可是就是不見了。

他走回房間的另一邊，圖書館員正忙著替書上架。

「我不在的時候，妳有沒有注意到有人從那邊那張桌子拿了書走？」他問。

圖書館員瞧了瞧，搖了搖頭。

「沒有，」她說，「不過我也沒很注意。有兩三個人進進出出。」
「謝謝。」薩克里說，走回桌邊，深深陷進椅子裡。
一定有人拿了那本書，晃到別的地方去了。也不是說有關係，因為既然十一本書沒給他任何資訊，第十二本書會揭露什麼的機會也很渺茫。
不過，其中一本書平空消失的機率不會那麼高才對。
薩克里拿了福爾摩斯和費茲傑羅那本要借閱，其餘就留在桌上等人返架；如果沒有「返架」這個說法，也應該要有才對。
「運氣不佳。」路過保留櫃臺時，他告訴艾蓮娜。
「真可惜，」她說，「如果我碰到了其他的圖書館謎團，再跟你說。」
「謝謝，」薩克里說，「嘿，有可能查得出過去一個鐘頭左右有人借出某本書嗎？」
「如果你知道書名，是有可能。我到借還書櫃臺跟你會合，幫你查查。整個早上沒人來這邊借書，如果現在有人臨時跑來，等個五分鐘也不會怎麼樣。」
「謝謝。」薩克里說著便向外往中庭走，艾蓮娜縮身穿過一扇門，進入圖書館員專用的通道。他還沒走到以前，她已經再次出現於借還書櫃臺。
「哪本？」她問，在鍵盤上伸縮手指。
「《寓言時代，或神話之美》，」薩克里說，「作者是布爾芬奇。」
「那在清單上，不是嗎？」艾蓮娜說，「找不到嗎？」
「我找到了，可是我想有人在我不注意的時候拿走了。」薩克里說，厭倦了跟書有關的變造行為。
「系統說我們有兩本，都沒借出。」艾蓮娜盯著螢幕說，「噢，可是其中一本是電子書。在這裡流通的書到明天早上應該就會放回架上了。目前那幾本我可以替你辦借閱。」

「謝謝妳做的一切。」薩克里說，將幾本書和學生證遞給她。不知怎地他懷疑這本書並不會很快回到架上。「我很感激。」

「別客氣。」艾蓮娜邊說邊將那幾本書遞還給他。

「拜託讀點漢密特，」薩克里補充，「錢德勒很棒，可是漢密特更好。他是真正的偵探。」

艾蓮娜哈哈笑，另一個圖書館員發出噓聲要她安靜。薩克里離開的時候對她揮揮手，覺得圖書館員彼此互噓還滿有意思的。

到了戶外的雪地裡，一切清晰無比，明亮過度。薩克里回頭往宿舍走，反覆思索那本消失書籍可能的下落，但想不出所以然來。

還好他今天把《甜美的憂傷》收在提包裡。

他邊走邊想到尚未嘗試過的做法，覺得自己很呆。他回到房間，將提包隨手扔在地上，直接走到電腦那裡。

他先用谷歌搜尋「甜美的憂傷」，雖然他早就料到會得到一頁又一頁的莎士比亞引文、樂團和關於糖類消耗的文章。他搜尋蜜蜂、鑰匙和長劍。搜尋結果混和了亞瑟王傳奇和來自《惡靈古堡》的物件清單。他嘗試幾種不同組合，找到虛構魔法學校校徽上的蜜蜂和鑰匙。他注意到那本書和作者，很好奇那樣的符號是不是巧合。

《甜美的憂傷》裡有好幾處提到那個地方是無星之海的港口，但搜尋「無星之海」時，查詢結果也只有電玩《點心世界》比較貼切但是沒有關聯，谷歌提示他指的或許是**無光之海**，指的可能是即將發行的電玩，或是來自山謬爾．泰勒．柯立芝那首關於忽必烈大汗詩作。

薩克里嘆口氣，試著以影像搜尋，瀏覽一頁頁的卡通、骷髏、地下城主，接著有東西攫住他的目光。

他點擊放大那個影像。

那張黑白照看起來像是乘人不備時捕捉的，而不是刻意擺好姿勢才拍的，或許是從更大的影像截下來的。戴著面具的女人，腦袋撇開不對鏡頭，湊向站在身旁的男人、聽他講話；男人身穿燕尾服，也戴面具。他們四周有好幾個面容難辨的人，看來照片可能攝於派對上。

女人的頸上掛著一系列的三層項鍊，每層各懸著一只飾物。

薩克里再次點擊影像，以全尺寸觀看。

掛在頂層鍊子的是一隻蜜蜂。

下方是支鑰匙。

鑰匙下方是把劍。

薩克里再次點了點，想看影像來自哪個網頁，原來有人在圖文分享網站上貼文，詢問是否有人知道這條項鍊哪裡可以買到。

不過，下方有個照片的來源連結。

薩克里一手捂嘴，按進那個連結，發現自己正盯著一個圖庫看。

阿爾貢金飯店，二〇一四年度文學化裝舞會。

再點一次，他得知今年的活動即將在三天後登場。

甜美的憂傷

敲響已成回憶的一扇門。

森林裡有一扇門，那裡並非一直是森林。

那扇門不再是一扇門，不完全是。撐住門的結構體在一陣子以前已經瓦解，那扇門隨之倒塌，此時平貼地面，而不在直立狀態。

構成門的木頭早已腐朽，鉸鏈生鏽，有人拔走了門把。

那扇門記得自己依然完好的時代。當時有個房子，有屋頂、牆壁和其他的門，裡面住著人。現在有樹葉、小鳥和樹木，但沒有人。許多年來都是如此。

所以女孩的出現是個驚喜。

她是個小女孩，年紀還太小；這年紀的女孩一般不會單獨到樹林裡遊蕩。

可是她並沒有迷路。

在樹林裡迷路的女孩，跟刻意穿過林子，雖說不知道路的女孩，兩者是不同種類的生物。樹林裡的這個女孩並沒有迷路。她正在探索。

女孩並不害怕。近晚時分的太陽在林子裡灑下爪子般的陰影，這樣的幽暗並不會令她緊張。荊棘和枝椏扯著她的衣服、刮痛她的皮膚，也不會讓她困擾。

她年幼得足以隨身帶著恐懼，卻不讓恐懼進入自己的心。她並不畏怯。她輕輕披著恐懼，恍如一層薄紗；她知道會有危險，但是讓那種活躍的覺知在周身盤旋，不會沉入心裡，而是興奮地嗡嗡響，好似一群隱形的蜜蜂。

女孩被囑咐多次，不要往這些樹林裡走得太深。被警告完全不要在這些林子裡面玩耍，而她痛恨自己的探索被隨便當成「玩耍」。

今天她往樹林裡走得好深，納悶自己會不會從另一邊出來。她並不擔心找不到路回去。她記得種種空間。她牢牢記住了那些空間，即使它們只是填滿樹木和岩石的廣闊地方。她閉上雙眼，轉了個圈，要向自己證明，等自己再睜開，就能找到對的方向；她只錯了一點點，而小小的錯誤大多是對的。

今天她找到擠成一排的石塊，以前可能是一堵牆。那些互相堆疊的石塊並不是很高，即使堆得最高的地方，也能很輕鬆爬過去，可是女孩挑了個中等高度的地方來挑戰。

牆壁的另一側爬滿藤蔓，沿著地面蜿蜒攀行，讓路變得很難走，於是女孩更貼近牆壁探索。這個地方比她在樹林裡找到的其他地方更有趣。如果女孩年紀稍長，可能會認出這裡過去有個結構體，但她年紀不夠大，無法在心中將斷壁殘垣拼湊起來，組回久遭遺忘的建築。門的鉸鏈埋在累積多年的落葉底下，就在她左腳鞋子附近。一根燭臺藏在岩石之間，陰影灑落的方式，連最大膽無畏的探索者都不會發現。

天色越來越黑，雖然現在轉成金色的陽光足以照亮她回家的路，她大可攀過牆壁，循著來時路往回走，但她並沒有。地上有點什麼讓她分了心。

遠離牆壁有另一排石塊，幾乎拼成了一個圓。一個近乎橢圓的形狀。是落在地上的石拱，裡面曾經容納了一扇門。

女孩撿起一根細枝，在拱形石塊中間的落葉間挖來挖去。那些葉子往下崩垮裂開，露出了圓形的金屬東西。

她用那根細枝推開更多枯葉，現出了一只捲曲的環圈，跟她的手一般大小，原本可能是黃銅，但上頭留下了苔蘚般的綠棕污點。

一側連在另一塊還埋在地裡的金屬上。

女孩只看過門環的圖片，可是認定這就是門環，雖說她看過的大多都是獅子咬著金屬圈，而這個環圈不一樣，除非獅子藏在泥土裡。

她一直想用門環敲門，這一個門環在地上，而不在圖片裡。

這個是她伸手就能觸及的。

她手指扣住門環，不在意手指會變多髒，然後往上抬起門環。門環還滿重的。

她鬆手讓門環落下。結果金屬碰上金屬，發出令人滿意的鏗鏘響，回音竄過樹林。

過了這麼久，門很高興自己再次被敲響。

這扇門——雖然只是過去的殘片——想起自己過去通往什麼地方。它憶起自己如何開啟。

所以現在，當一個小小探索者敲響門的時候，通往無星之海的殘門放她進去。

她腳下的土地崩塌，將她頭下腳上拉近地裡，泥土、石塊和枯葉一齊傾洩而下。

女孩詫異得叫不出聲。

她並不害怕。她不懂到底發生什麼事，所以往下墜落的時候，她的恐懼只是興奮地在周圍嗡嗡作響。

她落地的時候，滿心好奇，手肘挫傷、睫毛沾土。壓彎斷裂的無獅門環落在她身旁。

那扇門在墜落的時候嚴重受損，殘破到不記得自己曾經是什麼。

糾結成團的藤蔓和塵土掩去了事發的證據。

✵

薩克里．艾思拉．羅林斯坐在前往曼哈頓的火車上，盯著列車窗外新英格蘭的凍原，開始質疑自己的人生抉擇，這種感覺也不是今天的第一次了。

即使只是以飾品為根據的牽強連結，時機也湊巧到無法不去追索。他花了一天籌備整頓，買了張價格不菲的派對入場券，訂了對街更昂貴的飯店，因為阿爾貢金飯店已經客滿。購票詳情包括服裝規定：鼓勵大家做正式的文學扮裝，而且都必須戴面具。

他浪費太多時間擔心上哪找面具，最後才想到傳簡訊給凱特。她有六頂面具，有幾頂飾有羽毛。不過，他跟著仔細捲好的西裝，一起打包在行李袋裡的，是蒙面俠蘇洛的其中一款面具。面具的質料是黑色絲綢，戴起來意外舒服。（「我去年萬聖節扮演電影《公主新娘》裡的黑衣男，」凱特解釋，「那也算文學吧！你也想要我的黑色蓬蓬袖襯衫嗎？」）

薩克里忖度，自己是不是應該昨天就出發，因為一天只有一班火車，而這一班載他到紐約之後應該還有幾小時的空檔，可是因為天氣的緣故，途中頻繁停駛。

他在三分鐘內察看手錶四次之後，索性摘掉手錶、塞進口袋。

他不確定自己為何這麼焦慮。

他不完全確定抵達派對之後要做什麼。

他甚至不知道照片裡那個女子的模樣，無法事先得知她今年會不會出席。

可是他也只有這個薄弱的線索可以追循。

薩克里從外套裡拿出手機，調出事先存好的照片副本，再次盯著看，雖說他已經整個牢記在心，小至角落裡握著一杯氣泡酒的手，手的主人不見身影。

照片裡的女人將腦袋轉向一側，她的側臉大多是面具，但身體面對鏡頭，多層項鍊上的金色蜜蜂、鑰匙和劍有如她黑禮服上的星辰一般明晰閃亮。禮服很貼身，穿著它的女人身材玲瓏有致，要不是本身很高䠷，不然就是腳踩高跟鞋，她膝蓋下方的一切都被棕櫚盆栽遮住。盆栽和她的禮服共謀聯手將她拉進陰影裡。面具上方是一頭深色髮絲，髮型看來輕鬆吹整而成，但可能費了很大工夫才做出來。她的年齡可能二十或四十，或介於之間。而且照片看來彷彿攝於多年前，畫面裡的一切看來歷久彌新。

女人身邊的男人一身燕尾服，舉高手臂的方式暗示他的手正搭在她的胳膊上，但她的肩膀擋住了他衣袖的其他部分。他微帶灰絲的頭髮抵著面具的緞帶，但他的臉完全被她的臉遮住。他露出一點脖子和耳朵，膚色比她深上許多，但除此之外沒有更多線索。薩克里在手中轉著手機，試圖要看男人的臉，一時忘了這種做法根本只是徒勞。

火車減速暫停。

薩克里環顧四周。車廂坐不到半滿，大多是獨行的旅客，各個獨占一雙座位。車廂另一端的四人組正在閒聊，有時音量頗大，薩克里後悔沒帶耳機。他對面的女孩戴著巨型耳機，頭罩式耳機加上兜帽衫幾乎完全遮去了她，她面向車窗，可能已經睡著。

廣播穿插著雜音，透過擴音機放送，意思跟之前三次一樣，只是換個說法。因為軌道結冰不得不暫停行駛，要等冰去除才能再上路。我們為了造成延遲致上歉意，會盡快再出發等等的。

「打攪一下。」有個聲音說。薩克里抬起頭。坐在前方的中年女子轉頭越過高椅背面對他。「請問你有筆嗎？」她問。她戴著一圈圈的彩珠多層項鍊，講話的時候，項鍊叮噹作響。

「我想有吧。」薩克里說。他在斜背包裡撈找，先是拿出了自動鉛筆，接著再嘗試一次，找到了似乎在他包包底部繁殖增生的滾珠筆。「喏。」他說著便遞給女人。

「謝謝，我一下就好。」女人說，她叮叮響著消失在椅子後方。

火車動了起來，跨越的距離夠遠，窗外的雪地和樹木變成了別種面貌的雪地和樹木，然後再次減速停下。

薩克里從背包裡拿出《小陌生人》並開始閱讀，試著暫時忘卻自己身在何處、自己是誰、自己正在做什麼。

廣播來得意外，宣布已經抵達曼哈頓，將薩克里從閱讀中拉出來。

其他乘客忙著收攏行囊，那個耳機女孩已經離開。

「謝謝。」他前面的女人說，他正將斜背包往肩上一掛，提起行李袋。她將筆還他。「你救了我一命。」

「不客氣。」薩克里說，將筆收回包包。他跟著等不及要下車的乘客一起排隊。

走出賓州車站踏上街道，頓時令人覺得難以招架、茫然失措，但薩克里向來覺得曼哈頓一般來說都是如此。這樣的蕞爾之地充滿了活力、人和物。這裡的積雪較少，灰冰小山堆在水溝裡。

他抵達四十四街時，距離派對只剩下兩小時。阿爾貢金飯店狀似安靜，但從外面很難看明白。他差點錯過自己在對街的飯店門口，進門後穿過下凹的大廳，路過玻璃牆面的壁爐，最後找到了報到櫃臺。他順利辦好入住登記，將信用卡遞過去的時候，不禁畏縮一下，雖說他的存款支付房費綽綽有餘——他父親從不登門探視，而是每逢他生日的時候，寄張豐厚的支票過來。櫃臺人員保證會送蒸氣掛燙機到他房間，不管行李袋對他的西裝做了什麼破壞，都可以試圖挽回。

樓上無窗的走廊好似潛水艇。他房間裡的鏡子比他以前待過的任何飯店房間都多。床鋪對面的鏡子從地板延伸到天花板，浴室的兩面牆都是鏡子，放大了那個窄小空間，可是也讓他覺得自己彷彿不是獨自一人。

服務生送來了蒸氣掛燙機，薩克里忘了給小費，可是準備西裝還太早，所以他用巨型圓浴缸來轉移自己的注意力，雖說好幾個泡澡薩克里的鏡像頗令人不安。泡澡的機會罕有而且間隔久遠。他的宿舍只有一排不怎麼有隱私的淋浴間，而他母親在哈德遜河谷的農舍有個獸腳浴缸，雖說一向看來誘人，但水溫頂多只能維持七分鐘。怪的是，這浴室有一根錐狀蠟燭，還附了一盒火柴，這個做法頗有意思。薩克里點燃蠟燭，一朵火焰在鏡子裡成了許多朵。

泡澡到一半的時候，他向自己坦承：如果這次的短遊一無所獲，他就會放棄整件事。將《甜美的憂傷》歸還圖書館，試著忘懷，將注意力放回論文上。也許回學校的時候順道去看看老媽，請她幫忙他清理氣場，跟她討一瓶酒。

也許他的故事在巷子裡的那一天就已經開始與結束。也許他故事的重點就在於無法重新捕捉的錯失機會。

他閉上雙眼，擋住鏡像裡的那些薩克里。

他腦海裡再次浮現那幾個襯線鉛字。

時候未到。

他忖度，為何只是有人寫在書裡，自己就急著買單。他為什麼要相信任何事情，要在哪裡劃下心理界線，「暫停懷疑」這樣的做法又該在何處打住。他相信書裡的男孩就是自己嗎？唔，沒錯。他相信畫在牆上的門可以像真門一樣開啟，通往完全不同的地方嗎？

他嘆口氣，沉到水面下，一直待到需要換氣為止。

薩克里在浴水降溫以前踏出浴缸，一個奢華頹廢的奇蹟浴缸。蓬鬆的飯店浴袍讓他想到，自己應該更常去住豪華飯店，接著想起這一晚要花他多少錢，決定把握機會盡情享受，並且遠離迷你酒吧。

他背包裡傳來模糊的叮聲：凱特傳來照片，拍的是藍色銅色條紋圍巾的半成品，伴隨著

快完成了！的文字簡訊。

他回傳簡訊**看起來好讚！再次謝謝，很快見**，然後開始整燙他的西裝。他沒花多少時間，不過襯衫的問題比較大，他試過幾次之後就放棄了，想說整晚可以一直搭著外套或背心，這樣襯衫背面就不必曝光。

鏡子裡的薩克里看起來俊俏極了，平日的薩克里納悶，照明和鏡子是不是共謀營造他的魅力。他都忘了自己不戴眼鏡的模樣，他很少戴隱形眼鏡。

這身打扮並不特別有文學意涵，但即使不戴面具，他也覺得這身帶有近乎隱形細紋的黑西裝，讓他像個虛構人物。這套西裝是他兩年前買的，很少穿，但剪裁精緻、相當合身。他之前配白襯衫，現在改搭炭灰色襯衫更好看。

他將帽子、手套、圍巾留在飯店裡，想說只是過個街，然後將著列印出來的入場券連同面具收進口袋，雖然網站提示在門口報上姓名即可。他帶了皮夾但留下手機，不想將自己的日常世界帶在身邊。

薩克里從袋子裡拿出《甜美的憂傷》，放進大衣口袋，然後改放到西裝外套的內袋，書小得足以裝進去。也許這本書可以扮演燈塔的角色，將他尋覓的東西或人吸引過來。

他相信書本，他離開房間的時候這麼想著。這點至少是他有把握的。

尋覓的人和尋獲的人。

茶屋後側有一扇門。有一堆木箱擋住了那扇門，員工一般認為門後是棄置不用的櫥櫃，裡頭可能鼠滿為患。某天深夜，一位新來的助理想一展身手，看看是不是能將那些木箱收進裡頭，她一打開門就會發現，那裡根本不是儲物櫃。

星辰滿布的海洋底部有一扇門，棲靠在沉落城市的廢墟裡。某個黝暗如夜的一天，有位隨身戴著氣瓶和照明的潛水客會發現這扇門，打開來，跟著幾條非常困惑的魚，一起滑進了一團空氣裡。

沙漠裡有一扇門，被沙子埋住。隨著歲月流逝，門的石頭表面在沙塵暴中被磨去了細節。最後這扇門會被挖掘出來，收藏到博物館裡，不再被打開。

在各式各樣的地點裡有多不勝數的門。在熙熙攘攘的城市和偏遠的森林裡。在島嶼上、山巔上、牧草地裡。有些打造在建物裡：圖書館、博物館或私宅；藏在地下室、閣樓，或像藝品那樣展示在前廳。有些門在沒有附加建築的輔助下獨自佇立。有些頻繁使用、鉸鏈鬆脫，有些一直沒被發現、未被開啟；更多的門單純遭到遺忘。但所有的門都通往同一個地點。

（這點是怎麼辦到的，眾說紛紜，至今無人找到令人滿意的答案。在這點和相關話題上，眾人意見紛歧，包括這個空間的確切地點。有些人會激情地爭辯是在某塊大陸或另一塊，但這樣的爭論往往會陷入僵局，或是索性承認，或許這個空間本身會移動，岩石、大海和書本會在地表底下遷移。）

每扇門都會通往無星之海的海港，如果有人勇於開啟。

它們跟一般的門大同小異。有些很簡單，有些裝飾得很繁複。大多都有門把等著被人轉動，雖說有些門把要用拉的。

這些門會唱歌。對著那些尋覓門後事物的人，唱著無聲的海妖魅惑之歌。

那些人為了某個他們從未涉足的地方滿懷思念。

他們尋覓著，即使不知道自己在尋覓什麼（或尋覓哪裡）。

那些尋覓的會找到。

他們的門一直在等待他們。

可是接下來的經歷各有千秋。

有時候，有人找到一扇門，打了開來，往內一瞧之後，卻只是再把門關上。面對一扇門的時候，有的人留著不去驚擾，即使起了好奇心。他們認為自己需要批准。他們相信那扇門在等別人，即使那扇門等的其實是他們。

有些人會找到門，打開來走過去，想看看會通往哪裡。

一旦抵達那裡，他們會在石砌走道裡走走逛逛，找到可供觀賞、碰觸和閱讀的東西。他們會找到故事，塞在隱密的角落裡、攤開在桌上，彷彿它們向來都在那裡，等著讀者抵達。

每個訪客都會找到令自己著迷的某物、某地或某人。精心布置的壁凹裡的一本書、一段對話或一張舒服的椅子。有人會端一杯飲料來給他們。

他們將會忘了時間。

偶爾有訪客在面對所有尚待探索的東西時，會覺得難以招架、頓失方向而且茫然無措，那個空間掐擠他們的肺、心、思緒，沒過多少時間，他們就會找到回去的路，回到熟悉的地表、熟悉的星辰、熟悉的空氣；多數人會忘掉有這麼一個地方存在，更不會記得自己曾經涉足此地。這裡會像夢境一樣淡去。他們不會再打開他們的門，甚至可能會完全忘記有這麼一扇門。

可是這樣的反應少之又少。

找到這個空間的人都是曾經努力尋覓過的，即使他們永遠都不知道這裡正是自己過往以來尋尋覓覓的。

他們會選擇停留一陣子。

幾個鐘頭、幾天或幾週。有些人會離開再回來，保留這個地方作為逃遁處、退隱地、聖所。同時過著地上與地下的生活。

有幾位在門周圍的地表上建造住所，為了守住門，加以保護並防止其他人使用。

有些人一旦穿過了個別的門，就再也不想回到他們當初離開的一切。他們拋諸腦後的人生成了夢境，等待的不是回歸，而是遺忘。

這些人留下來定居此地，他們棲居其中，開始形塑這個空間即將成為的模樣。

他們生活、他們工作。他們消耗藝術與故事，創造新藝術和新故事，好加進架子上和牆壁上。他們結識朋友、尋得戀人。他們推出表演、玩遊戲，從志同道合的情誼裡編織出社群。

他們舉辦繁複的節慶和派對。偶爾會有訪客回來參加這些活動，增加了這裡的人口，讓較為寧靜的走廊更有活力。音樂與歡笑響徹宴會廳和遙遠的角落。有些人往下走到無星之海的岸邊，因為陶陶然和醉意大膽起來，赤著腳探進無星之海。

連那些老是留在私人寢室、離不開書本的人，也在這樣的場合走出孤獨；有些人聽勸加入狂歡，有些人單是旁觀就心滿意足。

在舞蹈和歡樂之間，時間轉眼流逝，那些選擇離開的人會開始找路離開，回到他們個別的門前。

他們會向那些留下的人道別。

留下的人就是在這座海港找到避風港的人。

他們尋覓，他們尋獲；他們選擇留在這裡，不管他們選擇一條奉獻的道路，或者只是永久定居。

他們生活，他們工作，他們玩樂，他們愛戀；即使想念上方的世界，他們也鮮少承認。

這就是他們的世界，無星且神聖。

他們認為這裡不受任何影響，牢不可破且永恆不變。

但所有的事情都會隨時間改變。

薩克里・艾思拉・羅林斯離開飯店房間，大約四分鐘就到了阿爾貢金飯店。要不是因為必須等電梯，然後在街上等一輛計程車過去，甚至可以更快。

派對尚未進入高潮，但氣氛已經相當熱絡。等待報到的人們排著隊伍，擠滿了大廳。這家飯店比薩克里過夜的那家在風格上更古典，打扮正式的人群讓這裡感覺更老派，有色澤豐潤的深色木頭、棕櫚盆栽，照明巧妙但昏暗。

薩克里排隊等待的時候，戴上了面具。一個黑洋裝女子正在發送白面具給沒自備面具的賓客，薩克里很高興自己帶了，白色面具是塑膠的，看起來不怎麼舒適，雖說散布在室內各處的效果相當耀眼。

他向櫃臺的女子報上自己的名字。她沒要求檢查他的入場券，入場券塞在他西裝外套口袋裡。他寄放了大衣，拿到了一只紙製手環，看來像是書脊製成的，上頭印著日期而非書名。對方告知他酒吧的事情（開放中，歡迎給小費），然後就放他自由活動，他不知道該拿自己怎麼辦。

薩克里像幽魂一般在派對裡遊蕩，很感激有面具讓他能在眾目睽睽下有所躲藏。

就某些層面來說，這個派對就像任何扮裝派對，吱喳閒聊、酒杯輕碰，從對話下方泡泡般湧上的音樂，承載著一切的韻律一起前進。在一個房間裡，參加派對的人倚在扶手椅上或在角落裡閒晃；另一個房間裡，舞池裡有不少人，在那裡音樂蓋過了對話，堅持要讓人聽見。像是電影裡的派對場景，雖說是一部難以確定時代背景或裙襬長度的電影。隱約的彆扭感覺讓薩克里回想起參加婚禮時，大多賓客互不相識時的氣氛；就他的經驗來說，隨著夜晚過去，酒過幾巡之後，這種感覺就會淡去。

以其他方面來說，這場派對跟他體驗過的毫無相似之處。主要房間旁邊的酒吧整個籠罩在藍色光線裡。沒有很多明顯的文學裝扮，但有紅字[5]、字典紙張做成的精靈翅膀，有個人扮成作家埃德加・愛倫坡，肩上放了一隻假烏鴉。扮相完美的黛西・布坎南[6]在吧檯邊啜飲馬汀尼。黑色小洋裝女子的襪子上印著艾蜜莉・狄金生的詩作。穿著西裝的男人肩上披了條毛巾。有幾個人可以輕易融入奧斯汀或狄更斯的作品。

角落裡有某個人打扮成辨識度很高的作家；再看得仔細點，薩克里想，也許那就是辨識度很高的作家本人。薩克里驚慌地意識到，寫了他架上書本的那些作者，當中有些人是會參加派對的真人。

他最愛的是一個女人的扮裝，她一身白色長禮服，頂著一只簡單的金皇冠，他一時想不到出於什麼典故，最後她轉過身去，長禮服背面的垂墜衣料含有一雙尖耳朵，從兜帽上垂下，一條尾巴跟著長衣襬拖曳在背後。他想起自己五歲的時候曾經扮成《野獸國》裡的麥克斯，雖說他當時的扮裝沒這麼優雅。

薩克里尋找金色項鍊，但沒找到有蜜蜂、鑰匙或長劍的項鍊。他瞥見的唯一一把鑰匙，設置的方式彷彿消失在某人的頸背裡，但是他認出那把鑰匙指的是某部漫畫，頗為高明。

他發現自己巴不得那些適合談談的人能夠自體發亮，或是有箭頭指著他們的腦袋，或有對話選單可以挑選。他不總是希望現實生活可以更像電玩，可是在某些情境裡，會滿有幫助的。**來這邊。跟這個人講話。**即使不知道自己到底試著要做什麼，但感覺就是有了進展。

他應該聚焦在飾品上，那些細節卻讓他越來越分心。他在吧檯點了一款文學創意雞尾酒，是用琴酒、檸檬、茴香糖漿調成的「溺水奧菲莉亞」[7]，端上來時插了一支迷迭香，配上應景的紙巾，上頭印著《哈姆雷特》的摘文。其他的賓客啜飲海明威的戴克利和薇絲朋調酒，複雜地妝點著捲起的檸檬皮。一杯杯氣泡酒的杯腳飾著緞帶，緞帶上寫著「喝我」。

桌上的碗裡裝滿了脫落的打字機按鍵。蠟燭照亮裹著書頁的玻璃燭臺。有條走廊妝點著各式書寫用具（鋼筆、鉛筆、鵝毛筆），從天花板懸吊下來，高度各不相同。

一身鑲珠長禮服的女人，搭著相配的面具，坐在角落裡，正用打字機在紙片上打短小的故事，送給路過的賓客。她遞給薩克里的那一張讀起來像是長版的幸運餅乾籤文：

他獨自遊蕩但安居於自己的寂寞中。
雖困惑但得到困惑的撫慰。
迷惑有如毯子供他躲藏於下。

即使假裝是盛宴上的幽魂，他還是躲不開矚目。他納悶面具是否讓人更勇敢，更可能因為匿名狀態而主動跟人搭訕。其他遊蕩的幽魂走過來，品評酒飲和氣氛。分享打字機產出的故事，是個熱門的聊天開場，讓他有機會讀到幾則不同故事，包括觀星的刺蝟，另一則故事講的是建造於溪流上方的屋子，水聲在房間裡迴盪。他無意間聽到有人提及，別的房間裡有私密說故事活動，可是他還沒跟有這個經驗的人搭上話。他得到確認，是的，房間對面確實是那位知名作家，對了，那邊還有一個知名作家，是他根本沒注意到的。

在藍光籠罩的酒吧裡，他發現自己跟戴著場地提供的面具、西裝筆挺的男人聊起雞尾酒，男人的翻領上貼著**哈囉，我叫**＿＿＿的標籤，上頭手寫著「果陀」。

5. 美國作家納撒尼爾·霍桑十九世紀出版的小說名作。
6. 《大亨小傳》裡的角色。
7. 《哈姆雷特》裡的角色。

薩克里將果陀推薦的那款威士忌，寫在列印的入場券背面。

「打擾一下。」一個女子說，她穿著古怪稚氣的淡藍色洋裝搭長筒白襪，薩克里慢一拍意識到她在跟他說話。「你有沒有看到這邊的貓咪？」她問。

「貓？」薩克里猜想她是棕髮版的夢遊仙境愛麗絲，直到有一個同樣扮相的女子跟她會合，這一來就明顯起來，雖說有點令人忐忑，她們扮的是驚悚電影《鬼店》裡的雙胞胎。

「這家飯店住了一隻貓，」雙胞胎裡的第一個解釋，「我們整晚都在找牠，可是到目前為止都沒找到。」

「要幫我們一起找嗎？」她的翻版問，薩克里同意了，雖然就她們的模樣看來，這份邀約潛藏著不祥預兆。

他們決定分頭進行，以便擴大搜尋範圍。薩克里晃回舞池附近，停步聆聽爵士樂團，試著辨識熟悉的曲目。

他朝樂團後方的暗影裡窺看，雖然他覺得有那麼多噪音，貓咪不可能在那裡流連。

這時有人輕拍他的肩。

打扮得像麥克斯的女子正站在他背後，頭戴王冠，比他料想的還高。

「想跳個舞嗎？」她問。

說點文雅的話，薩克里的腦海裡有個聲音下令。

「當然好。」他嘴巴只吐出這句話，他腦海裡的聲音失望地雙臂往上一拋，但野獸國國王似乎不在意。

她扮裝的細節近看更加令人折服。她的金面具和王冠互為呼應，都是以皮革剪裁成單純的形狀，染以豐潤的金屬色調。面具下方的雙眼描著金線，連睫毛都閃閃發光，同樣的金色亮粉也撒遍了往上梳整的頭髮，薩克里現在懷疑那可能是假髮。她長禮服前側有一排白鈕釦，以金線縫定，襯在布料上幾乎隱而不見。

她的香水和扮裝簡直天造地設，一種大地系的綜合氣味，聞起來同時像塵土和糖粉。

沉默但不算尷尬的共舞片刻之後，薩克里回想起該怎麼帶舞，掌握那首歌的節奏（他認出是一首爵士經典但想不出名稱），判定自己可能應該說點話。在心裡摸索一陣之後，決定講他稍早見到她時第一個浮現的念頭。

「妳的麥克斯裝比我以前的麥克斯裝優秀太多了，」他說，「還好我沒穿自己的來，要不然會很尷尬。」

女人綻放笑容，那種心領神會、近乎假笑的表情，讓薩克里聯想到經典電影明星。

「你不會相信有多少人問我扮成什麼。」她說，失望之情溢於言表。

「他們應該多閱讀。」薩克里回應，呼應她的語氣。

「你自己也在偽裝，不是吧？」女人壓低嗓門問。

「多多少少。」薩克里回答。

可能戴著假髮的野獸國國王對他微笑。這回是真心的笑容。

「我想是『多』，」她打量他一番之後說，「你今天晚上為了什麼過來？除了喜愛文學和雞尾酒？你好像在找人。」

「算是吧，」薩克里承認，他都差點忘了，「可是我想他們不在這邊。」

他拉著她轉身，主要是想避免撞到另一對共舞的人，但她的長禮服隨之飄揚，讓動作看起來很炫目，附近有好幾個人打住動作看著他們。

「可惜，」女子說，「他們錯過了美妙的派對和美妙的同伴，我想。」

「另外，我也在找貓。」薩克里補充。女子的笑容一亮。

「啊，今天晚上稍早我看到了瑪蒂達，可是我不知道牠往哪裡去了。就我的經驗，讓牠主動來找你有時更有效率。」她頓住但接著惆悵地低聲補充：「能當一隻飯店貓該有多好。是何等幸運啊。」

「妳今天晚上為了什麼過來？」薩克里問她。音樂已經更換，他一時沒站穩，幸好沒踩到她的腳就恢復了平衡。

但在女子還沒答話以前，薩克里右肩那裡有點什麼攫住了她的目光。她身子一僵，是他感覺到而非親眼看見的轉變，他想也許這女子很擅長扮演各種面貌。

「我先告退一下。」她說。她一手搭在薩克里的翻領上，旁邊有個人拍了張快照。女子開始轉身離開，但接著停住，先向薩克里鞠個躬，或介於屈膝禮和鞠躬之間的動作。看起來正式又傻氣，尤其她是戴王冠的那個。薩克里盡可能以同樣的動作回禮，她消失在人群裡的時候，附近有人鼓起掌來，彷彿他倆是演出的一部分。

攝影師走上來詢問他們的姓名。薩克里決定要求對方，要是照片刊登出來，只將他們標示為賓客，攝影師猶豫不決地同意了。

薩克里又在大廳裡閒逛，因為人潮更擁擠，他的行進速度更慢，心裡越來越失望。他再次尋覓飾品，尋找蜜蜂、鑰匙或長劍。尋找徵兆。他自己應該穿戴在身上，或畫在手上，或是找一條蜜蜂圖案的口袋巾。他真不知道自己當初怎麼會以為能在滿室的陌生人當中找出一位。

薩克里尋找之前談過話的人，想說也許可以若無其事地問起……他再也不確定要問什麼了。他甚至無法在人群找到他的那位麥克斯。他遇到一群緊緊聚攏的賓客（其中一位穿著顯眼的綠色絲質睡衣褲，以玻璃罩裝著一朵玫瑰），於是縮身走到柱子後方，貼近牆壁移動，好避開他們，可是當他這麼做的時候，人群裡有個人揪住他的手，將他拉過一道門口。

門在他們背後關上，悶住派對的閒談聲，一併遮去了光線。

黑暗中有另一個人跟他在一起，將他拉進房裡的手放開了他，但有人站在附近。或許比他更高𨃩。呼吸輕柔。聞起來有檸檬、皮革，加上薩克里辨認不出，但覺得無比迷人的氣味。

接著有個人聲在他耳畔呢喃。

「很久很久以前，時間愛上了命運。」

是男人的聲音。聲線低沉但節奏輕盈，是說書人的聲音。薩克里凝住不動，等待著。傾聽著。

「你可以想像，這會產生問題，」那個聲音繼續下去，「他們的戀情打斷了時間的流動。時間使得命運的線糾成一團。」

一隻手搭上薩克里的背，將他往前輕推，薩克里試探地跨步走進黑暗，然後再跨一步。說書人繼續下去，音量現在大到足以填滿這個空間。

「星辰在天際裡緊張地旁觀，擔憂會發生什麼事。要是時間心碎了，日和夜可能會落得什麼下場？要是命運哪天失戀了，又可能引發什麼樣的災難？」

他們沿著漆黑的走廊往前走。

「眾星辰一同謀劃，要拆散雙方。好一陣子星辰在天際間呼吸變得輕鬆一些。時間一如既往流動著，也許難以察覺地變慢了。命運將原本應該交錯的路線編織在一起，不過或許這裡那裡各少了一根線。」

現在一轉，對方帶領著薩克里朝另一方向穿過黑暗。在停頓之間，他聽得見樂團和派對，聲音悶糊且遙遠。

「可是最終，」說書人說下去，「命運和時間再次找到對方。」

搭在薩克里肩上的手，堅定地止住他們的移動。說書人湊了上來。

「在天際裡，眾星辰發出嘆息，閃閃爍爍、煩躁不安。它們請月亮給它們建議。月亮轉而召開貓頭鷹議會，決定怎麼進行最好。」

黑暗中某個地方傳來羽翼撲動的聲響，又近又重，攪動了他們四周的空氣。

「貓頭鷹議會召開，一夜又一夜地討論這件事。牠們爭吵與辯論時，周遭的世界正在夢鄉中。世界持續運轉，不知道自己沉眠的當兒，這麼重要的事情正如火如荼商議著。」

黑暗裡，有隻手指引薩克里的手到門把上，薩克里轉動門把，門打開。他認為自己看到一道細細的眉月，接著月亮消失了。

「貓頭鷹議會達成符合邏輯的結論，如果問題出於兩者的組合，那麼勢必將其中一個元素移除。牠們選擇保留牠們認為更重要的那個。」

一隻手將薩克里往前推。門在他背後合上。他納悶是不是只剩自己一人，但故事繼續下去，黑暗中那個人聲在他四周移動。

「貓頭鷹議會將決定通知星辰，星辰同意了。月亮並不同意，但在這個夜裡，它漆黑無光，無法提供意見。」

聽到這裡，薩克里鮮明地回想起來，方才月亮在他眼前消失不見，故事繼續下去。

「所以就這麼決定了，命運被五馬分屍。被嘴喙和利爪撕成碎碎片片。命運的尖叫在最深邃的角落和最高闊的天際裡迴盪，但沒人膽敢插手，除了一隻勇敢的小老鼠，牠悄悄溜進這團混戰之中，神不知鬼不覺地穿過鮮血、骨骸和羽毛，帶走命運的心臟，保護它的安全。」

現在，老鼠般的動靜快速竄上薩克里的手臂，越過他的肩。他打了哆嗦。那個動靜停在他的心口上，手的重量頓在那裡片刻，然後再次移開。接著是久久的停頓。

「當喧鬧平息下來，命運一無所剩。」

一隻戴手套的手落在薩克里的雙眼上，黑暗變得越來越暖、越來越暗，人聲現在更近了。

「吞噬命運雙眼的那隻貓頭鷹，得到了絕佳眼力，好過任何生物曾經得到的視力。議會封牠為貓頭鷹王。」

原本那隻手依然遮著薩克里的眼睛，另一隻手短暫停在他頭頂，一股瞬間出現的重量。

「在天際裡，眾星辰因為如釋重負而閃閃發亮，但月亮滿懷憂傷。」

這裡又有個停頓。久久的停頓，沉默之中，薩克里可以聽見自己的和說書人的呼吸聲。那隻手並未離開他的雙眼。皮革的氣味參雜著檸檬、菸草、汗水。他正要緊張起來時，故事繼續下去。

「所以時間照著應有的方式行進，而曾經注定要發生的事情，留給了機緣，而機緣對任何東西的眷戀從不長久。」

說書人引領薩克里往右走，再次帶他往前行。

「可是這個世界很奇怪，不管星辰們怎麼盼望，終結不真的是終結。」

他們在此停住。

「偶爾命運會再次將自己聚合起來。」

前方傳來門打開的聲音，薩克里再次被引導往前走。

「而時間一直在等候。」那個人聲呢喃，氣息暖暖呼在薩克里的脖子上。

原本捂住薩克里雙眼的手提起，門在他背後喀答關上。他對著光線眨眨眼，心跳在耳邊咚咚響，他環顧四周，發現自己回到了飯店大廳，就在棕櫚盆栽半掩的角落裡。

他背後的那扇門鎖上了。

有什麼碰上他的腳踝，他低頭便發現有隻毛茸茸的灰白貓，正用腦袋蹭著他的腿。

薩克里往下伸手摸摸牠。只有在那時，他才明白自己的雙手正在顫抖。那隻貓似乎不在意。牠陪了他一會兒之後便步入陰影裡。

薩克里回到吧檯那裡，還因為深陷故事當中而迷迷茫茫。他試著回想自己是否聽過這則故事，儘管覺得熟悉，卻怎麼也想不起來，就像他在某處聽過但後來遺忘的神話。酒保又替他調了杯溺水奧菲莉亞，但道歉說他們茴香糖漿用光了。酒保以蜂蜜替代，另加了氣泡酒冰淇淋。加蜂蜜更好喝。

薩克里四下張望，想找打扮成麥克斯的女子，但遍尋不著。

他坐在吧檯那裡，覺得自己很失敗，可是發生過的事情又讓他難以招架，他試著在腦袋裡清點整個晚上：**為了回憶而喝了迷迭香。尋找貓咪。和野獸國國王共舞。氣味極好的男人在黑暗中跟我說了個故事。貓咪找到我。**

他試著回想果陀之前提過的波旁威士忌名稱，從西裝外套口袋抽出票券。

他這麼做的時候，名片大小的方形紙張從口袋落下，飄到地板上。

薩克里撿起來，試著回想之前聊過的那些人裡面，是否有人給過他名片。

可是那並不是名片。上頭有兩行手寫字。

耐心&堅忍

1a.m.帶朵花來

薩克里看了看錶：12:42

他翻到卡片背面。

背面有隻蜜蜂。

❀ 甜美的憂傷 ❀

曾經有三條道路。這是其中一條。

只要有蜜蜂存在，就有看守人。

據說起初只有一位看守人，但隨著故事加倍增量，就需要更多看守人。

在這裡，看守人早於助手來到，也早於監護人。

蜜蜂和故事則早於看守人來到。咿咿嗡嗡。

看守人早於鑰匙來到。

這項事實通常遭人遺忘，因為看守人等同於鑰匙。

另外遭人忘懷的是：曾經有把鑰匙，一把又長又薄的鐵製鑰匙，鑰匙頭鍍了金。

這把鑰匙有很多副本，但每把鑰匙的主人只有一位。這些副本串在項鍊上，掛在每位看守人的脖子上。鑰匙常常貼著他們的胸膛，金屬磨搓肌膚，很多人的肉身上都留下鑰匙的印痕。

這是個傳統的起源。現在無人記得。胸膛的印記單純只是個概念。起源原本顯而易見，直到遭人淡忘。

看守人的角色經年累月有了變動，程度超過其他道路。助手點燃他們的蠟燭。監護人暗自移動且保持警醒。

看守人曾經只是看守蜜蜂和故事。

隨著空間擴增，他們也看守房間，將故事按照類型、長度、莫名的奇想加以區隔。或者為了容納更厚重的書冊，在岩石上鑿出放書的架子，或是建造金屬擱板、玻璃櫥櫃、書桌。閱讀用的椅子、靠枕和檯燈。按照需求增添更多房間，那種中央有火堆的圓形房間，可供大聲說故事。極佳音效的寬闊房間，可以用舞蹈或歌唱來表演故事。可供修補書本的房間，撰寫書本的房間，可以因應任何目的的空房間。

看守人替房間製作房門以及開啟房門的鑰匙，或是讓門持續關閉。起初，每扇門都用同一把鑰匙。

更多門就有了更多鑰匙。曾經，看守人可以辨識每扇門、每個房間，現在他們無以為繼，於是分配了各自負責的區域。邊廂、樓層。一位看守人可能永遠無法見到其餘的看守人。他們在彼此周圍繞行，有時路線交會，有時並不會。

他們將鑰匙埋進胸口裡，如此就可能永遠被視為看守人。也是提醒自己，即使他們那把鑰匙（或數把鑰匙）掛在牆壁的鉤子上，並未隨身戴在脖子上，責任依然如影隨形。

成為看守人的方式也有了變化。

起初他們受到揀選，並以看守人的身分培養長大。或是生在海港，或是襁褓時期被帶到那裡，年紀小的記不得天空的模樣，夢也不曾夢見過。自幼就學習關於書本和蜜蜂的種種、把玩木製鑰匙。

過一陣子之後，眾人決定，這條道路也應該是自願的，有如助手的道路。但跟助手不一樣的是，志願者要接受一段培訓期。第一段培訓期過後，如果他們還是有意願，就會進入第二期。第二期之後，餘下的人就會繼續第三期。

以下就是培訓的第三期。

看守人人選一定要挑選一則故事，隨他們的意思挑選，無論是童話、神話、關於深夜和縱酒過後的軼事，只要不是他們自己的故事就行。

（一開始相信自己想當看守人的，當中有許多其實是詩人。）

他們花一整年研究自己挑中的故事。

他們一定要記起來。不只是記住而已，還要滾瓜爛熟。不是能夠單純背誦那些文字，而是要能夠感受文字，感受故事的變化起伏、朝著高潮匆匆奔湧或曲折緩流的形狀。於是他們就能憶起並轉述這則故事，親近的程度彷彿身歷其境過，並且保持客觀態度，彷彿他們扮演過故事裡的每個角色。

研修一年過後，他們被帶到僅有一扇門的圓形房間。房間中央面對面放著兩張簡樸的木椅。

沿著弧形牆面擺設的蠟燭宛如星辰，有高有低，在壁式燭臺裡熒熒發光。

不被蠟燭占據或未被門挖空的牆壁上，每分每寸都掛著鑰匙。鑰匙從地板開始，蓋過整面牆，往最高蠟燭上方不可見的地方延伸，深入暗影裡。銅製的長鑰匙和銀製的短鑰匙，凹槽複雜的鑰匙，頂頭裝飾繁複的鑰匙。有許多鑰匙古老且光澤盡失，但整個集合起來，在燭光中依然熠熠發亮。

海港這裡有每把鑰匙的副本。如果有人需要，就會複製另一把補上，這樣就不會遺失任何一把。

獨獨只有一把沒有雙包掛在這個房間，就是打開牆上這扇門的這把。

這是個令人分心的房間，合該如此。

看守人人選被帶到這房間，並且被要求就座。

（大多人選擇面向門口的那把椅子；選擇背對門口的那些人，幾乎總是表現得更好。）

他們被獨自留在這裡幾分鐘至一個小時。接著某人進入房間，坐在他們對面的椅子裡。

接著他們說他們的那則故事。

他們想用什麼方式說書都行。他們不能離開這房間，只有人能進來，不能帶任何東西。既沒道具，也沒有可以看著朗讀的紙張。

他們不需要留在自己的椅子裡，雖說他們那位單一的觀眾必須坐著。

有人會坐著朗誦，讓自己的聲音施展魅力。

更活潑的說書方式形形色色，從站到椅子上到在房間裡踱步。

曾有守門人人選站起來，繞到觀眾的椅子背後，傾過身來，在觀眾的耳畔低聲說完整則故事。

有個人詠唱了整則故事，從甜美、輕柔、旋律優美，到痛苦嚎叫，然後再回來。

另一個人用自己的椅子當作輔助，隨著故事演進，逐步捻熄每一盞蠟燭，在黑暗中說完駭人的故事。

故事說完的時候，觀眾離去。

看守人人選繼續孤身留在房間裡，幾分鐘至一小時不等。

然後會有一位看守人來找他們。有些人選會因為自己的付出與服務得到致謝，然後遣散離開。

看守人會請其餘的人選從牆上挑一把鑰匙，想要哪把都行。

那些鑰匙上面並沒有標籤。挑選純粹憑感覺、直覺或奇想。

領受鑰匙之後，人選回到自己的座位。他們會被蒙上雙眼。

挑選的鑰匙會被拿走，在火焰裡加熱，繼而壓進新看守人的胸口。那個傷疤壓痕約莫在鑰匙套進項鍊、掛上脖子時會貼在身上的地方。

黑暗中，看守人會看見自己置身於所選鑰匙可以打開的房間內。當劇烈的痛楚漸漸消退，他們會開始看見所有的房間、看見所有的門、看見所有的鑰匙。看見他們看守的一切。

受命為看守人的那些人，並非因為他們做事井然有序，也不是因為他們善於操作工具機械，或忠貞不二，或比其他人更有操守。助手必須忠心耿耿，監護人必得有操守。看守人則一定要精神煥發，而且維持不墜。

他們之所以受命為看守人，是因為他們明白我們為何在這裡。為何事關緊要。

因為他們明白那些故事。

他們的血脈裡感受得到蜜蜂的嗡嗡聲。

但那是之前的事。

現在僅剩一位。

薩克里・艾思拉・羅林斯等著從寄物處取回大衣時，察看手錶三次。他又讀了那張紙條一回。**耐心&堅忍1a.m.。帶朵花來。**

他百分之九十四確認「耐心」和「堅忍」是紐約市立圖書館外頭那雙石獅的名字，距離這裡只有幾個街廓。百分之六的沒把握還不足以讓他考慮其他可能性，而分分秒秒滴答過去，步調似乎比之前走得還快。

「謝謝。」他對將大衣歸還給他的女孩說，語氣過於熱忱，從她容易解讀的臉上表情就看得出來，即使面具掩去她部分的臉龐，但薩克里早已往門口走了一半。

他頓住腳步，想起紙條上唯一的指示，偷偷從門口附近的裝置抽起一朵，盡可能不招來注目。那是一朵紙花，花瓣是從書頁上剪下的，但嚴格來說是朵花。反正也沒別的選擇。

他走到戶外以前先摘下面具，塞進大衣口袋。沒了面具，臉感覺怪怪的。

外頭的空氣好似一堵冰凍的牆迎面襲來，接著更硬的東西撞了過來，將薩克里一把碰倒在地。

「噢，真抱歉！」人聲從上方傳來，薩克里眨眼抬頭望去，雙眼因寒冷而刺痛，在雞尾酒的影響之下，他看到眼前跟他講話的是一頭彬彬有禮的北極熊。

他多眨幾次眼之後，那頭北極熊毛皮的蓬鬆程度稍減，化身成為一位白髮女士，穿著同樣雪白的皮草大衣，戴著白手套的手朝他伸來。

薩克里握住北極熊女士的手，讓她拉他起身。

「親愛的你真可憐，」她邊說邊拂去他大衣上的塵土，白手套在他的肩膀和翻領之間飛舞，莫名地依然保持潔淨。塗著紅口紅的女人蹙起眉頭。「你還好嗎？我走路沒好好看路，真呆。」

「沒事。」薩克里說，冰黏在長褲上，肩膀鈍痛。「妳還好嗎？」他問，雖說女人或她的大衣似乎一絲不亂，現在看來更像銀色而非白。

「我沒受傷，是沒長眼，」女人說，手套又開始撲動，「無論如何，已經有好一段時間，沒有男人拜倒在我腳下了，我親愛的，就這點我向你道謝。」

「不客氣。」薩克里說，自動浮現笑容，肩膀的痛感退去。他差點問女人，她剛剛是不是去參加那場派對，但他太在意滴答流逝的時間。「祝妳晚上愉快。」他說，留她在飯店遮篷下的那池光線裡，繼續沿著街道走。

他再次察看手錶，在街角轉上第五大道。只剩幾分鐘了。

他朝圖書館越走越近，傾聽計程車在潮溼的路面上疾馳，他的自動反應開始動搖。他的雙手凍僵了。他往下瞧瞧手裡那朵現在有點壓扁的紙花。他仔細檢查，看看能否猜到花瓣是從哪本書來的，但內容是義大利文。

薩克里接近圖書館階梯時，放慢了步調。儘管時間頗晚，還是有幾個人在附近閒晃。一群穿著黑大衣的人嘻笑閒聊，等著交通燈號變換以便過街。一對情人倚著低矮石牆接吻。階梯上空蕩蕩的，圖書館打烊了，但獅子依然堅守崗位。

薩克里路過一頭獅子，他推想是「堅忍」，然後停在階梯中央附近，介於兩頭獅子之間。他看看手錶：1:02a.m.。

他錯過這場會面了嗎？如果這是一場會面的話。他必須等下去嗎？

早該帶本書來，在無書的狀況下等待的時候他想，他平日必定隨身帶書，接著才想起來，便將手探進西裝外套。

可是《甜美的憂傷》已經不在口袋裡了。

為了確認，薩克里查遍所有的口袋，但書不翼而飛了。

「在找這個嗎？」背後有人問。

站在圖書館階梯上，在他上方幾階的地方，有個穿著雙排釦短大衣的男人，衣領上翻，兜著厚重的羊毛圍巾。一頭深色髮絲，太陽穴那裡摻了灰絲，框住一張可說俊美的臉，但要附加粗獷或非典型的字眼來形容。他穿著黑色正式西褲和閃亮的鞋子，但薩克里不記得在派對上見過他。

他戴著黑手套的一隻手裡正拿著《甜美的憂傷》。

「是你從我身上拿走的。」薩克里說。

「不，是其他人從你身上拿走，我又從他們那裡拿來，」男人邊解釋邊拾級而下，停在薩克里身旁，「別客氣。」

薩克里頸背上的寒毛，搶在身體其他部位之前，認出了那個聲音。這男人是他之前的說書人。

「那些跟蹤你的人想要這本書，」男人說下去，「目前，他們相信自己手上握有這本書。我們目前開了一扇時間窗口，在這裡他們不會跟蹤你，可是這個窗口再過半小時左右就會關起，屆時他們就會意識到這本書不見了。再一次。跟我來。」

男人將《甜美的憂傷》收進外套口袋，開始往前邁步，路過「耐心」之後轉身南行，頭也不回。薩克里猶豫一下，然後跟了上去。

「你是誰？」薩克里在街角追上男人的時候問。

「你可以叫我朵里安。」男人說。

「你就叫這個名字嗎？」

「有關係嗎？」

兩人默默越過街道。

「所以那朵花是要做什麼的？」薩克里問，舉高那朵紙瓣花，夾在幾乎被冷天凍麻的指間。

「我想看看你會不會遵照指示，」朵里安回答，「結果還過得去，雖然不是真花。至少你滿會隨機應變的。」

朵里安從薩克里那裡接過紙花，微微轉了一下，然後插進大衣的釦孔。

薩克里將凍僵的雙手塞進口袋。

「你連我是誰都沒問過。」他強調，困惑於怎麼會有人同時如此迷人又惱人。

「你是薩克里．艾思拉．羅林斯。向來叫薩克里，沒用過『薩克』這個簡稱。一九九○年三月七日在路易斯安那州的紐奧良出生。雙親離婚不久之後，跟母親在二○○四年搬遷到紐約上州。過去五年半在佛蒙特讀大學，目前正在寫論文，研究現代電玩的性別和敘事。你的學業成績平均點數很高。你性格內向，有些輕微的焦慮問題，你和幾個人關係友好，但沒有真正親近的朋友。你認真談過兩場戀愛，最後都慘澹收場。這個星期稍早，你從圖書館借出一本書，後來那本書被編入電腦系統裡，讓它變得可供追蹤，從那之後，那本書，連帶還有你，一直遭到跟蹤。跟蹤你不怎麼難，不過他們額外在你的手機裡植入追蹤裝置，以便掌握你的去向，幸好你把手機留在飯店裡。你喜歡精調的雞尾酒還有公平交易的可可亞，你可能應該添個圍巾。我知道你是誰。」

「你忘了我是雙魚座。」薩克里咬緊牙關說。

「我以為剛剛把你的出生日期加進去，就已經暗示了這一點，」朵里安微微聳肩說，「我是金牛座，如果我們撐得過去，我應該請你母親幫我讀星盤。」

「你知道我母親什麼了？」薩克里氣惱地問。他往前衝刺、追跟上朵里安的步調，每到一個十字路口，就有新一波的冷冽空氣劃穿他的大衣。他已經不再去看路標，但相信他們正往東南方走。

「樂芙・羅林斯夫人，靈性導師，」朵里安說，他們又轉了個彎，「在海地住到四歲，但因為客人喜歡，所以有時講話會裝海地腔。專長是心靈占卜，對塔羅和茶葉占卜也有涉獵。紐奧良的店面樓上就是你們的住家。你沒打開的那扇門就在那裡，對吧？」

薩克里納悶，朵里安怎麼會知道那扇門的事，接著領悟到簡單的答案。

「你讀過那本書了。」

「我快快瀏覽過頭幾章，如果可以把它們當成章節的話。我原本在納悶你為什麼那麼依戀這本書，現在我明白了。一定不能讓他們知道你在書裡頭，要不然他們會對你起更大的興趣，他們目前的焦點還放在書上面。」

「他們是誰？」薩克里問，兩人轉到更寬闊的街道，他認出是公園大道。

「一群古怪的混帳，他們覺得自己正在做對的事，在這個案例裡，**對不對**是很主觀的，」朵里安說，發怒的方式讓薩克里不禁猜想，那種古怪可能牽扯到私人恩怨，而且朵里安在他們眼中也是如此。「我可以跟你細說從頭，但現在不行，我們沒時間。」

「我們要去哪？」

「我們要到他們的美國總部去，運氣不錯，離這裡才幾個街廓。」朵里安說明。

「等等，我們要主動去找**他們**？」薩克里問，「我不——」

「**他們**大多都不會在，對我們來說是優勢。我們抵達那裡的時候，你要給他們這個。」

朵里安伸手到袋子裡，遞一本書給薩克里，是不一樣的書。藍色的厚書，封面上有張畫以金線印了凸紋。是戰神艾瑞斯的半身像。

薩克里轉過書去看書脊，雖然他知道上頭寫的會是什麼。《寓言時代，或神話之美》。背脊上的圖書館貼紙已經撕除。

「你從圖書館拿了這本書，」薩克里說，話一說出口才發現說了等於白說，「你當時在。」

「沒錯，雷文克勞這方得一分。雖然你為了吃個瑪芬，把那些書蒐集起來之後，丟著沒人看管，這種做法不是很聰明。」

「那個瑪芬很優質。」薩克里語帶防備地反駁。令他意外的是，朵里安竟然笑了，笑聲悅耳低沉，稍微驅走了他的寒意。

「優質的瑪芬只是沒加糖霜的杯子蛋糕，」朵里安品評之後繼續說，「你要拿這本書給他們。」

「他們難道不會知道，這不是他們真正想要的那本嗎？」薩克里翻開封底，發現它的條碼也不見了，紙上寫了姓名首字母的縮寫ＪＳＫ，就在條碼原本所在的位置。

「那些一直在跟蹤你的人會發現，」朵里安說，「不過他們目前注意力分散。留在總部照顧藏書的那些人是低階人員，地位不夠高，不會知道詳情，也不曉得誰到底在找哪本書。你要把這本拿給他們，替我拿回另一本，然後我就會把這本還給你。」

他再次舉起《甜美的憂傷》，薩克里慢了一步才想到，可以一把搶來、拔腿就跑。但他的雙手冷到沒辦法離開口袋。這男人，不管他的真名叫什麼，跑起來可能也比他快。

「這樣把書像雜耍那樣丟來丟去，有什麼目的嗎？」薩克里問。

朵里安將《甜美的憂傷》收回大衣裡。

「這一回，你幫我雜耍書本——照你的說法，我會帶你過去那邊。」

薩克里不需要對方釐清「那邊」是何處，但也不曉得該說什麼才好。閃動的霓虹燈映亮了他們眼前水溝裡的積雪，將它從灰色變成紅色，再回到灰色。

「是真的吧。」薩克里說，不算是發問。

「當然是真的，」朵里安說，「你知道的。你全身一路到腳趾都感覺到了，要不然你不會在這裡。」

「那裡是不是——」薩克里才開口，但無法把問題說完。**那裡是不是就像書裡寫的那樣？**他急於知道，但他也懷疑真實的地方永遠無法好好以言語捕捉。總是不只如此。

「沒我幫忙，你到不了那裡。」朵里安說下去，儘管眼前空無車輛，他們還是在人行穿越道的紅手標誌前暫停腳步。「除非你跟米拉貝說好了，而我不知情。」

「誰是米拉貝？」薩克里問，他們再次開步走。

朵里安在街道中央打住，轉身盯著薩克里，眼神探問，狐疑地挑著眉。

「怎樣？」停頓得久到令人不自在之後，薩克里問，他左顧右盼看有沒有計程車。

「你不……」朵里安才開口就再次打住。狐疑的眉毛往下降成了更像關懷的表情，但接著轉身繼續走。「我們沒時間這樣，我們快到了。接下來你聽仔細了，遵照指示行動。」

「不能隨機應變嗎？」薩克里問，語氣比原本打算的銳利了點。

「除非你別無選擇，如果追蹤裝置的事情你想不通，別借筆給人。不管到時誰來開門，你都跟對方說，你送檔案庫的東西過來。給他們看這本書，可是不要讓書離開自己的手。如果他們沒立刻放你進去，就說是艾力克斯派你來的。」

「誰是艾力克斯？」

「不是個人，艾力克斯是代號。你要戴上這個，而且一定要讓他們看到，可是不要特別惹人注意，這個的風格比他們目前戴的老派，但我已經盡力了。」

朵里安將一塊串在長鍊上的金屬遞給他。是一把銀劍。

「會有人領著你穿過走廊，登上一段階梯，到另一條走廊，那裡有好幾扇鎖上的門。有個房間的門鎖會為你打開。大約在這時候，門鈴會響起。護送你的人必須來應門。你要向護送你的人保證，你可以自己把書放好，到時從後門自行離開。大家很習慣這麼做，沒什麼奇怪的。護送你的人就會離開現場。」

「你怎麼能確定？」薩克里問，將鍊子套過腦袋，他們又轉了個彎。他們四周的街道以住宅區為主，樹木錯落其間，街角偶有商店和餐廳。

「他們對規定相當嚴格，有些規定又比其他規定更嚴格，」朵里安說，他們繼續往前走，他加快了腳步，「總是要應門，就是比較嚴格的一項規定，必須優先處理。好了，那個房間的書放在架子上和玻璃盒裡。你要去看的是玻璃盒。其中一個盒子有本棕色皮革裝幀的書，書頁邊緣的金粉褪色了——你到時會知道是哪一本。你要用布爾芬奇的《寓言時代，或神話之美》來換那本書。在房間裡的時候，將那本書收進大衣裡，走廊上有監視攝影機。一般來說最好都低著頭，可是我想單靠你的照片，那些負責監控的人也認不出你來。」

「他們有我的照片？」薩克里問。

「他們有張畢業紀念冊的照片，看起來一點都不像你，別擔心。循著原路，走下階梯，可是抵達大廳時，繞到階梯後方。從那裡，你可以下到地下室，最後從後門出去。那扇門通往花園，花園後側有個柵門，走出柵門往右轉。一直走到巷子盡頭，然後回到大街上。我會在對街等候，我看到你的時候，就會開始往前走。跟著我跨過六個街廓，如果確定沒人跟蹤你，就追上我的腳步。就這樣。」朵里安說，停在略有遮蔭的角落，「走到街廓一半的地方，左側有棟灰色建築，黑門，２１３號。有什麼問題嗎？」

「有，我有問題，」薩克里說，原本無意這麼大聲，「你他媽的到底是誰？你從哪裡來的？你為什麼不能自己處理？那本書為什麼那麼重要，這些人到底是誰，老鼠把命運的心臟怎麼了？誰是米拉貝？在這個秘密行動期間，什麼時候我才能回飯店去拿我的臉窗？目鏡？眼鏡？」

朵里安嘆口氣，轉向薩克里，臉一半向光、一半在陰影裡。薩克里現在意識到，朵里安比外表更年輕，夾雜灰絲的頭髮和常常蹙起的眉頭，讓他顯得更老。

「請原諒我的急躁，」朵里安說，音量一降，走上前來，匆匆瞥了瞥街道之後，視線回到薩克里身上，「你和我有共同的目的地，我到那邊去以前，必須先拿到那本書。我自己辦不到，因為他們認識我，要是我踏進那棟建築，就再也別想走出來。我之所以請你幫忙，是因為我相信你可能願意幫我。拜託，如果必要，我願意用求的。」

頭一次，朵里安的語氣裡有了派對黑暗中的那種質地，說書人的聲調將街角化為了神聖的所在。

朵里安扣住他的目光，薩克里原本以為自己胸口裡的感受是緊張，一時之間，徹底變成了別的感受，但接著又變回了緊張。他覺得好熱。

薩克里不知道該說什麼，於是點頭轉身，留朵里安在暗影中，耳裡灌滿怦怦心跳聲，雙腳拉著他沿著冷清的街道走，街燈投下一池池的光線，纏繞在樹上的節慶串燈閃爍不停，映亮了街旁的褐石建築。

你到底在幹嘛？他腦袋裡有個聲音問，他給不出好答案。他完全摸不著頭腦，甚至不曉得自己身在何處，因為他忘了檢查街角上的路標。他大可以逕自往前走，招輛計程車，回自己的飯店去。可是他想討回他那本書，而且他想知道接下來會如何。

一場任務放在了他眼前，他打算貫徹到底。

有些建物沒有明顯的編號，所以薩克里無法追蹤數字，可是不久就抵達他在找的那棟。這棟建築跟四周的都不同，建築立面是灰石而不是褐石，窗戶上設有華麗的黑鐵柵欄。要是插了旗子，他會以為這是大使館或大學俱樂部。它散發出冰冷的感覺，不像私人宅邸。

他先回頭瞥瞥街道才登上階梯，可是如果朵里安在那邊等候，薩克里也看不到他的人影。薩克里走近大門時，在腦海裡複習一遍他的指示，擔心自己會遺漏什麼。

金屬牌匾上掛著精緻的壁式燈座，以單顆燈泡照亮門口。薩克里湊上前去看。

收藏者俱樂部

沒有營運時間，也沒有任何資訊。門上裝設霧面玻璃，但裡頭亮著燈。黑門上面標示了金色號碼：213。絕對是這間沒錯。

薩克里深吸一口氣，按下門鈴。

❀ 甜美的憂傷 ❀

失落的蜜與骸骨之城

在地底深處，有個男人迷失在時間裡。

他開錯了門，選錯了道路。

他遊蕩得過於遙遠。

他正在尋找某人。某物。某人。他不記得那個某人是誰。在地底深處這裡，時間相當脆弱，他沒有那個能力捕捉思緒和回憶，無法牢牢抓住它們，也無法好好梳理它們，頂多只能憶起驚鴻一瞥。

有時他會停下腳步，停下時，回憶清晰起來，足以讓他看見她的臉龐，或臉龐的局部。那種清晰敦促他繼續前行，但那些局部再次潰散解體；他往前邁進，卻不知道自己是為誰而行，或為何而走。

他只知道自己還沒抵達。

還沒抵達她身邊。

誰？他仰望被岩石、土壤和故事遮住的天際。沒人回答他的問題。滴滴答答，他誤以為是水聲，除此之外沒有其他聲響。然後那個問題又遭到遺忘。

他沿著崩塌的階梯往下行，在糾纏的根部上頭磕磕絆絆。他許久以前路過最後一個房間，那些有門有鎖的房間；在那些地方，故事滿足於駐留在架子上。

充滿故事的花朵盛開於藤蔓上，他掙脫藤蔓的糾纏。他路過一疊疊棄置的茶杯，文本烤進了它們龜裂的釉彩上。他穿過了一攤攤墨水，留下了腳印，在他背後形成了故事，但他不曾轉身閱讀。

現在他穿過了盡頭無光的隧道，沿著暗不可見的壁面摸索前進，最後發現自己來到另一個時間與空間。

他途經斷橋，路過崩毀的高塔下方。

他走過他誤以為是塵埃的骸骨，越過他誤以為骸骨的虛空。

他曾經精美的鞋子磨舊了。好一陣子以前，他就拋棄了自己的大衣。

他不記得那件有許多鈕釦的大衣。如果大衣能夠記得這樣的事情，那件大衣會記得他，但是等他和大衣團聚的時候，那件大衣已經屬於別人。

在意識清明的日子裡，記憶以零散的字眼和影像在他的腦海裡聚焦起來。他的名字。夜空。有紅絲絨帳幔的房間。一扇門。他父親。書本，幾百幾千冊書本。她手裡的一本書。她的眼眸。她的髮絲。她的指尖。

可是那些回憶大多是故事。片段的故事。盲眼浪人、命運坎坷的戀人、宏大的歷險、隱藏的寶物。瘋狂的國王和隱密的巫師。

他眼見耳聞過的事物，和他讀過或聽來的故事混雜不分。它們在下面這邊是不可二分的。

清明的日子並不多，清明的夜晚也一樣。

在地底深處這裡無法分辨兩者的差異。

日或夜。事實或虛構。真實或想像。

有時，他覺得他失去了自己的故事。覺得自己掉出了它的紙頁，落在這裡，在中間地帶。但他依然在自己的故事裡。不管他怎麼嘗試，都無法離開。

這個迷失在時間裡的男人順著海岸漫步，並未抬頭仰望缺席的星辰。他在蜜與骸骨的空城裡遊蕩，穿過曾經迴盪著音樂和歡笑的街道。他在廢棄的聖殿裡流連，為了遭人遺忘的神祇點亮蠟燭，用手指拂過未被接納的祭品化石。他睡在幾世紀以來沒人躺在床上作夢的床鋪，他自己的睡眠相當深沉，他的夢境深不可測，如同他清醒的時分。

起初，蜜蜂們看著他。在他步行的時候尾隨著他，在他入睡時盤旋不去。牠們以為他可能是別人。

他只是一個男孩。一個男人。介於兩者之間的什麼。

現在，蜜蜂們不理會他。牠們忙著打理自己的事。牠們判定，不必為了掌握不了狀況的男人提高警覺，可是連蜜蜂也有判斷失準的時候。

薩克里．艾思拉．羅林斯在冷天中等了好久，他以即將凍僵的手指，第二次按下收藏者俱樂部的門鈴。聽到建物裡傳來低沉的鈴聲，才確定自己勉強撳響了門鈴。

在第二聲鈴響之後，他聽見有人在門後移動。傳來打開多道門鎖的喀答聲。門拉開了幾寸，一條金屬鏈拴著門，但是從開口那裡，有個嬌小的年輕女子仰頭看著他。她比薩克里年輕，但年齡差異並未大到可以將她當成少女。她令他聯想到某個人，或許只是因為她有張大眾臉。她對他露出參雜著提防和無聊的表情。顯然連奇怪的秘密機構都有實習生擺脫不了差勁的值班時段。

「有什麼要幫忙的嗎？」她問。

「我，呃，我帶這個來檔案庫。」薩克里說。他將《寓言時代，或神話之美》從口袋抽出一半。女子瞅著那本書，但沒要求要看。她要求別的東西。

「你叫什麼名字？」

薩克里沒料到對方會這樣問。

「有關係嗎？」他問，盡可能模仿朵里安。他挪挪大衣，他希望自己做得不著痕跡，確保可以露出那把銀劍。

女人蹙眉。

「你可以把東西留給我，」她說，「我會好好把——」

「是艾力克斯派我來的。」薩克里打岔。

女人的表情一變。原本的無聊退去，由提防接管。

「稍等。」她說。門完全關起來，薩克里開始驚慌，但接著意識到，她正要拉開門閂。門幾乎立刻再度開啟。

女子迎他走進霧面玻璃圍起的小玄關，那些玻璃讓他無法看到後方的東西。另一扇門在對面的牆壁等候，幾乎有大半都是霧面玻璃組成的。雙開門的目的似乎是為了遮擋，而不是安全。

女子鎖上並拴上前門，然後趕著替霧面玻璃門開鎖。她一襲藍色長洋裝，看起來簡單又老派，像是高領口的長袍，兩側有大大的口袋。她脖子上的銀鍊掛著一把劍，和薩克里戴的那把設計有別，較薄較短，但相當類似。

「往這邊走。」她邊說邊推開霧面玻璃門。

我該不該假裝自己來過這裡？這問題很適合拿來問朵里安。薩克里猜想，答案會是應該，他該知道後門在哪裡，可是這麼一來，就更不方便盯著東西猛看。

走廊亮晃晃，有挑高天花板和白色牆面，照明來自一排水晶枝形吊燈，吊燈從玄關一路延伸到後側樓梯。樓梯鋪著深藍地毯，好似瀑布往下流淌到走廊；地毯捕捉了不規則的光線，看來更像流動的液體。

可是薩克里忍不住盯著看的，是那些掛在走廊兩側的無門門把。

以白色緞帶高低不一懸吊在半空的，是銅製門把、水晶門把、象牙雕刻門把。有些鏽得厲害，在纏吊的緞帶上留下漬痕。有的累積了泛灰的綠鏽。有些掛在薩克里腦袋上方高處，靠近天花板的地方，有的則幾乎要掃過地板。有些破損了，有些則連在襯板上，其他則只是旋鈕或把手。這些門把全都缺了門。

每個門把都有個標籤，以線繩繫著長方形紙片，讓薩克里聯想到掛在停屍間遺體腳趾上的那種。他放慢步調，以便看得更仔細。他瞥見城市名稱和號碼，他猜想可能是經緯度。每張標籤底部則是一個日期。

他們穿過走廊，四周的空氣攪動了緞帶，使得那些門把輕輕搖晃，撞上了旁邊的門把，發出憂傷空洞的叮叮聲。

門把有好幾百個，或許有好幾千個。

薩克里和他的護衛默默登上瀑布般的樓梯，門把聲在他們背後迴盪。

樓梯朝著兩個方向迴轉，但女子踏上右邊那組階梯。迴旋的階梯中央懸掛著更大的枝形吊燈，水滴狀的顆顆水晶掩去了燈泡。

兩邊樓梯在樓上通往同一條走廊，這條走廊的天花板較低，沒有繫在緞帶上的門把。走道上有門，每扇門都漆成霧黑，和四周的白牆形成強烈對比。每扇門上都編了號，銅製數字就在門板中央。他們穿過走廊，門上的數字都不大，而且看起來並不連貫。他們經過一扇編號六的門，還有編號二的門，再來是編號十一的門。

他們停在走廊盡頭附近的那扇門前，旁邊有個裝了鐵欄杆的大窗，薩克里從街上就看得到，這扇門上標著八。女子從口袋抽出一小圈鑰匙，開了門鎖。

他們下方傳來洪亮的鈴響。女子的手在門把上頓住，薩克里看得出她臉上的掙扎：要離開還是留下。

鈴再次響起。

「我可以自己來，」薩克里說，還舉起了那本書，「我到時從後門出去。別擔心。」

語氣太隨興了，他暗地想著，但他的護衛咬著嘴唇，然後點點頭。

「謝謝，先生，」她說著便將鑰匙收回口袋，「祝你晚上過得愉快。」

她沿著走廊走遠，腳步比之前輕快得多，鈴聲響了第三回。

房間裡面比走廊更幽暗，燈光設置的方式是他偶爾會在博物館裡看到的：以細心挑選的角度照亮展品。沿牆擺設的書架由內部照亮，書本和物件發著光，包括飄浮在玻璃罐裡、看來像是真人的手，掌心朝外，彷彿在打招呼。兩個長形玻璃展示櫃占據了房間的長邊，從內側打亮，於是書本看起來彷彿在飄浮。窗戶上垂掛著厚重的簾幔。

薩克里沒多久就找到了他被派來拿取的書，一個櫃子裡有十本書，另一個櫃子裡有八本，當中只有一本以棕色皮革裝幀。它四周的光線反射出原本帶金粉的紙頁邊緣，書角那裡保留更多金粉，亮度較為耀眼。幸好這本書還算輕薄，可以輕易收進口袋。其他的書版型較大，有些看起來頗為笨重。

薩克里察看那個櫃子，試著回想他接獲的指示裡是否包括開啟的方法。他找不到任何鉸鏈或栓鎖。

「是機關箱。」薩克里自言自語。

他更仔細瞧。玻璃以嵌板組成，每本書都在自己的透明盒子裡，雖說那些盒子彼此相連，分隔盒子的接縫處幾乎隱形。那本棕色書放在其中一端的附近，左邊倒數第二格。他從兩側察看這本書，然後爬到桌子底下，看看能否從下方開啟，但什麼都沒找著。桌子基底笨重，由某種金屬製成。

薩克里站起來盯著櫃子看。照明裝了電線，所以電線一定會通往某個地方，可是從外頭完全看不出來。如果電線穿過桌子，也許整個東西都靠電力操作。

他在房間的周邊尋找開關。門邊的那個開關可以打開上方的陰影裡的一盞枝形吊燈，他原本根本沒注意到。這盞燈比走廊裡的那些簡單，並未增添多少光線。

有窗的那面牆上有些複雜的栓鎖，可是別無其他。薩克里拉開一組簾幔，找到了俯瞰隔壁建物磚牆的一扇窗。

他往後撥開另一組簾幔，找到的不是窗戶，而是設有一排開關的牆面。

「哈！」他大聲說。

那裡有個類似保險絲盒的東西，裡面有八個開關，上頭全無標示。薩克里按下頭一個開關，其中一個書櫃的照明隨之熄滅，懸浮的手也消失不見。他再打開，直接跳到第八個開關，猜想頭六個開關屬於書架。

一個櫃子的燈光跟著熄滅，但不是他想打開的那一個，他要的是另一個。傳來哐啷響。他走去察看那個櫃子，發現玻璃還在原位，但底部往下降了大約一呎，讓人可以觸及書冊。

薩克里趕回開關那裡，按回第八個開關，然後將第七個關掉。桌子移動的時候，哐啷響音量加倍。

棕皮書本現在唾手可得，薩克里從櫃裡取出。他一面察看一面走回開關那裡。這本書的外頭沒印任何資訊，不見書名或作者，加上皮革的品質，在在讓他想起《甜美的憂傷》。他翻開封面，內頁妝點著美麗的邊飾和插圖，但內文以阿拉伯語寫成。他再次合上那本書，收進西裝外套的內袋。

薩克里將第一個開關按回去。

可是燈光還是沒亮，櫃子依然低降。哐啷聲被金屬互磨的尖響所取代。

薩克里再次關掉開關，接著才想起來。

他從大衣裡拿出《寓言時代，或神話之美》，放在棕皮書冊原本所在的位置，然後再次按下開關。

這一次，櫃子快樂地哐啷作響，燈光再次亮起，櫃子滑關起來，將書本鎖在裡面。

薩克里瞥了瞥手錶，意識到他不曉得自己在這房裡停留多久了。他拉起窗簾，將書收進大衣口袋他關掉吊燈，靜靜回到走廊裡。

他盡可能輕手關起房門。放眼不見他護衛的蹤影，但他朝樓梯走去時，聽到了樓下的說話聲。

他樓梯下到一半，站在平臺上，正準備往下轉向大廳時，人聲拔高，他聽得更清楚了。

「不，你沒弄懂，他**現在**就在這邊。」不再護衛著他的護衛說。

一陣停頓。薩克里放慢腳步，從樓梯轉彎處往外窺看，人聲持續下去，語氣越來越焦慮。走廊靠近樓梯的那一側，有扇門開著，是他之前沒注意到的。

「我想他知道的比我們預期得多……我不知道那本書是不是在他手上。我以為……抱歉，我不是……我在聽，先生。不管狀況如何，了解。」

從那些停頓裡，薩克里猜測她正在講電話。他悄悄走下樓梯，盡可能又快又靜。他抵達走廊時，小心不要觸發緞帶門把的搖晃。從這裡，他可以望進年輕女子佇立的房間，她背對著他，對著老式黑色轉盤電話的話筒說話，電話放在暗色木桌上。電話旁邊有一球毛線，還有繞著織針的半條圍巾。薩克里領悟到女子為何那麼面熟。

她就在凱特的班上，老在編織的那位所謂的英文系學生。

薩克里偷偷摸摸縮身繞過階梯後側，在視線範圍之外停住腳步。那個聲音暫時停住，但他沒聽到話筒放回擱架的聲音。他繼續沿著樓梯側面潛行，最後來到一扇門前。他小心安靜打開門，眼前是一道樸素多了的窄梯，通往下面的樓層。

薩克里隨手輕輕掩上門，悄悄慢慢地走下樓梯，希望每個腳步都不會讓樓梯發出吱嘎聲。往下走到半路時，他想他聽到電話掛掉的聲音，接著傳來可能是有人登上樓上階梯的聲響。

這些樓梯的盡頭是一間沒有照明的房間，裡頭堆滿箱子，但光線從一對霧面玻璃透了進來，薩克里猜想那就是他的出口。看來也沒有其他出口，但他還是多找一下，以防萬一。

那扇門有好幾道栓鎖，但全都很容易打開，薩克里比自己預期的更快回到凜冽的戶外。天空飄起薄雪，明亮的雪花隨風揚起，繞著他打轉，不少雪花根本沒機會落地。

一小截階梯通往花園，那裡大多是冰和岩石，四周圍著黑鐵柵欄，和窗戶上的那些互相呼應。柵門在後側，後方即是巷道。薩克里走向柵門，速度比他想要的慢，他的正式皮鞋不適合在滑不溜丟的岩石上走。

遠處傳來警笛的哀鳴，有輛汽車跟著按響喇叭。

薩克里撥掉柵門栓鎖上的一層冰，呼吸稍微輕鬆起來。

「這麼快就要走啦？」背後有個聲音問。

薩克里轉身，手搭在柵門上。

站在敞開玻璃門前方階梯的，就是那位北極熊女士，她依然披著皮草大衣，對著他微笑的時候，多多少少還是像頭熊。

薩克里一語不發，但也動彈不得。

「留下來喝杯茶嘛。」女士說，語氣隨興大方，似乎無視於這個事實：兩人正站在雪地裡，而他正要挾帶偷走的文學作品逃進夜裡。

「我真的得走了。」薩克里說，壓下想伴隨這句話發出的緊張笑聲。

「羅林斯先生，」女士說，朝他走下一階，但又停下腳步，「我向你保證，你陷入了自己應付不來的窘境。不管你以為這裡發生什麼狀況，不管你受到脅迫而自以為站在哪一方，你都弄錯了。你無意間碰上你不該干預的事情。請進來取取暖，我們應該一起喝杯茶，客客氣氣討論一下，然後你就可以上路了。我會替你支付回佛蒙特的火車，作為善意的表示。你會回去作你的研究，我們會假裝這些事情全沒發生過。」

薩克里的思緒充斥著疑問和辯論。他應該信任誰，他應該怎麼做，他怎麼會在一夕之間，從幾乎一無所知，到深深捲入某種糾紛裡。他沒有真正的理由更信任朵里安，而不信任這個女士；他沒有足夠的答案可以解開自己所有的疑問。

可是他有一個答案，讓他可以在雪地裡的此刻，輕易作出這個決定。

他絕不可能回家，假裝沒事。現在不行。

「容我婉拒。」薩克里說著便拉開柵門，柵門吱吱叫，幾塊冰落在他的肩膀上。他沒回頭看階梯上的女士，他在那雙不實用的鞋子可以承受的範圍內，盡量沿著巷子拔腿狂奔。

巷子盡頭有另一扇柵門，他忙著摸弄栓鎖時，瞥見朵里安就在對街，倚著一棟建築，借街角還在營業的酒吧燈光閱讀，沉浸在《甜美的憂傷》裡，以薩克里熟悉的方式蹙眉對著書本。

薩克里不理會他先前的指示和街燈，急急穿越空蕩蕩的街頭。

「我以為我跟你說過——」朵里安才開口，薩克里沒讓他把話說完。

「我剛剛婉拒了一場深夜的恐嚇茶會邀約，是個穿著皮草大衣的女士，我猜你知道她是誰。她很清楚我是誰，所以我想這些行動沒有你希望的那麼隱密。」

朵里安將書收回大衣，以薩克里不認得的語言喃喃一聲，但薩克里猜想可能是咒罵。接著朵里安舉起手，轉向街道。片刻之後薩克里才明白朵里安在招計程車。

薩克里還來不及問要上哪裡去，朵里安就將他迎進計程車，指示司機開到中央公園西路和七十七街那裡。接著朵里安嘆口氣，雙手抱頭。

他們駛離路邊的時候，薩克里轉頭去看背後。年輕女子站在街角，深色外套罩著她的長袍。他看不出她看見他們了沒，至少隔著這個距離看不出來。

「你拿到書了嗎？」朵里安問他。

「拿到了，」薩克里說，「可是在我交給你之前，你得先告訴我要拿那本書的原因。」

「你去拿那本書，是因為我好聲好氣請你幫忙，」朵里安說。這番話惱人的程度不如薩克里的預期，「因為那本書屬於我，不屬於他們，就像一本書屬於任何人那樣。我幫你拿回你的書，你替我找回我的書。」

朵里安望著窗外的落雪，薩克里看著他。他看起來很疲憊，厭倦中也許帶點悲傷。那朵紙花依然插在他大衣的翻領上。薩克里決定暫且不要探問那本書的事情。

「我們要去哪裡？」他問。

「我們必須到那扇門去。」

「有門？在這裡？」

「如果米拉貝說話算話，遵守協定，而且過程中沒人阻撓，就應該會有，」朵里安解釋，「可是我們必須趕在他們之前抵達。」

「為什麼？」薩克里問，「他們也想辦法要過去嗎？」

「就我所知是沒有，」朵里安說，「可是他們不想讓我們過去那邊，他們再也不想讓任何人過去那邊了。你知道要摧毀用油彩畫成的門有多簡單嗎？」

「多簡單？」

「往上頭潑更多油彩就行了，就這麼簡單，他們一直不缺油彩。」

薩克里望出窗外，看著往後飛掠的建築，雪花開始黏住號誌和樹木。他瞥了瞥帝國大廈，襯在天際前燦亮皎白，他意識到自己不曉得現在幾點，也不怎麼在乎，完全不想去看錶。計程車裡的電視螢幕吱吱喳喳聊著頭條新聞和電影，薩克里伸手過去調成靜音，不在乎世界上發生了什麼事，不管是真實或虛構。

「我想我們沒時間半路稍停，讓我拿個行李。」他說，已經知道答案，隱形眼鏡已經開始跟他的眼球開戰。

「一等有機會，我一定會讓你跟自己的東西團聚，」朵里安說，「我知道你有滿肚子的疑問，等我們安全了，我會盡力回答。」

「我們現在不安全嗎？」薩克里問。

「老實說，你剛剛能成功走出來，我還滿佩服的，」朵里安說，「你一定至少有點讓他們措手不及，要不然他們不會放你走。」

「不管狀況如何，」薩克里自言自語，回想無意間聽到的那通電話，他們原本不打算放他走，搞不好也沒茶可以喝，「他們從頭到尾都知道我是誰，」他告訴朵里安，「來應門的那個人，當初在佛蒙特假扮成學生，我花了點時間才認出她來。」

朵里安眉頭一皺，但沒說什麼。

計程車沿街疾馳，兩人默默坐著。

「米拉貝就是畫那些門的人嗎？」薩克里問。這個問題感覺很切題。

「對。」朵里安回答，但並未細說。薩克里瞥了他一眼，但他正盯著窗外，一邊膝蓋焦躁地上下彈跳。

「你為什麼覺得我認識她？」

朵里安轉頭看著他。

「因為你在派對上跟她共舞啊。」朵里安說。

薩克里試著回想，他跟那個扮成野獸國國王的女子之間的對話，可是太過零碎和模糊。

他正準備問朵里安怎麼認識她時，計程車減速停下。

「在轉角這邊就可以了，謝謝。」朵里安對司機說，遞現金給他，回絕找零。薩克里站在人行道上，試著辨明方向。他們停在中央公園旁邊，接近一道夜間關閉的柵門，對面有一棟他認得的大型建物。

「我們要去博物館嗎？」他問。

「不是。」朵里安說，目送計程車駛離，接著轉身越牆進入公園。「動作快。」他對薩克里說。

「公園不是關閉了嗎？」薩克里問，但朵里安已經往前走，消失在覆雪枝椏的陰影裡。

薩克里彆扭地攀過冰凍的牆，差點在另一側滑一跤，扒抓一番之後重新穩住陣腳，雙手沾滿了塵土和冰。

他跟著朵里安走進公園，繞過冷清的步道，在無瑕的積雪裡留下足跡。他在樹木之間可以看出某個像城堡的東西。很容易就忘記他們身在市中心。

他們路過一個標誌，聲明部分結霜的枝葉是莎士比亞花園的一部分，接著越過一座橫跨部分冰凍池塘的小橋，過橋之後朵里安放慢速度，停下腳步。

「看來今天晚上情勢有利於我們，」朵里安說，「我們搶先抵達。」他對著岩石拱門打打手勢，拱門半掩在暗影裡。

畫在粗糙岩石上的那扇門很樸實，華麗程度不如薩克里記憶中的那一扇。它沒有裝飾，只有銅色油彩畫成的閃亮門把，還有相配的鉸鏈，單純的門板看起來像是木製的。岩石太過崎嶇不平，騙不過任何人的眼睛。拱門頂端畫了仿雕刻的字母，薩克里無法辨識，可能是希臘文。

「真逗。」朵里安自言自語，讀著門上的文字。

「寫了什麼？」薩克里問。

「認識自己，」朵里安說，「米拉貝很喜歡加裝飾。我很驚訝天氣這麼差她竟然有空弄這個。」

「那是羅林斯家族座右銘的一半。」薩克里說。

「另一半是什麼？」

「學習受苦。」

「也許你應該想辦法改掉那一半。」朵里安說。「由你來吧？」他補了句，指指那扇門。

薩克里將手伸向門把，不確定自己是否真的相信這不是什麼精心策劃的惡作劇，心中有一部分預期自己會被嘲笑，但他的手握住了冰冷的金屬，圓形且立體。一下子就轉動了門把，門板往內旋開，眼前是個敞放的空間，遠遠大過於可能應有的大小。薩克里身子一僵，怔怔看著。

接著他聽到他們背後有東西——有人，樹木間的窸窣聲。

「快去。」朵里安邊說邊推他，在他的肩胛骨之間猛地一搡，薩克里踉踉蹌蹌往前穿過門口。同時，有什麼溼答答的東西擊中他，濺上背部，噴上頸子，沿著胳膊滴落。

薩克里垂眼望向胳膊，以為會看到鮮血，卻發現胳膊淋滿了閃閃發亮的油彩，從手指簌簌滴落，有如融化的黃金。

而朵里安不見了。

背後那扇門在片刻之前原本是敞開的，現在成了一堵實心的石牆。薩克里以雙手搥牆，在平滑暗色的石塊上留下金屬般的一抹抹金色油彩。

「朵里安！」他呼喚，但唯一的回應是在他身邊縈繞的回音。

當回音平息下來，那份寧靜相當沉重。沒有窸窣的樹木，沒有在潮溼路面上奔馳的遠處車輛。

他從點點金色油彩的牆壁轉開，東張西望。他站在長長的岩塊上，這個空間看起來像洞穴。一道螺旋梯刻進往下延伸的圓形空間，下方某處有什麼往上散放溫暖的柔光，好似螢火蟲，但更穩定。

薩克里從那扇門原本存在的空間移開，緩緩拾階而下，沿著石頭留下一道金漆。樓梯與扎實的岩石密合無縫。樓梯底部有一對金門，兩側以鍊子懸掛著燈籠，肯定是一座電梯。這座電梯布滿了繁複的圖案，包括蜜蜂、鑰匙、長劍，順著中間的接合處由上而下排列。

薩克里伸手碰了碰，多少預期它是個高明的幻象，就像彩繪的門，但電梯摸起來是涼爽的金屬質感，指尖觸及了輪廓鮮明的浮凸設計。

這是個意義非凡的時刻，他想，在耳裡聽見母親的聲音。充滿意義的一刻。即將改變往後時刻的一刻。

感覺電梯正盯著他看，想看他會怎麼反應。

《甜美的憂傷》從沒提過電梯。

他納悶朵里安發生什麼事了。

在側面，其中一盞燈籠底下，有個沒標示的六角形按鍵，周圍有金線拉絲花邊，像珠寶一樣嵌進岩石。

薩克里按下去，按鍵散放柔和的光線。

低沉震耳的轟隆聲開始從下方傳來，越來越大聲、越來越劇烈。薩克里退後一步。燈籠在吊鍊上顫動。

剎那間，噪音停下。

按鈕的燈光自動暗下。

門後傳來輕柔的噹噹聲。

接著蜜蜂、鑰匙和劍從中央分開，電梯打開了。

❀ 甜美的憂傷 ❀

……時間愛上命運

海盜並未按照女孩要求，告訴她一則故事，而是說了很多則故事。那些故事蔓延到其他故事，進入失落神話和遺忘傳說的片段，以及尚未述說的奇聞妙事，再次回頭進入彼此，最後回到透過鐵欄杆面對面的兩個人，一個說書人和一個聽故事的人，兩人之間不再剩下任何喃喃低語的字眼。

說完故事之後的寂靜沉重且漫長。

「謝謝你。」女孩柔聲說。

海盜默默點頭，接受了她的致謝。

黎明將近。

海盜抽走埋在女孩髮絲裡的手指。女孩從柵欄邊往後退開。

她一手搭在胸口，以優雅的身姿，對海盜深深鞠了躬。

海盜如法炮製，垂著頭，手貼在心口附近，正式認可這支雙人舞蹈已經結束。

他抬起頭之前頓了頓，盡可能抓緊這個時刻。

當他抬起視線，女孩已經離開他面前，無聲無息走向對牆。

她的手在鑰匙上方流連。她並未望向守衛或回顧海盜。這是她的決定，她無須外在助力就能自行下決定。

女孩從鉤子上取下鑰匙，小心不讓鑰匙碰響環圈，或在石壁上撞出聲響。

她拿著鑰匙越過室內走回來。

牢籠解鎖的喀答聲，甚至是籠門開啟的嘎吱響，都沒吵醒守衛。

女孩將自由餽贈給海盜，海盜領受了，兩人並未交換隻字片語。兩人一同登上幽暗的階梯，並未說起接下來可能的境遇。並未談及一等他們抵達頂端的門，會發生什麼事。並未提及正在門後等待他們的陌生疆域。

就在他們抵達那扇門以前，海盜將女孩往後拉向自己，吻上了她的唇。現在沒有柵欄隔開兩人，他們在黝暗的樓梯上交纏不分，只有命運和時間會出手攪局。

我們在此離開他們——女孩和她的海盜，海盜和他的救命恩人——黑暗中的一枚吻，在一扇門開啟之前。

可是他們的故事並未在此終結。

這只是故事轉變的地方。

另一個地方，另一個時間　插曲一

路易斯安那州，紐奧良，十四年前

黎明將至。泛灰霧靄將夜晚的漆黑推向將亮未亮的白日，但街道的燈光湧進巷道，提供豐沛的光線足以作畫。

她早已習慣在低亮度下作畫。

她沒料到天氣會這麼冷，無指手套適合握筆刷，但保暖度不足。她將運動衫的袖子往手腕拉，沾染一道道油彩，但袖口早已留了不少油彩，有各種色調和清漆。

她在仿木嵌板上添了一道陰影，讓輪廓更明晰。大半的工作已經完成，在夜晚依然是夜晚，尚未考慮成為黎明以前，她就已經完成。她可以畫到這裡為止，但她並不想要。她以這次的作品為傲，成品相當不錯，她想讓它更上一層樓。

她更換筆刷，從她以扇形插在馬尾上的畫圖用具裡，抽出較為扁細的一支。她有滿頭濃密的黑髮，藍色挑染在這個特殊的光線裡消隱不見。她靜靜在腳邊的背包裡撈找，將油彩從影子灰換成金屬金。

細節是她最喜歡的部分：這裡多添一點陰影，那邊稍微強調一下，平面的影像便霎時立體起來。

小小刷子沾了金漆，在劍柄、鑰匙齒部以及蜜蜂身上的橫紋，留下鍍金的記號。它們在昏暗的天色中閃閃爍爍，取代了逐漸淡去的星辰。

她對門把滿意了之後，再次更換筆刷，現在進行最後的妝點。

她向來將鑰匙孔留到最後。

感覺也許很接近簽名：沒有鑰匙可開的門上鎖孔，這個細節之所以存在，是因為它理當存在，並非出於任何工程學上的必要，只是為了讓它感覺完整。

「很漂亮噢。」背後有個聲音說，女孩嚇了一跳，筆刷從指間滑脫，落在腳邊。筆刷往下掉落的時候，在她的鞋帶上留下了深如匙孔的黑。

她轉過身去，有個女人站在她背後。

她可以拔腿就跑，但她不確定該往哪個方向逃。拂曉前的街道看起來相當不同。

她忘了怎麼用這個特定的語言打招呼，不確定該說哈囉或謝謝，索性不發一語。

女人仔細端詳那扇門，而不是那個女孩。她披著蓬鬆的袍子，色調是未熟的桃子，手裡的馬克杯寫著**貨真價實的巫婆**。她的頭髮以彩虹印花的絲巾往上束起，戴了許多耳環。手腕上紋著刺青：陽光和排成一列的幾枚月亮。她比女孩矮，看起來卻更有分量；儘管身形嬌小，卻在巷子裡占據更多空間。女孩往自己的兜帽運動衫裡縮得更深。

「妳不應該在那裡畫東西的，妳知道吧。」女人說，從馬克杯啜了一口。

女孩點點頭。

「有人會過來把它漆掉。」

女孩望著那扇門，然後回頭看看女人並聳了聳肩。

「進來喝杯咖啡吧。」女人說，沒等回答就轉身穿過巷子，繞過街角。

女孩猶豫一下，接著便將手裡的筆刷跟著剩下的插回馬尾裡，收攏包包之後跟了上去。

轉過街角有家店。大窗中央有個沒點亮的霓虹招牌，造型是高舉的掌心裡捧著一顆眼睛，周圍是天鵝絨窗簾，遮去室內的景象。女人站在門口，替女孩撐開門。

門在她們背後關上時，有個鈴兒叮叮響。店面內部不像女孩看過的任何商店，裡面放滿了蠟燭和不配對的家具。好幾捆鼠尾草以彩色線繩綁住，從天花板懸掛下來，四周圍繞著閃閃爍爍的串燈和紙燈籠。桌上有個水晶球和一包丁香菸。頂著朱鷺頭的神像越過女孩的肩膀窺看，女孩試著找個不擋路的地方站。

「坐啊。」女人說，對她揮揮披著條條披巾的絲絨沙發。女孩走往沙發的半路撞上垂著流蘇的燈罩，她將包包揣在懷裡，就坐之後，流蘇持續舞動。

女人端著兩個馬克杯回來，新的那個有個圓圈裝飾，圓圈裡有顆五芒星。

「謝謝。」女孩接下馬克杯時輕聲說，杯子烘暖她冰冷的手。

「原來妳**會**說話啊。」女人說，安頓在古舊的鉚釘拉扣皮椅裡，她坐下的時候，椅子發出嘆息和嘎吱聲。「妳叫什麼名字？」

女孩默默不語，啜飲過熱的咖啡。

「妳需要地方住嗎？」女人問。

女孩搖搖頭。

「妳確定？」

女孩這次點點頭。

「剛剛在外面我不是故意要嚇妳的，」女人繼續說，「奇怪的時間有青少年在外頭遊蕩，我總得防範一下。」她啜了口咖啡，「妳畫的門很不錯。有時候那些青少年會在那面牆上畫不大好的東西，因為大家都說這裡住了個巫婆。」

女孩蹙起眉頭，指著女人。女人哈哈笑。

「哪裡洩漏了資訊？」女人問，雖說問得語氣並不認真，女孩還是指指咖啡杯。**貨真價實的巫婆**。

女人笑得更開懷，女孩露出笑容。能逗巫婆笑，感覺滿幸運的。

「我沒有刻意要隱藏，」女人咯咯笑著說，「可是有些小鬼會胡扯一堆關於詛咒和惡魔的鬼話，有些比較容易受影響的人就會買單。不久前，有人丟石頭砸破了那扇窗。」

女孩望向那扇絲絨簾幔掩住的窗子，然後垂眼看著自己的雙手。她有時不確定自己對人的理解正不正確。她的指甲底下染了油彩。

「大多時候，對人我都用讀的，」女人說了下去，「就像讀一本書那樣，只是我透過他們把弄過的物品來讀。我讀過汽車鑰匙和婚戒。我有一次讀了兒子的電玩手把，他不喜歡這種事，可是我照樣一直讀他，地板、壁紙、洗衣間整個寫滿了他的資料。搞不好我也能讀妳的筆刷。」

女孩的手保護似地飛向髮間插成扇形的筆刷。

「妳想知道我才讀，親愛的[8]。」

聽到親暱的稱呼時，女孩神情一變。她在腦袋裡將那個暱稱翻譯了好幾回，心想這女人一定是巫婆才知道這類事情，但她什麼也沒說。

女孩將馬克杯往下放在桌上，站起來。她捧著包包望向門口。

「已經要走了嗎？」女人說，但沒有表示異議。她放下自己的咖啡，陪著女孩走到門口。「如果需要什麼東西，隨時都可以回來這邊。OK？」

女孩一副欲言又止的模樣，但悶不吭聲。她只是瞥了瞥門上的告示，那是以緞帶掛著的手繪木塊，上頭寫著**靈性導師**，邊緣畫了一圈小星星。

「也許下一次妳可以替我畫個新告示，」女人補了句，「喏，這個給妳。」她一時興起，從架上拿了副卡牌遞給女孩，架子高得足以讓想順手牽羊的人打消念頭。她自己很少讀卡

8. 原文為honeychild，字面翻譯是「蜜之孩兒」。

牌，但她喜歡在自己覺得時機正好的時候——就像這一刻，當成驚喜禮物來送人。「這些卡牌上頭有故事，」她解釋的時候，女孩好奇地望著手中的卡牌，「妳洗洗這些有圖的卡牌，它們就會把故事告訴妳。」

女孩漾起笑容，先對著女人微笑，再低頭對著輕輕握在手裡、彷彿是小生物的卡牌微笑。她轉身要離開，但跨出幾步就突然停下來，在門還沒從背後關上以前轉回來。

「謝謝妳。」女孩再次說，音量沒比之前大多少。

「別客氣。」女人對女孩說。朝陽升起的時候，兩人分道揚鑣，巫婆的道路帶領她回到自己店裡，女孩的道路帶領她前往他方。門上的鈴鐺在兩人分別的時候叮叮響起。

在店裡，巫婆拿起女孩的馬克杯，星星面朝自己的掌心。她不是非讀不可，但她既好奇，也有點擔心女孩孤身在街頭流浪的安危。

影像來得又快又清晰，比一般用手握過短短幾分鐘的東西都來得清晰。無論是圖像、人、地方、東西，全都遠遠超過一個女孩身上所能承載的分量。接著巫婆看到自己，看到搬家用的紙箱、電視報導的颶風，以及樹木圍繞的白色農舍。

空馬克杯掉在地板上，撞上桌腳但沒摔破。

樂芙．羅林斯夫人走到屋外，門上的鈴鐺再次叮叮響起。她先往安靜的街道眺望，繼而繞過街角，望向巷子裡那扇彩繪的門，油彩尚未乾透。

但女孩已經消失無蹤。

第二部

際遇與寓言

Fortunes And Fables

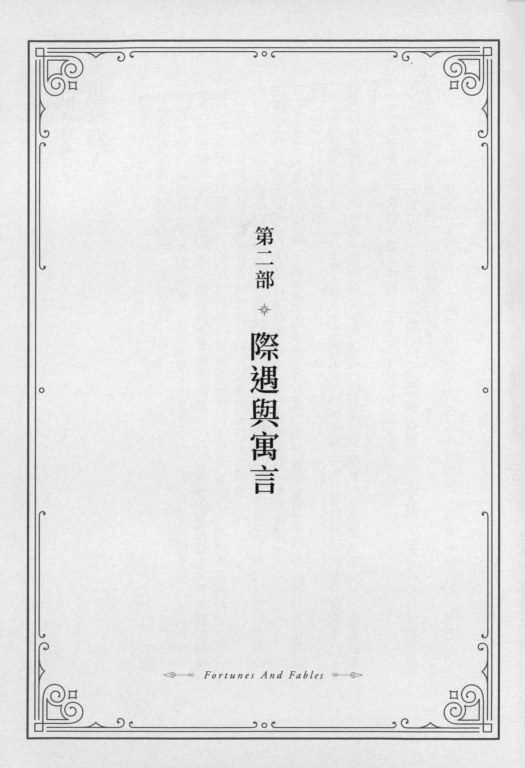

❀ 際遇與寓言 ❀

星辰商人

從前有個商人雲遊四海，販賣星辰。

這位商人販賣各式各樣的星辰。墜落的星辰、迷失的星辰，和小瓶的星塵。可以掛在脖子上、以細鍊串起的細緻碎星；適合放在玻璃底下展示、令人驚嘆的星星樣本。有人購買星星碎塊，作為戀人的禮物。有人採買星塵，好灑在聖地上，或者為了下咒而烤進糕餅裡。

商人往返各地時，星星存貨就裝在一只有星座刺繡的大布袋裡。

商人貨品的定價高昂，但常常可以議價。可以拿錢幣或恩惠或秘密來換取星星，而那些渴望換得星星的夢想家會努力積存這些東西，巴望能跟星星商人不期而遇。

星星商人遊走四方時，偶爾會用星星來換取住宿或交通。星星會拿來交換在客棧裡過夜，不管有同伴或沒有。

某個漆黑的夜晚，星星商人在也供宿的小酒店那裡逗留，打發時間等待旭日再次東升。商人坐在火爐邊小酌，和當晚也待在小酒店的一位旅人聊了開來，雖說等早晨一來，兩人就要各奔西東。

「敬尋覓。」他們又續了杯酒，星星商人說。

「敬尋獲。」對方給了傳統的回應。「你賣什麼東西？」旅人問，舉著酒杯朝繡滿星座的布袋指指，這是他們尚未討論過的主題。

「星辰，」星星商人回答，「你想看看嗎？有你作伴很愉快，我會給你折扣。我甚至可以給你看看我為了顯貴顧客保留的那些。」

「我不喜歡星辰。」旅人說。

商人笑了。「人人都想要星辰。人人都想抓住遙不可及的東西。想將非比尋常的東西握在手心，或將妙不可言的東西收進口袋裡。」

這裡有個停頓，由爐火的劈啪響填滿。

「我來跟你說個故事。」旅人在停頓之後說。

「好啊。」星星商人說，打打手勢要人再替他們斟酒。

「很久很久以前，」旅人開始說，「時間和命運墜入愛河，難捨難分，一往情深。星辰從穹蒼看著他們，擔心時間的流動會為之中斷，或者命運的織線會糾纏成團。」

爐火焦慮地嘶嘶啵啵響，穿插在旅人的話語之中。

「星辰們合謀要拆散兩方。事後，星辰們得以呼吸得更順暢。時間重新如同往日那樣流動。命運將原本該交錯的道路編織在一起，最後命運和時間再次找到對方——」

「他們當然會找到對方了，」星星商人打岔，「命運向來能夠稱心如意。」

「可是星辰們不願意接受失敗，」旅人說下去，「他們再三表達憂慮、怨聲載道，月亮不堪其擾，最後同意召開貓頭鷹議會。」

聽到這裡，星星商人蹙起眉頭。貓頭鷹議會是個古老的神話，在商人自小生活的遙遠土地上，被人當作一種詛咒來召喚。在自己的道路上要是有所遲疑，貓頭鷹議會就會找上你。對方繼續講述，商人仔細聆聽。

「貓頭鷹議會下了結論，必須移除其中一個元素。他們選擇保留他們覺得更重要的一個。命運被五馬分屍，被嘴喙和利爪撕扯成碎碎片片時，星辰們歡天喜地。」

「沒人試著阻止他們嗎？」星星商人問。

「要是月亮當時在，一定會的。但他們選了一個無月之夜來執行這場獻祭。沒人膽敢插手，除了一隻老鼠，老鼠拿走命運的心臟，存放在安全的地方，」旅人說，然後暫時停頓，啜了口酒，「貓頭鷹們大快朵頤的時候，沒人注意到老鼠的動向。吞下命運雙眼的那隻貓頭鷹，得到了絕佳的視力，被封為貓頭鷹王。」

此時，夜色籠罩的外頭傳來一個聲音，可能是風吹，也可能是羽翼。

旅人等待聲音停息，才將故事說下去。

「星辰們沾沾自喜地在穹蒼中歇息。他們看著時間在心碎的絕望中經過，最後終於開始質疑過去自認無可辯駁的真理。他們看到貓頭鷹王的冠冕從一位傳往下一位，有如祝福或詛咒，因為壽命有限的生物都不該擁有那樣的視力。星辰們因為沒把握而閃閃爍爍，即使是我們坐在他們下方的此刻。」

旅人稍作停頓，喝盡最後一口酒，故事到此結束。

「我說過，我不喜歡星辰。星辰是怨恨和懊悔做成的。」

星星商人默不作聲。繡滿星座的布袋沉重地停在火爐邊。

旅人謝謝星星商人招待的酒以及陪伴，商人也表示同感。旅人回房之前，湊近商人的耳畔低聲說。

「偶爾，命運會將自己重組起來，時間永遠在等候。」

旅人離開星星商人身邊，商人獨自坐著，看著火光飲酒。

到了早晨，星辰逃離緊迫盯人的太陽，商人詢問店家，旅人是否已經啟程，想知道是否有時間好好道別。

小酒店客氣地告訴星星商人，店裡並沒有其他客人。

薩克里・艾思拉・羅林斯坐在電梯裡的絲絨板凳上，他這輩子從沒搭過這麼華麗的電梯。他納悶，這會不會根本不是電梯，而是靜定不動的房間，只是布置成電梯的模樣，因為他覺得自己在電梯裡坐了好久好久。

他忖度，人是否可能突然罹患幽閉恐懼症，而隱形眼鏡正在提醒他，他平日為何這麼少戴隱形眼鏡。這個可能是電梯的東西嗡嗡作響，偶爾會抖顫一番，伴隨著刮磨的聲響，所以有可能正在移動，而他的肚子感覺彷彿身在鍍金籠子裡，以客氣的速率往下墜，或許他比自己以為的醉得更厲害。雞尾酒的延遲酒醉反應。

掛在他上方的枝形吊燈晃晃閃閃，將碎光投射到近似巴洛克風格的內裝，金色牆面、褐紫絲絨，前者的光澤和後者的絨毛大多都磨光了。蜜蜂／鑰匙／劍的圖案在內側的門上再三反覆，但除此之外，內部沒有任何裝飾，既沒有數字資訊，也沒有樓層指示，連按鈕都沒有。顯然有個地方要去，只是尚未抵達。他背部和手臂上的油彩開始乾涸，金屬色澤的油彩雪片似地攀住大衣和頭髮，搔得他脖子發癢，卡進他的指甲下面。

薩克里覺得太清醒，卻又極端疲憊。一切都嗡嗡作響，從他的腦袋到腳趾都是，而他無法分辨究竟是因為電梯、酒精或是別的。他站起來，在電梯的有限空間裡來回踱步，不管往哪個方向都不超過兩步。

也許事實是：你終於穿過一道彩繪門，卻沒抵達你預期的地方，他的腦海裡有個聲音提示。

我知道自己原本預期什麼嗎？薩克里自問。

他暫停踱步，面對電梯門。他伸手摸了摸，手落在鑰匙的圖案上。它在他的手指下震顫。

一時之間，他覺得自己搖身變回巷子裡的那個十一歲男孩，手指碰到的門是油彩而非金屬，卻震盪不已，派對上的爵士樂在他的腦海裡縈繞不去，反覆演奏，在一切事物上覆上舞蹈似的旋轉狀態，電梯移動的速度頓時遽增。

電梯戛然停下。枝形吊燈驚訝地一彈，在電梯門打開時灑下了一陣忽閃忽滅的光線。

薩克里原本以為他哪裡都沒去，此時證實這種懷疑毫無根據，因為他望出去的房間不是他起初佇立的那個洞穴般空間。這個房間相當明亮，弧形天花板由嵌板組成，讓他想到大學圖書館的中庭，但比較小，牆面是蜂蜜色的大理石，不反光，色調深淺不一，但半透明並發著光，蓋住了一切，除了石地、電梯和房間另一側的另一扇門之外。以剛剛那趟電梯旅程的距離和速度推想，他懷疑自己在地底深處，雖說他腦海的聲音一直堅持，這種事情絕無可能。這裡太安靜了。空氣沉甸甸，來自上方的重量感。

薩克里走出電梯，電梯門在他背後合起。又響起鏗鏗鐺鐺的聲音，電梯返回其他地方。電梯的門上方是個半月指示，沒有號碼，只有一根金箭緩緩往上指。

薩克里走到房間另一側的那扇門前。這扇頗大的門有著金色門把，讓他想起最初那扇彩繪的門，只是更大，彷彿門隨著他長大而變大。這扇門不是畫出來的而是木雕的真門，金箔裝飾處褪了色，但蜜蜂、鑰匙和長劍依然相當鮮明。

薩克里吸口氣，朝門把伸手。門把溫暖扎實，他試著要轉，門把卻文風不動。他再試一次，但門鎖上了。

「真的假的？」他大聲說。他嘆口氣，退開一步。門上有個鎖孔，薩克里彎身往鎖孔裡瞧，一面覺得自己這麼做有點蠢。門後有個房間，這點倒是一眼就能看出來，可是除了有個對著光線的不規律動態，他辨識不出其他東西。

薩克里坐在地板上，地板是拋光的石頭，不是很舒服。他從這個角度可以看到，門口中央的石頭磨得下凹。很多人在他之前走過。

振作啊，腦海裡的聲音說，**對這種事情你通常很在行的啊。**

薩克里站起來，在身後留下片片金漆，繼續檢視房間的其他部分。

電梯附近有個按鈕，半掩在大理石以及連接大理石嵌板的銅製金屬。薩克里揿下按鈕，不預期會有結果，確實也是如此。按鈕一直沒亮，電梯悄無聲息。

他接下來試了試其他無門的牆面，發現它們配合度較高。

頭一道牆中央有個高度如同窗戶的凹室。那個凹室沒入大理石的微光中，才退後幾步就完全看不見。裡面有個碗狀凹陷，一個槽盆，彷彿是個沒水的壁面噴泉，側面往內彎弧，到了底部則是個平坦的點。

中央放了一只黑色小袋。

薩克里拿起那個袋子。手裡有種熟悉的重量。一拿起袋子，迎面就是刻進下方石頭的字。

擲

「你在開玩笑吧。」薩克里說著便將袋子裡的東西倒進掌心。

經典的六面骰子共有六顆，以暗色的石頭刻成。每一面都有個象徵圖案，而不是數字或圓點，鐫刻並以金粉強調。他翻一顆過來，好指認所有的象徵。蜜蜂、鑰匙、長劍很熟悉，但不只如此，還有王冠、心、羽毛。

薩克里將袋子放在一邊，徹底搖了搖骰子，才擲入石盆裡。等骰子都落定不動之後，發現擲出的圖案一模一樣。六顆心。

他幾乎來不及看圖案，底部就掉出了槽盆，骰子和袋子轉眼消失無蹤。

薩克里懶得檢查那道門，直接走到對面那道牆。找到一個相應的凹室時，他並不意外。裡面放了一只小小的高腳玻璃杯，就是用來啜飲甜飲或利口酒的那種，杯口有個搭配的玻璃蓋，就像他比較花稍的一些茶杯。

薩克里拿起那只杯子，底下再次刻了字。

喝

杯裡盛了點色調如蜜的液體，分量頂多一口。

薩克里掀開杯蓋，放在刻字指示旁邊。他嗅嗅液體。有種蜜的甜味，但也有橙花、香草和香料的氣味。

薩克里想起童話故事裡出現過無數次的告誡，在地下世界千萬別吃別喝，同時又意識到自己口乾舌燥。

他懷疑這是往前的唯一方法。

他一口喝盡那份飲品，將空杯擱回石頭上。飲料嘗起來符合他剛聞到的氣味，但不只如此——另有杏桃、丁香和奶油——加上後勁很強的酒精。

他一時失去平靜，重新考慮這個做法的愚蠢，但有如酒杯掉入深淵的速度，這種感覺也稍縱即逝。原本抽動不停、游移昏沉的腦袋，感覺清晰起來。

薩克里走回門口、轉動門把，門把動了，門鎖喀答解開，放他通行。

門後的房間看起來好似大教堂，高聳的天花板有繁複精巧的瓷磚和撐壁，如果有**撐壁**這個詞的話。那裡有六根大柱子，也以瓷磚貼出了圖案，不過四處都掉了些磚，大多位於柱基附近，可以看見下方光裸的石材。地板的鋪磚磨損到露出下方的石地，在薩克里雙腳附近尤其如此，也沿著這圓形房間的四周磨出一整圈，其他出入口附近磨得更深。如果不算他剛剛穿過的那道門，這裡共有五個出入口。四個是拱門，朝著不同方向通往幽暗的走廊，但正對面是一扇微微開啟的大木門，後方透著柔和的光線。

這裡有枝形吊燈，有些不規律地懸掛在不適合吊燈的高度，有些則擱在地上，一堆堆亮著燈的金屬加水晶，小小燈泡不是亮度減弱，不然就是整個熄滅。

上方更大的光源並不是枝形吊燈，而是一群發亮的圓球掛在銅環和棒條之間。薩克里引頸望去，可以看到棒條的末端有手，是以金子鑄成的人手，朝外指著，上方的瓷磚排成了數字和星辰的圖案。中央，也就是房間的中點，有一條鍊子從天花板垂下，終端是一個距離地板才幾寸的鐘錘，以小小幅度緩緩繞圈搖擺。

薩克里認為整個裝置可能在模仿宇宙或某種時鐘，但他不知道該怎麼解讀才好。

「哈囉？」他喚道。一條幽暗的走廊裡傳來嘎吱響，彷彿有門開啟，接下來卻了無動靜。薩克里沿著房間周邊漫步，望向放滿書本的條條走廊，書本排放在弧形的書架上或堆疊在地板上。望向其中一條走廊時，他瞥見一雙發亮的雙眼回望著他，但他眨眼之後，那雙眼便消失不見。

薩克里將注意力轉回那個也許模擬宇宙或時鐘的東西，從不同角度細看。一根較小的棒條正同步隨著鐘錘移動，他試著辨別任何一個球狀東西是否有衛星時，背後傳來人聲。

「需要幫忙嗎？先生？」

薩克里轉頭的速度快到脖子發疼，他畏縮一下，無法區分那個男人之所以略帶憂慮地瞅著他，是因為他的動作或是他的現身，或者兩者皆是。

這裡有其他人。這個地方真的存在。

全都是真的。

薩克里頓時歇斯底里笑了起來。他試著壓下泡泡似往上竄的輕笑，但沒成功。男人的表情從略帶憂慮，變得中等憂慮。

乍看之下，男人給他一種年邁的印象，可能因為留著一頭純白長髮，編成搶眼的辮子。可是薩克里眨眨眼之後仔細端詳，隱形眼鏡遲疑地聚焦起來，可以看出男人可能逼近五十，至少沒有頭髮暗示的那樣年老。辮子上串著點點珍珠，離開光線沒反射出珠光時，就會隱入髮間。男人有深色的眉毛和睫毛，烏黑如同雙眸。膚色在頭髮的對比下顯得更黝黑，不過是不深不淺的棕色。戴著金邊眼鏡，架在馬似的長鼻上，讓薩克里有點聯想到七年級的數學老師，但髮型酷得多，身上一襲金線刺繡的深紅長袍，腰間繞了幾條細繩。他有一手戴了好幾枚戒指，其中一枚看起來像貓頭鷹。

「需要幫忙嗎？先生？」男人重複。但薩克里止不住笑，雖然張嘴想說點話，什麼都好，但就是無法言語。他的膝蓋忘了怎麼運作，最後整個人癱倒在地，成了一堆羊毛大衣和金漆，發現自己的視線和一隻橘貓齊平，貓從男人袍子邊緣往外探看，以琥珀色眸子盯著他，讓整個情勢更加瘋狂。他從來不曾笑到讓自己恐慌發作，可是嘿，凡事總有第一回。

男人和貓耐著性子等待，彷彿沾滿漆彩、歇斯底里的訪客是稀鬆平常的事。

「我……」薩克里開口，接著意識到他完全不知從何說起。他下方的瓷磚冷冰冰。他慢慢站起身，動作笨拙，多少以為男人會伸手幫忙，但男人的雙手一直貼在身側，雖說貓咪往前跨一步，嗅了嗅薩克里的鞋子。

「如果你需要一點時間，完全沒問題，」男人說，「可是你恐怕得離開。我們關閉了。」

「我們什麼？」薩克里問，重新找回平衡。但是當薩克里站穩的時候，男人打量的目光落在他敞開大衣的第三顆鈕釦附近。

「你不該來這裡的。」男人說，盯著掛在薩克里脖子上的那把銀劍。

「噢……」薩克里開始說，「噢，不……這不是我的。」他試著澄清，但男人已經將他趕往門口和電梯。「有人給我這個，是為了……偽裝用的？我不是他們……不管他們是誰。」

「他們不會把這個送人。」男人平心靜氣地回答。

薩克里不知道怎麼回應，現在他們又回到了門邊。他推想朵里安可能是那個組織的前任成員，那個組織會蒐集落單門，拿來裝飾他們在曼哈頓的連棟房屋，可是不確定這把劍是朵里安自己的或仿製品或什麼的。他沒料到在目前已經停業或正在裝修的地下大教堂裡，自己會因為身上的飾品而蒙受指控。對於今晚發生的一切他都毫無心理準備，或許除了他搭過的那趟計程車之外。

「他自稱朵里安，他要我幫忙他，我想他惹上麻煩了。我不知道那些劍人是誰。」薩克里趕忙解釋，但就在他說出這些話的當兒，感覺幾乎就像謊言。監護人的運作方式似乎不照《甜美的憂傷》裡講的，雖說他很確定他們就是監護人。

男人默不作聲，態度客氣但毫不讓步，押著薩克里走回電梯那裡，他停下腳步，以飾滿戒指的手，比了比旁邊的六角形按鈕。

「希望你和你朋友可以克服目前的困境，但我非堅持不可。」他說，再次指指那枚按鈕。

薩克里揿下按鈕，希望電梯會像之前那樣拖拖拉拉，好給他多點時間解釋，或弄懂眼前的狀況，但按鈕毫無反應，既沒亮起，更沒發出聲音。電梯門一直關著。

男人皺起眉頭，先是對著電梯，然後對著薩克里的大衣，不，是對著他大衣上的油彩。

「你之前穿過的那扇門，是用畫的嗎？」他問。

「是吧？」薩克里回答。

「從你大衣的狀態看來，那扇門已經沒辦法運作了，是嗎？」

「門有點算是消失了。」薩克里說，自己並不相信，雖說他本人就在這裡。

男人閉上雙眼，嘆口氣。

「我警告過她，這樣會出問題。」他自言自語。薩克里還來不及問他什麼意思，他便接著追問，「你擲出了什麼？」

「噢……呃……擲出來的都是心。」薩克里說，回想起骰子墜入幽暗，自己頭暈腦脹的當時。他再次納悶這是什麼意思，擲出同一個圖案會不會是件糟糕的事。

男人直直盯著他，比先前更徹底地端詳他的臉，面帶像是認出什麼的困惑神情，雖然感覺好像想再問點別的，但是卻沒有，反倒說：「請跟我來。」

他轉身回頭穿過門口。薩克里緊緊尾隨他，覺得自己好像達成了什麼事情。至少不用一抵達就離開。

尤其考量到他不確定自己身在何方。這跟他原本預料的不同：如此遼闊的空間，裡頭有崩垮的吊燈和塵埃滿布的書堆。首先呢，這裡有更多貼磚。比他當初想像自己到來的時候還更雄偉、更古老、更安靜、更黑暗，也更親密，他現在意識到，就因為《甜美的憂傷》這麼暗示，他便十分篤定自己終究會來到這裡。

時候未到，他想，抬頭望著在上方旋轉的宇宙，它手指的方向變換不定，一面忖度自己既然來到這裡，該要做些什麼。

「我知道你為什麼過來。」男人說，彷彿聽得見薩克里的思緒。他們路過那只擺動的鐘錘。

「你知道？」

「你來這裡，是因為你想在無星之海上航行，呼吸魔魅的空氣。」

這番話裡的真實帶來了撫慰效果，加上不懂這番話的真義而心生的困惑，讓薩克里頓住腳步。

「這就是無星之海嗎？」他問，然後又跟了上去。男人走向宏偉大廳的另一側。

「不，這只是個海港，」他回答，「而且，就像我之前提過的，它關閉了。」

「也許你應該掛個告示。」薩克里來不及制止自己劈頭說出口，這番話替他招來一抹他所有的數學老師都拋不出來的肅殺眼神，於是喃喃表示歉意。

薩克里尾隨男人和重新加入他們行列的橘貓，步入他認為只能是辦公室的空間，雖說那裡不像他所見過的任何辦公室。書架、檔案櫃以及放在一排排標籤小抽屜裡的卡片目錄，幾乎掩住了整個牆面。地板鋪著跟外面類似的瓷磚，從門口到辦公桌，磨出一條明顯的路。綠色玻璃檯燈在辦公桌附近放光，一串串紙燈籠盤繞著書架頂端。留聲機輕聲播放著古典音樂，夾雜著唱片刮傷的聲音。壁爐占去門對面的大半牆壁，爐床以絲質屏障掩住，火低低燒著，閃爍的火光透著黃褐色調。舊式的枝條掃帚倚在附近的牆壁上。一把劍，大大的真劍掛在壁爐平臺上方，平臺上放了幾本書、一副多叉鹿角、另一隻貓（活著但在睡），以及幾只裝滿鑰匙、大小不一的玻璃罐。

男人坐進一張大辦公桌後方，桌上蓋滿文件、筆記本和幾瓶墨水，看起來比之前自在得多，雖然薩克里依然緊張兮兮。不只是緊張，怪的是，還比之前更有醉意。

「好了，」男人說，橘貓坐在辦公桌角落、打了哈欠，琥珀色的眼睛瞄準薩克里，「你的門在哪裡？」

「中央公園。」薩克里說，舌頭在嘴裡感覺很笨重，變得越來越難吐出話來。「被那些……俱樂部的人毀掉了？我想皮草大衣北極熊女士就是他們的頭頭？她用茶敘來恐嚇我。那個叫朵里安的傢伙可能惹禍上身了？他要我從他們的總部拿走這個，可是他沒說為什麼。」

薩克里從大衣抽出那本書，遞了出去。男人擰著眉頭接過去，打開書翻過幾頁，薩克里上下顛倒看著，覺得阿拉伯文看起來像英文，但眼睛可能擺了他一道，因為隱形眼鏡正搔得他眼睛發癢，他納悶自己是不是對貓過敏，還來不及確認，男人就再次合起書本。

「這本書屬於下面這裡，所以多謝了，」男人說著便遞回來，「如果你想要，可以替朋友保留起來。」

薩克里垂眼望著那本棕色皮書。

「不是該有人……」他說，幾乎自言自語，「我不知道，去救他出來？」

「是該有人去救他，我確定，」男人回應，「沒有護衛，你沒辦法離開，所以你得等米拉貝回來。在這期間，我可以替你安排住處，看來你需要休息一下。在我們繼續下去以前，我先簡單問些額外的資訊，姓名？」

「啊……薩克里．艾思拉．羅林斯。」薩克里順從地提供資訊，而沒提出自己滿腹的疑問。

「很高興認識你，羅林斯先生，」男人說，將薩克里的名字寫進桌上的一本工作日誌裡，他查了查懷錶，也把時間加進日誌。「他們稱呼我為看守人，你說你的臨時出入口是中央公園。我想你指的是美利堅合眾國紐約曼哈頓的那座？」

「對，就是那座中央公園。」

「很好。」看守人說，在日誌裡又加註了點什麼。他在另一份可能是地圖的文件上標上記號，然後走到背後的其中一個小抽屜櫃前，從一個抽屜裡取出東西，轉身遞給薩克里：一把掛在長鍊上的圓形盒式金墜，一側是蜜蜂，另一側是心。

「如果你需要找路回到這個點——大多人都稱它為**心**——這個東西可以替你指路。」

薩克里打開盒式金墜，迎面即是一只羅盤，上頭只有一個記號，標出了北方，針正不穩定地轉動著。

「你會需要知道麥加的地點嗎？」看守人問。

「噢，不用，不過還是謝了。我是不可知論異教徒。」

看守人不解地偏著頭。

「追求靈性但沒有特定宗教信仰。」薩克里澄清。他沒把心裡的話說出來：他的教堂就是憋住氣聽故事、深夜音樂會耳朵嗡嗡響的狂喜，以完美精準的觸鍵和電玩裡的頭目對戰。說他的宗教埋藏在嶄新落雪的寂靜裡，在精調的雞尾酒裡，在書本開頭過後但在結局之前的某處。

他納悶他稍早喝下的飲料裡頭有什麼。

看守人點點頭，將注意力轉向檔案櫃，又打開一個抽屜，拿出某樣東西，然後再次關起。

「麻煩跟我一起來，羅林斯先生。」看守人說著便步出房間。薩克里看著那隻貓咪，但貓咪興趣缺缺，閉上眼睛，並未跟上來。

看守人關上辦公室門，帶薩克里穿過一條擺滿書冊的走廊。這個空間感覺更地下，就像隧道，偶有蠟燭和燈籠提供照明，有低矮的圓形天花板，轉彎處沒有任何明顯的模式。穿過迷宮般的門和書，轉了第三次之後，薩克里很感謝有羅盤，一條走廊岔向好幾條走廊，通往更大的密室，然後再次進入類似隧道的走廊。書本擠滿隨著岩石彎曲的架子，或是堆在書桌、五斗櫃、椅子上，有如以文藝為中心的古董店。他們路過一尊戴著絲質禮帽的大理石半身像，又有一隻貓咪睡在塞進凹室中的軟墊扶手椅。薩克里一直期待會遇到其他人，可是什麼人都沒有。也許大家都在睡覺，而看守人正在值夜班。到現在一定很晚了。

他們停在被書架包夾的一扇門前，書架上布滿發亮的小燈籠。看守人開了門鎖，打手勢要薩克里進去。

「抱歉房況並不理想——」看守人停步皺眉，往內探看無須道歉的房間。

這個房間……唔，這房間是薩克里想像中最富麗堂皇的飯店房間，只是位於洞穴之中。有大量的絲絨，大多是暗綠色，套在椅子上的布罩、掛在四柱床上的簾幔，床鋪上的棉被已經為了迎接賓客到來而掀開一角。那裡有張大書桌以及好幾個可供閱讀的角落。牆壁和地板都是石材，從書架之間、加框藝作和不搭配的地氈之間露出來。舒適得不得了。壁爐裡點了火。床邊的幾盞檯燈已經擰亮，彷彿這房間一直在等候他到來。

「希望你會喜歡。」看守人說，雖說依然微微鎖著眉。

「這也太棒了。」薩克里回答。

「浴室在後頭的那扇門後，」看守人說，指著房間後側，「廚房可以透過壁爐附近的嵌板聯繫。走廊的照明到了早晨會調高亮度。貓咪請勿餵食。這就是你的鑰匙。」看守人將串在另一條長鍊上的鑰匙遞給薩克里。「如果你需要任何東西，請儘管開口，你知道在哪裡可以找到我。」他從袍子裡掏出一支筆和一張長方形小紙片，在上頭寫了點東西。「晚安了，羅林斯先生。希望你住得愉快。」他將長方紙片放進門邊的小匾額裡，對薩克里微微一鞠躬，然後循原路消失在走廊裡。

薩克里目送他離開，接著轉身去看匾額裡的紙片。銅製匾額裡的象牙色紙張上以花體字寫著：

Z・羅林斯

薩克里關上房門，納悶過去有多少個名字曾經占據過那個地方，而從上一個到現在事隔多久。遲疑幾秒鐘之後，他鎖上房門。

他將腦袋靠在門上，嘆了口氣。

這不會是真的。

那會是什麼？他腦袋裡的聲音問。他沒有答案。

他聳肩抖掉沾了油彩的大衣，披在椅子上，然後走到浴室，幾乎沒怎麼細看黑白相間的瓷磚和獸爪浴缸，就直接洗洗手、摘掉隱形眼鏡，看著自己在水槽上方的鏡中倒影開始失焦。

他將隱形眼鏡丟進垃圾桶，一時納悶沒了矯正鏡片該怎麼辦，但他有更急迫的事情。

他回到主室裡，眼前的絲絨和火光一片模糊。他邊走邊踢掉鞋子，走到床邊以前勉強脫掉西裝外套和背心，可是還來不及應付額外的鈕釦以前，就已經睡著了，亞麻床單和羊毛枕頭像雲朵一樣吞沒了他，而他也衷心歡迎。他睡著以前的最後思緒，是對這個終於結束的夜晚短促紛雜的回顧，對於一切滿懷疑問與擔憂，從自己的神智是否清明，到如何除去頭髮裡的油彩，接著思緒便散佚無蹤，最後一抹念頭是在納悶，如果自己早已在作夢，又該如何入睡。

❀ 際遇與寓言 ❀

鑰匙收藏家

曾經有個收藏鑰匙的男人。舊鑰匙、新鑰匙、破損的鑰匙。遺失的鑰匙、遭竊的鑰匙、萬能的鑰匙。

他將鑰匙放在口袋裡、串在鍊子上戴著，在鎮上遊走的時候，鑰匙碰得叮噹作響。

鎮上的每個人都認識這位鑰匙收藏家。

有些人覺得他的習慣很奇怪，但鑰匙收藏家個性親切、笑臉迎人，總是給人若有所思的感覺。

如果有人遺失鑰匙或弄壞鑰匙，他們可以請教鑰匙收藏家，他通常都有可以滿足他們需求的替代品。往往比重新打造一把新的還快。

鑰匙收藏家放在手邊的鑰匙總是形狀和大小最常見的那些，免得有人需要鑰匙來開門、開壁櫥或五斗櫃。

鑰匙收藏家對自己的鑰匙並沒有占有欲。只要有人需要，他就雙手奉上。

（雖然人們常常還是去打一副新鑰匙，歸還他們當初向他借用的。）

大家將自己找到的或備用的鑰匙送給他，增添他的收藏。他們出外旅行的時候，也會找到鑰匙帶回來，那些鑰匙形狀陌生，有奇特的匙齒。

（他們稱呼這男人為鑰匙收藏家，但有不少人對他的收藏出了一份心力。）

後來，鑰匙收藏家的鑰匙多到無法隨身攜帶，開始在家裡四處展示。他將鑰匙串過緞帶掛在窗前，好似窗簾，也將鑰匙排在書架上以及加框掛在牆上。最細緻的那些鑰匙，就收在專供珠寶使用的玻璃罩底下或盒子裡。其他的鑰匙則跟類似的鑰匙堆在一起，收在桶子或籃子裡。

多年之後，整棟房子塞滿鑰匙，接近爆炸的地步。最後也掛到了屋外，無論是門板、窗上都掛了鑰匙，也從屋簷披垂下來。

鑰匙收藏家的房子從路上一眼就能輕易看見。

有一天，有人敲響他的屋門。

鑰匙收藏家打開門，門前階梯上站著一位身披長斗篷的美麗佳人。他從未見過她，也不曾見過她斗篷下襬那種刺繡：星星形狀的花朵，以金線繡在深色布面上，細緻得不適合遠行，雖說她一定經過長途跋涉。他沒看到馬或馬車，心想她可能留在客棧裡，因為凡是途經這座小鎮的人都會借宿那家客棧，而且客棧並不遠。

「有人告訴我，你專門收藏鑰匙。」女人對鑰匙收藏家說。

「是的。」鑰匙收藏家說，雖說這點顯而易見，他們駐足的門口上方懸著鑰匙，他背後的牆上掛著鑰匙，桌上的玻璃罐、碗和花瓶裡都盛著鑰匙。

「我正在找被鎖起來的某個東西。我在想，你會不會有鑰匙可以解鎖。」

「歡迎來看看。」鑰匙收藏家說，邀請女子入內。

他考慮問問女子，她找的是哪種類型的鑰匙，這樣他或許能幫忙尋覓，可是他知道要描述一把鑰匙難度有多高。要找到鑰匙，你必須先了解那個鎖。

於是鑰匙收藏家任由女子在屋裡找尋。他帶她走過擺滿鑰匙的每個房間、每座櫥櫃和書架。還有廚房，那裡的茶杯和酒杯裡裝滿鑰匙，只有較為常用的少數幾個是空的，等著盛酒或裝茶。

鑰匙收藏家要請女子喝杯茶，但她客氣地婉拒了。他任她自行尋覓，自己到前廳裡坐著看書，這樣如果她需要幫忙，就能找到他。

好幾個鐘頭過去了，女子回到鑰匙收藏家身旁。

「不在這裡，」她說，「謝謝你讓我找找看。」

「後花園還有更多鑰匙。」鑰匙收藏家說，領著女子到屋外。

花園裡掛滿了鑰匙，以色彩繽紛的緞帶串著。別著蝴蝶結的鑰匙吊在樹上，花束般的鑰匙展示在上釉的盆子和長瓶裡。鳥籠裡有鑰匙掛在迷你盪鞦韆上，但不見鳥蹤。有的鑰匙沿著花園小徑嵌進鋪石裡。汩汩湧冒的噴泉裡，有一堆堆鑰匙浸在水中，彷彿許願一般拋入底部。

天光漸漸暗下，鑰匙收藏家點亮燈籠。

「這裡真不錯。」女子說。她開始在花園的鑰匙裡搜尋，雕像手持的鑰匙，繞在樹雕上的鑰匙。她在一棵正開始開花的樹木前面停步，朝一把鑰匙伸手，是諸多掛在紅緞帶上的一把。

「那把鑰匙合妳的鎖嗎？」鑰匙收藏家問。

「不只如此，」女子回答，「這是我的鑰匙。是我很久以前遺失的。我很高興它到了你手上。」

「我很樂意歸還。」鑰匙收藏家說。他往上伸手替她解開緞帶，讓緞帶從她手上的鑰匙垂掛下來。

「我一定要找個方法報答你。」女子對鑰匙收藏家說。

「沒有必要，」鑰匙收藏家告訴她，「能夠幫忙妳和妳被鎖上的東西重新團圓，是我的榮幸。」

「噢，」女子說，「被鎖上的不是物品，而是個地方。」

她將鑰匙舉在身前，高度就在腰際上方，如果那裡有扇門，就會是鎖孔所在之處，而鑰匙有一部分隱去不見。女子轉動鑰匙，鑰匙收藏家花園中央有道隱形的門解了鎖。女子推開門。

鑰匙和緞帶依然懸在半空中。

鑰匙收藏家看到門口後面是有拱形高窗的金色房間。幾十盞蠟燭立在置辦了一場盛宴的桌面上。他聽到眼界之外的音樂演奏和笑聲。透過窗戶，可以看到瀑布和山脈，兩顆月亮照得天空亮晃晃，無數星辰映在熠熠閃耀的海面上。

女子穿過那道門，長斗篷拖過金色瓷磚。

鑰匙收藏家站在自家花園裡，看得目不轉睛。

女子將繫在緞帶的鑰匙從匙孔上取下。

她轉頭回望鑰匙收藏家，舉起一手召喚他上前。

鑰匙收藏家跟了上去。

那道門在他背後關上。

再也沒人看到他。

薩克里・艾思拉・羅林斯在很久以前、遙遠無比的地方醒來，至少那是他的感覺。

他失去方向感，頭暈眼花，腦袋比身體慢半拍，彷彿要將自己拉過水晶般透明的泥巴，彷彿只感受到酒醉的負面效果，而沒有正面的享受。

他有類似感覺的唯一一次，就發生在他寧可忘懷的那個夜晚，當時跟喝過量的夏多內白酒有關，而他將這種感覺和當時那個連結起來，就是明亮的、水晶般透明的白酒質地：刺癢、強烈，帶點橡木味。站起身時卻不記得曾經跌倒。

他揉揉眼睛，環顧模模糊糊的房間，滿心困惑，因為這房間太大。接著才想起自己在飯店裡，前晚的事件穿透房間在他朦朧視野裡凝結出來的迷霧裡，這才想起自己根本不在飯店，霎時恐慌起來。

呼吸，腦海裡的聲音說，他心存感謝地聽話照做，試著將焦點放在吸氣吐氣上，然後反覆。

薩克里合上雙眼，但現實透過其他感官滲透進來。房間聞起來有先前劈啪響的爐火、檀香木，和某種黝暗深沉、無法辨認的什麼。他一定是被遠處傳來的鈴響喚醒的。床鋪和枕頭軟如棉花糖。他的好奇心和焦慮感默默交戰，使得呼吸更加困難，但他強迫肺部緩緩穩定地換氣，最後好奇心勝出，他睜開雙眼。

房間現在更明亮了，光線透過嵌入房門上方石頭裡的琥珀玻璃壁板，從走廊流洩進來。這種光線會讓他聯想到近晚時分而不是早晨。房間裡的**東西**比他記憶中的多，即使沒戴眼鏡，還是可以看出扶手椅旁邊的隱藏式喇叭留聲機，壁爐架上的滴淚蠟燭。壁爐上方還掛了一幅海上行船的畫作。

薩克里揉揉眼睛，但房間還是一樣。他不知道還能做什麼，於是猶豫不決地從軟如棉花糖的床鋪起身，開始盡量照著晨間慣例行事。

他在浴室找到自己拋下的衣服，因為沾滿油彩和塵土而僵挺，納悶這個地方是否有洗衣服務。不知怎地，掛念清洗衣物的事情將他拉回當前的現實，因為夢境或幻覺可能不會牽扯到這麼世俗的問題。他試著回想自己是否在夢裡想過「我可能需要新襪子」，但怎麼都想不出來。

浴室裡也擺滿了多過他記憶所及的東西：放了牙刷和金屬管牙膏的鏡櫃，幾罐標示整齊的乳液和油，其中一罐是聞起來有肉桂和威士忌的鬍後水。

浴缸旁邊有個淋浴間，薩克里盡可能洗掉頭髮裡的金漆，從皮膚上刮掉殘餘的油彩。肥皂盛在高檔的碟子裡，全都是木質或松香的氣味，彷彿一切都照著他對香氣的偏好安排。

薩克里裹著浴巾，環顧房間想找衣物來穿，而不是他那套沾染汗水和油彩的西裝。

有一座衣櫥沿牆聳立，就在造型不成套的五斗櫃隔壁。裡頭不只有東西可穿，而且還有得選。五斗櫃抽屜裡擺滿毛衣、襪子、內衣褲，衣櫥裡掛著襯衫和長褲。一切看來都是手工製作、自然纖維，而且沒掛標籤。他套上棕色亞麻長褲，搭配拋光木頭鈕釦的苔蘚綠無領襯衫。他拿出一件灰色麻花毛衣，讓他想起自己最愛的一件毛衣。衣櫃底部有好幾雙鞋子，當然也合腳，這比衣物更令他忐忑；因為這些衣物大多偏寬鬆、可調整，全部可算是合身，但這點可以用他的身材是標準裡偏瘦的來解釋，但鞋子就令人害怕了。他套上一雙棕色絨面革鞋，簡直就是為他量身打造的。（或者該說量腳打造？）

也許他們有小精靈趁你睡覺時替你量腳做鞋，他腦海裡的聲音提議。

我還以為你是講求實際的理性之聲，薩克里以思緒回應腦海裡的聲音，但得不到答覆。

薩克里將房間鑰匙、羅盤掛在脖子上，遲疑片刻後，也把朵里安的劍掛回去。他人在地底期間，地表發生了什麼事呢，他將這番憂慮推到腦海後側。為了讓自己分心，他在房裡東張西望，雖然他看不大清楚。東西很靠近的時候，還算看得明白，但這就表示他一次只能探索幾步，少量多次地觀察這個空間。

他從其中一個架上取下一本書，回想一則可能是來自影集《陰陽魔界》裡的故事：有太多要讀，卻沒有眼鏡。

他將隨手翻開一頁，印刷字體卻明確清晰。

薩克里抬頭一看。床鋪、牆上的畫作、壁爐全都模糊不明，近視加散光恍如一款眼科雞尾酒，讓他眼前的世界籠罩在迷濛之中。他回頭看看手中的那本書。

是詩集。狄金生，他想。字體小歸小，但小至針尖般的句點和迷你的逗號竟然全都清晰可辨。

他放下這本書，拿起另一本。一樣完美可讀。他將書放回架上，走到書桌那邊，上頭放著他替朵里安從收藏者俱樂部拿來的棕色皮書。他想看看，不管有什麼幻術正在運作，能不能也讓裡面的插圖和阿拉伯文聚焦起來，可是當他翻到書名頁的時候，不只捲曲的插圖一清二楚，連標題都是英文寫成的。

際遇與寓言

明顯清楚，以花稍的字體寫成，但絕對是英文。他納悶，這是不是多種語言對照版，只是先前沒注意到，但往後翻過去，全都是熟悉的字母。

薩克里放下書本，再次頭暈目眩。他不記得最後一次吃東西是什麼時候的事。是在派對上嗎？只是昨晚的事嗎？他記得看守人提過壁爐附近那個廚房的事。

在依然模糊的壁爐旁邊（雖說他從這個距離可以看出上方畫作裡的船隻，船長和船員都是兔子，背景是頗為寫實的海景），有個壁板嵌入牆面，就像石頭上裝了櫃門，隔壁有個小按鈕。

薩克里打開門，發現一個可能是送餐升降機的空間，裡面放了本厚厚的小書和盒子，頂端擱著一張摺起的小卡。薩克里拿起那張卡片。

您好，羅林斯先生，歡迎。

盼望您入住期間過得愉快。

如果需要或想要任何種類的餐食飲品，請不必客氣，儘管使用我們的服務系統。它的設計旨在追求最高的便利度。

將您點的東西寫在一張卡片上。這本書裡列有選項，但不必讓條列的內容限制住您的選擇，我們很樂意準備您想要的任何品項，只是我們能力所及。

● 請將您的點單卡片放進送餐升降梯。關上門之後撳下按鈕，將您的要求送向廚房。

● 您的餐點會在備好之後送來。送達時會有叮叮提示聲。

● 您不在房裡的時候，整座海港的指定區域裡，都可以使用這項服務。

如果您有任何疑問，歡迎跟著點單一起送過來，我們會盡全力回覆。

謝謝您，再一次，我們盼望您住得愉快。

——廚房

盒子裡有幾張類似的小卡和一支鋼筆。

薩克里翻閱他平生見過最長的菜單：食物和飲料編寫成章節和清單，以風格、口味、質感、溫度作為互相參照，還有以各大洲來分類的區域美食。

他合上書本，拿起一張小卡，幾經考慮之後，寫下**哈囉**以及**謝謝你們的歡迎**，然後點了咖啡加奶精和糖、一個瑪芬或可頌，不管他們有什麼。他將卡片放進送餐升降機，關上門，壓下按鈕。按鈕亮起，響起輕柔的機械聲，是電梯嗡嗚的迷你版本。

薩克里將注意力轉回房間和書本，但一分鐘過後，牆上傳來叮叮聲。他拉開壁門的時候，納悶是不是弄錯了方法，也許他們沒了瑪芬和可頌，但是他卻在裡面找到銀製托盤，上頭放了熱騰騰的一壺咖啡、一只空馬克杯、一碗方糖、一小盅（溫過的）的奶精，配上一籃暖烘烘的糕點（有三個口味各異的瑪芬、奶油可頌和巧克力可頌，以及看起來摻了蘋果和羊奶酪的酥皮點心）。還有一瓶冰鎮的氣泡水、一只玻璃杯和摺好的布餐巾，裡頭插了一朵黃花。

另一張卡片通知他，檸檬罌粟籽瑪芬是無麩質的，如果他有任何飲食上的限制，敬請告知他們。以及詢問他是否想要果醬或蜂蜜。

薩克里倒好咖啡，加一滴奶精和一塊方糖，一直盯著那籃糕點，咖啡比他平日習慣的口味更濃，但口感柔順出色，他從令人稱奇的糕點籃裡試過的每一樣糕點也是如此。連水都特別好喝，雖然他一向認為氣泡水只是因為有氣泡才比較高檔。

這裡是什麼地方？

薩克里將糕點（雖然可口，但模模糊糊）和咖啡端回書桌，想藉由咖啡因和碳水化合物醒醒腦。他再次打開朵里安的書，慢條斯理地翻閱。裡頭有傳統的插畫，討喜的全彩頁面穿插在整本書裡，標題感覺起來像是童話書。他讀了一則叫〈女孩和羽毛〉的其中幾行，然後翻回開頭的地方，但就在這時，一把鑰匙從書脊下方的空間掉出來，鏗鐺落在書桌上。

鑰匙又長又薄，是把圓頭的萬用鑰匙，有著小小簡單的匙齒。摸起來黏答答，彷彿用黏膠貼在書脊上，介於書頁後面、皮革下方。

薩克里忖度，朵里安是想要這本書還是這把鑰匙，或許兩者都是。

他再次翻開這本書，讀了頭一則故事，裡面包含了朵里安在派對上的黑暗中，跟他講過的那則故事的某個版本。令他失望的是，關於老鼠後來怎麼處理命運的心臟，這個版本也沒有細說。閱讀這則故事挑起了更複雜的情緒，薩克里不知道一大早該怎麼應付，於是合上書本，將那把鑰匙串進了房間鑰匙的鍊子上，然後套上灰色高領毛衣。毛衣織得很厚，鑰匙、羅盤和劍都掩在毛織麻花底下，不會撞得叮叮響。他以為毛衣會有香柏的味道，卻散發著淡淡的鬆餅味。

他一時興起，寫了小卡給廚房，問起清洗衣服的事。回覆來得飛快：

需要清洗的都請送來給我們，羅林斯先生。

薩克里將濺滿油彩的西裝盡可能整齊疊好，放進升降機送下去。

幾秒鐘之後，鈴聲響起，到了這個時候，如果衣服已經清洗完畢，他也不會訝異，但他只發現忘了拿出口袋的東西被送回來：他的飯店鑰匙、皮夾、兩張紙片，其中一張是朵里安給的紙條，另一張是列印的入場券，背後原本潦草寫了個字，是某款威士忌的名稱，現在糊成一團。薩克里把所有的東西都留在壁爐架上，就在兔子海盜畫作下方。

他找到一個側背包，是個上頭有幾個搭鉤的褪色橄欖綠舊式軍用包。他用餐巾細心包住一個瑪芬，跟著《際遇與寓言》一起放進去，草草整理一下凌亂的床鋪，離開房間，隨手鎖上門，試著找路回到出入口。就是**心**那裡，看守人是這麼稱呼的。

他轉了三個彎之後，不得不去查羅盤。走廊模樣不同了，比先前更亮，照明有了變化。書本之間有檯燈、天花板垂掛著串串燈泡。走廊的岔口設有類似煤氣燈的照明。可以看到階梯，但他對樓梯沒有印象，所以沒走。他路過一間敞放的大房間，裡面有長長的桌子和看起來很像圖書館裡的那種綠色玻璃檯燈，只是整個地板都往下陷入反光的池子，只有小路是突起並乾燥的，可供穿越整個空間，抵達那些有如島嶼的長桌。他路過一隻專注盯著水面的貓，隨著牠的視線望向一條橙色鯉魚，魚兒就在貓咪的監視下悠游。

這個地方跟薩克里閱讀《甜美的憂傷》時所想像的不同。

首先呢，這裡更大。他不管何時朝任一方向望去，視線都無法投射太遠，但感覺似乎綿延無盡。他甚至想不出該怎麼形容。就像美術館和藏書過多的圖書館移植到地鐵系統裡。

它特別讓薩克里想到大學校園：長長的走道連接不同的區域、無盡的書架，和他說不上來的什麼，一種超越建築特色的感受——勤奮好學，在一個由研修、故事和秘密所組成的地方。

不過看來他是唯一的學子。或者說是唯一一個不是貓的學子。

經過那間反光水池閱讀室和一條擺滿藍色封皮書本的走廊之後，薩克里轉個彎，回到設有宇宙大鐘、近似大教堂的貼磚門口。枝狀吊燈更亮了，雖然有些癱放在地上。它們以類似細線的長索和長鍊懸吊（或不），有各種色調的藍、紅、綠。他之前沒注意到這點。瓷磚看起來更多彩，但缺了角、顏色退去，有些部分看起來像壁畫，但殘留原地的貼磚不夠多，看不出任何主題。鐘擺在房間中央擺盪。電梯門關著，但通往看守人辦公室的門沒關，此時大大敞開，可以看到那隻橘貓趴在扶手椅上盯著他。

「早啊，羅林斯先生，」薩克里還沒敲響敞開的門之前，看守人就說，沒從辦公桌抬頭，「希望你睡得不錯。」

「睡得不錯，謝謝。」薩克里回答。他有太多問題，但總得從什麼地方問起。「大家都到哪去了？」

「目前只有你一位客人。」看守人回答但沒停筆。

「可是不是有……居民嗎？」

「沒有，目前沒有，還需要什麼嗎？」

看守人的視線一直沒離開筆記本，於是薩克里試了最明確的問題。
「這樣問有點無來由，可是這邊會不會恰好有備用的眼鏡？」
看守人抬起頭，擱下筆。
「真抱歉，」他邊說邊起身，越過房間走到一個多重抽屜的櫃子那裡，「真希望你昨晚就問起，我應該有適合的。近視還是遠視？」
「兩眼近視加散光，但近視度數高的應該有用。」
看守人拉開幾個抽屜，接著將一只放了幾副眼鏡的小盒子遞給薩克里，大多是金屬框，但有幾副的鏡框較厚，還有一副是牛角框的。
「希望其中一把派得上用場。」看守人說。他回到辦公桌繼續書寫，薩克里試戴了不同的眼鏡，第一副太緊而放棄，但有好幾副都很適合，而且跟他的度數意外接近。他最後決定要一副長方鏡片的銅色眼鏡。
「這副會很不錯，謝謝。」他說著便把盒子遞還看守人。
「在你停留期間，歡迎把它們留在身邊。今天早上還有什麼需要幫忙的嗎？」
「米……米拉貝回來了嗎？」薩克里問。
看守人的臉再次浮現了可能是略微心煩的神情，但轉眼消逝，薩克里無法確定。他猜看守人和米拉貝可能處得不是很好。
「還沒，」看守人說，語氣並未透露蛛絲馬跡，「歡迎你在等候期間隨意探索。我只要求讓上鎖的門維持原狀。等她抵達，我會……通知她，你人到了。」
「謝謝。」
「祝你今天過得愉快，羅林斯先生。」
薩克里接收到離開的暗示，回到走廊上，既然現在有了矯正鏡片的協助，他開始注意到細節。這裡看起來跟正在傾頹的廢墟相去不遠；全都仰仗旋轉的行星、滴答作響的時鐘、一片痴心以及細繩撐持不散。

他心中有一部分想要質問看守人，但是有鑑於兩人昨晚的互動狀況，他還是寧可行事謹慎點。也許米拉貝的口風會比較鬆，談談關於……唔……關於任何事情。不管她何時現身。他想起那位戴著面具的野獸國國王，無法想像她人在這裡的情景。

薩克里挑了一條不同的走廊遊逛，這條走廊的架子都刻在岩石上，書本跟著茶杯、瓶子和散落的蠟筆堆在不規則的小隔間裡。這條走廊上也有畫作，其中幾幅可能也出自他房間裡那幅航海兔子的藝術家之手，風格高度寫實，但細節異想天開。一幅年輕男子的肖像，穿著鈕釦無數的大衣，但鈕釦全是迷你時鐘，從衣領延伸到袖口，每只時鐘時間各不相同。另一幅是月光撫照的光禿森林，裡頭只有一棵葉片金黃的樹木還活著。第三幅是水果和酒的靜物畫，但幾顆蘋果都刻成了鳥籠，籠裡有小小紅鳥。

薩克里試開幾扇上頭沒掛名牌的門，但多半都鎖著。

他忖度那間娃娃屋在哪裡，如果真的存在。

這個念頭才剛起，他就瞥見架上有個娃娃。

一只形狀渾圓的木頭娃娃，彩繪得有如裹在星辰長袍裡的女子。她的雙眼閉合，但簡單繪成的嘴巴上揚成笑容，區區幾筆畫成的弦月嘴形營造出滿懷期待的平靜神情。有如吹熄生日蛋糕蠟燭前閉上雙眼的表情。一開始，娃娃的雕刻風格讓他聯想到母親收藏的日本木芥子人偶，可是他在它渾圓的腰身周圍找到巧妙隱藏的接縫，這才意識到它更像俄羅斯的套疊娃娃。

他小心轉開娃娃，將上半部和下半部分開。

星辰長袍女子裡有一隻貓頭鷹。

貓頭鷹裡有另一個女子，這位一身金衣，雙眼睜開。

金色女子裡有一隻貓咪，金黃眼睛的色調如同之前那位女子。貓咪裡有個留著一頭長鬈髮、身穿天藍色洋裝的小女孩，雙眼睜開，但望向一邊，對看著她的人之外的東西更有興趣。

最小的娃娃是一隻蜜蜂，大小擬真。

走廊盡頭有什麼在移動，那裡的石頭上披垂著紅絲絨布幔——比貓咪更大的東西——但是當薩克里定睛一看那裡卻空無一物。他將所有娃娃的上下半分開接好，將它們在架子上排成一列，而不是讓它們繼續困在單一的人形裡，然後繼續往前走。

那裡有好多蠟燭，蜜蠟的氣味滲入了一切，柔軟甜美，參雜了紙張、皮革、岩石和微微的煙味。**如果這裡沒有其他人，那麼這些蠟燭是誰點亮的？**薩克里納悶，路過一座大枝形燭臺，上頭不只一打的錐形蠟燭正在悶燒，蠟淚頻頻往下滴落在石頭上，一望即知之前有非常多的蠟燭都在這裡滴過蠟淚。

有扇門通往一個圓形房間，牆壁雕得細緻繁複。一盞檯燈就放在地上，薩克里繞過它的時候，光線捕捉到石雕上的不同部位，凸顯了上頭的影像和文字，但他無法讀出整個故事。

薩克里走到一條通往花園的走廊，高聳天花板的材質就像當初那架電梯附近的大理石，在棄置於板凳和噴泉上以及堆在雕像附近的書冊上，灑下近似陽光的光暈。他路過一座狐狸的雕像，還有另一座雕像狀似搖搖欲墜的雪球堆。房間中央是個半封閉的空間，讓他聯想到茶室。裡面放了板凳，有個真人大小的女子塑像坐在石椅上。她的長禮服落在椅子周圍，布料的漣漪起伏雕得很寫實，到處都是蜜蜂，在她的懷裡、胳膊上、長禮服的衣褶裡、鬈曲的髮絲裡。蜜蜂雕刻的石材色彩不同於女主人本身，色調暖些，而且看起來是獨立的物件。薩克里拿起一隻，然後放回去。女子視線低垂，雙手擱在大腿上，掌心朝上，彷彿應該在看書。

一只玻璃杯像祭品似地擺放在雕像腳邊，裡頭盛了半杯暗色液體，四周有蜜蜂圍繞。

「我就知道我會錯過。」背後有人說。

薩克里轉身。如果不是因為認出她的聲音，他永遠猜不到眼前這位就跟派對上的女子是同一個人。摘掉深色假髮後，她頂著一頭濃密的波浪長髮，染成色調不一的粉紅，從髮根開始是石榴色，到了肩膀則褪成芭蕾舞鞋色。她深色眼眸的四周點了金黃亮粉。她的年紀比他原本料想的大，他猜比他多個幾歲，但可能更多。她穿著牛仔褲，腳踩長鞋帶的黑長靴，搭上奶油色毛衣，毛衣狀似從綿羊過渡到衣物的時間短之又短，但整體搭配起來散發出某種信手拈來的優雅。她掛了幾條項鍊，上頭串了幾把鑰匙和像薩克里的羅盤那樣的盒墜，還有個東西像是銀鑄的小鳥骨骸。不知怎地，即使沒有尾巴，她看起來還是像麥克斯。

「錯過什麼？」薩克里問。

「每年大約這個時候，就會有人留一杯酒給她，」粉紅女子回答，指著雕像腳邊的玻璃杯，「我從來沒看到是誰弄的，而且不是沒努力試過。又一年解不開的謎團。」

「妳是米拉貝。」

「我的名聲比我本人早一步到，」米拉貝說，「我一直想說這句話。我們一直沒正式自我介紹，對吧？你是薩克里．艾思拉．羅林斯，我要叫你艾思拉，因為我喜歡。」

「如果妳叫我艾思拉，我要叫妳麥克斯。」

「一言為定。」她掛著明星般的笑靨表示同意。「我替你把留在飯店的東西拿回來了，艾思拉。我來找你的時候，先把東西留在辦公室，所以現在可能有隻貓咪坐在上頭保護它的安全。還有，我也幫你從剛剛提過的飯店辦了退房。我還欠你一支舞，我們當時被打斷了。你和『那個叫什麼名字的』在這邊安頓得如何？」

「朵里安嗎？」

「他跟你說他叫**朵里安**？看來他就是想耽溺在王爾德裡[9]，他那副很有戲的眉毛，又愛生悶氣，我還以為已經夠糟的了。他說我可以叫他**史密斯**先生，他一定更喜歡你。」

「唔，不管他叫什麼名字，他都不在這裡，」薩克里說，「那些人逮到他了。」

米拉貝失去笑容。她旋即流露的憂慮神情，讓薩克里拚命想推到腦袋後方的擔憂頓時遽增。

「誰逮到他了？」她問，雖然薩克里看得出她心知肚明。

「那些有油彩和穿長袍的人、收藏者俱樂部，不管他們是誰，就**那些人**啊。」他補充，將那把銀劍從毛衣下面拉出來，卡在毛衣上的時候出聲咒罵，這才意識到自己比願意開口承認的還在乎。

米拉貝一語不發，但蹙起眉頭，視線越過薩克里，望著身上停了蜜蜂、缺了本書的雕像女子。

「他已經死了嗎？」薩克里問，雖說他不想聽到答案。

「如果沒死，原因只會有一個。」米拉貝說，注意力依然放在雕像上。

「是什麼？」

「他們拿他當誘餌。」米拉貝走到雕像那裡，端起那杯神秘酒液，凝視它片刻之後，舉至唇前一口飲盡。她將空杯歸回原位，轉向薩克里。

「我們要不要去救他？艾思拉？」

9. 王爾德有一部小說叫《格雷的畫像》，原文為The Picture of Dorian Gray。朵里安的原文即為Dorian。

❀ 際遇與寓言 ❀

女孩和羽毛

從前有個公主拒絕嫁給她理應結為連理的王子。家人和她斷絕關係之後，她離開了她所屬的王國，沿途變賣自己的珠寶和長髮，前往下一個王國，然後再到下一個，最後來到一塊沒有國王的土地，便就此定居下來。

她對縫紉很拿手，於是在一個沒有女裁縫的鎮上開了家店。沒人知道她原本是公主，但那裡就是不會過問你過去身分的地方。

「這塊土地有過國王嗎？」公主問她其中一位交情最好的顧客，一位久居鎮上多年，但視力已經無法自行修補衣物的老婦。

「噢有的，」老婦說，「現在還有啊。」

「有嗎？」公主很意外，因為她從沒聽說過。

「就是貓頭鷹王，」老婦說，「他住在湖泊過去的山上，他看得到未來。」

公主知道老婦是在跟她說笑，因為湖泊後方的山上除了樹木、積雪和野狼之外，別無一物。這個貓頭鷹王一定是兒童床邊故事，就像夜風騎者或無星之海。關於過去的君主政體，她沒再追問下去。

幾年過後，公主和鐵匠越走越近，過一陣子之後兩人結為夫妻。有天深夜，她告訴他，她原本是公主，談起她成長其中的城堡、睡在絲質刺繡枕頭上的迷你小狗、她拒絕結褵的那位一臉精明的鄰國王子。

她的鐵匠哈哈笑，並不相信她。他告訴她，她應該當個吟遊詩人而不是女裁縫師，然後親吻她腰際和臀部之間的彎弧，不過從此之後他都稱她為公主。

他們生了個孩子，一個哭聲嘹喨的大眼女孩。產婦說她從沒聽過哭聲這麼響亮的嬰兒。女孩在無月之夜出生，預示著厄運。

一個星期之後，鐵匠死了。

公主前所未有地擔心厄運和詛咒以及寶寶的未來。她請老婦給她建議，老婦提議她帶孩子到貓頭鷹王那裡，他有能力預見這類的事情。如果寶寶是個厄運孩子，他會知道怎麼辦。

公主覺得這很傻氣，但孩子漸漸成長，會無故放聲尖叫，或用那雙大眼連續盯著無物的空間好多個鐘頭。

「公主！」正在學說話的女孩有天對母親說。「公主！」她重複，用一隻小手輕拍母親的膝蓋。

「這個詞是誰教妳的？」公主問。

「爸爸啊。」女兒回答。

於是公主帶女孩去見貓頭鷹王。

她乘著馬車到湖泊過去的山腳下，然後不顧馬車車夫的異議，從那裡徒步登上舊山徑。路程漫長但天光燦亮，野狼尚未甦醒，也或許野狼只是傳聞而已，不真的存在。公主偶爾停步歇息，女孩就在雪地裡玩耍。有時，山徑難以辨識，但有人以石堆和原本可能是金色的褪色布條標示出來。

一陣子之後，公主和她女兒來到一處空地，空地幾乎被高大樹木的頂冠遮住。

空地裡的建物原本可能是一座城堡，但現在只是個廢墟，角塔破損，只剩一座高聳的塔樓，碎裂的牆面上攀滿藤蔓。

門邊的燈籠亮著。

城堡內部看起來跟公主曾經住過的頗為相像，只是塵埃更密，更為幽暗。牆面掛的織錦裡有半獅半鷲的怪獸、花卉和蜜蜂。

「留在這裡。」公主告訴女孩，將她放在布滿灰塵的地毯上，地毯周圍的家具過去可能曾經富麗堂皇。

母親到樓上探路的時候，小女孩看著織錦圖案編故事自娛，對著幽魂說話，因為城堡裡滿是幽魂，他們已經有好一陣子沒見過孩子，於是團團簇擁在她身邊。

接著某種金色東西攫住女孩的目光。她搖搖晃晃走到那個閃亮的物品那裡，幽魂看著她拾起那根掉落的羽毛，驚奇於這麼幼小的女孩竟能操使這樣的魔法護身符，可是女孩並不知道操使這個詞的意思，更不懂什麼是**護身符**，於是她不理會那些幽魂，先試著啃啃那根羽毛，但判定不可口以後便收進口袋。

在這期間，公主找到了門上標著王冠的房間。

她打開那扇門，通往依然聳立的塔樓，在這裡找到的房間大半都籠罩於陰影裡，光線從高處流洩進來，在石地中央留下柔亮的一個區塊。公主走進房間，停在光線中。

「妳有什麼願望？」在黑暗中響起的聲音來自四面八方。

「我想知道我女兒的未來。」公主問，想說這並不是這個問題的真正答案，因為她還有好多別的願望，可是那是她來這裡的起因，於是便這麼問了。

「讓我看看那個女孩。」那個聲音說。

公主去把女兒帶來，女孩從新結交的幽魂朋友身邊被帶走時，放聲哭泣，但是當幽魂成群結隊跟著上樓時，她便拍手哈哈笑。

公主帶女孩進入塔樓房間。

「單獨一人。」聲音從黑暗中傳來。

公主猶豫一下，但將女孩放在光線中之後便退回走廊，緊張不已地等待。幽魂團團圍繞著她，輕拍她的肩，要她別發愁，可是既然她看不見幽魂，這番安慰也起不了作用。

有個高䠷的身影從女孩凝望的暗影中走出來，他擁有男人的身軀和貓頭鷹的腦袋。圓滾滾的大眼往下瞅著女孩。

「哈囉。」女孩說。

「哈囉。」貓頭鷹王說。

一段時間之後，門打開，公主回到房裡，發現女孩獨自坐在那池光線之中。

「這孩子沒有未來。」黑暗說。

公主對著女孩皺眉，試著判定自己想要的答案不是這樣。她頭一次巴不得當初沒離開自己的王國，恨不得當時作了不同的選擇。

也許她可以將女孩留在這座城堡裡，告訴鎮民女兒被野狼抓走。她可以將自己的物品打包，遷至他處重起爐灶。

「答應我一件事。」黑暗對公主說。

「什麼都行。」公主回答，旋即後悔。

「她長大以後帶她回來。」公主嘆氣點頭，將連聲抗議的孩子從城堡帶走，下了山，回到她們的小房子。

接下來幾年，公主有時會想起自己的承諾，有時會忘記，有時則納悶那會不會全是一場夢。說到底，她女兒並不是什麼厄運孩子，她大到會走路之後，就很少放聲尖叫，也不會盯著空無看，而且似乎比多數人都還幸運。

（女孩的腰際和臀部之間有個像疤痕的印記，形狀恍如羽毛，但她母親不記得是從哪來的，或是出現多久了）。

有些日子裡，公主認為自己對城堡和承諾的回憶真實無誤，便告訴自己，總有一天要再帶女孩上山；如果那裡空無一物，那也算是場不錯的健行；如果城堡確實存在，等時候到了，她自然會想到該怎麼做。

女孩還沒長大，公主就病逝了。不久之後，她的女兒不知去向。鎮上的人都不意外。

「她一直很野。」在那裡活到一大把年紀的女人們會說。

世界今非昔比，但湖泊附近那個鎮上的人繼續傳誦山中城堡的故事。

其中一則故事說，女孩找路回到她依稀記得並以為是夢境的那座城堡，卻發現裡頭空無一物。

在另一個版本裡，女孩找路回到她隱約記得並以為是夢境的那座城堡。她敲了敲門。

門為她而開，她再也看不見的幽魂撐開門迎接她。

門在她背後關上，從此她音訊全無。

在最少被轉述的故事版本裡，女孩找路回到她約莫記得、恍如夢境的城堡，是她按照承諾該要回去的地方，雖說許下承諾的並非她本人。

燈籠為她的到來而點亮。

她還沒敲門，門就打開了。

她一登上熟悉的階梯，便知道這根本不是夢境。她穿過自己曾經越過的走廊。

標記著王冠的房門開著。女孩走了進去。

「妳回來了。」黑暗說。

女孩默不作聲。在這個不是夢的場景裡，最令她無法忘懷，更甚於那些幽魂的，正是這個房間，這個聲音。

可是她並不害怕。

貓頭鷹頭男人從黑暗中現身，沒有她記憶中的那樣高䠷。

「哈囉。」女孩說。

「哈囉。」貓頭鷹王回答。

他們默默凝望對方半晌。幽魂們從走廊上觀望，納悶會發生什麼事，一面驚奇於她心中的那根羽毛，女孩雖然看不見那根羽毛，但能感覺到它在振顫。「在這個地方待三個晚上。」貓頭鷹王對不再是女孩的女孩說。

「然後你就會讓我走嗎？」女孩問，雖說這根本不是她的本意。

「然後妳就再也不會想離開。」貓頭鷹王說，大家都知道貓頭鷹王只說實話。

女孩過了一夜，又過一夜。第二夜結束的時候，她又能看到幽魂們了。到了第三夜，她沒有了離開的欲望，因為找到家之後，誰會想離開？

她依然在那裡。

薩克里・艾思拉・羅林斯跟著米拉貝走過通道，在他沒注意過的走廊之間急轉彎，穿過他原本沒意識到是門的門。他們路過一片玻璃地板時，他放慢腳步，盯著腳下另一條放滿書本的走道，但接著加快腳步跟上去。兩人回到心那裡，只用了薩克里預料的一半時間，米拉貝不是如他預期的走到電梯那裡，而是走到其中一個坍塌的枝形吊燈旁邊，那裡掛了一件褪色的灰皮夾克和黑色側背包。

「我需要穿大衣嗎？」薩克里問，米拉貝正在穿夾克。他納悶自己是否應該從房間拿那件沾滿油彩的大衣，接著便意識到他忘了送到下面的廚房去清洗。

左邊傳來一聲喵，薩克里轉身便看到那隻橘貓坐在看守人辦公室門口。後方，看守人正坐在辦公桌前書寫，儘管筆抵著紙繼續動作，卻透過眼鏡頂端專注地望著他倆。薩克里差點舉起一手揮揮，但又決定作罷。

「噢。」米拉貝說，不理會貓跟看守人，繼續端詳薩克里的亞麻長褲和高領毛衣，「可能需要，我們去找件來。你的包包就留著吧。」薩克里放下包包，米拉貝在最靠近電梯的走道那裡一轉，打開一扇門，那裡有一座凌亂無比的巨型衣櫃，裡面堆滿了大衣、帽子、打字機、一盒盒鉛筆和原子筆，還有破損小雕像的殘塊。她從那片混亂之中，抓起一件手肘有棕色貼布的深綠色毛料外套，彷彿是復古服裝店裡物況完美的寶物，遞給薩克里之後，靈巧地越過地板上一個傾圮的半身像，還有一只孤寂盯著她靴子的石膏獨眼。「應該滿合身的。」她說，當然是了。

薩克里尾隨米拉貝穿過那扇門，步入明亮的前室。她揿下電梯按鈕，按鈕順從地亮起。

箭頭轉而往下。

「你喝了嗎？」米拉貝在他倆等待的時候問。

「我喝什麼？」

她指指那一小杯液體原本所在的牆面，就在骰子對面。

「你喝了嗎？」她又問一次。

「噢……嗯，嗯，喝了。」

「好。」米拉貝說。

「我有別的選擇嗎？」

「你可以把它倒掉，或是把杯子移到房間另一邊，或是用別的方法。可是沒喝的人都不會留下來。」

電梯叮一聲，門滑了開來。

「妳當初怎麼做？」薩克里問。米拉貝坐在其中一張絲絨板凳上，他在對面坐下來。他確定這是同一架電梯，可是也確定自己當初在電梯裡滴滿了油彩，但這電梯的絲絨板凳雖久經磨損卻潔淨無瑕。

「我嗎？」米拉貝說，「什麼都沒做。」

「妳把杯子留在原地？」

「沒有，我都沒做，不管是骰子或是**喝我**那部分。整個通關考試都沒做。」

「怎麼可能？」薩克里問。

「我在下頭這邊出生。」

「真的嗎？」

「不，不算是。我是從一顆金蛋孵出來的，有隻挪威森林貓坐在上面孵蛋孵了十八個月週期[10]。那隻貓到現在都還懷恨在心。」她頓了一秒之後又補了句，「對啦，是**真的**。」
「抱歉，」薩克里說，「資訊……一時多到難以消化。」
「不，我才該抱歉，」米拉貝說，「很抱歉你捲進了整件事裡，可是老實說有人陪伴，我還滿感激的。」她從袋子裡抽出一包香菸打開來，要請薩克里，他還沒表明自己不抽菸之前，就看出盒子裡放滿了色彩各異的圓形小糖果。「想來個故事嗎？可能會讓你覺得好過一點，這種東西只有搭電梯的時候才會生效。」
「真的假的。」薩克里說。他拿了一顆淡粉紅的，看起來可能是薄荷口味。
米拉貝對他微笑。她自己沒拿就收起盒子。
薩克里將糖果放在舌頭上。他想得沒錯，是薄荷口味。不，是鋼，冰冷的鋼鐵味。故事在他腦海裡開展，而不是在他耳裡，文字若有似無，圖像、感知、味覺從最初的薄荷和金屬，逐漸演變與發展，經過鮮血、糖粉、夏日空氣，然後便消失無蹤。
「剛剛那是什麼？」薩克里說。
「是故事啊，」米拉貝說，「你可以想辦法說給我聽，但我知道它們很難轉譯。」
「講的是……」薩克里頓住，試著捕捉剛剛那份短暫奇特的體驗。這個體驗確實在他腦海裡留下一則故事，像是記憶模糊的童話。「有個騎士，就是穿著閃亮盔甲的那種類型。很多人愛他，但他從不回報任何人的愛。他對那些為他破碎的心感到過意不去，於是只要有人為他心碎，他就在自己的皮膚上刻一顆心。他的手臂、雙腿和胸膛，有著一排又一排受創的心。接著他遇見了一個意料之外的人，然後……我……我不記得後來發生什麼事。」
「令人心碎的騎士，以及令騎士心碎的心。」米拉貝說。
「妳知道這個故事？」薩克里問。
「不，每則故事都不同，但組成的元素類似。所有的故事都這樣，不管採取哪種形式。

有某種東西存在，然後某種東西起了變化。說到底，故事就是改變。」

「那些東西是哪來的？」

「我好幾年前找到了滿滿一罐。我喜歡帶在身邊，就像你隨身帶本書，我也有這個習慣。」

薩克里望著這個粉紅頭髮的謎樣女子，騎士和他的心依然在舌尖上流連不去。

「這是怎麼回事？」他問，意指全部，一切，相信她會明白他的意思。

「對於那個問題，我從來沒有一個令人滿意的答案，艾思拉，」她說，伴隨著這份感觸的是一抹悲傷的笑容，「這是個兔子洞。你想知道一旦下了兔子洞之後，存活下來的秘密是什麼嗎？」

薩克里點點頭。米拉貝湊過來，雙眼眼周泛著金光。

「就是當一隻兔子。」她低聲說。

薩克里盯著她，在這過程中，他意識到自己稍微平靜了點。

「我在紐奧良的那扇門是妳畫的，」他說，「在我小時候。」

「沒錯。我也以為你會打開。那等於是個石蕊試驗：如果你足夠相信，而去打開一扇彩繪門，你更可能相信那扇門會通往的地方。」

電梯猛頓一下停住了。

「還滿快的。」薩克里評道。如果他對時間的概念還沒完全失準，他當初下降所耗的時間至少多了三倍。也或許他的故事糖果融化所花的時間比他想的更久。

「我跟電梯說過我們在趕時間。」米拉貝說。

電梯打開了，看起來是同一個掛著燈籠的立柱石梯，薩克里記得之前見過。

10. 一個月週期是二十八天。

「我有問題。」他說。

「你會有一大堆問題，」兩人拾階而上的時候，米拉貝說，「你可能會想開始記下來。」

「我們到底在那裡？」

「我們在中介地帶，」米拉貝說，「我們還不到紐約，如果那是你的意思。可是我們也已經不在那裡了。這是電梯的延伸，就是從前有階梯可以一直一直走的時代。或者你會整個摔下去。或者會有一扇門。我不知道，有關這方面的文字紀錄並不多。有時候沒有階梯，不過電梯已經存在一陣子了。就像四次元立方體，只是是空間而非時間。或者該說是兩者皆是的四次元立方體？我不記得了，真丟臉。」

他們到了階梯頂端，停在嵌進岩石的門前。那是一扇簡單的木門，毫不花稍，沒有標誌。米拉貝拿起脖子上的一把鑰匙，打開門鎖。

「我希望他們不會又在前面放書櫃，」她說著便將門推開幾寸，接著停下來，從縫隙往外窺看，然後再推得更開。「快。」她對薩克里說，拉著他穿過去，隨手關上門。

薩克里回頭一瞥，那裡沒門，只有一堵牆。

「找找看。」米拉貝說，接著薩克里便可看見線條，牆壁上的鉛筆描線薄如漆料裂痕，構成了門的外形；一個狀似污漬的巧妙影線，形成了手把，下方有個更明確的記號，就是鑰匙孔。

「這是一扇門？」他問。

「是專供緊急使用的隱藏門，估計不會有人發現，但我平常還是會上鎖。我很意外他們竟然還沒發現，不過我經常過來，他們可能以為是為了其他跟書有關的理由。藏書的地點通常對門的接受度比較高。我想那是因為有故事高度濃縮在同一個地點。」

薩克里四下張望。這片光裸的牆就塞在高聳的木頭書架之間，架上塞滿了書本，有些書上標了紅色標籤，頗為眼熟，但他無法確定。米拉貝招他上前，他們從書架之間往外踏進更大的空間，那裡有一桌桌的書本、黑膠唱片以及更多標示，途經幾個默默瀏覽的人，他領悟到自己為何對這空間覺得熟悉。

「我們在Strand書店嗎？」他問，他們登上一段寬闊的階梯。

「什麼讓你這樣想？」米拉貝問，「是那個寫著『Strand』和『長達十八英里的書』的紅色大招牌嗎？那個數字感覺不正確，我打賭長度不只那樣。」

薩克里確實認出了這家龐然書店更為擁擠的一樓，有一桌桌的新書、暢銷書、店員選書（他向來很喜歡店員選書），還有托特包，大量的托特包。他頓時覺得這裡感覺有點像是地下那個擺滿書籍的空間，只是規模較小。就像有一絲零星的氣味可能勾起了記憶中的滋味，卻無法掌握全盤的體驗。

他們在桌子、客人、收銀機旁的長排隊伍之間穿梭，但不久便到了店外的人行道上，寒風刺骨，薩克里非常想回到店裡，因為那裡有書，而且因為亞麻質料的褲子不是設計來應付一月落雪和融冰的。

「走起來應該不用太久，」米拉貝說，「抱歉今天這麼詩詞。」

「這麼什麼？」薩克里問，不確定聽對了沒有。

「詩詞，」米拉貝重複，「天氣啊，就像一首詩。每個字同時擁有不只一個意義，而一切都是個隱喻。意義濃縮到節奏、聲音和句子之間的空隙裡。強烈又尖銳，就像寒意與冷風。」

「妳可以直接說外頭冷颼颼。」

「是**可以**。」

灑落街道的天光黯淡，近晚時分。他們一路閃避路人，沿著百老匯街前行，路過聯合廣場之後右轉，接著薩克里就看不到自己熟悉的曼哈頓地標；他腦海中的市區地圖化成了格柵般的街廓，繼而消失於空無和河流中。米拉貝比他更擅長閃避行人。

「我們得先去個地方。」她說，在一棟建築前方停步，打開一扇玻璃門並撐開，禮讓一對裹著層層外套和圍巾的戀人先出來。

「妳是認真的嗎？」薩克里說，抬頭看著那個無所不在的綠色美人魚標誌，「我們要先喝杯咖啡？」

「咖啡因是我個人火藥庫裡的重要武器，」米拉貝回答，兩人走進店裡，站到短短的隊伍末端，「你想要什麼？」

薩克里嘆氣。

「我請客。」米拉貝催促，戳了戳他的手臂。他不記得她何時套上了無指編織手套，而他自己快凍僵的四肢正嫉妒著凡是有手套的人。

「中杯脫脂牛奶抹茶綠茶拿鐵。」薩克里說，氣惱於溫熱飲料在這種冰冷詩詞的天氣裡，確實似乎是個好點子。

「沒問題。」米拉貝若有所思點頭回應，彷彿要透過星巴克的品項來評估他這個人。他不確定抹茶和奶泡說明了他人格上的什麼。

排隊等待咖啡，融雪潮溼了地板，一切狀似正常。玻璃櫃裡擺滿了整齊標示的烘焙產品。人們坐在角落裡盯著筆電。

一切正常**過度**了。教人不安，也使他暈眩，也許一旦去過奇幻之地，就該留在那裡別走，因為真實世界將不同以往，在之後成了另一種世界。後來的世界。他忖度，如果他告訴那些在電腦上打著字、或學生或作家的人，他們腳下有個滿是書冊和故事的地下寶庫，他們會不會相信他。他們不會的。如果是他，他也不信。他不確定自己相信。唯一沒讓他將整件事一筆勾銷、只是當成幻覺的，就是隔壁這位粉紅頭髮的女子。米拉貝在察看擺滿旅行馬克杯的貨架時，他盯著她的後腦勺。她有好幾個耳洞掛著銀色圓環，耳後有道傷疤，長度或許有一寸。接近頭皮的髮根開始露出原色，是深棕色，髮色也許滿接近她派對那晚所戴的假髮，他納悶，她當時是不是打扮成自己出席。他試著回想，是否看到她跟其他任何人交談；除了他之外，是否跟任何人互動過。

他不可能針對一個人捏造出這麼多細節。想像出來的女子可能也不會在星巴克點咖啡。

當收銀機後方的女孩正眼看著米拉貝，問她想點什麼時，他如釋重負。

「大杯蜂蜜星辰，不要鮮奶油，」米拉貝說，雖說薩克里以為自己可能聽錯，但收銀女孩卻毫無疑義地將那個品項打進螢幕，「還有中杯脫脂牛奶抹茶綠茶拿鐵。」

「名字？」

「札爾妲。」米拉貝說。

女孩跟米拉貝報了總價，米拉貝用現金支付，將找零投進小費罐。薩克里跟著她走到櫃臺另一端。

「妳剛剛點的那個是什麼？」他問。

「情報啊，」米拉貝回答但未細說，「懂得利用隱藏版菜單的人並不多，這點你有沒有注意過？」

「我都去獨立咖啡館，他們都在黑板上寫些自嘲式的菜單。」

「可是你還是隨口就講得出星巴克的特定品項。」

「札爾妲。」女咖啡師呼喚，將兩只杯子放在櫃臺。

「**札爾妲**是從公主還是費茲傑羅[11]來的嗎？」米拉貝取走兩個杯子時，薩克里問。

「兩種各有一點，」她邊說邊將較小的那杯遞給他，「來吧，我們再次鼓起勇氣迎向詩

11. 前者指的是《The Legend of Zelda》這套電玩，中文一般譯為「薩爾達傳說」；後者指的是美國作家費茲傑羅的妻子。

詞吧。」

外頭天光漸暗，空氣更冷冽了。薩克里牢牢捧住杯子，啜一口過熱的綠色泡沫。

「妳到底點了什麼？」米拉貝跨開步子時，他問。

「基本上就是伯爵茶加豆漿、蜂蜜和香草，」米拉貝說，舉高杯子，「可是這才是我點它的原因。」她舉得更高，好讓薩克里看到杯子底部以麥克筆寫就的六位數字：721909。

「那是什麼意思？」他問。

「你等著瞧吧。」

他們抵達下個街廓時，天光正在消逝，留下了一抹暮光。

「妳怎麼認識朵里安的？」薩克里問，試著整理自己的疑問和思緒，或許他應該找個筆記本或什麼的寫在裡頭，因為它們在他腦海裡飛快地竄進竄出。他又啜了一口迅速冷卻的拿鐵。

「他有一次想幹掉我。」米拉貝說。

「他什麼？」薩克里問。米拉貝停在人行道中央。

「到了。」她說。

薩克里甚至沒認出那條樹木林立的街道。那棟掛著收藏者俱樂部招牌的建築看起來正常友善，也許有點不祥，但那跟這個街廓了無人煙比較有關係。

「你好了嗎？」米拉貝問，指指他的杯子。薩克里喝下最後一口，然後遞給她。她將兩只空杯卡進樓梯旁邊的雪堆裡。

「還有另一個地方也叫收藏者俱樂部，離這裡不遠。」他們走近大門的時候，她說。

「是嗎？」薩克里問，後悔沒先問米拉貝是否擬定了計畫。

「那家是專門收藏郵票的。」她說。

她轉動門把，令薩克里訝異的是，門竟然開了。小小的前室一片昏暗，只有牆上小螢幕旁邊的一盞紅燈亮著。是警報系統。

米拉貝在警報鍵盤上按下7-2-1-9-0-9。

燈由紅轉綠。

米拉貝打開第二扇門。

玄關一片昏暗，只有泛紫的光線從高窗透進來，讓繫著緞帶的門把看起來像淺藍色。數量比薩克里記憶中的還多。

他想問米拉貝怎麼有辦法在星巴克點到警報系統密碼，還有她說**他有一次想幹掉我**到底是什麼意思，但轉念一想，認為別出聲可能更好。米拉貝拉了拉一條門把緞帶，將它勾在天花板高處的地方撤下來，它落下時，撞得其他門把鏗鏘響，像是鈴聲的雜亂低音。

那他又何必忍著不出聲啊。

「妳可以按門鈴啊。」薩克里說。

「如果我按門鈴，他們不會放我們進來的。」米拉貝回答。她拿起一個門把——上頭布滿綠鏽的銅製門把——瞥了眼上頭的標籤。薩克里上下顛倒著讀：**托菲諾，英屬哥倫比亞，加拿大8.7.05**。「而且他們只會在沒人值班時打開警報系統。」兩人往走廊深處走去，她的手指沿途掃過緞帶，有如豎琴的弦線。「你能想像有這麼多門嗎？」她問。

「沒辦法。」薩克里誠實回答。這裡有太多門把了。他在他們路過的時候讀了更多標籤：**孟買，印度，2.12.13。赫爾辛基，芬蘭，9.2.10。突尼斯，突尼西亞，1.4.01**。

「它們大多在還沒關起以前就遺失了，如果你懂我意思，」米拉貝說，「遺忘和封鎖。時間帶來的破壞，跟他們造成的不相上下，他們正忙著收尾。」

「這是全部嗎？」

「他們在開羅和東京有類似的機構，我想其餘的門把最後會淪落到哪裡去，沒什麼章法可言。這些是裝飾性的，有更多裝在盒子裡，就是沒辦法埋藏起來的那些。」

她的語氣如此悲傷，薩克里不知道該說什麼。他們開始默默登上階梯。最後一線天光透過上方的窗戶流洩進來。

「你怎麼知道他在這裡？」薩克里問，突然納悶這到底是救援行動，或者米拉貝另有理由才趁著夜色到這個空間來。空無一人的狀態開始令人起疑，未免也太便利了。

「你是不是擔心這可能是陷阱，艾思拉？」他們轉上樓梯平臺時，米拉貝問。

「**妳呢？**麥克斯？」他反駁。

「我確定我們太聰明，不會掉進陷阱裡。」米拉貝說，可是就在兩人接近樓梯頂端時，她驟然停下腳步。

薩克里隨著她的視線往上望向前方，二樓走廊上有某個東西，是漸退天光中的一抹影子。而那個影子顯然就是朵里安的身軀，從天花板懸掛下來，有如樓下的門把那樣展示著，由交纏成網的淺色緞帶所縛綁。

❀ 際遇與寓言 ❀

世界盡頭的客棧

有個客棧主人在特別荒涼的十字路口經營客棧。隔著一些距離的山上有座村莊，往其他方向則有城市，大多都有更好的路線可供行旅往返，尤其在冬季。但這位客棧主人整年都為旅人點亮燈籠。夏季期間，客棧可說熱鬧熙攘，屋外覆滿開花的藤蔓，但在這個區域裡，冬季相當漫長。

這位客棧主人是個鰥夫，膝下無子，所以現在他大半時間都獨自待在客棧裡。他偶爾會到那座村莊採買日用品或進酒館喝一杯，可是隨著時間過去，他越來越少這麼做，因為每回只要他走訪村莊，就會有人好意提議村裡這位女子或那位男人做為他的對象人選，或一口氣提出幾種單身村民的人選組合。客棧主人會喝完他的酒，向友人致謝，然後隻身下山返回自己的客棧。

有年冬天來了一場比往年都狂烈的暴風雪。沒有旅人敢冒險上路。客棧主人試著不讓燈籠熄滅，不過強風頻頻吹滅它們，他也確保大壁爐裡的柴火燃燒不斷，這樣如果風沒把柴煙也偷走的話，就會有人看見。

長夜漫漫，風雪肆虐，積雪吞沒了山路。客棧主人無法前往村莊，但他的日用品充足無虞。他做了湯和燉菜，坐在火邊看他一直想讀的書。他為那些並未來到的旅人備好客棧房間。他啜飲威士忌和葡萄酒，讀了更多的書。時間過去，暴風雪滯留，他只保留少少幾個房間用來迎賓，是最接近火爐的那幾間。有時他索性在火邊入睡，不回自己的臥房；有客人的時候，他絕不會做這樣的事。可是沒有客人，只有狂風和冷天，客棧開始變得更像家；客棧主人想到，這裡作為一個家而不是客棧，感覺更空洞，但他並未執著在這個念頭上。

有天晚上，客棧主人在火邊的椅子裡睡著了，身邊放了杯酒，一本書攤開在腿上，這時響起了敲門聲。

起初，此時已醒的客棧主人以為是風在吹，因為冬季有大半時間，風都在敲門窗和屋頂，但敲門聲再次響起，節奏過於平穩，不會是大風吹掃的結果。

客棧主人打開門，因為冰雪堅持要封住門，所以這項壯舉花了比平日多的時間才完成。當門終於開啟時，風先一頭闖入，夾帶了一陣急雪進來，急雪之後就是旅人。

客棧主人忙著將門再次關上，和別有企圖的強風纏鬥一番，只看到旅人的兜帽斗篷。他評了句關於天氣的話，但風因為被拒於門外而暴跳如雷、憤慨號叫，蓋過了他的聲音。

門關起拴上並拉妥橫桿之後，客棧主人轉身正式問候旅人。

在這樣惡劣天氣裡趕路的人不是勇敢就是愚昧，他不知道自己原本預料對方會是什麼樣的人，但絕不會是站在他眼前的這位女子。不會是這樣一個蒼白如月光、雙眸深如她的夜色斗篷，嘴唇凍得發青的女子。客棧主人盯著她，所有對新到賓客的制式問候和友善閒談，霎時從他腦海中散佚不見。

女子張口要說什麼——也許是一聲問候，或對天氣的評語，或是個願望或警告——可是不管她本意想說什麼，都失落於支支吾吾之中，客棧主人二話不說，連忙將她帶到爐邊取暖。

他將旅人安頓在椅子裡，接過她溼透的斗篷，看到她底下另外披了件斗篷而鬆了口氣，內裡的斗篷皎白如她逃離的大雪。他端了杯暖茶給她，將火堆撥得更旺，風在屋外咆哮不停。

慢慢地，女子的哆嗦緩和下來。她盯著火焰用茶，滿腹疑問的客棧主人還未提問，女子便睡著了。

客棧主人站著凝望她。她看來像抹幽魂，蒼白有如她的斗篷。有兩次他察看她的狀況，想確定是否還有氣息。

他納悶自己是不是睡著了正在作夢，但他的雙手因為剛剛開門而受寒冰冷，栓鎖在他手指上留下的小割傷正刺痛著。他沒睡著，雖說眼前的情境跟任何夢境一樣怪異。

女子睡覺的時候，客棧主人忙著打理最近的那間房，雖說早已備妥。他點燃房裡的小壁爐，在床上多添一套被褥。他在爐上慢燉一鍋湯和烘暖麵包，這樣女子醒來時，想要就有東西吃。他考慮要抱她到那間房裡，但爐邊更暖和，所以只是往她身上多蓋了件毛毯。

接著，沒有事情可忙，客棧主人再次站著凝望她。她不算很年輕，一綹綹銀絲散落在髮間。她沒戴戒指或頭飾，無法辨別是否已婚、有婚約或單身。她恢復了原本的唇色，客棧主人發現自己的目光頻頻回到她唇上，為了讓自己分神，他走去替自己斟了杯酒（效果不彰）。一陣子之後，他在離火爐最近的另張椅子裡睡著了。

「我不想吵醒你。」背後有個聲音說。他轉頭發現女子站在那裡，臉色不再蒼白如月光，比他記憶中的更高眺，說話有種口音，雖然他聽過他這個時代來自各地的口音，卻聽不出她的口音屬於哪裡。

「抱歉。」他說，為了自己睡著以及未能達到他高標準的客棧經營法則而致歉，「妳的房間在……」他才開口，轉身朝向那個房間的門，但他看到她的斗篷已經披在房內的爐邊，他原本留在她椅邊的行囊也擱在了床尾。

「我找到了，謝謝。老實說，我沒想到這裡有人，我沒看到燈籠，從路上看不到火光。」

客棧主人向來秉持的原則是不打探賓客的私事，但他不由自主。

「妳在這樣的天氣出門做什麼呢？」他問。

女子對他微笑，笑容帶有歉意，他從這抹笑容得知她並非愚昧的旅人，不過從她能平安抵達這一點，就能猜到她並不是。

「我是來這裡跟人碰面的，就在這家客棧，在這個十字路口上，」她說，「很久以前安排好的，我想當時沒人料到會有這麼大的暴風雪。」

「這裡沒有別的旅人。」客棧主人告訴她。女子眉頭一揪，但那個表情轉眼即過，瞬間消失。

「我可以留到他們抵達為止嗎？」她問，「我會支付房費。」

「風雪交加，我原本就會勸妳留下，」客棧主人說，風正巧在此時放聲狂嘯，「不需要付費。」

女子蹙眉，這次維持得較久，但接著她點點頭。

客棧主人正要問她的芳名時，風吹開了收起遮板的窗戶，盤旋著送進更多的飛雪，穿過敞放的大廳，惹惱了火堆。女子幫忙他再將遮板關起來。客棧主人眺望在外肆虐的黑暗，納悶怎麼會有人能夠橫越其中。

等窗戶一一關上，火堆恢復原本的強度之後，客棧主人將湯、暖麵包和酒端過來。兩人坐在火邊一起享用，聊起書，女子提出關於客棧的問題（這家客棧營運多久、他擔任客棧主人多久、有多少房間、牆壁裡有多少蝙蝠），但客棧主人對自己先前的舉止覺得後悔，這回什麼都沒問女子，而女子也不怎麼透露自己的事。

吃完麵包和湯品，又開了瓶酒之後，兩人相談良久。風平息下來，正在傾聽。

客棧主人覺得此時外頭的世界並不存在，既沒有風也沒有暴風雪，無日也無夜。就只有這空間、這火堆、這女子，而他並不在意。

不知過了多久時間之後，女子遲疑地提議，也許她應該到床上睡而不是睡在椅子上，客棧主人向她道晚安，雖然他不知道現在是夜還是日，屋外的黑暗拒絕評論這件事。

女人對他嫣然一笑之後關上房門，那一刻，身在房門另一側的客棧主人，頭一次在這個空間裡真正感覺寂寞。

他坐在火邊沉思好一段時間，手裡捧著翻開但未讀的書，接著她退回自己在走廊對面的房間，睡了一場無夢的覺。

翌日（如果當真是白天）在愉快的氣氛中度過了。旅人女子幫忙客棧主人烤了更多麵包，教他做一款他從未見過、形狀像新月的小餐包。透過一蓬蓬的麵粉，他們講著故事。神話、童話和古老傳說。客棧主人告訴女子，風上山下山來回遊走，尋找失落的東西，而呼嘯聲就是在哀悼自己的失去，哭喊著要那個東西回來，情節大概是這樣。

「風失去了什麼？」女子問。

客棧主人聳聳肩。

「每個故事版本都不同，」他告訴她，「在一些故事裡，風失去的是湖泊，曾經坐落在目前河水奔流的谷地裡。在有些故事裡，風失去了它所愛的人，放聲呼嘯，因為終有一死的凡人無法以同等的愛回報風。在常見的版本裡，風只是迷路了，因為山脈和谷地的方位很不尋常，風困惑迷路，所以號叫起來。」

「你覺得哪個版本是真的？」女子問，客棧主人停下來思索這個問題。

「我想風只是風，永遠會在穿過山間和谷地的時候呼號，我想大家愛說這些故事，是為了解釋這些現象。」

「為了向小孩解釋，那個聲音沒什麼好怕的，裡面只有悲傷。」

「我想是吧。」

「那些故事在孩子們長大以後繼續傳誦，你想是為什麼呢？」女子問，客棧主人對這個問題並沒有令人滿意的答案，於是問了她另一個問題。

「從妳來的地方，有沒有故事用來解釋這樣的現象？」他問，再一次避問那是哪個地方。他依然無法辨別她口音的所來之處，想不出任何他見過的人，說母語時會以同一種節奏來強調。

「他們有時候會說關於月亮的一則故事，在它離開天空的時候。」

「這邊也會講那樣的故事。」客棧主人說。女子綻放笑容。

「他們有沒有說，連太陽也不見的時候，是去了哪裡？」她問，客棧主人搖搖頭。

「從我來的地方，大家有個故事會講起這件事。」女子說，注意力集中在眼前的工作上，雙手在麵粉中穩定動作著，「他們說，每隔一百年——有些版本說每隔五百年，或一千年——太陽從白日的天空消失不見，同一時間，月亮也從夜晚隱去蹤影。他們說，它們的缺席是事先協調好的，這樣就能在秘密地點相會，避開星辰們的耳目，討論世界的局勢，比較雙方在過去一百年、五百年或一千年間的見聞。它們會面、聊天、再次分別，回到各自在天空所屬的位置，直到下次會面為止。」

這讓客棧主人想起另一則類似的故事，他問了個問題，吐出唇間之後立刻後悔。

「它們是戀人嗎？」他問。女子的臉泛起紅暈。他正準備道歉時，她說了下去。

「在某些版本裡有此一說，」她說，「不過我懷疑如果故事是真的，它們會有太多事情要討論，無暇談情說愛。」

客棧飯店哈哈笑，女子詫異地抬頭看他，接著也笑了出來。兩人繼續說故事、烤麵包。風在客棧周圍打轉，聆聽他們敘述的故事，一時忘卻自己遺失了什麼。

三天過去了。暴風雪肆虐不停。客棧主人和女子繼續在安適、故事、餐點、反覆斟滿的酒杯之中度過時光。

第四天響起敲門聲。客棧主人前去開門。女子依然坐在火邊。

風此時較為平靜，只有一點飄雪隨著第二位旅人入內。門一關上雪花便融去。

客棧主人轉身面對這位新來的旅人時，嘴邊關於天氣的評語頓時消散。

這位女子的斗篷是磨損多時的色彩，過去一定是金色，些許局部依然會發亮。這位旅人是個膚色黝深、眼眸淺淡的女子，髮型是客棧主人所見過最短的，但那頭髮絲也接近金色。她似乎感覺不到寒冷。

「我要來這裡見另一位旅人。」女子說，嗓音有如蜂蜜，深沉甜美。

客棧主人點點頭，指指大廳盡頭的火堆。

「謝謝。」女子說。客棧主人幫忙她從肩上褪下斗篷，雪片從上頭融化滴落，他將斗篷接過來並掛起來晾乾。她內裡也有另一層斗篷，以這種天氣來說頗為合理，這一件是褪色的金黃。

女子走到火爐那邊，坐在另一張椅子裡。客棧主人遠到聽不見兩人的交談內容，但似乎沒有寒暄就直接切入正題。

對話延續了好一陣子。一小時之後，客棧主人張羅了一盤麵包、乾果和起司，端到女子們面前，還有一瓶酒和兩個杯子。他一走近，她們便停止交談。

「謝謝。」第一位女子說，他把食物和酒放在椅子附近的桌子上，她將手搭在他手上片刻。她之前不曾碰觸過他，他無法言語，只是點點頭，然後留她們兩人促膝長談。另一女子漾起笑容，客棧主人不知道她為何微笑。

他任由兩人暢談。她們不曾從椅子上起身。外面的風悄然無聲。

客棧主人坐在大廳遠端，近到足以讓女子在需要的時候召喚他，卻又遠到無法聽見兩人之間的隻字片語。他替自己張羅了另一盤，但他吃得興味索然，只有新月形的小餐包融化在他的舌頭上。他試著閱讀，但一次讀不過一頁。前後一定過了好幾個鐘頭。但屋外的光線並未改變。

客棧主人睡著了，也或者他以為自己睡著了。他眨眨眼，屋外一片黑暗。將他喚醒的聲音是第二個女人從椅子起身。

她吻了另一女人的面頰，回頭越過大廳。

「謝謝你的招待。」她走到客棧主人身邊的時候說。

「妳不留下來嗎？」他問。

「不，我得走了。」女子說。客棧主人拿她的金斗篷回來，斗篷在他的手裡乾透溫暖。他將斗篷披上她的肩，幫忙繫好搭釦；她再次對他微笑，笑容溫煦宜人。

她彷彿想對他說什麼，也許是警告或祈願，但最後什麼都沒說，在他開門的時候，她又微笑一次，然後往外步入黑暗裡。

客棧主人目送她，直到她隱去身影（並沒有多久），接著關門拴好。風又開始呼號。

客棧主人返回火邊，走向坐在那裡的深色頭髮女子，這時才意識到他不知她的芳名。

「我早上就必須離開了，」她說，沒抬頭看他，「我想付你房間的費用。」

「妳可以留下來。」客棧主人說著便將手搭上她的椅子側面。她垂眼望著他的手指，再次將手貼上去。

「我真希望可以。」她小聲說。

客棧主人將她的手拉至他的脣前。

「留在我身邊，」他對著她的掌心呼出這番請求，「跟我在一起。」

「我早上就必須離開。」女子重複，一滴淚滑下臉頰。

「這種天氣誰曉得什麼時候是早上？」客棧主人問，女子漾起笑容。

她從火邊的椅子起身，牽起客棧主人的手，走進她的房間，上了她的床。風繞著客棧狂嘯，為了尋獲的愛哭泣，為了失去的愛哀悼。

因為沒有終將一死的凡人可以愛上月亮。這種事無法長久。

薩克里・艾思拉・羅林斯確定有人攻擊他的後腦勺，雖然他多半只記得額頭撞上階梯；他恢復意識的時候，來自額頭的痛感最明顯。他也滿確定，他聽到米拉貝說什麼某人在呼吸，雖說現在他不確定她當時講的是誰。

除了頭痛欲裂之外，他對其他事情都不大有把握。

很確定的是，他被綁在了椅子上。

這把椅子不錯，是一把高背扶手椅，薩克里的手臂目前正被高級繩索固定在椅臂上：黑繩索從他的腰間到手肘繞了好幾圈。他在桌下的雙腳也被縛住，但他看不到。

那是一張深色木頭長形餐桌，放在照明昏暗的房間裡，就天花板的高度和裝飾板條來看，他推想是在收藏者俱樂部裡面，但這個房間更暗，僅桌面有光線。天花板的小小嵌燈從桌了一端到另一端，灑下一致的光池。桌子的另一端有張椅子，包覆以海軍藍絲絨軟墊，看起來可能就像他目前被綁住的椅子，因為這類房間感覺椅子會成套配對。

儘管頭痛，他可以聽見輕柔的古典音樂正在演奏。可能是韋瓦第。他無法判斷擴音機在哪裡。或者根本沒有擴音機，而是從房間外頭飄進來的。或許韋瓦第是他想像出來的，源自輕微腦傷的幻想音樂併發症。他不記得發生了什麼事，也不記得自己最後怎麼落到這場不供應晚餐的藍絲絨單人晚宴。

「看來你又加入了我們的行列，羅林斯先生。」一聲音從房間的四面八方傳來。有擴音器，還有攝影機。

薩克里在抽痛的腦袋裡搜尋話語，努力不讓臉上露出緊張的表情。

「我以為會有茶可以享用。」

毫無回應。薩克里盯著那張空椅。他可以聽見韋瓦第，但別無其他。照理說，曼哈頓不該這麼安靜。他好奇米拉貝的下落，納悶她是否在別的房間，綁在不同的椅子上。他納悶朵里安是否還活著，這似乎不大可能，而他發現自己並不想細想這件事。他意識到自己飢腸轆轆，或口乾舌燥，或者兩者皆是。現在到底幾點啊？意識到這種事很愚蠢，而這種剛剛意識到的飢餓感咬囓著他，有如搔癢，和抽痛的腦袋競相爭取他的注意力。一綹鬈髮垂在他臉上，他的腦袋試著擺出各種創意姿勢，想讓垂髮回歸原位，但它依然流連不去，卡在代用眼鏡的邊緣。他忖度，凱特是否織好了他的雷文克勞圍巾，他是否還能再見到凱特，會要多少時間，校園裡才會有人想到要擔心他。一星期？兩星期？更久？凱特會以為他決定在紐約待上一陣子，再度開課以前不會有人注意到。這就是半隱居生活的風險。這棟建築裡某個地方可能有浴缸裝滿了毀屍滅跡用的溶劑。

他跟腦袋裡的那個聲音激烈爭論著，憑著母性直覺和**占卜能力**，他母親會不會得知他死了，這時他背後的門打開了。

是那天晚上的女孩，在凱特班上裝成態度溫和、忙著編織的女學生，端著銀色托盤走進來，放在桌面上。她一語不發，連看都不看他，然後以同樣的模式離開。

薩克里只能乾瞪眼望著托盤，因為雙手被綁在椅子上。

托盤上有個茶壺。矮胖的鐵壺擱在保溫底座上，裡頭點了盞蠟燭，旁邊擺了兩只沒把手的空陶杯。

房間另一端的門打開了，一見是那位北極熊女士，薩克里毫不意外，雖說她脫掉了大衣。此刻她穿著白套裝，整體風格非常大衛·鮑伊，縱使滿頭銀髮、一身橄欖膚色。她雙眼的眸色甚至不一樣：一邊深棕、一邊令人不安的淡藍。頭髮紮成了髻，紅色唇彩上得完美，在復古風中隱含威脅。套裝配了領帶，領帶打得工整到薩克里自己都辦不到，這個細節比其他事情都惹他心煩。

「晚安啊，羅林斯先生。」她說，走到他身邊停下。他多少期待她會叫他不用起身。她給了他一抹笑容，要不是他到了此刻如此遠離自在的狀態，否則這抹令人愉悅的笑容可能會讓他放下心來。「我們還沒好好自我介紹過，我叫艾蕾格拉・卡瓦羅。」

她伸出手執起茶壺，在兩只杯子裡注滿熱騰騰的綠茶，再將茶壺放回保溫底座上。

「你是右撇子，是吧？」她問。

「是吧？」薩克里回答。

艾蕾格拉從西裝外套裡取出一把小刀，刀尖滑過他左手臂的繩索。

「如果你嘗試解開另一手的束縛，或是試圖逃跑，就會失去這隻手。」她將刀尖抵在他左手腕背面，力道還不足以見血。「明白嗎？」

「明白。」

她將刀子滑入繩索和椅子之間，迅速劃了兩下，便釋放了他的手臂，繩索以捲曲的碎段落在地板上。

艾蕾格拉將刀子收回口袋，拿起其中一只茶杯。她沿著桌子長邊走到另一端，坐進椅子裡。

薩克里動也沒動。

「你一定渴了吧，」艾蕾格拉說，「茶沒下毒，如果你以為會有這樣的消極策略。你會注意到我用同一壺替自己倒了一杯。」她刻意啜了口自己的茶。「而且是有機的喔。」她補了句。

薩克里用左手端起杯子，這麼做的時候，左肩表示抗議，那裡多了個傷。他啜了口茶。這綠茶草味頗重，苦味若有似無。他的舌頭上有個心碎的騎士，好幾顆破碎的心。他的腦袋發疼，心痛著。總之就是有點什麼。他擱下茶杯。

艾蕾格拉從桌子另一端饒富興味端詳著他，那種神態就像人看著動物園裡的老虎，或是老虎望著遊客的樣子。

「你不喜歡我，是吧，羅林斯先生？」她問。

「妳把我綁在椅子上耶。」

「我請人綁的，自己沒動手。我也請你喝茶啊。難道一個行動會抹消另一個嗎？」

薩克里沒回答。停頓之後她說了下去。

「我恐怕給了你不好的第一印象——將你撞倒在雪地裡。第一印象真是重要。你跟其他人有比較愉快的邂逅，難怪你更喜歡他們兩個。你把我當成反派了。」

「妳把我綁在椅子上。」薩克里重複。

「你喜歡我的派對嗎？」艾蕾格拉問。

「什麼？」

「在阿爾貢金啊。你沒注意到細小的字體，派對是我旗下一家慈善基金會舉辦的。它的宗旨是要促進全世界弱勢孩童的識字能力，建造圖書館，為新手作家提供獎助金。我們也投入監獄圖書館的優化工作。那場派對是年度募款活動。總會有意料之外的賓客出席，這點簡直可說是傳統。」

薩克里默默啜飲茶水，想起那場派對跟藝文慈善有關。

「所以妳為了開設其他的圖書館，決定關掉一家？」他放下茶杯的時候問。

「那個地方不算圖書館，」艾蕾格拉厲聲說，「完全不符合那個字眼的定義。你推出的結論有誤，那裡可不是什麼地下樓層版本的亞歷山大圖書館。那裡比亞歷山大圖書館還古老。沒有任何概念可以全盤掌握它，用任何語言都沒辦法。大家太糾結於為事物命名。」

「妳把門都拿走了。」

「我是為了保護東西，羅林斯先生。」
「如果沒人能夠讀到那些書，那麼有一間圖書博物館又有什麼意義？」
「維護保存，」艾蕾格拉說，「你覺得我想把它藏起來，是吧？我是在保護它。遠離……遠離一個它不堪承受的世界。如果它成了眾所皆知的地方；如果存在著這麼一個地方，而幾乎從哪裡都能到達，你能想像會發生什麼事嗎？有個**魔幻的**地方——缺乏更好的詞彙可以形容——在我們的腳下等待？一旦有人在部落格貼文、用主題標籤標注、到處是遊客，你能想像會發生什麼事嗎？但是我們扯遠了。你從我手邊偷走了東西，羅林斯先生。」
薩克里不置一詞。比起控訴，這更是事實的陳述，所以他並未反駁。
「你知道他為什麼特別想要那一本嗎？」她問，「就是他要你假冒身分，潛進這棟建築所拿走的東西。他這類型的人從來不會透露必要之外的訊息。」
薩克里搖搖頭。
「也許他不想承認自己的多愁善感，」艾蕾格拉說了下去，「我們的成員最初入會時，就會拿到自己保護過的第一本書，就是第一場測試的那本，作為禮物。大多數人不會記得特定細節，但他記得，也就是記住了那本書。幾年前，為了把書留在這裡，或是其他地點的辦公室，我們針對這個慣例作了調整。可惜他在大費周章之後，也拿不回去。」
「你們是監護人。」薩克里說，艾蕾格拉睜大雙眼。他希望自己說這個字眼的時候，在對的地方作了強調，這樣她就無法辨別那只是一種觀察，而不是一種連結。
「多年以來，我們有過許多稱呼，」艾蕾格拉說，薩克里勉強壓下如釋重負的嘆息聲，「你知道我們專門做什麼嗎？」
「監護？」
「你真愛耍嘴皮子，羅林斯先生。你可能覺得這樣很迷人。你更可能利用幽默作為防禦機制，因為你比你想要別人以為的還缺乏安全感。」

「所以你們是監護人，但是不……監護？」

「你在意的是什麼？」艾蕾格拉說，「你的書和遊戲，我說對了嗎？你的那些故事。」

薩克里聳聳肩，他希望自己做出不置可否的樣子。

艾蕾格拉放下茶杯，從椅子起身。她離開桌邊，步入房間另一側的陰影裡。薩克里從聲音猜測她可能在開櫃子的鎖，但他看不到。噪音反覆，然後停下，艾蕾格拉走回桌子周圍的光線裡，檯燈再次捕捉到她的白色套裝，那身衣服幾乎放著光。

她伸出一手，將某樣東西放在桌上，就在薩克里無法觸及的地方。他看不出那是什麼，直到她將手挪開。

是一顆蛋。

「跟你說個秘密，羅林斯先生，我跟你所見略同。」

薩克里不發一語，他並未實際開口講出他認同她的任何說法，也不完全確定自己的看法是否跟她一致。

「一則故事就像一顆蛋，一個宇宙收納在它選擇的媒介裡。某種新穎不同的事物的一抹閃光，但形體完整而且脆弱。需要保護。你也想要保護它，可是單是保護還不夠。你想進去故事裡面，我從你的眼神看得出來。我以前都會找出像你這樣的人，我對於偵測這種欲望的經驗很老道。你想要身在故事裡，而不是從外面觀察。你想要到它的殼底下。而唯一可以實現這件事的方式，就是打破它。可是一旦打破了，它就消失了。」

艾蕾格拉朝那顆蛋伸出一手，讓手在蛋殼上方流連，使蛋籠罩在暗影裡。她可以輕易粉碎它。她的食指戴了圖章銀戒。薩克里忖度這顆蛋裡頭有什麼，但艾蕾格拉的手靜定不動。

「我們不讓蛋破掉。」她繼續說。

「我不確定我聽懂這個隱喻沒有。」薩克里說，視線在桌上的那顆蛋上游移。艾蕾格拉抽回她的手，那顆蛋再次沐浴於光線下。薩克里認為他看到了蛋側有一道細如髮的縫隙，但那可能只是他的想像。

「我試著向你解釋某件事，羅林斯先生，」艾蕾格拉說，走回桌子周圍的陰影裡，「你可能要花點時間才可能完全理解。你之前短暫拜訪過的那個空間裡，在歷史的某個時間點上，曾經有過守衛和嚮導，但那個時代已經過去。那個系統裡有疏漏。我們現在有個新系統了。敬請你遵守新秩序。」

「什麼意思？」薩克里問，問題還沒講完，艾蕾格拉就猛拉他的頭髮，將他的腦袋往後扯，他可以感覺刀尖抵住他的右耳後方。

「你有另一本書，」艾蕾格拉說，平靜小聲，「一本你在你學校圖書館找到的書。在哪裡？」她刻意用輕快的語氣詢問，同樣的語氣大可以用來問他茶要不要加蜂蜜。茶壺底下的蠟燭閃爍搖曳之後整個滅去。

「我不知道。」薩克里說，試著不去移動腦袋，困惑緩和了逐漸竄升的驚慌。《甜美的憂傷》在朵里安那邊。他們搜他身的時候可能不夠徹底，沒找到他巨大毛衣底下的鑰匙，可是他們肯定可以在朵里安那裡，或朵里安的遺體上找到那本書啊。薩克里嚥了嚥口水，綠茶和破碎之心的滋味在喉嚨裡發乾。他將目光聚焦在桌面的蛋上。**這全都是不可能發生的事吧**，他想，但抵住他皮膚的刀子堅持這是真的。

「你把那本書留在下頭了嗎？」艾蕾格拉問，「我必須知道。」

「我跟妳說過，我不知道。原本在我手上，可是我……我弄丟了。」

「可惜。不過我想那就表示，這邊沒什麼值得你留戀的。你可以儘管回佛蒙特去。」

「是可以。」薩克里說。回家突然顯得更富吸引力，因為可以離開，總比完全走不出這棟建築好，後者開始感覺像是個明確的可能。「我也可以不跟任何人提這個……不跟人講起那個無法命名的地方……或是這件事曾經發生過。也許這些事情都是我自己編出來的。我平常酒喝太多。」

過分誇張，他腦海裡的聲音警告，立刻後悔那番話的遣詞用字。那把刀又抵回了他耳畔的皮膚。他無法分辨從脖子往下滴落的是鮮血或汗水。

「我知道你不會，羅林斯先生。我可以割下你的手，向你保證我是認真的。你有沒有注意到，有多少故事都包含了失去或支解的手？你也可以加入那個有趣的行列。可是我相信，我們不用走到那麼難堪的地步，就可以取得共識，你同意嗎？」

薩克里點點頭，想起玻璃罐裡的那隻手，納悶那隻手的前任主人是否也坐過這張椅子。

刀子挪開了。

艾蕾格拉跨步移開，但依然在他肩旁徘徊。

「關於那本書，你要把記得的全都告訴我。只要回想得起來的每個細節都要寫下來，從內容到裝幀都是。等你寫完了，我會把你送上開往佛蒙特的火車，你永遠不會再踏上這座叫曼哈頓的島。你絕不能跟任何人談起那座海港、這棟建築或這段對話，也不可以聊起你見過的任何人或那本書。因為如果你這樣做，如果你寫出來或在推特上發文，或是在昏暗的酒吧裡酒醉時低聲說了**無星之海**這個詞，我就不得不撥電話給我派駐在你母親農舍狙擊範圍內的那位探員。」

「什麼？」薩克里儘管喉嚨乾如沙漠，依然勉強開口發問。

「你聽到我說的了，」艾蕾格拉說，「那棟房子還滿可愛的。架了花格涼亭的花園也很不錯，到了春天一定很美。要打破那些彩繪玻璃窗，會滿可惜的。」

她舉著東西到他面前。手機上有張房子覆雪的照片。是他母親的房子，前廊還掛著無關宗教的節慶燈串。

「想說你可能需要一點激勵，」艾蕾格拉說，收起手機，走回桌子另一端，「對你重視的東西施點壓力。不管你可能有多迷戀另外那兩個人，你並沒有足夠時間去珍惜他們。而你父親早就另組家庭而且漸入佳境，比起他，我猜你母親更適合拿來對你施壓。這樣的話，我們就必須毀掉整棟房子，也許藉由瓦斯爆炸。」

「妳才不會……」薩克里剛開口就打住。他不知道這女人會做出或不會做出什麼。

「之前就有過死傷，」她語氣溫和地說，「接下來會有更多。這很重要。比我的生命還有你的生命都重要。你和我只是註腳，如果我們不被放進故事裡，也不會有人想念我們。我們存在於這顆蛋之外，向來如此。」她給了他一抹笑容，但那雙不配對的眼眸裡並無笑意，然後舉起茶杯。

「那顆蛋裡都是金子。」薩克里說，再次看著它。他之前以為是裂縫的東西，原來是卡在他鏡片上的一根髮絲。

「你說什麼？」艾蕾格拉問，茶杯舉到一半頓住，可是接著燈光滅去。

❀ 際遇與寓言 ❀

三把劍

這位鐵匠鑄造的寶劍向來是這片土地上最精良的。幾經多年的淬鍊之後，他終於鑄出了一把最了不得的劍。他在鍛造它的時候並未耗時過多，也未使用最優質的材料，但這把劍依然成為水準超過他期望的一件武器。

這把劍並不是為特定顧客打造的，鐵匠發現自己不知道該拿它怎麼辦。他可以將劍留給自己，但比起操使，他更擅長打造。他很猶豫要不要販售，雖說他知道肯定能賣個好價錢。

鑄劍鐵匠只要下不了決定，都會去拜訪當地的先知，他這回也這麼做了。

鄰近的領土上有不少盲眼先知，雖說無法運用雙眼，但可以見他人所不能見。

這位在地的先知只是近視眼。

常常可以在酒館找到這位在地的先知，他總是坐在室內後側一張隱蔽的桌邊。如果有人請他喝酒，他會預測物件或人的未來。

（比起人的未來，他更擅長於透視物件的未來。）

鑄劍鐵匠和先知是多年的至交，有時會請先知幫忙解讀他打造的劍。

他帶著那把新劍到酒館去，替先知買了杯酒。

「敬尋覓。」先知舉起酒杯說。

「敬尋獲。」鑄劍鐵匠回答，也舉起自己的酒飲。

他們聊完時事、政治和天氣之後，鐵匠才把劍拿給他看。

先知端詳那把劍良久，要鐵匠再買杯酒請他，鐵匠答應了。

先知喝完第二杯酒之後，遞還那把劍。

「這把劍會取國王的性命。」先知告訴鐵匠。

「什麼意思？」鐵匠問。

先知聳聳肩。

「它會取國王的性命。」他重複，言盡於此。

鐵匠將那把劍收起來，餘下的晚間時光，兩人討論了其他事情。

隔日，鑄劍鐵匠試著決定拿這把劍怎麼辦，心裡明白先知很少會弄錯。想到自己得為弒君的武器負責，鑄劍鐵匠不大能接受，雖說他先前打造過許多把劍，被用來奪走不少人的性命。

他想到自己應該毀了它，卻又不忍摧毀這麼精巧的一把劍。

經過反覆思量，他又另外打造了兩把，跟頭一把一模一樣，難以區分。連鑄劍鐵匠自己都無法分辨。

鑄劍的那段期間，有不少顧客向他出價表示購買意願，但他都一一拒絕了。

反之，鑄劍鐵匠各送他三個孩子一把劍，不知道誰拿到會弒君的那把，然後不再多想這件事，因為他的孩子們絕不會做出這種事。倘若任何一把落入他人之手，那麼事情就只能交給命運和時間，而命運和時間想除掉多少國王都隨它們高興，而且它們終究會殺掉所有的國王。

鑄劍鐵匠沒跟任何人透露先知講過的話，終其一生守住了秘密，直到生命盡頭。

他的么子拿了屬於自己的那把劍出外歷險。他對冒險犯難不大拿手，發現走訪陌生村莊、認識不同的人、享用有趣的食物，這些事情在在讓他分心。他的劍鮮少有機會離開劍鞘。他在一座村莊裡結識了他深深迷戀的男子。男子喜愛戒指，於是么子將閒置不用的劍帶到一名鐵匠那裡融掉，雇請珠寶商用那些金屬打造成戒指。他們在一起的每一年，他都送男子一枚戒指。有好多好多的戒指。

鐵匠的長子待在家裡很多年，用他的劍來決鬥。他決鬥的技巧高超，從中賺取不少錢。有了存款之後，他決定出門航海。他隨身佩著那把劍，希望可以邊遊歷邊學習，精進自己的劍術。他和船員們一起研習，風平浪靜時，會到甲板上練劍。但有一天他跟人練劍時，被逼到了太靠近圍欄的地方。劍不慎落入海中，沉至海底，刺穿了珊瑚和海沙。至今依然在那裡。

老二是三個孩子裡面唯一的女兒，她一直將自己的劍收在圖書室的玻璃箱裡。她對外聲稱那是裝飾用的，為了紀念了不起的鑄劍鐵匠父親，聲稱她從未使過這把劍。這並不是實話。深夜時分獨自一人時，她常常將劍從擱置的地方拿出來練習。哥哥曾經教她一些決鬥的法門，但她從未用這把劍決鬥過。她時時替這把劍抛光，熟知它的每分每寸以及每道刮痕。這把劍不在身邊的時候，她的手指就會發癢。這把劍握在手裡的觸感如此熟悉，她將這把劍帶進了夢境裡。

有天晚上，她在圖書室火爐邊的椅子裡睡著了。雖說那把劍就在附近架上的玻璃箱裡，她開始作夢時手裡卻握著它。

她在夢境裡漫步穿越森林。樹木枝頭壓滿了重重櫻花，掛著燈籠，書本堆疊其上。她前行的時候，感覺有很多眼睛在看她，但她誰也看不見。花朵有如落雪在她四周飄飛。她走到一個地方，那裡有棵大樹被砍到剩下殘幹。殘幹周圍擺放了蠟燭、堆疊著書本，書本頂端有個蜂巢，蜂蜜從上面滴淌，落在書本和樹木殘幹上，雖說放眼不見蜜蜂。

那裡只有一隻大貓頭鷹，停棲在蜂巢頂端。這隻白棕相間的貓頭鷹頂著一只金色頭冠，鑄劍鐵匠的女兒走近時，牠鼓起了自己的羽毛。

「妳是來取我性命的。」貓頭鷹王說。

「是嗎？」鑄劍鐵匠的女兒問。

「他們總是能找到方法殺死我。他們會在這裡找到我，連在夢裡都是。」
「誰？」鑄劍鐵匠的女兒問，但貓頭鷹王並未回答她的問題。
「會有新國王取代我的位置。來吧，這就是妳來這裡的目的。」
鑄劍鐵匠的女兒並不希望殺掉貓頭鷹，但看來這是她注定要做的事。她無法理解，但這是一場夢，而這樣的事情在夢裡是說得過去的。
鑄劍鐵匠的女兒砍掉貓頭鷹王的腦袋。迅速熟練地一揮，削過了羽毛和骨骼。貓頭鷹的王冠從切下的腦袋上落下，鏗鏘掉在她腳邊的地上。
鑄劍鐵匠的女兒往下伸手要拿王冠，王冠卻在她的手指底下解體，除了金色粉塵之外，什麼也不剩。
接著她醒來，依然坐在圖書室火邊的椅子裡。
原本用來擱劍的架子上，有一隻白棕相間的貓頭鷹正棲在空空的盒子上。
那隻貓頭鷹陪伴她度完餘生。

薩克里・艾思拉・羅林斯坐在黑暗中，僵住不動。他可以聽見韋瓦第，但不記得在對話和喝茶期間是否一直在演奏。傳來刮磨聲，可能是艾蕾格拉往後推開椅子。薩克里一直在等自己的眼睛適應明暗，但遲遲沒有，這片黑暗濃重堅實，彷彿有東西蒙住他的雙眼。

那個肯定是門喀答打開的聲音，他猜艾蕾格拉已經拋下他，任他被綁在椅子上棄之不顧。但接著響起另一個聲音，有東西撞上桌子另一端，力道大到將震波傳到桌子的另一頭。有東西摔落地上的聲音，一只茶杯摔破了。

接著腳步聲更近了。

薩克里試著屏住呼吸，但失敗了。

腳步聲停在他椅子邊，有人對著他耳朵細語。

「你該不會以為，我會讓她一直囉嗦到煩死你吧，艾思拉？」

「到底怎麼——」薩克里才開口要問，但米拉貝噓聲要他安靜，自己低聲說：

「他們可能在錄音。我搞定燈光了，可是聲音裝置和攝影機是另一個系統。救援任務多少按計畫進行，感謝你幫忙轉移注意力。」有個動作抵住他的胳膊，斷開了他手腕上的繩索，米拉貝把椅子往後拉，好釋放他的雙腳。

她一定有很好的夜視能力；她在黑暗中握住他的手，他知道自己的手掌汗涔涔，但他不在乎。他掐掐她的手，她也回掐了。不管這一切到底是怎麼回事，能夠跟野獸國國王站在同一陣線，感覺相當不錯。

街燈的光線透窗而入，只夠看清走廊。

米拉貝領著他下樓，繞到通往地下室的階梯，薩克里知道自己要往哪裡去，稍微鬆了口氣，雖說他看不大清楚。暗影層層疊疊，偶爾可以瞥見米拉貝紫中帶粉紅的頭髮。但是當他們抵達地下室，卻沒有往外走到冰雪覆蓋的花園，米拉貝帶著他朝相反方向走，往這棟房子更深處去。

「要去哪——」薩克里才開口，米拉貝再次要他噤聲。他們轉進一條走廊，失去了來自花園的光線，再次墜入黑暗之中，接著在黑暗的某處，米拉貝打開了一扇門。

起初，薩克里以為那是**她的其中一扇門**，可是隨著他眼睛適應明暗，可以看出他們依然身在收藏者俱樂部。這個房間比樓上的小，而且沒有窗，由壓住一疊厚紙箱的傳統燈籠點亮，燈光在掛滿裱框畫作的牆面上閃動著，這裡就像歇業的迷你畫廊。

朵里安癱倒在箱子附近的地板上，失去意識但顯然有呼吸，薩克里覺得心裡有點什麼鬆開來，他不知道自己心裡原本有什麼繃得好緊，這個反應的含義令他微感心煩。接著他被另一扇門轉移了注意力。

房間中央有一扇門，有外框但四周無牆。它固定在地板上，但上方以及兩側都有開放空間，門的後方可以看到遠側牆壁上靠著更多厚紙箱。

「我就知道他們有，」米拉貝說，「我直覺就是有，但之前老是找不到，因為我不知道在哪裡。我不知道這門是他們哪裡弄來的，反正不屬於紐約那些舊門。」

那扇門看起來很古老，邊緣一路妝點著飾釘，一只厚重的圓形門環由一隻老虎咬住，是一根弧形的把柄，而不是球形門把。這種門更適合城堡。門框表層的漆比門更閃亮，兩者並不搭調。一道舊門嵌在新框裡。

「會有作用嗎？」薩克里問。

「只有一個辦法可以查明。」

米拉貝將門拉開，露出的不是遠端牆面和厚紙箱，而是一個掛了排排燈籠的大洞窟。這個中介空間沒有樓梯；電梯門就在對面等候，距離遠到不可思議。

薩克里繞到這扇門的背面去。從後面看來只是個立起的門框。他透過門可以看到米拉貝，可是當他走回前側，又是那個洞窟和電梯，一目了然。

「神奇。」他壓低嗓門喃喃。

「艾思拉，我要請你相信一大堆不可思議的事情，可是如果你可以別用神開頭的那個詞，我會很感激。」

「沒問題。」薩克里說，心想反正那個神開頭的詞也無法解釋當下正在發生的一切。

「幫我一起扶他，好嗎？」米拉貝問，朝朵里安走去，「他好重。」

他們一起撐起朵里安，各自負責一隻胳膊。薩克里跟很多酩酊大醉的夥伴來過這一招，可是這不一樣，失去意識的高眺男人簡直重如千斤。他身上的味道還是很好。米拉貝上半身頗有力量，但兩人合力就能勉強讓朵里安保持直立，磨損的翼紋雕花皮鞋貼著地板拖行。

薩克里瞥了瞥牆上的一幅畫作，認出裡面描繪的空間。一排排書架沿著隧道似的走廊延伸，一襲長禮服的女子手提燈籠，從觀畫者眼前漸行漸遠，那盞燈籠和目前附近厚紙箱上頭的那盞相當類似。

旁邊那幅畫也描繪了那座熟悉的地下非圖書館：部分的彎曲走廊，有些人影截斷了從彎處投射出來的光線，在書冊上灑下陰影，但那些人影依然在視線範圍之外。下面那幅很類似，角落裡有張空扶手椅和一盞孤燈，黑暗中有著點點金光。

接著他們穿過那扇門，薩克里眼前的畫作被一道石牆所取代。

他們撐著朵里安越過大洞窟到電梯那裡。

他們背後傳來聲響，薩克里遲一步才想到應該隨手關上門。有腳步聲。有東西落下。一扇遠處的門甩上。接著是電梯抵達的鈴聲，給人的安全感好似磨舊的絲絨和黃銅。

讓朵里安躺在地上，比放在板凳上容易。電梯門依然開著，等候中。米拉貝回望他們所來之處，透過依然開著的門看向收藏者俱樂部。

「你信得過我嗎？艾思拉？」她問。

「信得過。」薩克里回答，沒花時間細想這個問題。

「總有一天我會提醒你你說過這句話。」米拉貝說。她伸手到袋子裡，掏出一個金屬小物，薩克里花了片刻才意識到是把手槍。就是在不同種類的故事裡，蛇蠍美人會塞在吊襪帶裡的那種花稍小手槍。

米拉貝舉起那把槍，回身對著那扇敞開的門，射穿了壓住一疊厚紙箱的那盞燈籠。

薩克里眼睜睜看著燈籠爆開，撒落一陣碎玻璃和燈油，火焰燃燒蔓延，大啖那些厚紙箱、壁紙和畫作，然後電梯門關上，擋住他的視線，接著他們便往下降。

❀ 際遇與寓言 ❀

故事雕刻師

從前有個雕刻故事的女子。

她用各式各樣的東西來雕刻故事。起初，用雪、煙或雲，因為它們的故事是暫時的，稍縱即逝，幾分鐘就消失了，只有那些在雕塑和解體之間，湊巧在場的人才看得見和讀得到，可是這位雕刻師偏好如此。這樣就不會有時間過分在意細節或瑕疵。那些故事不會留下來遭到她自己或別人的質疑、批評和事後諸葛。它們存在，然後消散。有不少這樣的故事在消逝之前，不曾被人閱讀，但故事雕刻師記得它們。

熾烈的愛情故事被巧妙地放進雨滴之間的空隙，隨著暴風雨終結而散失不見。

從酒瓶裡精巧地倒出悲劇，搭配憂鬱和上好起司，若有所思地小口啜飲。

在海岸線上以海沙和貝殼形塑的童話故事，隨著輕柔拍岸的浪濤緩緩洗刷而去。

這位雕刻師獲得了眾人的賞識，雕作的故事吸引群眾圍觀；群眾好似出席劇場表演，因為這些故事雕刻出來之後不是融化、瓦解就是隨風飄逝。她用光和影、冰和火來進行，一度還用幾綹髮絲雕刻出一則故事，從她觀眾的每個成員身上各拔一根，然後編織起來。

大家懇求她雕作更持久的作品。博物館請求她展出可以維持超過幾分鐘或幾小時的作品。

雕刻師逐漸讓步了。

她以蠟雕刻故事，放在暖炭上，好讓它們逐漸融化、滴落，繼而消逝。

她集結自願的參與者，在他們能夠承受的範圍內，按照她的安排，交纏四肢和盤繞身體。故事會隨著不同角度的觀看而有所變化；當這些模特兒體力不濟，雙手滑過大腿，便會出現較為笨拙的情節轉折，此時故事的變化則更大。

她以羊毛織出小得足以收進口袋的神話，雖說閱讀頻率太高時，就會散解糾纏。

她訓練蜜蜂在繁複的框架上築出蜂巢，形成一個個完整的城市，裡面有甜美的居民和苦澀的劇情。

她以細心培植的樹木雕刻故事，那些故事被捨棄許久之後，取回了敘事的控制權，持續成長和開展。

人們依然懇求可以留存的故事。

雕刻師進行試驗。她打造附有迷你手搖曲柄的金屬燈籠，在燈籠裡放置蠟燭，轉動曲柄時，便能將故事投射在牆壁上。她在鐘錶匠那裡研習了一陣子，打造可以像懷錶那樣隨身攜帶並旋緊的系列故事，雖說最後彈簧總會鬆弛故障。

她發現自己不再介意故事是否會流連不去。有些人喜歡，有些人不喜歡，但那就是故事的本質。不是所有的故事都能打動所有的聽者，但所有的聽者總能在某個地方、某個時候找到一則能引起共鳴的故事，以這種形式或那種形式。

只有在年歲增長不少之後，雕刻師才同意用石頭施作。

起初相當困難，但最後她終於學會如何用石頭敘說，一旦學會怎麼操縱石頭、辨識石頭希望傾吐的故事，雕鑿起來便像過去雕刻雨水、青草和雲朵一般輕鬆。

她以大理石雕出自己的想像，有著可移動的組件和栩栩如生的面貌。含有機關箱、解不開的謎題、多重可能的結局，不被找到且不被看見。有固定不動的組件，也有運轉不停、終將自行耗損殆盡的組件。

她雕刻自己的夢境和欲望、自己的恐懼和夢魘，將它們混融在一起。

博物館爭相要她來辦展，但她偏愛在圖書館或書店、山上或海邊展出。她很少出席這些活動，到場的時候，她會隱姓埋名，藏身於人群之中，但有些人認識她，會點頭或舉杯靜靜向她致意。有幾個人會跟她聊起目前展出故事之外的話題，或是向她傾吐個人的故事，或品評天氣概況。

在一次這樣的展覽上，人群散去之後，有個男子留下來和雕刻師談話，這男子舉止神態像老鼠，安靜緊張、神秘難測，說話輕柔細緻。

「妳可以幫我把某個東西藏進故事裡嗎？」老鼠般的男子問雕刻師，「有些……有些人在尋覓我必須妥當藏好的東西，他們為了找到，會不計代價翻天覆地。」

這是個危險的要求，雕刻師要求給她三個晚上考慮怎麼答覆。

第一夜，她沒去想這件事，時間都花在工作、休息和帶給她快樂的小事上：茶裡加蜂蜜、夜空的星辰、床上的亞麻被單。

第二夜，她向大海求教，因為大海在深處埋藏諸多物事，但大海默默不語。

第三夜，她徹夜未眠，在腦海裡構築一則故事，可以藏匿不管是什麼的東西，比過去的任何東西都藏得更深，甚至勝過大海深處。

過了三夜，老鼠般的男子回來了。

「我會照你的要求做，」雕刻師告訴他，「可是我不願知道你想藏的東西是什麼。我會提供一只盒子來裝。它裝得進盒子嗎？」

男子點點頭，向雕刻師致謝。

「別急著謝我，」她說，「得花一年才能完成。到時帶著你的寶物回來。」

男人皺眉但點點頭。

「並不是傳統意義上的寶物。」他說，吻了雕刻師的手，心知自己永遠負擔不起這樣的服務，接著離開，讓雕刻師忙她的工作。

雕刻師勞碌了一整年。她推掉了其他的請求和委託。她以石頭、蠟和煙創造故事，不是一則故事，而是許多故事。故事中的故事。謎題、歧路、假結局。她雕琢鎖頭，毀掉它們的鑰匙。她將勢必會發生、可能會發生、已經發生過、永遠不會發生的種種，全部編織在一起，使它們交錯難分。

她拿持久和石製的作品，和年輕時創作的作品，加以結合；將禁得起時間考驗的元素，和那些可能一完成就消失的元素，加以融合。

一年過去，男子回來了。

雕刻師將一只雕工精美的盒子遞給他。

男子將他必須藏匿的寶物放進去。雕刻師沒教他怎麼關起盒子或怎麼再度開啟。只有她自己清楚。

「謝謝妳。」男子說，他這回吻了雕刻師的唇作為報酬——這是他所能給的最多——她接受了那枚吻作為交換，覺得相當公平。

男子離開之後，雕刻師不曾再有他的音訊。這個故事一直保持原貌不變。

多年之後，尋覓那件藏匿之物的人，找到了雕刻家。

當他們明白她做了什麼的時候，他們剁下她的雙手。

另一個地方，另一個時間

插曲二

從前從前，一個現在已遭遺忘的城市

海盜（他一直是個隱喻，但也是個人，有時不大能同時化身為這兩者）站在海岸上，望著在海港附近，航行於無星之海上的船隻。

他任由自己想像與身邊的女孩同乘其中一條船，航向遠方、奔赴未來，遠離這座海港，駛向其他海港。他腦海裡想像的畫面如此清晰，幾乎相信終會實現。他可以看見自己遠離這個地方，掙脫它的規則和限制，除了與她之間的羈絆之外，不受任何事物的束縛。

他幾乎可以看見星辰。

他將女孩拉近，讓她保持暖和。他吻了她的肩，假裝兩人將會相伴一生，但事實上他們只剩區區幾分鐘時間。

海盜在心裡看到的時間，並不在此刻的城市裡，也不會很快來臨。

那些船隻逐漸遠離海岸。他們背後的警鈴已經響起。

海盜心知肚明，雖說他不願承認，他們還有好遠的路要走。

女孩（也是個隱喻，一個變換不停的隱喻，偶爾才會以女孩的形態出現）也明白這一點；她比海盜更清楚，但他們並不討論這樣的事情。

這不是他們頭一次駐足於這些海岸上，也不會是最後一回。

這個故事他們會反覆再三地活過，無論是一起或分開。

困住他倆的，是一座沒有鑰匙的大籠子。

還沒有。

女孩趕在時間和命運介入之前，將海盜從無星之海的光線中拉開、進入陰影裡，充分利用兩人餘下的時刻。

為了讓他留存更多關於她的記憶。

他們被發現之後，女孩睜著眼睛受死，戀人的尖叫在她耳際迴盪，在無星的黑暗再次奪走她性命之前，女孩可以看到那幾片時間之海，橫亙於這一點和他倆的自由之間，清澈遼闊。

而她看出了如何跨越它們的方法。

第三部

賽門和艾蓮諾的情歌

The Ballad Of Simon And Eleanor

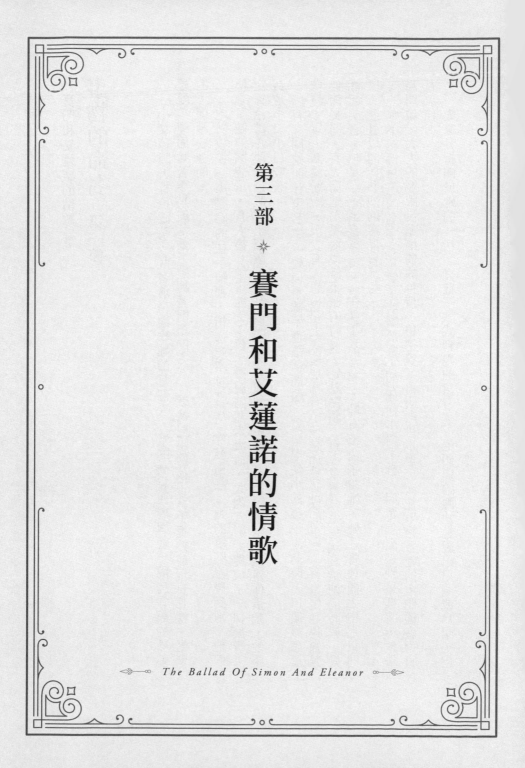

✿ 賽門和艾蓮諾的情歌 ✿

事物的命名 第一節

小女孩睜大棕色眼睛，盯著前來觀察她的每個人。她的腦袋四周圍著一圈烏雲般的極鬈頭髮，裡面藏著零星的落葉。她握著門環的方式，就像更小的孩子拿手搖鈴或玩具那樣。緊緊的，保護心強的。

她被放在一處畫廊的扶手椅裡，彷彿她本身就是一件藝術品。她的雙腳沒碰到地。他們檢查了她的腦袋瓜，有人擔心她可能受了傷，雖說她並未流血。太陽穴附近綻放了一抹瘀青，泛綠色澤在淡棕色肌膚上擴散。這點似乎並未造成她的困擾。有人給了她一碟迷你蛋糕，她認真地小口小口咬著。

有人問她叫什麼名字。她似乎聽不懂這個問題。對這麼幼小的孩子說話時，口語該怎麼轉譯，眾人議論紛紛（很少有人想得起上次這地方有小孩是什麼時候的事）。可是她聽得懂其他的提問。有人問她渴不渴或餓不餓的時候，她點點頭。有人拿舊絨毛兔玩具給她的時候，她漾起笑容，那是一隻毛量漸疏、雙耳軟垂的兔子。唯有拿兔子給她，她才肯放開手中那只門環，並且以同樣熱烈的態度緊抓兔子。

她不記得自己的名字、年齡，或關於家人的任何事情。有人問她怎麼來到這裡時，她舉高門環，大大的雙眼流露憐憫的神情，彷彿答案再明顯也不過，而往下瞅著她的人們觀察力實在欠佳。

大家分析關於她的一切，從鞋子款式到她的口音——他們開始強迫她說出單詞或片語，但是她寡言少語，眾人一致的看法是，她隱約帶有澳洲腔或紐西蘭腔，雖說有些人堅持她微微的口音來自南非。每個國家都有幾扇未曾登錄在案的老門。女孩並未提供可靠的地理資訊。她對人們、精靈、惡龍的記憶同樣清晰。對大建築、小建築、森林、田野的記憶也一樣。她的描述裡那些難以判定大小的水域，有可能是湖泊、海洋或浴缸。關於她的所來之處，找不到任何明顯的線索。

經過這些調查之後，未言明的事實就是，如果她的門已不復存在，就無法輕易將她送回原本掉落之處。

有人提到透過另一扇門送她回去的事，但在居民人口日見稀少的狀況下，沒人自願扛起這項任務，況且女孩看起來開開心心的。她既不會抱怨，也不會吵著要回家，更沒有哭著找爸媽，不管他們可能在哪裡。

她被分配到一個房間，裡頭所有的東西對她來說都太大。他們替她找來還算合身的衣物，有個編織群組給她彩色毛線織成的毛衣和襪子。有人替她把鞋子清乾淨。一直到她腳大到穿不下以前，她只有這雙鞋，橡膠鞋底磨出了洞，補過之後又再次磨破。

他們稱呼她**小妞**、**孩子**或**棄兒**，雖說那些更講究語義學的居民會點出，就大家所知，她並不是被拋棄的，所以棄兒這個詞並不準確。

最後，大家叫她艾蓮諾，有些人事後說，這名字取自亞奎丹的王后[12]，其他人聲稱這個選擇的靈感來自珍·奧斯汀[13]，還有的人說，問她名字時，她曾經用「艾莉」或「艾莉拉」之類的名字來回應。（事實上提議取這名字的人，是從雪莉·傑克森的小說找來的，但因為小說中

12. 十二世紀的法蘭西和英格蘭王后，名為艾蓮諾。
13. 奧斯汀的小說《諾桑覺寺》裡的女主角就叫艾蓮諾。

的艾蓮諾遭遇不測[14]，所以取名者並未加以澄清。）

「她有名字了嗎？」看守人問，並未從辦公桌抬頭，筆持續在頁面上遊走。

「他們習慣叫她艾蓮諾。」畫家告訴他。

看守人擱下筆，嘆了口氣。

「艾蓮諾。」他重複，重音放在後面的音節，將這個名字化為另一聲嘆息。他執起筆，繼續書寫，幾乎連瞧畫家一眼也沒有。

畫家並未探問。她想這名字對他來說或許別具意義。她認識他才不久。這件事她決定置身事外。

無星之海上的海港吸收了穿過殘門跌落下來的女孩，有如森林地面吞噬了那扇門：她成了風景的一部分。有時候被注意到，大多時間無人理睬，任她自行其是。

無人負責。大家都以為別人會扛起責任，但誰也沒有。他們全心投入自己的工作，自己私密的劇情裡。他們觀察、質問，甚至參與，但總是為時不久。頂多偶爾為之，不超過幾分鐘，有如落葉一樣散落在一段童年時光之中。

頭一天，坐在椅子裡但還沒拿到兔子娃娃以前，艾蓮諾只大聲回答了一個問題——有人問她，自己一個人在外頭做什麼。

「探索。」

她覺得自己很會探索。

薩克里・艾思拉・羅林斯發現自己跟一名持槍的粉紅頭髮女子和失去意識的男人共乘一部電梯。他確定這女子除了今天犯下的幾樁罪狀之外，又多添了一筆縱火，而這男人可能曾經殺人未遂。薩克里的腦袋抽痛，無法判定自己需要睡一下或來一杯，也不懂現在跟他們一起在電梯裡，自己為何覺得比之前還自在。

「到底怎……？」薩克里才開口，卻想不出怎麼接下去。於是輪流指指米拉貝手裡的槍和電梯門，以手勢替問題收尾。

「這樣可以廢掉那扇門，希望她花點時間才能再找到一扇，別用那種表情看我啦。」

「妳用槍指著我耶。」

「噢，抱歉！」米拉貝說，往下看著自己的手，將槍收進袋子。「這是單一子彈的古董槍，只能射發一次。你在流血耶。」

她檢查薩克里的耳後，從口袋抽出時鐘印花的手帕，從傷口上抽走手帕時，上頭沾染的血量多過他的預期。

「沒那麼糟，」她問，「只要繼續用手帕壓著傷口，晚點再來清理就好。可能會留下疤痕，但這樣一來我們就是雙包了。」她撩起頭髮，讓他看看耳後的傷疤，他之前就注意到了，不需要問那個疤是怎麼來的。

「到底怎麼回事？」薩克里問。

14. 雪莉・傑克森的恐怖小說《鬼入侵》的女主角最後死於非命。

「這個問題並不複雜，艾思拉，」米拉貝說，「你好緊繃，我想剛剛那場茶敘不是特別愉快。」

「艾蕾格拉威脅要對我母親不利。」薩克里說。他有種感覺：米拉貝試圖轉移他的注意力，想讓他保持平靜。

「她是會這樣沒錯。」米拉貝說。

「她是當真的，對吧？」

「是啊，她是。可是那個威脅的前提是跟任何人提起我們的目的地，不是嗎？」

薩克里點點頭。

「她有自己的要務要處理。也許你先在下頭避幾天風頭，我可以先去偵察一下。除非覺得別無選擇，否則艾蕾格拉什麼都不會做的。她原本有機會除掉我們三人，而我們現在都活得好好的，大部分是啦。」她補了句，俯視朵里安。

「可是她真的會殺人？」薩克里問。

「殺人的事她會雇人來做，眼前就有個例子。」她用靴尖推推朵里安的腿。

「妳是說真的嗎？」薩克里問。

「你需要再來個故事嗎？」米拉貝問，往自己的袋子伸手。

「不，我不需要再來個故事。」薩克里回答，但就在他說出口的同時，騎士和因他破碎之心的滋味回到了他的舌頭，他想起了更多細節：騎士盔甲上的雕刻圖紋，茉莉花盛開的夏夜田野。這些事情在他的腦海裡模糊成團，就像以糖粉捕捉的回憶或夢境，出其不意地起了鎮定作用。

薩克里往後靠在褪色的絲絨板凳上，腦袋抵著電梯牆壁，他可以感覺它在顫動。上方的吊燈晃個不停，令他昏眩，於是他閉上眼睛。

「那跟我說個故事，」米拉貝說，這句話將他從欲睡的暈眩當中拉出來。「你乾脆從頭開始，跟我說說我們怎麼走到這個地步。你可以跳過童年前傳那部分，那個我已經知道了。」

薩克里嘆氣。

「我發現這本書，」他說，往前回溯一切，穩穩落在《甜美的憂傷》上，「在圖書館。」

「什麼書？」米拉貝問。

薩克里猶豫一下，但接著便開始描述從找到那本書起，一路到那場派對的種種事件，他簡單敘述了前幾天的概況，才花丁點時間就講完；拆成個別事件來講，聽起來著實平淡無奇，這點令他氣惱。

「那本書後來怎麼樣了？」他講完的時候，米拉貝問。

「我本來以為在他那邊，」薩克里說，垂眼望著朵里安，他現在狀似睡著而不是失去意識，腦袋靠在絲絨椅凳的邊緣。

米拉貝將朵里安的口袋搜查一輪，找到一組鑰匙、一支原子筆、一只裝了大筆現金的薄皮夾，還有一張以大衛．史密斯之名申辦的紐約公立圖書館證，加上幾張名字與職業各不相同的名片，還有幾張標示著蜜蜂圖像的空白小卡。沒有信用卡，沒有證件，沒有書。

米拉貝從朵里安的皮夾裡抽走幾張紙鈔，將他剩下的物品放回口袋。

「為什麼要那樣？」薩克里問。

「我們費了這麼大的勁救他出來，他要請我們喝咖啡。等等，我們兩個上次都喝茶，對吧？不管哪種，都由他買單。」

「妳想他們對他做了什麼事？」

「我想他們審問他，結果沒拿到自己想要的答案，乾脆對他下藥，為了戲劇效果把他高高吊起來，就等我們現身。等我們把他弄進去，我就可以處理了。」

就在這時，電梯停下、門打開，迎面就是前廳。薩克里試著精確描述抵達這裡的感覺，卻只能想到，如果他母親在紐奧良店面上方的公寓至今依然存在，再次看到它可能就會有這種感覺，可是他無法區別這是懷舊或是茫然。他試著別想太多，頭會痛。

薩克里和米拉貝運用之前那種小心彆扭的重量平衡法，撐起朵里安。往前行進時，朵里安完全使不上力。薩克里聽見電梯門關起，前往當沒有失去意識的人、粉紅頭髮女子和困惑的遊客搭乘時，平常休息停泊的地方。

米拉貝朝門把伸手，多分了點朵里安的重量給薩克里。門把轉不動。

「該死。」米拉貝說，她閉上眼睛，腦袋一偏，彷彿在傾聽什麼。

「怎麼了？」薩克里問，以為她脖子上掛的諸多鑰匙裡，會有一把可以解決問題。

「他沒來過這邊，」她邊說邊對朵里安點頭，「他是新來的。」

「是嗎？」薩克里問，頗為驚訝，但米拉貝說了下去。

「他必須接受通關考試。」米拉貝說。

「擲骰子和喝東西嗎？」薩克里問，「他怎麼有辦法？」

「不是由他本人來，」米拉貝說，「我們要當他的代理。」

「我們要……」薩克里越說越小聲，還沒問完就明白了她的意思。

「我負責一個，你負責另一個？」米拉貝問。

「好啊，可以吧。」薩克里同意。他讓米拉貝盡量撐直朵里安，自己轉身回到兩個凹室那裡。他挑了骰子那邊，部分因為他對骰子比神秘液體更有經驗，部分因為他不確定自己想再喝更多神秘液體，乾脆倒掉感覺也不對。

「專心想著是為他做的，而不是你自己。」米拉貝說，他抵達小凹室，骰子已經重新擺好供人再擲。

薩克里伸手去拿骰子，卻撲了個空，只抓到了骰子旁邊的空氣。他一定比自己想的還累。他再試一次，這次抓住了骰子，在手指之間滾動。他對朵里安認識不多，甚至不知道他的真名，但他閉上雙眼，在腦海中召喚這個男人，結合了在冷天街上步行；翻領上的那朵紙花；在飯店的幽暗中，檸檬加菸草的氣味以及呼在他脖子上的氣息。然後讓骰子從掌心中落下。

他睜開眼睛。在視線中擺動的骰子原本一片模糊，接著清晰起來。

一支鑰匙、一隻蜜蜂、一把劍、一只王冠、一顆心、一根羽毛。

骰子安頓停妥，最後一顆都還沒完全停定以前，底部便掉出了凹室，消失在黑暗中。

「他擲出什麼？」米拉貝問，「等等，讓我猜：劍和……鑰匙吧，也許。」

「各一個，」薩克里說，「我想，除非不只六樣東西。」

「啊。」米拉貝以薩克里無法解讀的語氣說，再次將朵里安交給他。他重新憶起朵里安說故事的情景，加上淡淡的檸檬味，突然感覺朵里安更**有存在感**。地底這裡比薩克里記得的更溫暖。他意識到自己不知在哪裡弄丟了借來的外套。

米拉貝在房間另一邊拿起了有蓋玻璃杯，仔細瞅著它，接著揭開蓋子喝下去。她打了個哆嗦，將杯子放回凹室。

「你當初喝的時候，是什麼味道？」她問薩克里，再次撐起朵里安的另一隻臂膀時。

「嗯……蜂蜜香料香草橙花。」薩克里說，回想那種烈酒似的滋味，雖然列這麼一長串也無法呈現全貌。「後勁滿強的，」他補充，「為什麼問？」

「剛剛那杯嘗起來像酒、鹽和煙，」米拉貝說，「可是要是他本人，他也會喝下去。就看這樣有沒有效果。」

這一次門開了。

薩克里如釋重負的感覺瞬間即逝，因為意識到他們踏進巨大的廳堂後還有多遠的距離要走。

「總算幫他登記好了，」米拉貝說，「你和我之後可以好好來一杯，是我們應得的。」前往看守人辦公室的路上，引來了幾隻好奇貓咪的注意力，牠們從書堆和吊燈後面往外窺探他們的進展。

「在這裡等等，」米拉貝說，將朵里安的重量全部轉移到薩克里的肩上，再一次重得令人詫異，而且**某種感覺**更強了——是薩克里不願意承認的。「同花順，對吧？」

「我想這個詞不適用於骰子。」

米拉貝聳聳肩，走進看守人的辦公室。薩克里聽不到大半的對話，從隻字片語聽來，推估兩人爭論多於對話。接著門猛地打開，看守人大步朝他走來。

看守人連瞥都沒瞥薩克里一眼，把注意力集中在朵里安身上，將他的腦袋往上拉起，將黑白參雜的濃密髮絲從太陽穴往後撥開，盯著他看，比薩克里之前接受的目測檢驗來得周詳許多。

「骰子是你替他擲？」看守人問薩克里。

「是？」

「你特地為他擲的，而不是直接讓骰子落下？」

「唔，對啊？」薩克里回答，「這樣可以嗎？」他問，半對著看守人說、半對著米拉貝講。米拉貝扛著薩克里的袋子，拿著懸在鍊子上的一只羅盤和一把鑰匙，尾隨看守人踏出了辦公室。

「還滿……不尋常的。」看守人說，但並未細說，放開朵里安，似乎完成了對朵里安的檢視，朵里安的腦袋靠回薩克里的肩膀。看守人沒再多說一個字，便轉身路過米拉貝，回到辦公室並關起門來。他倆擦身而過時，互換了意有所指的神情，但薩克里只看到米拉貝這邊，而她流露的表情不足以讓他作出詮釋。

「剛剛是怎麼回事？」薩克里問，米拉貝又來幫忙一起扶朵里安，把他的提包加進身上的那些。

「我不確定，」米拉貝回答，但並未對上他的目光，「也許因為放寬了規定，加上擲骰子擲到了低機率的結果吧。我們扶他到他的房間去吧，別被貓咪絆倒。」

他們穿過一條條走道，是薩克里之前沒看過的（其中一條漆成紅銅色，另一條以一圈圈繩子懸吊著書本）。有些走道窄得無法三人並肩同行，他們不得不改走小岔道。一切看起來都比薩克里記憶中的還大還怪，有更多逼人的暗影、更多地點和書本可以迷途其間。走道看來彷佛在移動，蛇似地朝著各個方向蜿蜒；為了穩住自己，薩克里一直盯著他們眼前的地板不放。

他們來到一條走廊，裡頭散落著咖啡桌和椅子，全是黑色的，上頭堆滿了金邊的書籍。有張桌子上有隻貓：銀色虎斑摺耳黃眼小貓，好奇地瞅著他們。地板的鋪磚混和了黑與金，圖案類似藤蔓。有些鋪磚上的藤蔓攀上了牆面，覆住了岩壁，直達彎弧的天花板。米拉貝抽出一把鑰匙，打開藤蔓之間的門。門的後頭有個房間，和薩克里那間類似，但整體採藍色調，家具大多是黑色，亮漆表面。不算正規的裝飾風，混融了看起來會有雪茄氣味的房間風格，仔細一想，確實有雪茄的味道。地板上沒鋪海軍藍地氈的地方，露出了方格磚。拱形的小壁爐火已點燃。有好幾顆光裸的鎢絲燈泡，以繩索懸在天花板，散放幽暗的光線。

薩克里和米拉貝將朵里安放在床上，海軍藍床上擺滿了枕頭，搭配扇形床頭板，薩克里的暈眩感又回來了，另外還意識到自己的胳膊有多痛。米拉貝正在按摩自己的肩膀，從她的表情看來，她可能也有同感。

「這邊得針對失去意識這件事訂個規則才行，」她說，「要不然我們可能需要手推車。」她走到火爐附近的壁板那裡。薩克里猜得到那是什麼，雖然比起他自己的送餐升降梯，這道門更輕薄更光滑。「脫掉他的鞋子和大衣，可以吧？」米拉貝要求，她忙著在紙片上寫字。

薩克里將朵里安磨損的翼紋雕花皮鞋脫下，下頭是亮紫色五指襪，接著動作小心地幫他褪下大衣，注意到翻領上那朵壓垮一半的紙花。薩克里將大衣披在椅子上，試著將紙花攤平，這才意識到自己讀得懂上頭的內容，雖說他記得原本是義大利文。

別害怕；我們的命運無法從我們手上被奪走；那是一份贈禮。

他正要問米拉貝關於翻譯的事，一面避用「神」開頭的字眼，但那段文字從英文轉為義大利文，然後又變回來。暈眩感加重了，他抬起頭來，房間起起伏伏，彷彿人在水裡似的，而不只是在地下。他失去平衡，想伸手扶牆穩住自己，卻撲了個空。

米拉貝聽到檯燈落地的聲音時，轉過身來。

「你被綁住的時候，該不會喝了什麼東西吧？」她問。

薩克里試著回答她，卻只是整個撞上地板。

一個女孩不是隻兔子，一隻兔子不是個女孩

❀賽門和艾蓮諾的情歌❀

戴著兔子面具的女孩在海港的走廊上四處遊走。她打開門，爬到桌子底下，站在房間中央動也不動，有時茫然盯著前方許久許久。

她會嚇到無意中碰見她的人，雖說這種情況相當罕有。

那副面具是個可愛的東西，可能是來自威尼斯的古董，雖說沒人知道它的起源。正在褪色的粉紅鼻子周圍有貨真價實的鬍鬚和金線拉絲。延伸到女孩腦袋上方的兔耳朵，讓她顯得比實際身量還高，耳裡有粉紅帶金的柔軟紅暈；在這個時代，寂靜好似毯子蓋住了整個地方，她的兔耳給人一種傾聽的印象，可以捕捉打破這番寂靜的每個聲響。

到現在她已經很習慣這個地方。知道怎麼悄聲輕盈地走路，讓步伐不會發出回音，這個技巧是從貓咪學來的，雖然不管再怎麼努力嘗試，腳步也無法像貓那樣無聲無息。

她穿著太短的長褲和過大的毛衣。她扛著背包——這背包曾經屬於一位過世多時的士兵，士兵永遠無法想像自己的背包最後會落在一個扮成兔子的女孩的窄瘦肩膀上——探索著地底下的房間，是大家事前特別交代嚴禁她進入的地方。

背包裡有個水壺，細心包好的餅乾、鏡片刮傷的望遠鏡、空白大半的筆記本、幾支筆，還有好幾顆紙星星，是從寫滿惡夢的筆記本撕下來小心摺好的。

她將那些星星拋至遠處的角落，將自己的恐懼丟到書櫃後面、塞進花瓶裡。將它們撒成了隱藏的星座。

（她也對書本這麼做，撕除不喜歡的那幾頁，送進它們所屬的暗影裡。）

（貓咪會玩那些紙星星，揮拍惡夢或令人不自在的內容，從一個地方拍向另一個地方，改變著星辰的排列模式。）

一旦鬆手拋開那些紙星星，女孩就會忘記那些惡夢，她不記得的還有一長串事情：她應該幾點上床就寢；剛開始讀但還沒讀完的書放哪兒了；來到這個地方以前的時光。大多都忘了。

對於從前的時光，她記得的是樹木蓊鬱、鳥兒啁啾的林子。她回想起曾經泡在浴盆水裡，仰頭盯著白白平平的天花板，跟這裡的天花板不一樣

彷彿在回憶另一個女孩。一個她在書裡讀過的女孩，一個不是她本人的女孩。

現在她是不同的東西，置身於不同的地方，擁有不同的姓名。

兔子艾蓮諾不同於普通的艾蓮諾。

普通的艾蓮諾會在深夜醒來，忘記自己身在何方。忘記這些事情的區別：實際發生過的事、她在書裡讀過的事、她以為發生過但也許並沒發生的事。普通的艾蓮諾有時會睡在浴缸裡，而不睡床上。

這女孩更喜歡當兔子，她很少摘下自己的面具。

她一一打開那些別人嚴禁開啟的門，發現有些房間的牆壁會說故事，有些房間的睡枕上繡著床邊故事，有些房間裡有貓咪。有一次她還找到了有貓頭鷹的房間，僅此一次，此後不曾再見。還有一扇她目前還打不開的門，就在一個焚毀的地方。

她之所以找到那個燒毀的地方，是因為有人在前方擺了架子，架子高到足以阻擋成人，但攔不住嬌小的兔女孩，她從下面爬了進去。

房間裡有燒過的書籍、黑塵和某種可能曾經是但不再是貓的東西。

還有門。

那是一道模樣樸素的門，中央嵌了一片閃亮的銅製羽毛，就在女孩腦袋上方。

房間裡，只有那扇門沒被黑塵籠罩。

女孩以為那扇門原本可能藏在一堵牆後面，而那堵牆已經跟著房間裡的其他東西一起燒毀。她想不通為什麼有人會把一扇門藏在一道牆後面。

那扇門不肯打開。

艾蓮諾因為挫折跟飢餓而放棄，走回自己房間時，畫家發現了女孩，看到她渾身沾滿煤灰，於是將她放進浴缸裡，但不知道她到底做了什麼事，因為那場火發生於畫家之前的年代。

現在艾蓮諾不停回去看那扇門。她坐下來盯著它看。

她試著透過鑰匙孔竊竊私語，但從未得到回應。

她在黑暗中小口啃著餅乾。她不用摘掉兔子面具，因為面具並不會遮住嘴巴，這就是什麼都比不上這頂兔子面具的諸多原因之一。

她將頭靠在地板上，結果打了噴嚏，可是這麼一來她可以看到細微的一道光。

有個影子路過了那扇門，然後再次消失，就像貓咪晚上路過她房外那樣。

艾蓮諾將耳朵抵在門上，但什麼也聽不見，連貓的聲音都沒有。

艾蓮諾從背包裡拿出筆記本和筆。

她考慮要寫什麼才好，接著寫下一則簡單的訊息。她決定不簽名，接著改變主意，在角落裡畫了個小小兔臉。兔耳畫得不如她喜歡的那樣平整，但可以看出是兔子，而這才是重點。

她從筆記本上撕下這一頁，摺好，沿線好好壓平。

她將那張紙滑進門下，紙停在半路不動。她再多推一下，它就進入了門後的房間。

艾蓮諾等待著，可是無聲無息，而毫無動靜很快無趣起來，於是她便離開了。

艾蓮諾在另一個房間餵餅乾給一隻貓吃，已經就快遺忘那張紙條。這時門開了，長方形光線投入煤灰滿布的空間。

門開著半晌，接著緩緩關上。

薩克里・艾思拉・羅林斯在水下半睡半醒，嘴裡有蜂蜜的滋味。他不禁咳了起來。

「你喝了什麼？」他聽到米拉貝的聲音從遠處傳來，但他眨了眨眼過後，她卻近在眼前盯著他看，迷迷濛濛，頭髮有如背光的粉紅光暈。他的眼鏡不見了。「你喝了什麼？」有如水下的模糊米拉貝再說一遍。薩克里忖度，美人魚是否有粉紅頭髮。

「她請我喝茶，」他說，字字慢得有如蜂蜜，「用來恐嚇的茶。」

「而你竟然喝了？」米拉貝難以置信地問，薩克里心想自己可能點了頭，「你需要更多這個。」

她把某個東西放到他唇前。可能是一只碗，裡面肯定盛滿了蜂蜜。除了蜂蜜，也許還有肉桂和丁香。流質到足以用喝的，嘗起來像咳嗽糖漿。聖誕節。**永恆的冬季，但絕不是無教派限定的季節節慶**[15]，處於納尼亞狀態裡的薩克里這麼想著，又咳了起來，但接著泡泡糖公主——不，是米拉貝——強迫他再喝更多。

「真不敢相信你竟然呆成那樣。」她說。

「她先喝的，」薩克里抗議，語速幾乎正常，「她倒了兩杯。」

「給你的那杯是她選的，對吧？」米拉貝說，薩克里點點頭，「毒藥放在杯子裡，不在茶水裡。你整杯都喝了嗎？」

15. 這是薩克里在昏沉狀態裡無章法的思緒，典故來自《納尼亞傳奇》，在那裡，「永恆的冬季，但從沒有聖誕節」（Always winter never Christmas）。薩克里的「永恆的冬季，但從沒有不限定教派的季節節慶」（Always winter never non-denominational seasonal holidays），後半句意指聖誕節等的宗教節日。

「我想沒有。」薩克里說。房間清晰起來。原來他的眼鏡根本沒丟，還掛在臉上。潛入水中的感覺慢慢淡去。他坐在扶手椅裡，就在朵里安那間走裝飾藝術風的房間。朵里安在床上昏睡。

「我……多久了……」他正要開口問，卻找不到完成這個問句的字眼，即使他知道只是個小小的字眼。嗯倒，溫倒。

「幾分鐘，」米拉貝回答，「你應該再多喝一些那個。」

昏倒。就是這個字眼。賊頭賊腦的小字眼。薩克里再次啜飲那個液體。他不記得自己是否喜歡蜂蜜。

他背後的送餐機發出叮聲，米拉貝走去察看。她端出一個托盤，上頭擺滿了玻璃小瓶和碗，另外還有毛巾和一盒火柴。

「拜託點燃這個，放在床頭櫃上。」米拉貝對他下達指示，將火柴、陶爐和圓錐焚香遞給他。薩克里試著劃亮火柴時，才意識到這是個測試，他的手眼無法協調，足足試了三次才成功。

薩克里拿著點亮的火柴湊向焚香，想起過去替母親點香的所有時光。他專心一志想穩住自己的手，不該這麼吃力的；點燃焚香之後，輕輕將火焰吹成熠熏的餘火，濃郁的氣味立即漫開，但味道並不熟悉。甘甜中夾帶薄荷的沁涼。

「這是什麼？」薩克里把焚香放在床頭櫃時問，繚繞的煙霧冉冉飄過床鋪。他的雙手感覺穩了些，但他又坐下來，再啜一口那個蜂蜜調劑。他覺得自己確實喜歡蜂蜜。

「不知道耶，」米拉貝說，她在小毛巾上倒了點液體，敷在朵里安的額頭，「廚房有他們自創的療法，通常都滿有效的。你知道廚房的事，對吧？」

「我們打過照面。」

「除非滿嚴重的，否則他們通常不會加進焚香，」米拉貝說，皺眉看著繚繞的煙霧，回頭瞅著朵里安，「也許是給你們兩個人共用的。」

「艾蕾格拉為什麼要對我下毒？」薩克里問。

「有兩個可能，」米拉貝說，「第一個，她想讓你失去意識，把你送回佛蒙特，這樣你醒來的時候，會有微微的失憶，如果你記得任何事情，會以為是自己夢到的。」

「第二個呢？」

「她想殺了你。」

「太好了，」薩克里說，「而這個是解毒劑？」

「我從沒碰過它解不了的毒，你已經好了點，不是嗎？」

「視線還有點模糊，」薩克里說，「妳說他有一次想幹掉妳？」

「沒成功。」米拉貝說，薩克里還來不及請她多說，敞開的門就響起敲門聲。

薩克里以為是看守人，站在門口的卻是個一臉憂心的年輕女子。女子跟他年齡相仿，眼神明亮、身形嬌小，臉頰兩側的深色髮絲編成辮子，但任由後側的頭髮自由披散。她身上的長袍是看守人的象牙白版本，但樣式更簡單，白袖口、白衣襬、白衣領上有細緻的白色刺繡。她狐疑地瞅著薩克里，然後轉向米拉貝，舉起左手，手掌先是斜向側邊，繼而朝上翻平，薩克里不用靠人翻譯就知道她在問怎麼回事。

「我們在冒險犯難啊，拉愛姆，」米拉貝說，女孩蹙起眉頭，「有一場大膽的救援行動、囚縛、茶會、火災，我們三個人裡面有兩個被下毒。還有，這位是薩克里；薩克里，這位是拉愛姆。」

薩克里自動以兩指抵住嘴唇，腦袋一點，作為招呼，知道這女孩一定是助手，想起《甜美的憂傷》裡的手勢。他一打手勢，立刻就因為擅自臆測而覺得愚蠢，但拉愛姆的雙眼一亮，眉頭舒展。她一手搭在胸骨上，點頭回禮。

「唔，你們兩個會處得來的，」米拉貝說，朝薩克里拋出一抹好奇的眼神之後，才把注意力轉回朵里安。她舉起一手，將焚香的煙霧逼來，繚繞的煙順著她手指的動作，沿著她的手臂飄移。「你和拉愛姆有個共同點，」米拉貝對薩克里說，「拉愛姆少女時代發現了一扇彩繪的門，只是她打開了門。那什麼時候的事，八年前嗎？」

拉愛姆搖搖頭，舉起全部的指頭。

「妳讓我覺得自己好老。」米拉貝說。

「妳一直沒回家嗎？」薩克里問，問完馬上後悔，因為拉愛姆臉上的光淡去。他還來不及道歉，米拉貝就打了岔。

「一切都還好嗎？拉愛姆？」她問。

拉愛姆再次打了手勢，薩克里無法解讀。手指撲動，從一手移至另一手。不管這是什麼意思，米拉貝似乎都能明白。

「嗯，在我這邊。」她說。她轉向薩克里，「艾思拉，我們要告退一下，」她說，「如果焚香熄了，他還沒醒來，再點一個，可以嗎？我等下就回來。」

「沒問題。」他說。米拉貝跟著拉愛姆走出房間，離開前從椅子上拿走自己的包包。薩克里試著回想，這個袋子之前是否狀似裝了又大又重的東西，不過現在看起來就是。他還來不及細看，米拉貝和袋子已經消失不見。

身邊只有朵里安，薩克里將心思專注在房間裡盤桓繚繞的煙霧。它在枕頭上旋轉，往上飄向天花板。他試著模仿米拉貝，以同樣優雅的召喚手勢，將煙驅往正確的方向，但是煙卻沿著他的手臂往上盤繞，繞住他的腦袋和肩膀。他的肩膀不再疼痛，但他不記得痛感是什麼時候停止的。

他湊向朵里安，調整額頭上的布巾。朵里安襯衫頂端的兩個鈕釦已經解開，一定是米拉貝弄的，也許是為了讓他更容易呼吸。薩克里的視線在捲繞的煙霧和朵里安敞開的衣領之間來回，接著他不敵自己的好奇心。

感覺就像侵擾，雖說只是一顆鈕釦分量的逾矩。不過，薩克里解開那顆鈕釦時，還是猶疑了，納悶如果他把「我在找你的劍」當藉口，朵里安會作何感想。

朵里安的胸膛上並沒有劍的印記，這點讓他既意外又失望。薩克里一直在忖度的，是實際上看來如何，而不是到底有沒有。多解開一顆鈕釦，多露出幾寸肌肉發達的胸膛，除了有不少胸毛之外，另有幾處瘀傷，但沒有墨漬，沒有監護人的標記。也許他們已經不再遵循那個傳統，改以銀劍替代，就像他毛衣底下的那一把。《甜美的憂傷》裡有多少是事實，多少是虛構，而又有多少只是隨著時間改變了？

薩克里重新扣上那顆鈕釦，這麼做的時候，注意到雖然沒有劍，但高一點的地方有微微的墨漬，就在朵里安肩膀周圍。刺青的邊緣蓋住了背部和頸子，但在光線中，只能辨識出類似枝椏的形狀。薩克里納悶盯著失去意識的某人，並看著某人睡覺，這兩者的界限為何，判定也許自己該讀點書。廚房可能願意替他調杯飲料，但他不渴也不餓，雖說他認為自己應該又渴又餓。薩克里從椅子起身，這個動作並未讓那種水下的朦朧感再復甦，他鬆了口氣，發現自己的袋子就在房門附近米拉貝之前擺放的地方，領悟到他終於跟自己的行李袋團聚了。他拿出手機，不意外地已經沒電，反正他懷疑下面也收不到訊號。他收好手機，從袋中拿出那本棕色皮革的童話書。

薩克里回到床邊的椅子那裡閱讀。讀到一則客棧主人在一間覆著積雪的客棧故事，那則故事如此引人入勝，他幾乎可以聽見風的呼嘯，這時他注意到焚香已經熄滅。

他將書放在床頭櫃上，點燃另一圓錐的焚香。點燃的時候，煙霧飄過了那本書。

「雖然我沒拿到我那本，至少你拿回了你的。」薩克里大聲說。他想也許喝個飲料好了，或許來杯水，沖掉嘴裡的蜂蜜味道，於是走去寫點單給廚房。他的手才碰到筆，就聽見朵里安的聲音在背後響起，帶有睡意但咬字清晰。

「我把你的書放你大衣裡了。」

❀ 賽門和艾蓮諾的情歌 ❀

超越時空跟命運多舛不同

賽門是獨生孩子，他的名字繼承自出生便夭折的哥哥。他是個替代品。他有時納悶，自己是不是在過別人的人生，穿著別人的鞋子，使用別人的名字。

賽門跟舅舅（他逝去母親的弟弟）、舅媽住在一起，時常被提醒他不是他們的親生孩子。母親的幽魂盤繞在賽門的心頭不去。舅舅只有在喝酒（也只有在這時候，他會罵賽門是私生子）的時候才會提起她，而他經常喝酒。提到喬瑟琳．奇汀的時候，用詞總是不脫蕩婦到巫婆。賽門對母親的記憶不多，不足以知道她是否為巫婆。他曾經斗膽提出，也許他並不是私生子，因為沒人確定他的父親是誰，而他母親跟他父親在一起時間可能相當久，足以陸續生下兩個賽門，所以兩人可能秘密結了婚。這番話只是招來朝他腦袋砸來的酒杯（嚴重失準）。舅舅酒後並不記得甥舅之間有這麼一段對話。女僕清走了摔破的酒杯。

賽門十八歲生日那天，拿到了一只信封。封緘的蠟上印了個貓頭鷹，紙張因為年久泛黃。正面寫著：

賽門．強納生．奇汀十八歲生日誌慶

這只信封原本存放在銀行保險箱，舅舅解釋，是那天早上寄達的。

「今天不是我生日。」賽門說。

「我們一直不確定你的出生日期，」舅舅以不帶感情的呆板語氣說，「顯然就是今天。生日快樂。」

他留賽門獨自面對那只信封。

信封沉甸甸的，裡頭不只有一封信。賽門撕開封緘，舅舅竟沒擅自打開，這點讓他頗為意外。

他希望母親寫點訊息給他，穿越時光對他說說話。

這不是一封信。

紙上既沒有問候，也沒有簽名，只有一個地址。在鄉間的某個地方。

而且有一把鑰匙。

賽門將那張紙翻過來，在背面找到額外的兩個字。

背起來&燒掉。

他再讀一次地址，瞧瞧那把鑰匙，又看一次信封正面。

有人給了他一棟鄉間房子，或是一間穀倉，或是田野間一個上鎖的小屋。

賽門讀第三次地址，然後第四次。他閉上雙眼，對自己複述一次，檢查是否正確，再多看半晌，最後將紙張丟進火爐。

「信封裡有什麼？」舅舅在晚餐的時候問，語氣隨意過度。

「只是一把鑰匙。」賽門回答。

「一把鑰匙？」

「一把鑰匙。留念用的吧，我想。」

「嗯哼。」舅舅對著酒杯咕噥。

「我下個週末可能會到鄉間去找學校的朋友。」賽門語氣溫和地說，舅媽品評一下天氣，舅舅則又嗯哼了一次。熬過焦慮的一週之後，賽門搭上火車，鑰匙放在口袋裡，眺望窗外，對自己複述那個地址。

他在車站問路，有人教他沿著一條蜿蜒的道路走，經過空蕩蕩的田野。

一直到了門前階梯，他才看見了那幢石砌小屋。藤蔓和荊棘遮掩了小屋，花園雜草蔓生，幾乎吞噬了當中的建築。一堵矮牆隔開小屋和道路，柵門鏽蝕到打不開。

賽門爬過牆壁，棘刺扯著他的長褲。他拉下簾幔般的藤蔓之後，才能碰到小屋的門。

他嘗試用鑰匙開鎖。雖然輕易轉開了門鎖，但要進門又是另一回事。他推推搡搡，清掉更多藤蔓，最後才說服屋門打開。

賽門進屋的時候打了個噴嚏。他往前走，每一步都踢起更多塵埃，塵埃在間接的陽光中飄蕩，葉片形狀的陰影爬過地板。

一根鍥而不捨的藤蔓捲鬚鑽過窗戶裂隙，繞住了一根桌腳。賽門打開窗戶，讓更新鮮的空氣、更明亮的光線進屋裡來。

茶杯疊在開放的櫥櫃裡。壁爐邊掛著一只水壺。家具（一張桌子、幾張椅子、壁爐旁的兩張扶手椅、失去光澤的銅床）上面放滿了書本和文件。

賽門翻開一本書，發現母親在封面內側寫了名字：**喬瑟琳・西蒙・奇汀**。他從來就不知道她的中間名。這下子他明白自己的名字是哪來的了。他不確定自己是否喜歡這間小屋，但顯然是屬於他所有了，他可以隨自己的意思，喜歡或不喜歡它。

賽門在藤蔓容許的範圍內，大大打開另一扇窗。他在一個角落裡找到一把掃帚，想趁天光淡去以前，盡可能掃除塵埃。

他沒有任何計畫，現在感覺滿愚蠢的。

賽門原本以為這裡會有人在。他母親，也許。驚喜，沒死。如果他對故事的記憶沒錯，巫婆是很難殺死的。這裡看起來就像巫婆的小屋。一個喜歡喝茶、勤學好讀的巫婆。

如果他將塵埃掃出後門，清理起來會比較容易，於是他拉開栓鎖，推開門，卻發現眼前不是屋子後方的田野，而是下行的螺旋石階。

賽門望出藤蔓遮掩的窗戶，看向門的右側，再來望進逐漸隱逝的陽光。

他回頭看進門口。那個空間比牆壁還寬闊，三兩下就跟窗戶重疊。

階梯底部有盞燈。

賽門持著掃帚往下走，最後抵達兩盞點亮的燈籠，各據鐵柵門的兩側，好似嵌進岩石裡的箱籠。

賽門打開籠子，走了進去。那裡有個銅製控制桿。他拉了拉桿子。

門滑動並關上。賽門往上瞥了眼懸在天花板上的燈籠，籠子直直往下降。

往下垂降的時候，賽門手持掃帚，困惑地站著，接著籠子顫了顫停下。門開了。

賽門踏進一間亮晃晃的密室。那裡有兩個臺座和一扇大門。

兩個臺座上面都放了杯子，兩個杯子都有指示。

賽門喝下一個杯子裡的東西，嘗起來像藍莓、丁香、夜間空氣。

另一個杯子裡有骰子，他在臺座上擲骰子，看著它們落定，接著兩個臺座都陷進了岩石裡。

門開向一間六角形大房間，有個鐘錘懸在中央，舞動的光線照得它發亮，光源來自幾盞走道兩側的壁燈，那些走道蜿蜒伸向視線之外。

放眼四處都是書本。

「有什麼可以效勞的嗎？先生？」

賽門轉身便看到一位蓄著白色長髮，站在門口的男人。稍遠的某個地方傳來笑聲和隱約的音樂。

「這是什麼地方？」賽門問。

男人看著賽門，往下瞥瞥他手中的掃帚。

「麻煩跟我來，先生。」男人說，召喚他上前。

「這是圖書館嗎？」賽門問，環顧四周的書本。

「勉強算是吧。」

賽門跟著男人走進一個房間，那裡的辦公桌上堆滿文件和書本。牆面上淨是附金屬拉把的迷你抽屜，以及手寫的匾牌。他走近的時候，桌上有隻貓抬頭一看。

「初次到訪可能會有點抓不住方向，」男人說，翻開日誌，拿鵝毛筆沾了沾墨，「你從哪扇門進來的？」

「門？」

男人點點頭。

「是……是在一間小屋裡，距離牛津不遠。有人留了鑰匙給我。」

男人開始在日誌裡書寫，但現在停下來抬起頭。

「你是喬瑟琳．奇汀的兒子嗎？」他問。

「是，」賽門回答，有點積極過頭，「你認識她嗎？」

「是的，我認識她。」男人回答。「我為你的失去感到遺憾，」他補了句。

「她是巫婆嗎？」賽門問，看著桌上的貓咪。

「如果她是，也不曾對我透露這項訊息，」男人回答，「你的全名，奇汀先生？」

「賽門．強納生．奇汀。」

男人記進日誌裡。

「你可以叫我看守人，」男人說，「你剛剛擲出什麼？」

「抱歉？」

「你的骰子，在前室那裡。」

「噢，全部都是小王冠。」賽門解釋，回想臺座上的那些骰子，他試著去看其他圖案，但只看出了心和羽毛。

「全部嗎？」看守人問。

賽門點點頭。

看守人擰起眉頭，註記在日誌上，鵝毛筆刮著紙張。桌子上的貓咪舉起一掌去拍擊。

看守人放下鵝毛筆，令貓咪頗為失望。他走到房間另一邊的檔案櫃去。

「最初幾次來訪最好不要停留太久，雖說歡迎你隨時回來，」看守人將末端掛著盒式金墜的鍊子遞給賽門，「如果你迷路了，這個東西會帶你回到入口。電梯會把你送回你的小屋。」

賽門瞅著手裡的羅盤。指針在中央轉動。**我的小屋**，他心想。

「謝謝。」他說。

「如果還有什麼需要幫忙的，請讓我知道。」

「我可以把這個留在這邊嗎？」賽門舉高掃帚。

「當然了，奇汀先生。」看守人說，指著門邊的牆壁。賽門將掃帚靠在上頭。

看守人回到他的辦公桌，貓咪打了哈欠。

賽門走出辦公室，望著那個鐘錘。

他忖度自己是不是睡著了正在作夢。

他從牆壁附近的書堆裡抽出一本，然後再次放下。他沿著一條走廊遊走，沿牆是彎曲的架子，所以書本以各種角度包圍著他，就像隧道一樣。他看不出腦袋上方的那些書為何不會往下掉。

他看到門就試著開開看。有些門鎖著，但有不少開著，露出了擺滿更多書冊的房間。還有椅子、書桌；擺了墨水瓶、葡萄酒和白蘭地的桌子。單是書本的數量就讓他心生畏怯，不知道從何下手挑選。

他聽到的人聲多過於他眼見的；腳步聲、接近卻看不出來源的低語。他瞥見一個白袍人影正在點蠟燭，還有一個看書的女人，她讀得全神貫注，他路過時，她並未抬眼張望。

他穿過掛滿畫作的走廊，畫中影像全是不可思議的建築物。飄浮的城堡。以數艘船隻組合而成的大宅。刻進懸崖的城市。這些畫作四周的書本似乎都跟建築有關。有條走道帶他前往一個圓形劇場，演員看來正在排演莎士比亞。他認出是《李爾王》，雖說角色性別逆轉，所以是三個兒子以及一位垂垂老矣、逐漸陷入瘋狂的母親。賽門觀賞一陣子之後便繼續往前遊走。

某個地方正在演奏音樂，是古鋼琴。他追隨樂聲，但遍尋不著起源。

接著一扇門攫住他的視線。一個書滿為患的衣櫥擋住了部分門板，使那扇門半被隱藏，或者該說半被尋獲。

門上有個銅製圖樣，是一顆著火的心。

賽門試轉門把，輕易就打開了。

房間中央有張長木桌，文件、書本、墨水瓶散放在桌面，但是意在歡迎人書寫新作品，而不是暗示原本的工作被打斷。地板和躺椅上散落著靠枕。躺椅上也有隻黑貓。貓咪站起來伸懶腰，跳下來，穿過賽門打開的門離開。

「別客氣。」他對著貓咪的背影呼喚，但貓咪一聲不吭，賽門將注意力轉回此刻無貓的房間。

沿牆另有五扇門。每扇上頭都標示了不同的符號。賽門隨手關上他那扇門，在反面找到了同樣的心形圖案。另外幾扇門上的圖案分別為王冠、長劍、蜜蜂、羽毛。

門與門之間有柱子，窄薄的書架有如邋鞦韆，從天花板懸掛下來，書本平躺堆疊。賽門想不通一般人怎麼搆得到最高的書架，最後才領悟到，書架由滑輪裝置串起，可以上升或下降。

每扇門上方都掛了熠熠發亮的燈，只有鑰匙那扇門上的燈完全熄滅，羽毛那扇門的燈則是微暗。

有張紙片從羽毛門下縫隙滑了過來。

賽門撿起來。紙張外側沾了煤灰，染黑了他的手指。紙片上的字跡搖擺稚氣。

哈囉。

這扇門後面有人嗎？

還是你是貓？

文字下方畫了隻兔子。

賽門轉動門把，卡住不動。他察看門鎖，找到碰鎖，轉開之後再試一次。這次門讓步了。門開向一間四壁光禿的黑暗房間。房裡無人。他往門板後面一瞧，放眼只見幽暗。

賽門困惑地再次關上門。

他將紙條翻過來。

他從桌上執起鵝毛筆，往墨水瓶裡沾了沾，寫了回覆。

我不是貓。

他摺起紙條，推過門縫。他等了等，然後再次打開門。
紙條不見了。
賽門關上門。
他將注意力轉回書櫃上。
背後的門突然打開，賽門驚呼一聲。
門口站著一個年輕女子，棕色鬈髮與辮子堆疊在金線拉絲的銀製兔耳周圍。她穿著奇特的編織襯衫，藍色長褲上套了件極為短小的裙子，腳踩高筒靴。她的雙眼明亮狂野。
「你是誰？」平空出現的女孩問，緊抓著紙條。
「賽門，」他說，「妳是誰？」
女孩花了更久時間考慮這個問題，偏著腦袋，兔耳指著上頭有長劍符號的門。
「蕾諾。」艾蓮諾回答，這算是個小謊言。她在一首詩裡讀過這名字，想說比艾蓮諾更美，儘管相當類似。況且，既然之前沒人問過她名字，所以這是個嘗試新名字的好機會。
「妳從哪裡來的？」賽門問。
「燒毀的地方，」她說，彷彿這樣說明就已足夠，「這是你寫的嗎？」她遞上紙條。
賽門點點頭。
「什麼時候寫的？」
「幾分鐘前。另一面的訊息是妳寫的嗎？」他問，雖然他認為筆跡看來太稚嫩，不大可能是她寫的。他對那雙兔耳相當納悶。
艾蓮諾翻過紙條，看著那些彆扭的字母和那隻垂耳兔子。
「這是我八年前寫的。」她說。

「妳為什麼現在才把這麼久以前的紙條塞到門下？」

「我當初一寫完就塞進門下了啊，我不懂。」

她蹙起眉頭，關上那扇羽毛門。她走到房間另一側。在這期間，賽門注意到，儘管她扮相古怪，但長相姣好。她有雙深色眼眸，近乎烏黑，皮膚是淡棕色，五官有點異國風情，跟他舅媽有時介紹他認識的女孩天差地別。他試著想像她穿長禮服的模樣，接著又想像她沒穿長禮服的樣子，然後他咳了咳，慌亂起來。

她輪流看看每扇門。

「我不懂。」她自言自語，轉身再次看著賽門。不，是盯著他瞧，從頭髮一路仔細看到靴子。「這裡有蜜蜂嗎？」她問他。她開始在書櫃後方和靠枕下方尋找。

「我是沒看到啦，」賽門告訴她，反射性地往桌子底下瞧，「之前是有隻貓，可是離開了。」

「你怎麼過來的？」她問他，從桌子另一邊的底下對上他的視線，「我的意思是，你怎麼到下面這邊的，這個地方，不是這個房間。」

「透過一扇門，在一棟小屋裡——」

「你有一扇門？」艾蓮諾問。她坐在椅子之間的地板上，盤起雙腿，滿臉期待看著他。

「精確來說不是我的。」賽門澄清，雖然他想確實算是他的。一項奇怪的繼承。他將一張椅子推開之後坐下，好讓兩人面對面，以椅腳為森林，桌面為樹林冠頂。

「我以為大多數的門都不見了。」艾蓮諾吐露。

賽門跟她說起他母親，談到信封、鑰匙和小屋。她專注傾聽，他盡可能加添自己想得到的細節。信封上的封蠟。覆蓋小屋的藤蔓。他描述那個籠子般的電梯時，她滿臉好奇但並未打岔。

「你母親以前來過？」當他講到自己穿過門口，進入兩人此刻席地而坐的房間時，艾蓮諾問。

「看來是。」賽門心想這可能好過一封信，就是擁有母親曾經活動過的空間和她讀過的書籍。

「她長什麼樣子？」艾蓮諾問。

「我不記得了，」賽門回答，突然希望轉換話題，「我沒見過穿長褲的女生。」他說，希望不會冒犯到她。

「我穿洋裝沒辦法爬上爬下。」艾蓮諾解釋，彷彿只是陳述一項簡單的事實。

「女生不適合爬上爬下。」

「女生要做什麼都適合。」

她的表情如此正經，他不禁細想她的這番話。這跟舅舅說的關於女性的一切背道而馳，但他想也許舅舅不如表面上的那麼了解女生，而舅媽對於何謂**淑女**則有非常特定的看法。

他納悶，自己是不是無意間闖進了一個女生不耍心機的地方，在這裡，沒有不成文的規定需要依循。沒有既定的期望。沒有年長女伴[16]。他忖度他母親是否也是如此，忖度這是不是女性被說成巫婆的原因。

他們繼續一來一往問答，有時同時有那麼多問題，感覺就像在雜耍，回答一個問題，再一個，而在這些之間又有更多問題。賽門跟她說了他從未跟人說過的事。在這裡很不同，跟她在一起，他傾吐恐懼、揭露憂慮，他從來不敢大聲說出口的思緒從脣間紛紛落下。

她告訴他這個地方的事，關於書本、房間和貓咪。她的背包裡有一小罐蜂蜜，她讓他嘗了嘗。他原本以為只會有甜味，卻不只如此，馥郁、金黃、煙燻。

賽門一時無言以對，舔著手指上的蜂蜜，想著自己無法表達的思緒；如果說得出口，他也確定並不合宜。

艾蓮諾摸不透眼前這位穿著褶襇襯衫、外套扣牢的男生。他是男孩還是男人？她不確定兩者的區別。他以奇怪的方式發r這個音。她不確定他長得是否俊俏，這種事情她沒什麼可以參照的東西，可是她喜歡他的臉蛋。那張臉有種開放。她忖度他是否沒有秘密。他的眼眸是棕色的，但頂著一頭金髮；她讀過好多書，寫的都是金髮配碧眼，她發現這樣很不協調。他的面龐遠遠不只是頭髮和眸色，她納悶為什麼書本不描寫鼻子的弧度或睫毛的長度。她端詳他嘴脣的形狀。也許一張臉過於複雜，無法以文字捕捉。

艾蓮諾伸出手，摸了摸他的頭髮。他一臉如此詫異，她趕緊將手抽回來。

「抱歉。」她說。

「不要緊。」賽門伸出手，握住她的手。他的手指溫暖蜜黏，她心跳如鼓。她試著回想有褶襇襯衫男生這種角色的書本，猜測自己該怎麼表現。她只記得跳舞，這似乎不大合適，還有刺繡，這她也不知道怎麼做。她也許不應該盯著對方看，但他正盯著她瞧，所以她也沒停下。

兩人繼續聊天，手牽手坐著。他們討論這座海港、走廊、房間、貓咪的時候，艾蓮諾以指尖在他掌心畫小小的圓。

書本。

「妳有特別喜歡的嗎？」賽門問。

艾蓮諾陷入沉思，從來沒人這麼問過，可是有本書浮上心頭。

「有。我……有。是……」艾蓮諾頓住。「你想讀讀嗎？」她直接問而不是試圖解釋。對於書本，閱讀向來勝過解釋。

「想，很想。」賽門回答。

16. 陪伴未婚少女到社交場所的成年女性。

「我可以去拿，你可以讀讀看，然後我們可以談談。看看你喜不喜歡。如果不喜歡，我也想知道原因。那本書在我房間，要不要跟我來？」

「當然好。」

艾蓮諾打開那扇有羽毛的門。

「抱歉這裡好暗。」她說。她從背包裡抽出一把金屬棒，按下了什麼，讓棒子大放光芒，穩定晶白。她朝著幽暗照射，賽門可以看到房間殘破的遺跡、火焚的書本。那裡有種像煙的氣味。

艾蓮諾步出一個房間，踏入另一個。

賽門跟了上去，卻一頭撞上牆壁。這一撞讓他眼冒金星，等恢復正常，他往外眺望之前見過的那片幽暗，就是那個燒毀的房間，而女孩已經消失不見。

賽門再次推擠那片黑暗，卻密實堅固。

他敲了敲，彷彿那片黑暗是一道門。

「蕾諾？」他呼喚。

她會回來的，他告訴自己。她拿到書之後會回來。如果他跟不上去，他可以等待。

他關上門，揉揉額頭。

他將注意力轉向書架。他認出濟慈和但丁的作品，但其他的名字很陌生。他的思緒頻頻回到女孩身上。

他用手指拂過堆在躺椅上的絲絨靠枕。

羽毛門打開，艾蓮諾走進來，手裡有本書。她換了裝扮，穿著肩膀寬鬆的深藍色襯衫，脖子兜著粉紅長絲巾。

她的目光對上他的視線時，她驚跳一下，門在背後忽地關上。她雙眼圓睜盯著他。

「怎麼了？」他問。

「我離開多久？」她問。

「一下子吧？」賽門之前因為自己的思緒而分神，沒想到要估算時間，「一定不超過十分鐘吧。」

艾蓮諾一鬆手，書本掉下來，書頁翻飛，再次合起，落在她腳邊的地上。她的雙手飛向自己的臉，遮住了嘴巴。賽門茫然若失，不知該做什麼，於是將書撿起來，好奇地看著鍍金的封面。

「到底怎麼了？」他問。他抗拒翻開書頁的衝動，雖說誘惑就在眼前。

「半年。」艾蓮諾說。賽門無法理解。他挑起一眉，艾蓮諾挫敗地拉長了臉。「足足有半年，」她重複，這次更大聲，「半年以來，我每次打開那扇門，這個房間都是空的，結果你今天又出現了。」

儘管她一臉嚴肅，賽門還是放聲一笑。

「荒謬。」他說。

「是真的。」

「胡扯，」賽門斷言，「是妳在耍什麼把戲吧。人不能才離開幾分鐘，就說自己一口氣消失了幾個月。來，我示範給妳看。」

賽門轉向那扇心門，書拿在手裡，踏進走道。

「過來瞧瞧。」他說，轉身回到那個房間，但裡頭空空如也。「蕾諾？」

賽門踏進那個房間，但裡頭沒人。他望著手中的書。他關上門，再次打開。

那個女孩不可能是他想像出來的。

況且，如果沒有女孩，這本書又是哪來的？

他在手中翻轉這本書。
他閱讀，因為這能舒緩他的神經。
他等著門再次打開，但是遲遲了無動靜。

薩克里・艾思拉・羅林斯發現《甜美的憂傷》就在朵里安說的地方，就是他沾滿油彩的大衣口袋裡，自從他抵達以後，一直披在房間的椅背上。

他根本沒注意到。這本書小到可以塞進大衣口袋，而穿衣服的人卻不會注意到，尤其如果那個穿衣服的人發冷又困惑，而且又醉了。薩克里覺得自己應該記得。錯失的親密舉動令他心煩。

這是檢查這本書的頭一個機會，誰曉得剛剛花了多少鐘頭看顧朵里安，雖然之前薩克里坐著讀他那本童話故事時，朵里安沒再多說一個字。書裡提到了無星之海以及好幾個不同的貓頭鷹王，讓薩克里越來越困惑。拉愛姆來接他的班，但他讀不懂她對米拉貝下落的說明，現在他覺得早該請她用寫的，然後納悶不知這種做法是否合乎規定。

他自己的房間感覺舒適熟悉，爐火再次燒得很旺。他想床鋪或許有人整理過，但是原本就非常鬆軟，所以很難辨別。廚房送回了他的衣物，包括他的西裝，工整摺好、潔淨無瑕。

他將忘了送洗的大衣送下去，看看他們是否能幫忙處理，然後判定自己或許該吃點東西。

幾分鐘過後，鈴聲響起，他發現廚房照字面意思解讀他寫的「綜合拼盤」[17]，送來的組合雖然種類多得嚇人，但可口程度不相上下。種類繁多的單一麵餃分別盛裝在加蓋的盤子上，有些搭配著沾醬。每只陶製頂蓋上都有彩繪風景：有個人影踏上旅程，每個蓋子上都有同一個人

17. 原文是all the dumplings，意思近似隨便什麼都來一點，也就是綜合餐點，但廚房採字面解讀，當成了麵食糰子餃類的東西都來一點。

影，置身於不同的環境。充滿鳥類的森林。山巔。夜間城市。

薩克里無法想像自己能吃完那些麵餃的一半，於是讓蓋子留在原地，希望能夠保持個別的溫度。

他開始蒐集藍色玻璃氣泡水瓶，沿著一個架子擺放。也許可以找蠟燭插進去。他不反對讓自己過得更舒適些。他已經很舒適了。那種舒適法包括偶爾躺在浴室地磚上，提醒自己記得呼吸。

既然拿回行李袋，又能穿自己的衣服了，但質料不如這個房間提供的衣物。拿他一般的眼鏡跟借來的那副相比，新的那副還是稍微占了上風。

他在一盞燈旁邊找到插座，替手機充電，雖說這番努力終究徒勞。

他坐在火爐旁，再次翻閱《甜美的憂傷》，因為再度與它團聚而如釋重負。裡面的缺頁多過他所記得的。也許他應該拿這本書給米拉貝看。他停在關於占卜師兒子的那段。**時候未到**。唔，他現在來到這裡了。他成功來到海港，即使還沒找到無星之海。現在呢？

也許他應該往前追溯這本書的過去。它之前在哪裡？他想起很久以前那個私人藏書線索。來自……某人的圖書館。他閉上雙眼，試著回想艾蓮娜在凱特的課程結束後，給他的那張紙片，捐贈自……什麼基金會……可惡。名稱裡有個字母J，他想。也許。

奇汀，這個姓氏浮現心頭，但他不記得首字母縮寫。他不敢相信自己竟然忘了把那張紙條帶在身上。

有件事很確定：他在這裡找不到自己的下一步，除非他的下一步是打個小盹。

薩克里將《甜美的憂傷》收進袋子，將盤子送回廚房，請他們提供蘋果（他們送來一只銀碗，裡頭裝滿粉柔斑點散布的黃蘋果），再次出發前往海港的荒野。

他試著不要用羅盤，但完全搞不清楚行進方向。他發現一個放滿桌子和扶手椅的房間，有些桌椅設置在房間周圍的個別凹室裡，另外有個大空間擺了更多椅子，中央有個奔流的噴泉。

噴泉底部有銅板，有些他認得，有些很陌生，輕柔湧冒的水面底下堆堆疊疊都是願望。

他想到朵里安那本書裡那個堆滿鑰匙的噴泉以及鑰匙收藏家，納悶他的際遇如何。**再也沒人看到他**。

他納悶，到現在有沒有人好奇他發生什麼事了。

噴泉後面有條天花板低矮的走廊，入口被書架和扶手椅遮住。要進去必須搬離椅子。走廊裡照明昏暗，有幾扇關起的門，薩克里走著走著才領悟到有什麼奇怪之處。倒不是因為缺了書或貓，而是因為走廊上的那些門既沒有球形門把，也沒有把手。只有鎖。他在一扇門前停步，推了推，但門文風不動。仔細看看門周圍的木頭，發現邊緣有一道道黑色焦炭。空氣隱約有煙霧殘留，就像熄滅許久的火。門上有個地方是球形門把原本的所在位置，那個空缺塞了從未燒過、更新穎的木塊。走廊盡頭的陰影裡又有什麼在移動，大得不會是貓，可是當他定睛一看，那裡卻什麼也沒有。

薩克里循著來時路往回走，往那座噴泉的方向去，然後選了另一條走道。這裡照明更明亮，但在這裡「明亮」是個相對的用語。大多空間的光線都足以閱讀，除此之外不會更多。

他漫無目標地遊走，避免回頭去找朵里安，因為自己的心思有大半都在想那件事（想**朵里安**）而略感心煩。

他路過一幅描繪單根蠟燭的畫作，他發誓自己經過的時候，燭火搖曳了一下，所以他調查一番，發現根本不是畫作，而是架子周圍的牆上掛了個畫框，裡頭的銀製燭臺插了根蠟燭，火光搖擺不定。他好奇是誰點的。

背後一聲喵打斷了他的思忖。薩克里轉身發現一隻波斯貓正盯著他看，扁臉因狐疑的瞪視而歪扭。

「你有什麼問題？」他問那隻貓。

「喵喔哇。」貓以一種結合了喵叫和低吼的聲音說，暗示牠問題可多了，根本不知從何問起。

「我同意。」薩克里說。他回頭看看在畫框裡舞動的蠟燭。

他吹熄蠟燭。

畫框立刻顫抖起來，往下移動。整面牆都在動，畫框底下的牆面降入了地板。當畫框底部碰到鋪磚的地面時，就停了下來，熄滅的蠟燭停在貓眼的高度。

畫框離開原本的所在位置之後，牆上露出了一個長方形洞口。薩克里俯視那隻貓，貓咪對蠟燭更有興趣，正拍打著縈繞的煙霧。

那個開口大到薩克里可以跨步穿越，但光線不足。這裡的光線大多來自走廊對面桌上的那盞流蘇檯燈。薩克里在電線長度容許的範圍內，盡量將檯燈往那個新發現的洞口拉，納悶下面這邊電力的運作方法，如果斷電了又會發生什麼事。

檯燈同意靠近那個開口，但無法整個照進去。薩克里將檯燈擱在地上，往前傾——流蘇逗樂了貓咪——好讓檯燈朝著開口偏斜。他跨過那幅非畫作，走了進去。

他的鞋子踩中地板上的某些東西發出嘎吱響，只有黑暗才知道那些是什麼東西，薩克里覺得也許這樣更好。雖說檯燈提供的照明值得讚許，但他的眼睛還是花了點時間才適應明暗。他將借來的眼鏡往上推得更靠近鼻梁。

他領悟到這房間不會變得更亮，因為裡頭的一切歷經了祝融之災。他原本猜是塵埃，其實是灰燼，落定在殘剩的東西上。薩克里認出了這個房間在往昔到底是什麼，不知要從他抵達這裡的時間往前回溯多久。

房間中央的桌子和上頭的娃娃屋已經燒成了烏黑殘塊。

娃娃屋往內崩塌，屋頂陷入下方空間。裡面的居民和周遭環境都已燒成灰，徒留回憶。整個房間滿是焦黑紙張，物件燒得面目全非。

薩克里往上伸手碰碰從天花板垂下的一顆單星，懸在莫名完好的線繩上，結果星星掉落地板，迷失在重重暗影之間。

「連迷你帝國都會衰亡。」薩克里說，部分對自己說，部分對從走廊畫框頂端往內窺看的那隻貓說。

作為回應，貓咪往下一縮，脫離視線範圍。

薩克里的鞋子咔啦咔啦踩在火焚木頭和一個曾經存在的世界碎片上。他朝娃娃屋走去。曾經能像門一樣打開娃娃屋的鉸鏈完好無缺，他將它解開，鉸鏈隨著那個動作斷裂，娃娃屋的立面落在桌子上，暴露出內部的模樣。

娃娃屋內部不像這房間其餘的部分那樣徹底毀壞，但也是受火波及而燒黑。臥房和起居室或廚房難以區分。閣樓掉進底下的地板，連帶扯下大半的屋頂。

薩克里在一個火燒的小房間裡瞥見某樣東西。他伸手進去，從廢墟當中拿出來。是個娃娃。他用毛衣拭去上頭的煤灰，舉向光源。是個女生娃娃，也許是原本娃娃家庭的女兒，彩繪瓷器。有裂痕但並未斷開。

薩克里讓她直直站在娃娃屋的灰燼中。

他一直想看娃娃屋原本的模樣。那棟屋子、那個城鎮以及大海對面的城市。多重的增添與敘事重疊。他原本想要添進一點什麼，也許。在這個故事上留下自己的印記。直到面對他再也無法這麼做的現實，他才意識到自己原本的想望有多強。他無法判定自己覺得傷心或生氣或失望。

時間流逝。事物轉變。

他環顧房間，就是現在有個女孩站在世界灰燼的那個較大的房間。那裡有一些殘線，原本可能有星辰或行星從天花板垂掛下來，像蛛網一般的小小線縷。他現在可以看出，不管當初這個房間是被什麼大火吞噬掉的，倖存下來的東西更多。原本是海洋的角落裡有艘沉船；沿著桌子側邊有一段火車軌道；老爺鐘從主屋的窗戶掉下來；一隻鹿從腳蹄到小小的叉角都是黑的，但完好無缺，正以呆滯的針尖小眼，從架子上看著他。

牆壁覆著以前的壁紙，像樺木似的一條條捲起。有鹿的架子旁邊是一扇沒有門把的門，他納悶跟他稍早經過的是不是同一扇。

房間突然感覺更像墳塚，燒毀紙張和煙霧的氣味更濃重了。

走廊的那盞燈掉了下來，要不是它自願的，不然就是那隻貓出了力。燈泡一破，發出輕柔的裂響，光線隨之消失，留得薩克里在黑暗中，跟一個迷你宇宙的焦黑殘跡獨處。

他閉上雙眼，從十倒數。

他內心有點什麼希望自己一睜開眼睛就能回到佛蒙特，但他依然杵在十秒鐘前所在的地方，現在他可以看到丁點光線，指引著他。

他爬出牆上的開口，小心不要絆到破損的檯燈。他將檯燈放到桌上，盡可能將玻璃碎片推開。

書架之間塞了幾根祈願蠟燭，他用其中一根重燃畫框裡的錐形蠟燭。蠟燭一點燃，畫框便往上移回原位，壁面再次掩住了娃娃宇宙的殘餘。

「喵。」那隻波斯貓說，突然來到他腳邊。

「嘿，」薩克里對貓咪說，「我要往這邊走。」他指向左邊那條走廊，是他邊開口邊下的決定，「想要的話，可以一起來，如果不想，也沒關係。隨你高興。」

那隻貓抬頭盯著他，抽動尾巴。

左側那條走廊短小昏暗，通往一個房間，房間四周圍繞著大理石雕構成的柱子，赤裸的人形三三兩兩盤繞組合，支撐住天花板，雖說雕像看似更專注於彼此，而不是它們的建築功能。天花板鋪了金箔，嵌了幾十盞迷你小燈，往下方凝止不動的大理石狂歡場景上灑下暖光。

薩克里回頭一瞥，貓咪正跟著他，但當他一看，牠就停下腳步，若無其事舔著腳掌，彷彿根本並未尾隨他，只是湊巧往同個方向走。

薩克里繼續穿過另一條走廊，遠離那個柱子房間，房外另有兩尊雕像。一尊望進房間，另一尊轉開身子，掩住自己的大理石雙眼。

貓咪找到了某個東西，拍來拍去，看著那東西飛掠地板。不過那個物件轉眼就失去吸引力，貓咪給它最後一擊，然後繼續上路。薩克里過去看那是什麼東西，發現是個紙摺星星，有一角已經摺損。他將星星收進口袋。

薩克里發現自己最後來到了心，多多少少算是偶然。看守人辦公室的門開著，但看守人並未抬頭，直到薩克里敲響敞開的門。

「哈囉，羅林斯先生，」他說，「感覺如何？」

「好些了，謝謝。」薩克里回答。

「你朋友呢？」

「在睡，不過看起來還好。然後……我打破了檯燈，在其中一條走道裡。如果你有掃帚或什麼的，我可以把它清乾淨。」他的目光落在佇立於角落的一把老式枝條掃帚。

「沒有必要，」看守人說，「我會處理。哪條走道？」

「回頭往那邊繞過去，」薩克里說，指著自己所來之路，「靠近一個畫框，裡頭有根真止的蠟燭。」

「明白了。」看守人邊說邊寫了點字，語氣古怪得讓薩克里決定要探問，心想也許自己的態度一直過於客氣。

「那個娃娃屋房間發生什麼事了？」他問。

「有過一場火災。」看守人頭也不抬就回答，對於薩克里發現那個地方似乎毫不訝異。

「我想也是，」薩克里說，「起因是什麼？」

「意料之外的情勢累積而成。」看守人說。「就是一場意外。」薩克里並未立即回應時，他又補充。

「我無法描述事件的細節，因為我並未親眼目擊。還有什麼可以效勞的嗎？」

「大家都到哪去了？」薩克里問，語氣不掩心煩，但看守人並未從手邊的書寫工作抬起頭來。

「你跟我在這邊，你朋友在他房間，拉愛姆可能在顧他或履行自己的職責。我不知道米拉貝目前在哪裡，她通常不會主動透露自己的意圖。」

「就這樣？」薩克里問，「總共就我們五個，加上……貓？」

「沒錯，羅林斯先生，」看守人說，「你想知道貓咪的隻數嗎？不過可能不大精確，因為不容易計算。」

「不用，這樣就好了，」薩克里說，「可是，哪裡……大家都到哪裡去了？」

看守人頓住，抬眼看他。他模樣更老、更悲傷，薩克里無法分辨是哪種，也許兩者皆是。

「如果你指的是我們之前的居民，有些人離開，有些人過世。有些人回到所來之處，其他人另覓新天地。我希望他們都找到了。留下來的人你都認識了。」

「你為什麼留下來？」薩克里問。

「我之所以留下來，因為這是我的工作，羅林斯先生。我的天命、我的職責，我的存在理由。你為什麼來這裡？」

因為有本書寫說我應該來這裡，薩克里心想，因為我擔心回去會遭遇不測，因為有個穿皮草的瘋狂女人會把斷手存放在玻璃罐裡。因為我還沒解開謎團，雖說我不知道那個謎團是什麼。因為我覺得自己在下面這裡，比在上面更有生命力。

「我來這裡是為了在無星之海上航行，呼吸魔魅的空氣。」薩克里說，呼應了看守人先前的說法，掙得了看守人的一抹笑容。他笑的時候看起來年輕些。

「祝你實現願望，」他說，「還有什麼可以效勞的嗎？」

「從前的居民裡有沒有一個叫奇汀的？」薩克里問。

此時，看守人的表情一變，但薩克里無法解讀。

「在這些走廊裡，有不少人都是那個姓氏。」

「有沒有……他們當中有沒有誰擁有圖書館？」薩克里問，「在上面那邊？」

「就我所知是沒有。」

「他們來這邊是什麼時候的事？」

「很久以前了，羅林斯先生，在你之前的時代。」

「噢。」薩克里說，他試著想想其他問題，但不知道要問什麼。《甜美的憂傷》在他的袋子裡，他可以拿給看守人看，但有什麼讓他遲疑了。他頓時覺得疲憊，看守人桌上有根蠟燭搖曳一下，一縷煙將他的思緒送回娃娃屋，還有那個宇宙的毀滅，他想也許他該去躺一下什麼的。

「你還好嗎？」看守人問。

「還好，」薩克里說，感覺像謊言，「謝謝。」

他蜿蜒穿過看似更暗更空的走廊。置身地底的感覺壓迫著他。這裡和天空之間有那麼多岩石。懸在他腦袋上方的一切如此沉重。

他走到自己的房間時，那裡感覺像個安全的孤立區域，他一跨過門檻，就踩到有人從門縫底下塞進來的東西。

他挪開鞋子。下頭是張摺起的紙。

薩克里往下伸手撿起來。外側寫了個Z，是那種中間劃了一槓的花稍字體。顯然就是給他的。

裡面有四行字，字跡他也不認得。看起來不像是信或紙條。他想也許是一首詩或故事的片段。或是謎題的片段。

蜂后一直在等你
隱藏於內在的故事有待被述說
帶一把未曾鑄造的鑰匙給她
還有另一把純金打造的

借書

❀ 賽門和艾蓮諾的情歌 ❀

賽門知道已經過了幾個鐘頭。他又累又餓，回想自己為了這趟行程打包了吃的，卻把背包留在小屋裡，改帶一根掃帚過來，現在看來一點都不實用。蕾諾聲稱過了那麼久的時間，他並不相信，但她遲遲還未歸來。現在他半睡半醒，她那本書相當怪異，他不確定自己到底喜不喜歡。

他思忖關於母親的事，忖度她為何藏了這樣一個地方在鄉間小屋裡。

他遲疑地跟著羅盤回到入口廳堂。

他試著開門，門卻鎖上了。

他再試一次，多加點力氣推動手把。

「你不能帶那個走。」背後有個聲音說。他轉身便發現看守人站在門口，在擺盪的鐘錘後方。賽門花了片刻才意識到看守人指的是他手裡這本金邊書。

「我想讀啊。」賽門解釋，雖然擺明就是如此，要不然還能拿書做什麼？雖說這也不是真的。他想做的不只是讀它。他想研究它。他想細細品味它。他想用它作為一扇窗，望進另一個人的內在。他想把這本書帶進自己的家、帶入自己的人生、帶到自己的床上，因為他沒辦法對給他書的女孩做同樣的事。

這裡一定有一個正式的書籍借閱程序，他想。

「如果可以，我想借出這本書。」他說。

「你一定要拿東西取代它。」看守人告訴他。
賽門眉頭一皺，接著指向依然靠在辦公室門旁的掃帚。
「那個可以嗎？」
看守人考慮之後點了點頭。
他走到辦公桌，在一張紙上寫下賽門的名字，然後繫在掃帚上。辦公桌上的貓咪打了哈欠，賽門也打了哈欠回應。
「那本書的標題是？」看守人問。
賽門低頭看看那本書，雖說他早已知道答案。
「《甜美的憂傷》，」他回答，「上面沒列作者的名字。」
看守人抬頭看他。
「可以讓我看一下嗎？」他問。
賽門將書遞給他。
看守人檢查一遍，細看裝幀和首尾空白頁。
「在哪裡找到的？」他問。
「蕾諾給我的。」賽門回答。他推想他不需要跟看守人說蕾諾是誰，因為她令人難忘。
「她說這本是她的最愛。」
看守人將書遞還賽門時，臉上的神情怪異。
「謝謝。」他說，把書拿回來讓他鬆了口氣。
「你的羅盤。」看守人敞開掌心回應，賽門茫然盯著片刻，才將金鍊從頸間摘下。他差點要問怎麼了，差點問起蕾諾，或是提出他滿腹疑問的任何一個，但沒一個問題同意被說出口。
「晚安。」他只是說。看守人點點頭，這一回賽門要離開時，那扇門毫無異議地為他而開。

籠子往上升的時候，他站著睡著了；籠子停下一震時，他才醒了一半。

燈籠照亮的石室看起來跟先前一樣。那扇通往小屋的門依然開著。

月光透過小屋窗戶灑入。賽門猜不到現在是幾點。天氣冷颼颼，他累得無力點燃爐火，但是有大衣令他心生感激。

他沒把書本清開，就倒頭癱在床上，一手緊抓《甜美的憂傷》。

他睡著的時候，書掉到地上。

賽門醒來時茫然不知方向，背上一路留下書本形狀的瘀青。他不記得自己身在何處，也不記得自己怎麼來到這裡。晨光透過藤蔓之間的縫隙探進來。一扇依然開著的窗戶被風扯著，吱嘎作響。

那把鑰匙、小屋、火車的回憶滲回他朦朧的思緒裡。他一定睡著了，作了個詭異無比的夢。

他試轉小屋後側的那扇門，但卡住不動，可能被外頭的荊棘封住了。

他在壁爐裡點火。

他不知道該拿這個空間和這些書本怎麼辦，這些東西想必就是母親遺留給他的。

他在床鋪後面找到一個長形低矮的皮箱。鎖頭鏽到打不開，鉸鏈也是，他用靴子跟狠狠一蹬，鎖頭和鉸鏈應聲斷裂。裡面有褪色的文件和更多書本。其中一份文件是將小屋登記在他名下的契據，包括四周不少的土地。他將餘下的文件看過一回，尋找母親的書信，母親事先料到他的十八歲生日，也預料他會找到這個地方，卻沒留下任何訊息給他，這點令他氣惱。他發現其他的文件大多都難以理解：不完整的筆記和文件，看起來像是童話，漫無邊際的長篇，關於輪迴、鑰匙和命運。唯一一封信並非出自他母親之手，而是一封寫給她的信，某個署名為艾辛姆的熱切書信。這個念頭閃過了賽門的腦海：這封信可能正是來自他父親。

他突然納悶，母親是否知道自己不久於世。是否因為預料自己將會缺席，而事先籌備了這一切。這個念頭他之前不曾想過，而他並不喜歡。

他得到了一份遺產。一份塵埃遍布、書滿為患、藤蔓充斥的遺產。一個屬於他的東西。

他忖度能不能住在這裡。如果他想要的話。也許鋪點地毯，添些更好的椅子和一張好床。

他將書本作了分類，將神話和寓言擺在桌子的一側，歷史和地理放在另一側，無法區分的則擱在中間。有些是地圖集，有些是他無法閱讀的語言寫成的。有幾本上頭加了註解和符號：皇冠、長劍以及貓頭鷹的素描。

他在床邊找到了一本小書，不像其他沾了那麼多灰塵。他認出那本書的時候，手再次一鬆，書本落入成堆的書裡，幾乎跟其他的書難以區別。

原來不是夢。

如果那本書不是夢，那個女孩就不是夢。

賽門走到後門那裡推了推。使勁推。竭盡全身力氣以肩膀猛推，這一次門退讓了。

眼前又是那道階梯。底部有燈籠。

那個金屬籠子正在等他。

下降的速度慢到令人發狂。這一次前廳沒有臺座。門毫無疑義地放他過去。

看守人的辦公室關著，賽門沿著走廊往前行時，聽到門打開，但他並未回頭。手上沒有羅盤，很難再找到那扇上頭有心的門。他轉錯了彎，一次次循原路回來。他登上以書本搭建的樓梯。

他終於找到了熟悉的轉彎處，還有那個幽暗的角落，以及上頭有燃燒之心的那扇門。

後頭的房間空空如也。

他試開那扇有羽毛的門，但它堅持開向空無。他再次關上門。

她隨時都可能回來。

她可能永遠不回來。

賽門繞著桌子踱步。他踱煩了之後，先將躺椅調整到面對門的角度，才往上頭一坐。他忖度當初那隻貓在這房間裡等了多久，才有人開門放牠出去，還有當初為什麼會被留在這裡面。

他坐煩了便又起身踱步。

他從桌上拿起鵝毛筆，考慮寫封信並塞進門縫底下。

他忖度寫什麼才有用。他想他現在明白，為何母親沒留任何信件給他。他甚至無法告訴蕾諾，他哪天幾點人在這裡等待，因為他沒有可以用來測量時間的工具。他領悟到，沒有陽光，要判定時間的流逝有多麼困難。

他放下鵝毛筆。

他思忖，一個可能是也可能不是夢的女孩，要等待她多久才恰當。納悶自己是否可能在真正的地方夢到一個女孩，或者這個地方是否就是個夢，接著他頭痛了起來，他認為也許該找點東西來讀，而不要繼續思考。

他後悔將《甜美的憂傷》留在小屋裡。他察看架上的書本。很多都陌生又古怪。有一本加了註腳的厚書，封面上有隻渡鴉，比起其他本書都更吸引他的注意，內容是英格蘭兩位魔法師的故事，他發現自己深受吸引，讀到忘卻時間。

接著羽毛門打開了，她就在那裡。

賽門放下書。他沒等她說任何話。他無法等待，他太害怕她又會再消失不見，永遠不再現身。他盡可能以最快速度抵達她身旁，然後吻了她，迫不及待、飢渴難耐；片刻之後，她也以同等的熱情回吻了他。

接吻，艾蓮諾心想，書裡描寫的都比不上親身體驗。

他們剝除對方身上的層層衣物。他咒罵她衣物上頭奇怪的鉤釦和拉鍊，她則笑著他身上的鈕釦數量。

他任她留著兔耳。

在一個門都關上的房間裡很容易陷入愛河。一房間一世界。在一個人身上。經過濃縮、強化、燃燒的宇宙，燦亮、活躍且扣人心弦。

但是門不可能永遠都關著。

薩克里・艾思拉・羅林斯站在一個渾身停滿蜜蜂的女子雕像前面，納悶是否要戴王冠才算女王。

他的新任務裡（**這是支線任務或是主要任務？**他腦海裡的聲音思索著）有蜂后，而他只能想到這個識別辦法，但他不知道怎麼給她鑰匙。他在這尊大理石雕像上搜尋鑰匙孔，但除了裂痕之外，什麼也找不到。他卡在「未曾鑄造」那部分，而且不確定該上哪去找純金鑰匙。也許應該在看守人辦公室的那些罐子裡搜尋看看，或是找出《甜美的憂傷》裡擺滿鑰匙的那個房間。他意識到，罐子裡的那些鑰匙可能就是同一批，只是貯藏起來。

他一一察看每隻蜜蜂，調查女子端坐於上的整張大理石椅，卻毫無所獲。也許某個地方還有另一個統治蜜蜂的女子。蜜蜂甚至不屬於這尊雕像，牠們是以別塊石頭刻成，更溫暖的蜜色頗為應景，而且可以移動。牠們可能全部屬於其他地方。從薩克里頭一次看到這尊雕像以來，有些蜜蜂已經移過位置。

薩克里在女人攤開的掌心上各放一隻蜜蜂，留她獨自一人思索地底雕塑形單影隻、渾身蓋滿蜜蜂時會想的事。

他選了一條沒走過的走廊，在一個裝置前面頓住腳步，這個裝置看起來像是老式的口香糖球大販賣機，裡面裝滿了金屬球，色調深淺不一。薩克里轉動裝飾華美的把柄，機器釋出了一只紅銅球體。拿在手裡比表面看來更沉，薩克里想通該怎麼打開時，發現裡面塞了張迷你紙捲，可以像電報紙條那樣展開，上頭寫了長得意外的故事，關於失去的愛情、城堡、交織的命運。

薩克里將那顆空銅球、此時糾纏成團的故事塞進包包，繼續沿著走廊前行，最後抵達一個大階梯，往下通往一個寬闊空間。是一間偌大的宴會廳，空蕩蕩的。薩克里試著想像，要有多少人跳舞和歡宴才填得滿這裡。這裡比心那裡還高，高聳的天花板消失在暗影裡，有可能被誤認為夜空。壁爐沿牆而設，其中一座點燃了，其餘的光線則來自牆面掛鍊串起的燈籠。他忖度是不是拉愛姆點亮的，免得有人經過這個房間，或是免得有人想要跳舞，或者那些燈籠是自動點亮的，樂陶陶地熱烈期待著。

薩克里穿越宴會廳時，更強烈地感覺自己錯過了什麼。他來得太遲，派對早已散場。如果多年前他打開了那扇彩繪的門，他是不是也慢了一步？有可能。

遠牆上有扇門，就在路過壁爐之後，一段幽暗開放式拱道過去的地方。薩克里打開門，發現派對過後的空蕩蕩中另有他人。

米拉貝蜷起身子坐在放滿酒瓶的眾多架子之間，就在無窗牆面一個類似窗戶的角落裡，這個酒窖裡的酒供應宴會廳裡並未舉行的所有派對之外還綽綽有餘。她穿著一件長袖黑洋裝，如果不是那麼寬鬆，或能形容為柔媚。洋裝遮去了她的腿、她下方堆藏的酒以及部分的地板。她一手拿著一杯氣泡酒，鼻子埋在書裡頭。薩克里走近的時候，可以看到封面：《時間的皺摺》。

「我記不得四次元立方體的技術細節，覺得很煩，」米拉貝說，頭也沒抬，也沒澄清關於空間或時間的任何細節，「你可能會想知道曼哈頓一家私人俱樂部地下室，電力引發火災的受損範圍大歸大，但後來受到控制，並未波及鄰近的建築物。甚至不需要拆掉那棟房子。」

她將書靠在附近的酒瓶上，攤開至她讀到的那一頁，然後俯視他。

「據說那棟建築物當時沒有人在，」她說了下去，「把你帶回上頭以前，我想先查清楚艾蕾格拉的去向，如果你可以接受的話。」

薩克里想，不管他能不能接受可能都無所謂，然後再次發現自己並不急著回到地表。

「誰是蜂后？」他問。

米拉貝望著他，神情疑惑到足以讓他確定紙條不是她寫的，但接著她聳聳肩，指著他背後。

薩克里轉身。那裡有幾張搭了板凳的木頭長桌，就塞在酒架之間。石牆裡還有類似窗戶的角落，最大的一個角落掛著巨幅畫作，就是米拉貝指的東西。

那是一幅女子肖像，一襲酒紅色低胸長禮服，一手握石榴，另一手持劍。背景是紋理鮮明的黑暗，光線由人形散放出來，她在陰影中發光的方式，讓薩克里聯想到林布蘭的畫作。女人的臉被一整群蜜蜂掩住，有幾隻蜜蜂往下遊走，到石榴那裡探勘。

「她是誰？」薩克里問。

「不曉得耶，」米拉貝說，「很有普西芬妮的味道。」

「冥后。」薩克里說，盯著那幅畫，試圖摸索該怎麼給它鑰匙，但沒成功。他真希望石榴上頭畫了鑰匙孔，這樣不僅異想天開，而且還滿應景的。

「你博覽群書唷，艾思拉。」米拉貝說，從坐處滑下來。

「是博覽神話，」薩克里糾正，「小時候我還以為赫卡忒[18]、伊西絲[19]還有所有的奧裡沙[20]是我老媽的朋友，就像真人那樣。我想就某個角度來說他們的確是，依然是，怎麼說都好。」

米拉貝從桌上的冰桶裡拿出一瓶打開的香檳。她舉起來要請薩克里喝。

「我比較常喝雞尾酒。」他說，雖說他也認為氣泡酒何時喝都適合，而且相當欣賞米拉貝的風格。

「那你想喝什麼？」她問，再次斟滿自己的酒杯，「我欠你一杯，還有一支舞，以及其他東西，我確定。」

18. Hectate希臘神話前奧林匹亞的一個重要的泰坦女神
19. Isis古埃及神話裡的伊西絲女神。
20. Orisha非洲神靈，和約魯巴信仰有關。

「側車雞尾酒，不加糖。」薩克里回答，為了香檳旁邊的那副卡牌而分神。

米拉貝悄悄走到畫作另一側的牆壁那裡，長禮服衣襬拖在後頭。她輕拍部分的牆面，牆面打開並露出隱藏的送餐升降機。薩克里將注意力放回卡牌。

「這些是你的嗎？」她問。

「我會忍不住常常洗牌，多過於認真讀內容，」他說，「我很訝異下頭這邊沒有更多卡牌，它們基本上就是可以重組的故事片段。」

薩克里翻開一張，以為會是熟悉的塔羅原型，但卡牌上的圖像卻很陌生：身體結構的黑白速寫，四周圍繞著迴旋的水彩鮮血。

肺部。

標題呼應了插圖：單邊肺臟，而不是一雙。水彩鮮血看起來彷彿會動，流轉著進入肺臟之後再出來。

薩克里將那張牌放回整疊頂端。

牆上的那扇門叮的一響，嚇了他一跳。

「你母親平常會解牌嗎？」米拉貝問，遞給他一杯冰鎮過的雞尾酒杯，杯口明顯沒沾糖粒。

「有時候會，」薩克里說，「大家多少期待她會解牌，所以她讀的時候會攤開一些卡牌，但她大多靠握著物品，從物品裡面得到意念，那叫心靈占卜術。」

「她會測量靈魂。」

「我想是吧，如果妳喜歡直譯的話。」薩克里啜了口側車雞尾酒。這可能是他嘗過最完美的側車雞尾酒，他納悶，完美為何有時反而教人忐忑。

「廚房的調酒技術很完美，」米拉貝說，回應他臉上掠過的一連串表情，「就跟我之前說的一樣，我們應該低調行事。這不完全是雙關語。別告訴我你找不到任何事情或任何對象可

以忙。」薩克里還來不及表示異議以前，米拉貝說了下去，「想想當初要是你在圖書館裡拿了別本書，你現在就不會在這裡了。很遺憾你失去那本書。」

「噢，」薩克里說，「其實書一直在我身上。朵里安放在我的大衣裡。」他從袋子裡拿出《甜美的憂傷》並遞給米拉貝，「妳知道這本書哪來的嗎？」

「可能是檔案庫裡的書，」她邊說邊翻，「我不確定，只有助手可以進檔案庫。拉愛姆會更清楚，但她可能不會告訴你，她把誓言看得很認真。」

「是誰寫的呢？」薩克里問，「為什麼我會在裡面？」

「如果是檔案庫來的，就是在底下這邊寫的。聽說保存在檔案庫裡的紀錄並不照時間先後順序。有人一定拿出來帶到上頭去了。那可能就是艾蕾格拉會找它的原因，她喜歡把東西鎖得牢牢的。」

「那就是她的目標嗎？想把它鎖起來？」

「她認為鎖起來可以保護它的安全。」

「好避開什麼？」薩克里問。

米拉貝聳聳肩。「人？進步？時間？我不知道。要不是因為我，她可能早就成功了。從前只有真正的門，她關閉了好多扇門之後，我才想通我可以彩繪新的門，現在她也想關掉那些。關閉起來，避免傷害。」

「她常講關於蛋，不讓蛋破掉的事。」

「如果一顆蛋破了，就會變得不只是蛋，」米拉貝思索之後說，「而且什麼是蛋，如果不是等著被打破的東西？」

「我想蛋是個隱喻。」

「不打破幾個隱喻，就沒辦法煎蛋捲。」米拉貝說。她合上《甜美的憂傷》，遞還給薩克里。「如果它確實屬於檔案庫，我想拉愛姆不會介意你放在身邊，只要留在下頭這裡就行。」

她轉身再替自己斟酒時，薩克里注意到她頸子上無數的鍊子裡多添了一條。

那條多層鍊子裡有把金劍，造型頗像他自己頸子上的那把，伴隨著一支鑰匙和一隻蜜蜂。

「那條項鍊是金子做的嗎？」薩克里指著問。米拉貝好奇地看著他，然後往下瞥了瞥鑰匙。

「我想是吧，至少是鍍金的。」

「妳去年是不是戴著去參加派對？」

「是啊，你在電梯裡跟我說了你的起源故事。我很高興這東西派上了用場。有用的飾品就是最棒的飾品。」

「那把鑰匙可以……可以借我嗎？」

「你身上的飾品不夠多嗎？」米拉貝說，瞟著他的羅盤、鑰匙和朵里安的劍，像護身符那樣掛著。

「妳還好意思說別人。」

米拉貝瞇細眼睛，啜著酒，但接著便伸手到頸背解開搭釦。她將串著那把鑰匙的鍊子從其他的頸飾解開來，遞給他。

「別把它融掉喔。」她說，讓它落入他攤開的手心。

「當然不會，我會把它帶回來的。」

薩克里將那條項鍊放進袋子。

「你有什麼打算？艾思拉？」米拉貝問。他差點說出口，但有點什麼阻止了他。

「我還不確定，」他說，「等我查清楚再告訴妳。」

「麻煩你。」米拉貝面露好奇的笑容說。

薩克里從桌上拿起她的杯子，啜了一口。嘗起來有如冬季的太陽和融化中的雪，鮮明強烈的泡泡爆開來。

每瓶酒裡的每顆泡泡，每只酒杯裡，每口啜飲裡，都有個故事。

等酒液飲盡，故事會留下來。

薩克里不確定這個聲音是他腦海裡的正常聲音，或是完全不同的聲音，不確定米拉貝的酒是不是故事製成的，就像她那個放滿非薄荷片的詭異錫盒。

他什麼都不確定。

他甚至不確定自己是否在意對什麼事情都不確定。

他飲盡他的側車雞尾酒，好把那個故事聲音洗掉；當它靜定下來時，他的舌頭上卻有個問題。

「麥克斯，那片海在哪裡？」

「那片什麼？」

「那片海啊。無星之海，這座海港所在的那片海域。」

「噢。」米拉貝說，對著滋滋冒泡的杯子皺眉。薩克里等著她告訴他，無星之海是說給小孩聽的床邊故事，或者說無星之海是一種心態，或者說根本沒有無星之海這種東西，從來都沒有。但她並沒有這麼說。她站起來並說：「往這邊走。」她抄起桌上那瓶香檳，走出酒窖並步入宴會廳。

薩克里跟了上去，將自己的空酒杯留在一副卡牌旁邊，如果他將那些卡牌以恰當的順序排開來，卡牌會告訴他故事的全貌。

米拉貝帶領他穿過酒窖門口附近的幽暗拱門，那裡闃暗到薩克里沒注意到後頭有樓梯。他們拾級而下時，他頂多只能看到眼前一隻手臂的距離。他跟米拉貝拉開兩個梯級的距離，免得踩到她長禮服的衣襬；即使才隔兩階的距離，她簡直就像消隱在暗影裡。

「往下多遠？」他才開口問，但黑暗攫住**多**這個字，將它拋回來給他：**多多多多多**。

他現在明白，這片黑暗非常、非常廣闊。

樓梯在一堵岩石刻出的低矮長牆那裡終止，矮短的柱子從未加工的原始石地升起。

薩克里回頭往樓梯上一瞥，六個拱道的光線投入了黑暗中。

「所以你想看看那片海。」米拉貝說，視線越過那堵牆並進入黑暗中，薩克里無法分辨，她是自言自語，或在對他說話，或是對著他推想是洞穴的黑暗說話。洞穴回答了：**海海海海海**。

「在哪裡呢？」薩克里問。

米拉貝朝石牆走近一步，望了過去。薩克里站在她身邊，往下俯瞰。

來自宴會廳的光線照出了一大片粗糙的岩面，然後岩石往上收窄成空無和暗影。薩克里可以在岩石上辨識自己的輪廓，就在米拉貝旁邊，但光線照不到任何像是海水或浪濤的東西。

「往下多遠？」

為了回應這個問題，米拉貝拿起香檳酒瓶，拋入黑暗中。薩克里等它砸碎在岩石上的裂響，或嘩啦啦墜入他不相信真的存在的海水之中，但兩種狀況都沒發生。他繼續等待。等待著。

米拉貝啜飲她的酒。

經過一段更適合以分而非秒來測量的時間過後，下方很遠很遠之處傳來輕柔的聲響，如此遙遠，薩克里無法分辨是不是砸破玻璃的聲音。回音意興闌珊地拾起那個聲音，帶著它回來時才走到半途，彷彿要將如此微小的聲音傳這麼遠過於費力。

「無星之海。」米拉貝說，用酒杯指指下方深淵和上方空無星辰的那片黑暗。

薩克里往外盯著空無，不知道該說什麼。

「這邊以前是海灘，」米拉貝告訴他，「大家會在派對期間，在浪花之中跳舞。」

「發生什麼事了？」

「它退開了。」

「那……那是大家離開的原因嗎？還是說因為大家離開了，它才退開？」

「兩者皆非。兩者皆是。你可以試著點出開始有人大批離開的時刻，但我想時候就是到了。遠在艾蕾格拉和同夥開始拆毀門、將門把當成戰利品一樣展示之前，那些舊門就逐漸崩塌了。地方會改變，人們會改變。」

她又啜一口酒，薩克里忖度，她是不是想起了特定的人，但他沒追問。

「今非昔比了，」米拉貝繼續說，「請不要因為錯過全盛時期而難過，全盛時期在我出生以前就結束了，海潮也退去了。」

「可是那本書——」薩克里開口，但不知道自己要說什麼，接著米拉貝打斷了他。

「一本書就是一種詮釋，」她說，「你希望一個地方就像書裡寫的，但書裡頭的不是一個地方，只是文字而已。你想像中的那個地方，就是你想去的地方，而那個地方是想像出來的。這裡則是貨真價實的。」她將手貼在兩人面前的牆壁上，手指附近的石頭已經龜裂，一道裂痕沿著側邊往下延伸，然後消失在一根柱子裡。「你可以寫下無限多的頁數，但文字永遠不是地方。況且，寫的也是過去的樣貌，而不是現在的。」

「可以再恢復，不行嗎？」薩克里問，「如果我們把門修好，大家就會過來。」

「謝謝你說**我們**，」米拉貝說，「可是這件事我已經投入很多年了。大家會過來，但不會留下。唯一留下的只有拉愛姆。」

「看守人說，所有的老居民不是離開就是死了。」

「或是失蹤了。」

「失蹤？」薩克里複述，四周的大洞窟傳來回音，將這個詞切成好幾截，然後挑選了自己最愛的一個：**蹤、蹤、蹤**。

「幫我一個忙，艾思拉，」米拉貝說，「不要往下遊蕩太遠。」
她轉身吻了他臉頰，然後沿階上行。
薩克里給黑暗最後一瞥，然後跟了過去。
他在抵達頂階以前便知道兩人的對話已經結束，但他和她擦身而過，繼續穿越偌大的宴會廳時，她用自己的空杯朝他輕點一下，作為告別的表示。
他走的時候，可以感覺到她的目光而他並未轉身。他在空蕩蕩的舞池中央小小踮腳旋轉一下。他往前走的時候，聽到她的笑聲。
即使宴會廳空空如也，一打壁爐只有一個發出柴火的劈啪響，但他突然覺得一切都還可以了。
也許一切都正在燃燒、已經燒毀、即將燃燒。
也許，他就是不該喝下面這邊的東西。
他登上宴會廳遠端盡頭的樓梯時，一面想著，下頭這邊的秘辛和謎題，多到他無望解開。
薩克里走到階梯頂端時，走廊盡頭有個影子掠過，他從髮型認出是拉愛姆。他試著追上去，但她一直領先在前。
他看著她熄滅幾盞燈，忽略另外幾盞。
薩克里對拉愛姆感到好奇，也好奇她不在走廊穿梭、點蠟燭時都到哪裡去，於是繼續隔著一段距離尾隨她。
他跟著她穿越擺滿細緻雕作和大型雕像的走廊，她點燃大理石手朝她伸出的蠟燭。
拉愛姆驟然停步，薩克里往後遁入暗影中的凹室，就在真人大小的雕塑後方，是森林之神薩梯和寧芙仙子在動作有如特技的擁抱中凝住不動。他透過大腿和手臂框出來的洞，可以看到拉愛姆。她停在一道雕刻的石牆前面。她往上伸手，壓了牆上的什麼，牆壁滑了開來。

拉愛姆走了進去，牆面在她背後滑回原本的位置，就像那幅蠟燭畫作後方的牆壁。

薩克里走去察看那道牆，但門一旦關起，他就完全看不出來。石刻圖案淨是藤蔓、花卉和蜜蜂。

他試著回想拉愛姆按了門的哪邊，然後發現一隻蜜蜂。

她一定有隻蜜蜂可以擺進去，就像鑰匙。

也許這裡就是米拉貝提過的，只有助手可以進去的檔案庫。

牆壁再次移動，薩克里縮身躲到雕像後方。

拉愛姆從牆內出來，再次碰碰那扇門。她一手確實拿了個東西，是小小的金屬物品，薩克里猜那東西有蜜蜂的造型。

另一隻手裡拿著一本書。

拉愛姆等著門關上，然後轉過身來。她望向寧芙和薩梯的雕像，然後舉高那本書。她將書往下擱在其中一張桌子上。

拉愛姆意有所指再次望向雕像，然後走了開來。

薩克里走過去拿起那本書。他無法判定這個轉折讓他跟蹤人的技術變得更好或更壞。

這本書很小，上了金粉，看起來就像《甜美的憂傷》，但有深藍色裝幀，封面或封底沒有任何標記，也沒有指示可以區分封面或封底。

裡面的文字是手寫的，薩克里起初以為可能是日記，但接著看到首頁上有個標題。

賽門和艾蓮諾的情歌

❀ 賽門和艾蓮諾的情歌 ❀

關於時間本質的一場短講

他們無法永遠待在這個房間裡。他倆心知肚明，但並未加以討論，分心於赤裸四肢的糾纏，解開，找到新的方式再次糾纏。他們在一疊書後方找到一瓶酒，但這裡沒有通往廚房的門，所以最終他們其中一人得要離開。

賽門感到的輕鬆愉悅中有揮之不去的憂慮，但是只要可以，他就將那些憂慮推到內心後方。他將臉緊緊抵住艾蓮諾的脖頸，將注意力集中在她身上，她的肌膚，她的氣味，她笑的方式，她在他下方以及在他上方所帶來的感受。

他們遺忘了相對的時間。

但是被遺忘的時間會帶來水合作用和飢餓的問題。

「要是我們可以從那幾扇門的其中一個離開呢？」艾蓮諾一面套上奇特的橫紋襪子，一面環顧四周看著蜜蜂、鑰匙、長劍和王冠。

蜜蜂門動也不動。長劍門則沒有門把，賽門之前沒注意到這件事。王冠門一打開就是堅實的石堆，後頭的走廊已經崩塌。賽門再次關上門以前，幾顆零星的小石子滾進了房裡。

只剩鑰匙門。

門鎖著，但艾蓮諾用她項鍊上的金屬片，迫使門打開。

後頭是一條彎弧的走廊，裡面擺滿了書架。

「這裡妳認得嗎？」賽門問。

「我必須多看看環境才知道，」艾蓮諾說，「很多走廊看起來都一個樣子。」

她往前探出一隻手，沒有東西加以阻撓。

「你試試。」她提議，賽門模仿那個手勢。再一次，沒有東西阻擋他的手，可以順利從房間伸進走廊。

兩人對望。沒有其他辦法。沒有其他選項。

賽門伸出手，艾蓮諾和他十指交纏。

兩人齊步踏進走廊。

艾蓮諾的手指恍如霧氣，消失在賽門的手裡。

他背後的門砰地猛然關上。

「蕾諾？」賽門呼喚，但他知道她已經離開。他試著要開門，這側的門板上也嵌了把鑰匙，卻發現門鎖住了。他敲門但毫無回應。

他的心思飛馳，跑過種種選項，卻沒有一個令人滿意的。他試著去找自己的門，就是上頭有心的那扇，因為那扇門並未上鎖。

賽門穿越迷宮般的走廊，好一陣子看不到任何熟悉的景象。他發現有張桌子上頭鋪排了水果、乳酪和餅乾，於是停下腳步盡可能飽食一頓，另外往大衣口袋裡塞了幾塊餅乾和一顆李子。

不久他發現自己回到了心。

他知道怎麼從這裡走到那扇標示了心的門，趕到那裡去的時候卻發現門把已經被移除。留下的空缺塞了個木塊。鑰匙孔用同樣的方式塞住了。

賽門回到心那裡。

看守人辦公室的門關著，但賽門一敲就打開。

「有什麼可以效勞的，奇汀先生？」看守人問。

「我需要進一個房間。」賽門解釋，聽起來上氣不接下氣，彷彿剛剛一直在狂奔。也許他剛剛就是一路用跑的，他不記得了。

「這裡的房間多不勝數，」看守人說，「請你說得明確一點。」

賽門解釋那扇門的位置，描述上頭的火焰之心。

「啊，」看守人說，「那扇門啊。那個房間禁止通行。抱歉。」

「抱歉什麼？」

「那扇門之前明明沒鎖，」賽門抗議，「我必須回去找蕾諾。」

「哪位？」看守人問，這時賽門察覺看守人很清楚怎麼回事。他之前要帶《甜美的憂傷》回家時就提過蕾諾這個人。他懷疑看守人並沒有這麼健忘。

「蕾諾啊，」賽門重複，「她住在下頭這邊。她就我這個身高，深色頭髮、棕色皮膚，戴著銀製的兔耳。你一定知道我指的是誰。沒有第二個像她那樣的人，哪裡都沒有。」

「本地的居民沒人叫那個名字，」看守人冷靜地說，「你恐怕搞錯了，年輕人。」

「我沒搞錯。」賽門堅持，原本無意這麼大聲。有隻貓原本在角落的椅子上打盹，現在醒來怒瞪著他，伸伸懶腰之後跳下去，走出辦公室。

看守人的眼神比那隻貓還嚴厲。

「奇汀先生，你對時間有多少了解？」他問。

看守人調調眼鏡之後繼續說：

「我想你對時間的認知，是根據地表上的運作方式，在那裡，時間可以測量，而且相對一致。在這裡，在這個辦公室以及最接近心中央錨的那些地方，時間跟上頭的運作方式相差無幾。但是有些……地方……就是離這裡更遙遠、更深邃的地方，時間比較不可靠。」

「什麼意思？」賽門問。

「那就表示，如果你碰上我沒有記錄在案的人，那是因為他們還沒到這裡來。」看守人說明。「他們最終會來。」他為了釐清而補充。

「真荒謬。」

「這件事的荒謬程度並不會減損它的真實性。」

「讓我再進那個房間，拜託，先生。」賽門懇求。他不知道該怎麼理解這段關於時間的談話，他一心只希望能回到蕾諾身邊，「我求你。」

「我無能為力，抱歉，奇汀先生，可是我愛莫能助。那扇門已經關閉了。」

「那就解開門鎖。」

「你誤會我的意思了，」看守人說，「門不是**上鎖**了，而是**關閉**了。它不會再打開，什麼鑰匙都不管用。那是必要的預防措施。」

「那我要怎麼再找到她？」賽門問。

「你可以等，」看守人提議，「即使等，可能也等不到，我說不準。」

賽門一語不發。看守人坐在辦公桌前，理好一疊書，從攤開的日誌上拂掉一層修正粉。

「你可能不相信我，奇汀先生，但我明白你的感受。」看守人說。

賽門繼續抗議，和看守人爭辯，但這種形態的爭辯令人氣結，因為不管他說什麼、做什麼，包括踢椅子、亂丟書，看守人一樣不動如山。

「我們無計可施，」看守人再三地說。他看起來彷彿極想要來杯茶，卻又不想讓賽門獨自面對當前情勢，「你們一定是無意中碰上了時間的裂口，這樣的東西反覆無常，一定要封起來。」

「我闖進了未來？」賽門問，試圖理解。一個秘密地下圖書館是一回事，穿越時空又是另一回事。

「有可能，」看守人回答，「更可能的是，你們兩個都穿過了一個從時間的束縛鬆脫出來的空間。在那個地方，時間並不存在。」

「我不懂。」

看守人嘆氣。

「把時間想成一條河流，」他說，用手指在空中劃一條線，手上戴了數枚戒指，戒指在光線中閃爍，「河水朝一個方向流動。如果那條河流沿途有個小灣，在那裡河水的流動方式，會跟河流其他區段不同。小灣運作規則不一樣。你當時就等於找到一個小灣。有時候，也許距離現在幾個月，也或許幾年，你提到的那個女孩也找到了同一個小灣。你們兩個都踏出了時間之河，進入另一個空間。而你們兩個都不屬於那個空間。」

「下面這裡還有那樣的空間嗎？就是其他的小灣？」

「你這種思路並不明智，一點都不。」

「所以有辦法可以找到她，是**有可能的**。」

「我建議你回家去，奇汀先生，」看守人說，「不管你在這裡尋覓什麼，都不會找到。」

賽門拉長了臉。他環顧這間辦公室，看看銅製把手的木頭抽屜，靠枕華麗的皮椅。辦公桌上的一只碟子裡有幾個串了鍊子的羅盤。他的掃帚，或者該說他母親的掃帚，就靠在門邊的牆上。有隻貓咪蜷起身子躺在一顆靠枕上，彷彿睡著了，但牠一隻眼睛半睜，定定瞅著他。

「感謝你的建議，先生，」賽門告訴看守人，「可是我不會接受的。」

賽門從辦公桌的碟子上抄起一只羅盤，一轉身，步履輕快地往無星之海更深處走去，只有回頭一次，想確定看守人沒追上來。他的背後除了書本和暗影之外，別無一物。

賽門參照羅盤，繼續往前行，儘管羅盤堅持向他指出相反的方向。他將心一直維持在後方，朝著未知挺進。

向外前往時間並不可靠的地方。

薩克里・艾思拉・羅林斯坐在地表下方深處的褪色皮沙發上，時間可能是深夜，在柴火劈啪作響的壁爐旁邊閱讀。

拉愛姆留給他的書整本都是手寫的。薩克里到目前只勉強讀了幾頁。手寫的書讀起來相當緩慢。除此之外，他不確定那是用哪種語言寫的。如果他讓雙眼失焦，那些字母就會亂成一團，成為他不認得的語言，讓他頭痛又挫敗。他放下那本書，移動檯燈，以便看得更清楚。

他試著摸索這本書跟其他一切有什麼關聯。他確定，那個也算一隻兔子的女孩，跟《甜美的憂傷》裡那個穿過門之記憶摔落的女孩，是同一個。而敘事剛剛離開了無星之海的海港，以便引介一個叫奇汀的人進來。

薩克里打了哈欠。如果他打算讀完整本書，他需要補充咖啡因。

因為貓咪的干擾，他平常用來寫紙條給廚房的筆不知到哪去了，所以他再去找一支。兔子海盜底下的壁爐平臺通常會放幾支。他移動一根蠟燭和一顆紙星星，有東西掉落在地。

他伸手去撿飯店的塑膠房卡鑰匙，手僵在半空不動。

你也花夠久時間了，他腦海裡的聲音說。

薩克里猶豫起來，在需要調查的所有謎團之間舉棋不定。

他將房卡收進口袋，離開房間。

走廊照明昏暗，時間一定比他想的還晚。他轉錯了彎，試著回想怎麼抵達他的目的地。

他走到了熟悉的鋪磚走廊，停在幾乎隱入黑暗的門口。他搖擺不定站在它前方。下方有一道肉眼可見的光線。

薩克里敲了朵里安的門一次，再一次，正準備離開時，門忽地打開。

朵里安看著他——不，是眼神穿透他——雙眼圓睜但神情疲憊，薩克里心想也許他在夢遊，但接著意識到他穿好了衣服，只是鈕釦沒對準，赤著腳，拿著一杯威士忌。

「『妳是來取我性命的』。」朵里安說。

「我——什麼？」薩克里回答，但朵里安毫不停歇，繼續敘述。

「……貓頭鷹王說。『是嗎？』鑄劍鐵匠的女兒問。」

「你現在醉得很厲害嗎？」薩克里問，眼神經過朵里安，望著書桌上將近空了的酒瓶。

「『他們總是能找到方法殺死我。他們會在這裡找到我，連在夢裡都是。』」朵里安說到**這裡**的時候，轉身回到房間，杯子裡的威士忌慢了半秒跟在後頭，從側面濺了出去。

「你現在**真的**醉得很厲害。」

薩克里跟上去，朵里安繼續述說故事，部分對自己，部分對房間。《際遇與寓言》攤開放在威士忌旁邊的桌上。薩克里瞥了一眼，看到它正翻到三把劍的故事，插圖裡有一隻貓頭鷹棲在書堆頂端，就在蓋滿蠟燭的樹枝殘幹上，插畫家忽略了關於蜂窩的那部分。

「『會有新國王取代我，』」朵里安在他背後說，「『來吧，這就是妳來這裡的目的。』」

他往外舉著酒杯，薩克里藉機抽走他手中的酒杯，放在桌上，免得危險。

薩克里曾經悄悄盼望能再有個跟朵里安之間的故事時間，但目前這個跟他設想的不一樣。他站著觀望和聆聽，貓頭鷹的斬首和王冠的解體，儘管述說方式古怪、說書人的狀態可議，感覺卻很真實；既然他在書上讀過同樣的內容，聽起來更逼真。彷彿許久以前實際發生過。

「接著她醒來，依然坐在圖書室火邊的椅子裡。」

朵里安往壁爐邊的椅子裡一癱，替這個句子下了標點。他的腦袋懶洋洋靠在扶手椅背，閉上雙眼之後沒睜開。

薩克里走過去檢查他的狀況，但一走到椅子那裡，朵里安便向前傾身，繼續說下去，彷彿故事不曾停頓。

「原本用來擱劍的架子上，有一隻白棕相間的貓頭鷹正棲在空空的盒子上。」朵里安指著薩克里背後的書架，薩克里轉身，預期會看到那隻貓頭鷹，而他也真的看到了。書本中間有一小幅貓頭鷹的畫作，金皇冠懸在牠的腦袋上方。

「那隻貓頭鷹陪伴她度完餘生。」朵里安對著薩克里的耳朵低語，然後又往椅子上一倒。連在醉酒狀態都是個非常優秀的說書人。

「貓頭鷹王到底是誰？」薩克里在故事說完之後的靜寂中問。

「噓噓噓，」朵里安回答，舉起一手到薩克里嘴前要他安靜，「我們還沒辦法知道。一旦知道了，就表示這個故事已經完結。」

他的手指在薩克里的唇上逗留片刻，然後才讓手落下；那個時刻的滋味糅雜了威士忌、汗水和翻動的書頁。

朵里安的腦袋靠在扶手椅的高背上，深夜的醺醉故事時間結束了。

薩克里接到了該離開的暗示，在書桌那裡頓住腳步，拿起幾乎空了的那杯威士忌。他喝完餘下的，部分是免得朵里安醒來以後又喝，因為他可能喝夠了，但主要是因為薩克里想要試試朵里安嘗過的東西。口感滑順、煙燻，帶點憂鬱。

薩克里盡可能輕聲關上門，留朵里安在這個不大算是圖書館的私人角落，坐在爐邊椅子裡，多半是補眠，可能也會作點夢吧。薩克里希望有隻貓能幫忙看顧他。

薩克里不確定自己要往哪裡去，雖說他心中早已設定了自己的目的地，至少是在他當初離開自己房間時所設定的，那是多久以前的事？故事時間混淆了他實際的時間感。也許他想要有人陪伴。

他走到心的時候，那裡比他之前見過的還要陰暗，數盞枝形吊燈上只有幾顆燈泡亮著。看守人辦公室的門開了個縫。一片光線落入幽暗的心。

薩克里可以聽見裡面有人講話，讓他想到自己在這地方從未偷聽過別人的對話，也從沒想過會有人聽到他自己的對話，儘管這裡有無盡的角落、走廊、地點完美的位置可供竊聽。

因為順路，他索性湊得更近，納悶非蓄意的竊聽算不算竊聽。

「這樣是行不通的。」看守人的聲音低沉，跟之前略有不同，不帶原本和薩克里對話時的拘謹語氣。

「你又不知道。」米拉貝的聲音回答。

「難道妳知道什麼我不知道的？」看守人問她。

「他有那本書。」米拉貝回應，看守人說了別的，但薩克里聽不到他的回答。

薩克里往辦公室走得更近，躲在陰影裡，現在認真聆聽。他只能看到一小片辦公室：書架的片段和書本的局部、辦公桌的一角、橘貓的尾巴。陰影截斷檯燈投射出來的光線，讓空間的局部由暗轉亮，然後再次變暗。他又能聽清楚看守人的聲音了。

「妳不該去那邊的，」他說，「妳不該把艾蕾格拉捲進來的——」

「艾蕾格拉已經捲進來了，」米拉貝打岔，「從她開始關門，連同可能性一起斷絕之後，就已經捲進來了。我們就差那麼一點——」

「那就更有理由別去激怒她。」

「當時沒別的辦法。我們需要他，我們需要那個——」薩克里能看見米拉貝的部分手臂在動，她指著房間對面的什麼，但他看不到是什麼——「那本書已經還了。你已經放棄了，對吧？」

這個停頓持續得如此之久，薩克里納悶那間辦公室是不是有其他道門，米拉貝可能已從那裡離開，但接著看守人的聲音打破寂靜，語氣一轉，嗓音更低沉。

「我不想再失去妳。」

薩克里很意外，身體跟著晃了晃，視野內那一小片房間跟著移動。

米拉貝坐在辦公桌一角，背對著他，可以看到她背部的弧度。看守人站著，伸出手，滑過她的頸和肩，身子湊上前來，將她洋裝的一邊衣袖往下撥，嘴唇貼上此時裸露在外的肌膚。

「也許這一次會有所不同。」米拉貝輕聲說。

橘貓朝門口的方向喵了喵，薩克里轉開身子，迅速穿過最近的走廊，腳步不停往前走，直到確定沒人跟上來，忖度著即使事情就在眼皮底下發生，也多麼容易就遺漏。

他轉身望向背後，走道中央是他扁臉的波斯貓朋友。

「要不要陪陪我？」薩克里問，這份要求聽來有點哀傷。部分的他想回到自己的床鋪；部分的他想在朵里安旁邊的椅子上蜷起身子；另一部分的他不知道自己想要什麼。

波斯貓伸伸懶腰走過來，停在薩克里腳邊，滿懷期待仰頭看他。

「一言為定嘍。」薩克里說。有貓為伴，他蜿蜒穿過走廊和擺滿他人故事的房間，最後抵達放眼都是雕塑的花園。

「我想我想通了。」薩克里跟貓說。貓咪並未回答，忙著檢查大小和牠相仿、凝結在跳躍動作的狐狸雕像，狐狸多重的尾巴沿著地板往下揮掃。

薩克里將注意力轉向不同的雕像。

他站在身上有大量蜜蜂的女子坐像前方，納悶這是誰的雕刻作品。納悶她的蜜蜂晃蕩到這個地方的多少個角落，又有多少蜜蜂被人收進口袋，或有多少蜜蜂在貓咪的協助下踏上旅程。

他忖度，是否有人曾經看著她，認為她攤開掌心想要的是別的東西，而不是書。

納悶她是否曾經有過王冠。

納悶那杯酒是誰留給她的。

薩克里將米拉貝項鍊上那把金鑰匙放在雕像的右手裡。

再將自己的飯店塑膠房卡放在她的左手裡。

毫無動靜。

薩克里嘆氣。

他正準備問貓牠餓不餓，質疑「不要餵貓」這項規定有多嚴格時，嗡嗡聲開始響起。

這個聲音來自雕像內部。嗡嗡隆隆。

女人的石雕手指開始移動，握住了鑰匙。一隻蜜蜂從她的胳膊滾落，掉在地板上。

傳來刮磨的聲音，再來則是笨重的金屬鈍響。

可是雕像握住鑰匙之後，就不再移動。

薩克里伸出手碰碰她的手。她的手牢牢握住鑰匙，彷彿原本就是這麼雕刻的。

其餘沒有絲毫變化，但有個噪音。

薩克里繞著雕像走。

石椅椅背往下滑進了地板裡。

雕像是空心的。

雕像底部有道光。

薩克里回頭望向坐在懸浮大理石雕狐狸腳下的貓咪，那裡有好幾條尾巴捲著，唯一在抽動的那條尾巴是貓咪的。

貓咪對他喵了喵。

也許所有的時刻都有其意義。

在某個地方。

薩克里・艾思拉・羅林斯走進了蜂后內部，往下朝深處前進。

❀ 賽門和艾蓮諾的情歌 ❀

事物的命名　第二節

艾蓮諾不知道該拿寶寶怎麼辦。

寶寶哇哇哭，吃飯，然後又多哭一些，有時候呼呼睡。這些活動的順序或長短並不按照邏輯發展。

她以為看守人會熱心一些，但他並沒有。他不喜歡寶寶。他稱寶寶為**那個孩子**，而不是直呼名字。

（艾蓮諾自己以前也是**孩子**。她不知道何時大家不再這麼叫，也不知道如果她現在不是**孩子**，又是什麼。）

這寶寶不需要名字。這裡沒有其他的寶寶會跟他混淆。他是唯一的一個。他是特別的，獨一無二。他是**那個寶寶**，有時候是**那個孩子**，但他目前還是個幼嫩的嬰兒。

寶寶出生以前，艾蓮諾讀了手邊可以找到關於寶寶的書，但是書本並沒有讓她預備好面對真正的寶寶。書本並不會尖叫、哭嚎、胡鬧和盯著人看。

她向看守人提問，但他沒有回答。他一直關著辦公室的門。她問畫家、詩人們；他們一次會幫忙照顧幾個鐘頭，畫家比詩人們幫更多忙，讓她能夠忙裡偷閒、短短睡個無夢的覺，但最終只有她和寶寶獨自面對面。

她寫紙條給廚房。

她不確定廚房會不會回答。她更小的時候，有時會寫小小紙條給廚房，廚房不見得都會回覆。如果艾蓮諾寫**哈囉**，廚房會寫**哈囉**回應，也會回答問題，可是有一次她問，在下頭烹煮、準備和張羅東西的是誰，沒得到那張紙條的回應。

她惶恐不安地第一次送出關於寶寶的疑問，當燈光亮起時，她如釋重負。

廚房針對她的疑問提供了很好的回覆，詳列可以嘗試的方法。措辭客氣有禮的鼓勵和提議。

廚房送來一瓶瓶的溫牛奶給寶寶，以及杯子蛋糕給艾蓮諾。

廚房提議艾蓮諾讀書給寶寶聽，艾蓮諾覺得自己很呆，之前竟然沒試過。她想念《甜美的憂傷》，後悔將它給人。她後悔自己撕掉了其中幾頁，是她第一次讀覺得不喜歡的部分。她忖度，如果現在可以再讀一遍，會不會更喜歡那些部分，可是它們已經不見了，摺成了星星，丟向黑暗的角落，就像她以前處理惡夢的方式。她試著去回想自己為何不喜歡它們。有一部分是關於雪地裡的公鹿，讓她覺得心痛；有一段是關於升起的海洋，有人失去一眼，但她不記得是誰。她現在認為，為了不存在的角色的命運難過到撕掉那幾頁，藏起來，這樣做還滿愚蠢的，不過對當時的她來說很合理。她還是兔子的時候，這個地方比較說得通；她當時恍如這地方的主人，在黑暗中四處悄悄穿梭，彷彿這世界屬於她。她不記得這一點何時改變了。

也許她自己就是從某則故事裡被撕掉的一頁，摺成星星，拋進暗影裡任人遺忘。

也許她當初不該從隱藏的檔案庫裡偷書出來，撕掉裡面的幾頁之後還轉送給人，但現在要改變這點已經遲了一步。即使一開始被偷、有了瑕疵，再來丟失，一本備受喜愛依然會受到喜愛。

艾蓮諾記得《甜美的憂傷》的大部分內容，足以對寶寶複述書中的幾個部分，關於海盜、娃娃屋、小女孩穿過一扇門摔落的故事。女孩的故事感覺好熟悉，她有時認為自己親身體驗過，雖說她讀了那麼多遍，感覺幾乎就像親身經歷過。

廚房送來一隻絨毛兔寶寶，有綿軟的棕色毛皮和下垂的耳朵。

寶寶喜歡那隻兔子勝過大多東西。

在那隻兔子和閱讀之間，艾蓮諾好不容易找到些許平靜，即使為時往往相當短暫。

她想念賽門。她已經哭夠了，雖說確信絕不可能再回到那個房間，而即使回到那個房間，也永遠都見不到賽門時，她有好長一段時間日日夜夜都垂淚。

她知道自己再也見不到他，因為看守人這麼告訴她。她永遠都不會再見到他，因為他不曾再見到她。看守人一清二楚，因為他當時在場。一向在場。他嘀咕了點關於時間的話，然後揮手要她離開。

艾蓮諾認為，比起未來，看守人更理解過去。

她從來不覺得自己屬於這裡，現在這種感覺加倍了。

她在寶寶的臉龐上尋找賽門，卻只找到蛛絲馬跡。寶寶有她的深色頭髮，雖說不尖叫的時候，膚色淺淡。她好希望寶寶能有賽門那頭偏金的頭髮，可是書裡都沒提到寶寶的髮色會在一陣子過後，從黑色轉成其他顏色。眼眸的顏色會改變，但現在那雙眼睛老是緊緊閉著，艾蓮諾不確定是什麼顏色。

她應該替寶寶取個名字。

要給別人取名，感覺責任好重。

「我應該替寶寶取什麼名字？」她寫紙條給廚房。燈光亮起時，艾蓮諾打開門，裡頭沒有托盤或卡片，而是一張紙，看起來彷彿是從書裡撕下來的，上頭只有一個字。

Mirabel（米拉貝）

另一個地方，另一個時間 插曲三

佛蒙特，兩週前

酒吧照明昏暗，鎢絲燈泡在玻璃器皿和顧客身上灑下燭火般的光。儘管時間已晚，仍有額外的光線從窗外透進來，街燈將雪照得恍如白日一般燦亮。

名字不叫朵里安的男人背對牆壁，獨坐角落的桌邊。牆上掛著一對鹿角、一個雉雞標本、年輕男子做為戰時叛徒遭到吊刑的肖像畫，當今在世的人對那場戰爭早已不復記憶。畫作前方那個依然活著的男人朝外面對酒吧，暗示他正在觀察整個空間，並未針對特定的桌子。針對某個人。

他慢慢品嘗的那杯酒，是服務生在他想點以威士忌為主的酒飲時所提議的，他忘了它巧妙的名字，不過跟楓糖漿有關。

他眼前有本攤開的書，但並未在閱讀（他已經讀過了）。書只是讓他能夠將視線聚焦在對面一個三人桌的方向上，只有偶爾才會被吧檯附近逗留的客人擋住部分，吧檯的檯面是巨大的大理石片，看起來彷彿是從屋齡老多了的房子搶救下來的。

兩位年輕女子（其中一位他早上在雪地裡看過），還有另一個年紀長幾歲的男子。他稍早質疑過他們的關係，但他越是追蹤和觀察，就看到越多，也越想知道。

那兩個女子是一對，如果他對肢體語言和眼神接觸的解讀無誤。他瞥見一隻手搭在大腿上，坐實了他的懷疑，他對自己相當滿意，儘管他之前做過這類的事，很多次，在很多的酒吧裡，而他早該超越為一項嫻熟技能覺得自豪的心態。在照明幽暗的室內，像讀書一樣讀人，這點他很拿手。向來如此。

他讀得懂那些女子。頭髮很短的那位語速很快，用手勢強調重點，時常環顧酒吧其他的區域。另一個女子比較沉靜，自在放鬆，她雙腳在桌底下褪脫了靴子，朵里安一時覺得羨慕。她置身這個空間、面對這些人時，自在地像在自己家，雖說她傾聽別人說話時特別專注。她認識另外兩人，但深入的程度不如她所願。

然後還有那個男子。

他的臉幾乎整個別開，他舉起雞尾酒杯時，照明會映出他的輪廓，他轉身時表情幾乎完全隱沒，只剩一頭因雪潮溼的鬈髮影子。

朵里安原本以為會是個男孩。一個學生。就是大學生的刻板形象。但這是個男人。雖然年輕，但已是成人。一個迷人的男子。鑽研所有電玩的男人。

現在望著那個男人，朵里安竟看不出所以然來。將關於眼前那男人的幾項事實結合起來，還是讀不出東西。朵里安稍早以為那男人有**社交焦慮**、是個**隱士**，但此時看到的卻不是如此。害臊只帶來微小的不自在，喝過第一巡的酒之後就消失不見。傾聽多過發言，但一旦開口，儀態沒有任何彆扭之處。偶爾會將眼鏡往鼻梁上推，看來喝的是側車雞尾酒，雖說一定是請酒保別在杯口上沾糖粒。

一個他閱讀不來的男人。就跟一本他不能碰的書一樣令人氣惱。這種挫敗感也太熟悉了。

「那本書如何？」

朵里安抬頭發現女服務生在他肩膀那裡，替他添水。她過來可能是為了檢查他的酒喝到什麼程度：半滿或半空，就看生性樂天或不。他瞥了瞥他手中的書。《秘史》。他靜靜渴望著書裡描寫的那種強烈的關係，但從來不曾尋獲，現在到了一個年紀，他猜想自己永遠不會有機會了。這書他前後讀了七遍，但他沒跟女服務生說。

「很不錯。」他說。

「我已經開始讀鳥的那本[21]，可是一直進不了狀況。」

「那本寫得更好。」朵里安向她保證，態度冷靜得足以制止這番調情。她的笑容流失了部分暖意。

「多謝你的情報，」她說，「需要什麼再通知我。」

朵里安點點頭，將注意力放回書本的頂端上方。他想他正在觀察的這群人，他們之間的同志情誼可能不如手中的那些角色，但是裡頭有點什麼。彷彿他們各自都有能耐表現出那種激烈，雖說不至於到謀殺的程度，但這並不是正確的組合。不大是。他望著他們那桌，看著手勢和送達的餐點，看著某種東西逗得他們三人同聲一笑，他不由自主漾起笑容，然後用酒杯藏住自己的笑容。

每過幾分鐘，他就匆匆瀏覽一次室內。人還不少，可能是因為這個鎮就只有幾家酒吧。他瞥了瞥酒吧上方那張坦尼爾[22]的獅鷲插畫，納悶有沒有人將酒吧命名為「假海龜」。

招牌下方，在另一群客人之中，有個模樣有點面熟的女孩，舉起手臂，想喚起酒保的注意力，但當她手臂掠過等著送出的一托盤酒杯上方，朵里安看到這個動作的目的。幾乎隱形的一線粉末落入了下方不沾糖粒的側車雞尾酒，化入了酒液。

女孩完全沒招來酒保的注意，先是混入了一群不知姓名的酒客當中，然後悄悄溜出了店門。不留下旁觀。他知道這個規則。他以前偶爾會打破那項規定，只是為了確認任務達標。這些新近招募的人員不會花時間去體會指導守則的幽微之處。為了確認，值得不按規定走。

他可以放手不管。

他自己有過類似的行動，前後共有不少次，而且手段更狠。他想到上一次——**最後**一次——

他的雙手開始顫抖。一時之間他到了另一座城市，在一間昏黑的飯店房間，他發現過去自以為知道的一切原來都是錯的，他的世界為之偏斜。接著，他再度平靜下來，他擱下自己的書。

他納悶那杯酒裡的粉末是低階的記憶喪失版，還是更嚴重的東西。兩種都偵測不到，會讓服下的人頭暈眼花一兩個鐘頭，接下來則是昏厥，醒來時會有嚴重的宿醉，或者完全醒不來。

女服務生端起那個托盤時，朵里安從椅子起身，等他走到托盤那裡時，他判定那可能是嚴重的東西，而且他這樣做也無所謂。

撞上女服務生，讓托盤連帶上頭的東西砸到地板上，假稱自己動作笨拙而致歉，主動提議要幫忙，服務生揮手表示不必，放他回到自己的那張桌子，彷彿那一直是他的目的地，而不是他行動的起點——這些做來輕而易舉。

一切是怎麼走到這裡的？一本書，一個男人。多年來的謎團和單調乏味，現在事情則全都擠在一起發生。

他已經太過有興趣。他知道這點。

他為什麼需要有趣？

意外有趣的那位年輕男子從桌邊起身，留那兩個女子自己閒聊。他轉身走向酒吧後側，一離開桌子的視線範圍，臉上的什麼就改變了。不是酒醉，而是夢幻，不真的在場，迷失於思緒的霧裡，也許帶點擔憂。越來越奇怪了。

朵里安回頭瞥了瞥桌子，其中一個女子正看著他。她立刻打斷眼神接觸，繼續聊天，並且在雞尾酒紙巾上寫了點什麼。但她看到他了。看到他在觀察。

21. 指的是唐娜·塔特（Donna Tartt）的小說《金翅雀》（The Goldfinch），前面提的《秘史》也是她的作品。

22. 約翰·坦尼爾（John Tenniel，一八二〇～一九一四），英國插畫家。因創作《愛麗絲夢遊仙境》及其續集《愛麗絲鏡中奇遇》的插畫而出名。獅鷲（Gryphon）和假海龜（Mock Turtle）都是裡頭的角色。

該走了。

他將書收起來，往空杯底下塞了超過單杯雞尾酒價格的鈔票和一筆不錯的小費。等薩克里．艾思拉．羅林斯回到桌邊時，他已經到了屋外雪地裡，避開街燈灑下的一池池燈光。

朵里安從這裡可以看到那張桌子，透過霧面玻璃成了一抹迷濛的影子，但可以從在空間裡移動的其他影子清楚區分開來。

他早該放聰明點。他不該來這裡的。他一年前早該走開了，在不同城市裡的某個夜晚之後，當時沒一件事按照計畫走。

在現下這一刻，有多少情節正在我們周遭展開？

他的雙手再次顫抖，他將它們塞進大衣口袋。

當時有什麼破碎了，但他現在在這裡。他不知道還能到哪裡去。還能做什麼。

他可以離開。他可以拔腿就跑。繼續奔跑。繼續躲藏。他可以將這一切拋諸腦後。這本書，他的書，無星之海，全部。

他可以。

但他不願。

朵里安站在雪地裡，手指顫抖著，幾乎凍僵，思緒包覆在威士忌的暖意裡，透過玻璃窗望著薩克里，他想的不是無從避免終將發生的一切。

他想的是，**讓我跟你說個故事。**

第四部

命中注定

Written In The Stars

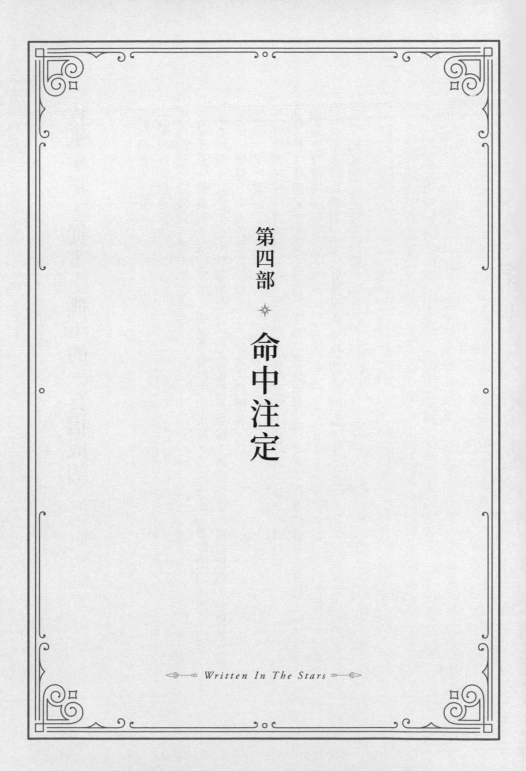

一枚紙星星，從書上撕下的一頁摺成的

雪地裡有隻公鹿。

一眨眼，牠就會消失。

他真的是一頭公鹿，還是別的東西？

它是不是一種要說未說的感觸，或是未曾踏上的道路，或是一扇不曾開啟的關閉之門？

或者牠是一頭鹿，在樹林間被瞥見一眼之後隱遁無蹤，離開時連一根枝椏都不曾擾動？

那頭公鹿是一次未曾落實的嘗試。一個錯失的機會。

像吻一樣被偷走。

在這些遺忘成性的新時代裡，行事方法有所改變，有時公鹿會多停頓片刻。

他等待，雖說他過去從不等待，從來不曾想過要等待，或不曾等待著要去夢想。

他現在會等待了。

好讓某人可以嘗試一下。好讓某人可以刺穿他的心。

為了知道自己是被記得的。

薩克里・艾思拉・羅林斯走下雕像下方的一道窄梯，一隻波斯貓緊隨在後。他腳下的階梯粗糙不規則，有一階在他踩上去的時候崩掉，他往下滑了三階，往側面伸手好保住平衡。

貓咪在他背後喵喵叫，優雅穿過殘餘的破階，走到他身邊並再次停步。

「愛現。」薩克里對貓咪說，貓咪一語不發。

愛現，一個聲音從下方某處反覆說著。是回音，薩克里想，清晰延遲的回音。只是這樣。

他幾乎也相信了，可是貓咪的耳朵往後摺，對著陰影低嘶，薩克里又回到不知道該相信什麼的狀態。

他小心走完剩下的階梯，貓咪陪他繼續走，讓他鬆了口氣。

底部的岩架上有一盞附把手的燈，就是可能曾經裝過精靈的那種，但目前只盛了燈油。燈的四周有線繩和滑輪，火焰旁邊還有一個看來像是打火石的機械裝置。一定是門打開時自動點燃的。

那盞燈是空間裡的唯一光源，所以薩克里抓起它彎曲的把柄。他往上舉起燈時，下方有個金色圓盤隨之升起，線繩和滑輪移動起來。悶糊的鏗鏘響來自牆壁內部，接著陰影裡發出一道閃光。幽暗走廊的遠端亮起另一盞燈，這個亮點如同螢火蟲，引領人向前。

薩克里拿著燈穿過走廊，貓咪跟在後面。

走廊走到一半，燈光掃過一把鑰匙，發出了反光。鑰匙連著環圈掛在牆壁掛鉤上。

薩克里伸手拿起鑰匙。

「喵嗚。」貓說，可以是贊同或反對或漠不關心。

薩克里帶著鑰匙和燈往走廊深處走，貓和黑暗尾隨在後。

接近走廊盡頭有個凹室，那裡有盞燈和他手裡這盞是成套的。

那盞燈後方是個石材平滑的拱門，除了一個鑰匙孔之外毫無記號。

薩克里將環圈上的鑰匙插進鑰匙孔，發出喀答一聲轉動了。薩克里推著石頭，打開了門。

他手裡的燈和牆上那盞都閃了一下。

貓咪對著門後方的空間怒嘶，拔腿沿著來時路回頭暴衝。

薩克里聽著貓咪飛奔上樓。破損階梯的殘石進一步粉碎，接著無聲無息。

他深吸一口氣，走進房間。

房間有塵土和糖粉的氣味，就像米拉貝的香水。

燈光落在石柱和雕刻牆垣的殘塊上。

眼前有個臺座，一個墩座，上頭有個金圓盤。

薩克里將燈放在圓盤上，圓盤隨著重量往下降。鏗鏘聲隨之響起。

掛在房間四周柱子上的燈亮了起來。只剩幾盞沒亮，不是燈具不見了，不然可能是耗盡了燈油。薩克里納悶這個空間為何有種熟悉感，接著看到其中一個幽暗空間的邊緣有隻骷髏手。

這裡是地下墓穴。

一時之間薩克里想要拔腿就逃，跟著貓衝上樓梯。

但他並沒有。

有人希望他看到這個。

某人——或某種東西認為他應該到這裡來。

薩克里閉上眼睛，平撫心緒，接著開始調查這個房間。

他從這裡的居民開始。

起初他認為他們可能做成了木乃伊，但當他靠得更近時，可以看到寬鬆裹住軀體的一條條布上印滿了文字。大多已經跟著人體乾涸腐敗，但有些依然可以辨讀。

他認為沒人在聽的時候，對自己唱歌
反覆閱讀同一批書，直到每一頁都瞭若指掌
赤著腳穿過走廊，安靜如貓咪
笑得如此輕鬆頻繁，彷彿整個宇宙都令他歡喜

他們都裹在回憶裡，是其他人對他們在世時的回憶。

薩克里在不攪亂他們的狀況下閱讀。閱讀光線可以照見的那些鬆解的句子與感觸。

他再也不想留在這邊

有一段文字寫著，裹住現在只剩骨骸的手腕。薩克里納悶，它的意思是否如同他自己的解讀。

凹室裡有一只甕，上頭沒有任何回憶。

其他則是空空如也。

薩克里將注意力轉回房間剩下的部分。油燈底下，有些柱子刻了凹口，是類似墩座的傾斜表面。

有個墩座上擺了本書，看起來陳舊無比。沒有封面，只有鬆鬆裝幀的紙頁。

薩克里盡可能小心捧起那本書。

羊皮紙在他手中碎解，殘片撒在了墩座上。

薩克里嘆口氣，那聲嘆息將更多殘片從墩座吹到了他腳邊的石地上。

他盡量不讓自己太過意不去。也許那本書，有如周圍的那些人，早已遠去。

他垂眼望著落在腳邊的書，試圖閱讀，但只剩碎碎片片。

他看出了一個詞。

哈囉。

薩克里眨眨眼，再瞥了瞥另一張紙片。

占卜，上頭寫著。

他伸手去拿另一張碎紙，大到可以拾起來。

師

紙張在他的指尖化為粉塵，但文字烙印在他的雙眼裡。

薩克里再看看另一張古紙殘片，雖說他還沒讀以前就知道上頭會說什麼。

的

兒子

薩克里閉上眼睛，等著聽腦袋裡那個聲音說目前發生的事情不是真的，但他腦袋裡的聲音一直保持沉默。那個聲音知道這件事正在發生，而他也曉得。

薩克里睜開雙眼，彎身在地上的殘書中篩找。將注意力放在他找到的第一個有文字的片段，然後一個接一個。

有三個東西

遺失

在時間裡。

薩克里繼續搜尋，那本書持續解體。他可以辨識的只有單個字。

劍書人

那些文字幾乎一被找到就消失不見，沙塵裡只剩兩個字。

找人

薩克里在那堆裂解的紙張中尋找額外的說明，但書本占卜到此結束。這本失去書本形狀的書再也無話可說。

薩克里拂去預言紙張在他手中留下的粉塵。找人。他想到《甜美的憂傷》裡那位迷失在時間中的男人。他不知道該要怎麼按照書本幽魂的吩咐，找出迷失在時間裡的某人。他盯著那些懶得回看他的屍骸，他們能盯著人看的時日早已遠去。

薩克里從臺座上拿起那盞燈，其餘的燈便自行熄滅。

他走出門時，頓步抽出鎖頭上的鑰匙。

門轉關起來。

外頭的走廊感覺更長了。

薩克里將鑰匙掛回鉤子，將燈放回原本的架子。它往下降回原位，走廊另一端的燈光隨即滅去。

薩克里朝著走廊望去。走廊消失在黑暗中，但在最遠端的燈光照出了暗影裡的一個形狀。有人站在走廊角落裡盯著他。

薩克里眨眨眼，那個人影便消失不見。

他衝上垮塌的階梯，不敢回頭張望，差點絆到在頂階耐著性子等候他的那隻波斯貓。

凹了一角的紙星星

惡夢編號113：

我坐在一張很大的椅子上，下不來。我的手臂被綁在椅臂上，但我的雙手不見了。無臉的人們站在我四周，餵我吃一片片的紙張，紙上有著我該寫上去的所有東西，但他們從來沒問我是誰。

薩克里・艾思拉・羅林斯舉棋不定，是否要回電梯那裡，返回佛蒙特、大學、他的論文和他的正常生活，將發生過的事情盡拋腦後，嘿，也許他會把這隻貓順便帶走。總有一天他會說服自己，整個地下圖書館奇境是個精巧繁複的奇幻背景故事，用來說明這隻貓的所來之處，而這個故事他會反覆告訴自己，最後開始相信這隻貓只是扁臉的浪貓，尾隨他回家，不管那個家在哪裡。

接著他想起上次在收藏者俱樂部地下室穿過的那扇門已經焚毀，可能早已失去效用。

走往電梯的半路上，貓咪依然亦步亦趨，薩克里轉身回到自己房間。

他房門中間有張便利貼，那張紙不是傳統的黃，而是柔和的藍。

上頭以整齊的小小字母寫著：**你需要知道的都已經給你了**。

薩克里從門上拿起那張紙條，前後讀了四遍，然後翻過來，發現背面什麼都沒寫。他再讀一次，不相信它上頭的陳述，然後走進房間，爐火劈啪作響，正在等他。

貓咪跟他走進房裡。薩克里等貓進來便鎖上門。

他將那張便利貼黏在兔子海盜那幅畫的畫框上。

他低頭看看自己的手腕。

他再也不想留在這邊。

他試著回想上一次跟不是貓的對象交談是什麼時候的事。朵里安的故事時間是幾個小時前的事嗎？真的發生過嗎？他再也不曉得了。

也許他累了。累和想睡有什麼不一樣？他換上睡衣，坐在壁爐前面。波斯貓在床尾蜷起身子，靜靜地讓他稍微好過點。這一切的安適不該給人這麼不舒服的感覺。

薩克里盯著火焰，想起走廊的幽暗人影，在一個除了屍骸別無一物的空間裡盯著他看。

也許是你的心靈在跟你玩把戲。他腦袋裡的聲音提議。

「我還以為你就是我的心靈。」薩克里大聲說，床上的貓咪蠢動一下，伸伸懶腰之後又躺定。

他腦海裡的聲音並未回應。

薩克里突然迫切想找人談談，卻也不想離開房間。他想要發簡訊給凱特，因為凱特通常不管什麼時間都醒著，雖說他不知道自己該寫什麼內容。**嘿，凱，困在地下圖書館地牢裡，雪下得怎樣？**

他找到自己的手機，充了部分的電，電量遠遠不如實際充電的時間，但足以打開電源。

他存起來的那張阿爾貢金飯店派對照片還在，現在一看就知道，照片那位蒙面女子就是米拉貝，而更清楚的是，跟她講話的那個男人就是朵里安。他忖度他們一年前低聲在聊什麼，無法判定自己想不想知道。

沒有未接來電，但有三則簡訊。有張照片，是凱特織好要送他的圍巾，母親提醒他水星不久就會逆行，還有不知名電話的訊息。

行事小心，羅林斯先生。

薩克里關掉手機，反正下頭這邊沒有電信服務。

他走到書桌那裡拿起一支筆，在小卡上寫了幾個字。

哈囉，廚房。

他把小卡放進升降機，送了下去。他差點就要說服自己，廚房和渾身寫滿故事的屍骸、這個地方本身、米拉貝、朵里安和他所站立的房間、他的睡衣，都是自己想像出來的，鈴聲就在此刻響起。

哈囉，羅林斯先生，有什麼可以為您效勞的？

薩克里思考良久之後才寫下回答。

這是真的嗎？他寫了。聽起來過於含糊，但他還是送了出去。升降機片刻之後叮叮響起，裡面有另一張小卡，加上一杯熱氣冉冉升起的馬克杯，還有一只頂著銀製餐蓋的盤子。

薩克里讀了那張紙條。

當然是真的，羅林斯先生，我們希望你很快覺得好過起來。

下方有六個糖霜完美的小小杯子蛋糕。

謝謝，廚房。

薩克里寫下。

他拿起馬克杯和杯子蛋糕，再次坐在壁爐前面。

貓咪伸伸懶腰，走過來坐在他身旁，嗅了嗅杯子蛋糕，舔掉他指尖上的糖霜。

薩克里不記得自己睡著了。他醒來時就蜷縮在行將熄滅的火堆前方，倚在一堆靠枕上，波斯貓窩在他的臂彎裡。他不知道現在幾點了。時間又是什麼東西？

「時間又是什麼東西？」薩克里問貓。

貓打了哈欠。

升降機叮的一聲，牆上的燈光亮起，薩克里不記得它曾經自動發出響聲。

早安啊，羅林斯先生。

裡面的紙條寫著。

我們希望你睡得香甜。

有一壺咖啡、一份煎蛋捲、兩片烤酸種麵包，還有陶罐裝的奶油，上頭滴了蜂蜜並撒了鹽粉，還有一整籃的橘子。

薩克里正準備寫下致謝的話語，但還是改寫了不同的感觸。

我愛你，廚房。

他不預期會有回覆，但又響起一聲叮。

謝謝，羅林斯先生，我們也相當喜歡你。

薩克里先吃早餐（和貓咪分享煎蛋捲，忘了禁止餵食貓咪的規定，而且昨晚早已用奶油霜違反了規定），然後思索，腦袋比之前更清晰。

「如果你是迷失在時間裡的男人，你會在哪裡？」薩克里問貓咪。

貓咪瞅著他。

你需要知道的都已經給你了。

「噢，對喔。」薩克里說，突然領悟到什麼。他理理壁爐附近的書本，找出拉愛姆給他的那本，然後翻到之前看到的那邊。他將書帶到桌上，將檯燈挪過來，以便看得更清楚，貓咪坐在他的懷裡呼嚕叫著。薩克里剝了橘子皮，一邊閱讀，一邊吃著陽光般的橘子小瓣。

他閱讀、皺眉，再讀更多，接著翻到一頁，然後再無其他。剩餘的書頁皆為空白。這個故事，這段歷史，不管它是什麼，都在書的一半戛然停止。

薩克里記得《甜美的憂傷》裡那個迷失在時間中、遊蕩於蜜與骸骨之城的男人，還有《際遇與寓言》中提及的無星之海，納悶這些故事是否是同一個故事。納悶賽門現在可能在哪裡，又該怎麼找到他。納悶關於那個火焚的地方和看守人辦公室裡的那根掃帚。納悶占卜師兒子的境遇到底如何。

書桌角落上有個稍早他擅自帶走的摺紙星星。他拿起來瞧得更仔細。上頭寫了字。

薩克里攤開星星，延伸成一張長長的紙條。

裡面的筆跡如此迷你，感覺有如竊竊私語。

惡夢編號83：我在一個好暗、好暗的地方走著，
有個又大又滑的東西也在黑暗中滑行，如此靠近，我伸手就能碰到它。
可是如果我碰了那個滑溜溜的東西，
它就會知道我在這裡，然後它就會慢慢吃掉我。

薩克里鬆手讓那則惡夢飄到桌上，再次拿起那本書。他翻到上頭有文字的最末一頁，重讀一回，在這本未完書本的最後一個字上停頓。

薩克里輕柔地將貓從懷裡移開，放在地板上，再將那本書和打火機裝進袋子，免得又被黑暗困住。接著穿上鞋子並在睡衣上套了件褐紫紅毛衣，出發去找米拉貝。

幾顆紙星星的內容總和

（其中一顆部分被貓嚼過）

久久會有一次，助手宣誓的時候，選擇放棄其他東西而不是舌頭。這樣的助手很罕見。一般不會有人記得上一次打破慣例的是誰。他們的服務時間不會久到可以認識後繼者。

畫家失去了方向。

她認為（她弄錯了）選擇這條道路（一條道路，任何道路）會讓她更貼近這個她曾經深愛的地方；時間會改變一切，而這個地方也在她的周遭改變了。

她渴望重燃熄滅多時的火焰。

為了找到她失去的東西，這東西雖然她無法指認，但內心深處感覺得到那種空缺，恍如飢餓。

畫家沒跟任何人說就獨自作了決定。只有她唯一的學徒注意到她的缺席，但學徒並未多想，因為學徒早在以前就得知，有時人們會像兔子消失在魔術帽裡那樣不見蹤影，有時候會回來，有時則不會。

助手能夠有這樣罕見的特殊待遇，是因為他們的人數正逐漸遞減。

畫家將時間都投注在孤獨和沉思上，將種種失去與悔恨加以分類記錄，試圖判定自己能否做什麼加以預防，或者只能任由失去和悔恨像岸邊的浪濤來去，穿過她的人生，然後再次退去。

她想，如果在她閉關期間的任何一刻，腦中能夠浮現新畫作的靈感，她就會拒絕這條道路，回歸自己的油彩，讓蜜蜂另覓他人去服務牠們。

可是並沒有新構想浮現。只有舊有的，在她心中再三反芻的那些。只有安全的、熟悉的，她曾經用筆觸捕捉過，又再次捕捉的，如此多次，她在它們之中除了空洞找不到其他東西。

她考慮嘗試寫作，但總覺得自己面對圖像的自在程度勝過面對文字。

門打開的時間遠早於畫家的預期，她毫不猶豫接受了她的蜜蜂。

助手和畫家沿著空蕩蕩的走廊，走向一扇沒有標記的門。只有一隻貓在此刻注意到他們，雖然貓清楚看出這是個錯誤，但貓並沒有介入。貓咪一般並不干涉命運。

畫家預期會犧牲雙眼，但只被取走一個。

一個已經綽綽有餘。

影像紛紛湧入畫家的視野，如此多的圖像以繁複的細節綻放展開，不停轟炸著她，她無法將彼此區分開來，更無法想像能以油彩捕捉分毫，即使她的手指因為想握畫筆而搔癢難耐。

她意識到這條道路不是她該走的。

但現在要改選別條道路已經太遲。

薩克里・艾思拉・羅林斯在海港的走廊之間穿梭，意識到自己其實並不曉得米拉貝房間的位置，他之前沒想到要問。他繞行穿過那間廣闊的宴會廳，到他上次見到她的地方，但酒窖裡不見人影。那位臉龐蓋滿蜜蜂的女子肖像聳立於酒架上。薩克里再次離開以前，挑了一瓶看起來頗有趣的酒，收進自己的袋子，是不帶酒名的紅酒，上頭有燈籠和交錯鑰匙的圖案。

薩克里從宴會廳挑了不同的一段上行階梯走，搞不清楚自己置身何方。他再次從熟悉地帶遊蕩到陌生地帶。

他在一個擺滿書籍的閱讀角落暫停腳步，試著找出方向，那裡有單張扶手椅、一張斷柱做成的小桌。上頭有個茶杯，該有茶水的地方插了根燃燒中的蠟燭。

書架之間有個附按鈕的小銅盤，就像舊式的電燈開關。薩克里按下去。

書架往後滑開，通往一個隱藏的房間。

要找出這裡所有的秘密不知要花多少時間，連解開一丁點的謎團都要耗時許久，他腦袋裡的那個聲音說。薩克里沒跟那個聲音爭辯。

後頭的房間看起來像是來自老莊園大宅，或是古裝謀殺推理小說。深色木頭壁板和綠色玻璃檯燈。皮製沙發、互相交疊的東方織毯，牆壁滿是書架，其中一個開著，讓薩克里可以看進裡面。書架中間有裱框畫作，以畫廊照明點亮，有一道真正的門敞著，往外通向一條走廊。

一幅巨幅畫作展示在對牆上。場景是夜間森林，枝椏之間可看到一彎眉月，但森林裡有個龐然的鳥籠，大到籠子裡的棲桿上不是小鳥而是男人，從觀者的方向別開身子，淒涼地坐在自己的監牢裡。

籠子周遭的樹木蓋滿了鑰匙和星辰，以緞帶懸掛在樹枝上，塞在巢穴裡，掉落在下方地面上。這幅畫讓薩克里想到房裡那幅兔子海盜。可能出自同一位藝術家之手。酒窖那位蜜蜂女子也可能是同一人的作品。

朵里安站在那幅畫前面，定睛凝望。他穿著一件毛氈長外套，午夜藍、無領，簡直是為他量身打造的，星星造型的拋光鈕釦可能是木頭或獸骨製成，所以他正呼應了這幅畫。這件外套有搭配的長褲，但他光著腳丫。

書架在薩克里背後合起時，他轉過身來。

「你在這裡。」朵里安說，聽起來更像是關於這地方的觀察，而不是薩克里從書架裡現身。

「是啊，沒錯。」

「我以為你是我夢到的。」

薩克里不知道該怎麼回應這句話，當朵里安將注意力放回那幅畫時，他鬆了口氣。朵里安可能以為那次酒醉的說故事時間也是場夢，也許這樣最好。薩克里走過去，站在朵里安身邊，兩人肩並肩看著那個籠子裡的男人。

「我覺得這個我以前看過。」朵里安說。

「讓我想到鑰匙收藏家的花園，你那本書裡寫的。」薩克里說。朵里安轉向他，一臉驚訝。

「我讀過了，抱歉。」道歉是個反射動作，雖然他並不真心覺得抱歉。

「不必抱歉。」朵里安說，轉身面對畫作。

「你覺得怎樣？」薩克里問。

「好像快失去理智，但是以慢條斯理、美得令人心痛的方式。」

「嗯，我懂。所以算是**好了點**。」

朵里安綻放笑容，薩克里想不通，人怎麼會想念自己之前才見過一次的笑容。

「是啊，**好了點**。謝謝。」

「你沒穿鞋子。」

「我討厭鞋子。」

「『討厭』對鞋類來說是滿強烈的情緒。」薩克里說。

「我的情緒大多都很強烈。」朵里安回答，薩克里再次不知如何回應，而朵里安替他省下麻煩。

朵里安朝薩克里跨出一步，動作來得突然，且近得出人意料，然後伸出手，貼在薩克里的胸膛上，就在心臟上方。薩克里花了片刻才意識到朵里安在做什麼：確認他的確存在。他納悶透過毛衣有多容易感覺到心跳。

「你真的在這裡，」朵里安輕聲說，「我們兩個真的都在**這裡**。」

薩克里不知道該說什麼，所以只是點點頭，兩人盯著對方。朵里安那雙棕色的眸子流露暖意，是他之前沒能看出來的。左眉毛上方有道疤。一個人有好多片段，有好多小故事，而能夠閱讀它們的機會少之又少。**我想看看你**這個要求感覺非常詭異。

薩克里看著朵里安的目光以類似的方式掃過他的肌膚，納悶兩人的思緒有多少是相同的。

朵里安垂眼看著他的手，嘆口氣。

「你竟然穿著睡衣？」他問。

「對啊。」薩克里說，這才意識到自己真的穿著藍條紋睡衣，接著因為這一切的荒謬而笑了出來，短暫的遲疑之後，朵里安也跟著哈哈笑。

在笑聲中有什麼改變了，有什麼失去了，又有什麼尋獲了，雖然薩克里不知道該如何用言語形容剛剛發生的事，但兩人之間有種先前不曾有過的自在。

「你在書架裡面做什麼？」朵里安問。

「我想搞懂接下來該做什麼，」薩克里說，「我原本在找米拉貝，可是找不到，結果迷路了，就開始找熟悉的東西，最後找到了你。」

「我算熟悉嗎？」朵里安說，薩克里想說，**對，沒錯，你是最熟悉的，我不明白為什麼。**可是現在不適合說過多真話，於是他說：「如果你是迷失在時間裡的男人，你人會在哪裡？」

「你的意思不是我會在**什麼時間**嗎？」

「那個也是。」薩克里面帶笑容說，儘管領悟到找出迷失在時間裡的男人這項任務，可能比他原本想的艱鉅許多。他回頭去看那幅畫。

「你感覺怎樣？」朵里安問他，回應他因挫敗所洩漏的煩躁表情。

「感覺就像我已經失去理智，而在後理智的生活裡，謎題一個接一個出現。」薩克里看著籠子裡的男人。那個籠子看起來很逼真，鎖頭沉重，以鍊子繞過籠子欄杆。看起來真實可觸，可以騙過眼睛。

一時片刻，他覺得自己又是當初那個小男孩，站在一扇彩繪門前面，不敢擅自打開。門和籠子之間有何不同？**時候未到**和**遲了一步**之間有何不同？

「什麼樣的謎題？」朵里安問。

「自從我來到這裡，老紙條、線索和謎團。先是蜂后，但她只是引領我到一個隱藏的地下墓穴，裡面滿是裹在回憶裡的逝者，我的貓在那裡拋下我，而一本書告訴我，有三樣東西迷失在時間裡。請不要用那種表情看我。」

「一本書告訴你？」

「那本書解體成小片小片的指示，可是我不懂它的意思，當時周圍都是屍骨，所以我不大想多留下來搞懂狀況，反正那本書已經沒了。還有，那之後走廊上有個鬼魂。我想，也許。」

「你確定那不是你想——」

薩克里趕在他沒說出那個字眼以前打斷他。

「你認為是我捏造的？」薩克里問，「我們在地下圖書館，你看過那些在實心牆面上打開的彩繪門，你還認為書本占卜和可能有鬼魂是我**想像**出來的？」

「我不知道，」朵里安說，「我不知道現在該相信什麼。」

兩人默默盯著對方，沉默中隱含多重的張力，最後薩克里再也受不了。

「坐吧。」薩克里說，指著一張皮沙發。沙發上方架了盞綠色玻璃罩的燈。他以為朵里安會有意見，但並沒有。朵里安聽話坐下，一語不發，態度順從但表情洩漏心煩。「把這個讀完，」薩克里說，從袋子裡取出《甜美的憂傷》，遞給朵里安。「讀完以後，換讀這本。」他將《賽門和艾蓮諾的情歌》放在附近的桌子上。「你那本在你身上嗎？」

朵里安從外套口袋裡拉出《際遇與寓言》。「你沒辦法讀的……」薩克里將書接過來時他頓住，「你說你讀過了。」

「是啊，」薩克里說，「我想重讀可能有幫助。怎麼了？」他問，看著疑問在朵里安的臉上浮現。

「就我所知，你只會講英文和法文。」

「我可不會說我法文的程度是會講。」薩克里澄清，試著評估自己有多生氣，卻發現怒氣已經消散。他坐在另一張沙發上，小心翻開《際遇與寓言》。「在下面這裡，書本會自動翻譯。我想口說也是，可是我在這邊只用英文和手勢跟別人講話。這麼想來，看守人跟我講的可能不是英文，直接推斷他講的是英文也太冒失了。」

「怎麼可能？」朵里安問。

「這些事情有哪個是可能的？我連這些書架的運作模式都不懂。」

「我剛是用中文問你的。」

「你會說中文？」

「我會說很多語言。」朵里安說，薩克里仔細看他的嘴唇，確實不大對得上傳到他耳朵的話語，就像書本自動轉譯時會先模糊起來，然後才安頓下來。薩克里納悶，自己要不是刻意觀察，是不是根本不會注意到差異。

「你剛剛那句也是用中文說的嗎？」他問。

「我剛是用烏爾都語說的。」

「你確實會說很多語言。」

朵里安嘆口氣，低頭看著手中那本書，然後瞧瞧牆上的籠中男，再回頭看著薩克里。

「你一副想離開的樣子。」薩克里說，朵里安的表情馬上轉成詫異的樣子。

「我沒地方可去。」他說，一時扣住薩克里的目光，然後將注意力轉回《甜美的憂傷》。

薩克里讀《際遇與寓言》讀到一半，納悶貓頭鷹王是否不只一個，這時朵里安忽地抬頭看他。

「這個……在圖書館跟綠圍巾女人互動的男生，是我。」他說。

「比起我，你對於自己被寫進書裡的反應平靜多了。」

「怎麼……」朵里安開口，然後越說越小聲，依然在閱讀。一分鐘過後，又補了句：「只有開頭那個部分，其他的測試我都沒做過。」

「可是你原本是監護人。」

「不，我是收藏者俱樂部的高階會員，」朵里安糾正，視線並未離開書頁，「不過我想那家俱樂部就是這個地方演化出來的。有……有相似的地方。」朵里安從書中抬起頭，環顧房間，看著那些書架、那幅畫和通往走廊的那扇門。一隻貓路過，連往裡面一瞥也沒有。「艾蕾格拉總是說，我們得等到安全穩固為止。她跟我這樣說了好幾年，而我也信了。『安全穩固』

是個時時在變動的目標。永遠有更多門要關閉，有更多問題人士要排除。永遠是**就快了**，永遠不是**現在**。」

「整個收藏者俱樂部都相信嗎？」

「如果他們一直按照艾蕾格拉的吩咐去做，時間夠久就能為自己在天堂掙得位置，那也就是——如同波赫士[23]設想的——某種圖書館。是的，他們確實相信。」

「聽起來像是密教。」薩克里說。

「確實。」他承認。

令他詫異的，朵里安竟然笑了。

「那些原本你都相信嗎？」薩克里問。

朵里安思索這個問題，然後回答。

「是，我是。我當時信了。信得很堅定。我單憑信念接受了很多事情，結果有個晚上讓我質疑一切，我就逃開了。我消失了。他們不大能接受。他們凍結了我幾個化名底下的信用卡，使得幾個版本的我不再存在，也把另外幾個版本的我放進監視、禁飛，以及各種名目的黑名單上。可是我手頭有不少現金，而且當時我人在曼哈頓。在曼哈頓要隱姓埋名還滿容易的。我可以一身西裝、提著公事包，在中城走來走去。我會消失在人潮裡，雖然我通常會上圖書館去。」

「什麼讓你改變心意？」薩克里問。

「不是『什麼』，而是『誰』。米拉貝讓我轉變心意。」朵里安說，薩克里還來不及探問以前，朵里安就將注意力放回書本上，對話直接且清楚地暫止了。

兩人默默閱讀一陣子。薩克里偶爾會偷瞥朵里安，想透過他眉毛的反應，猜測他讀到哪邊。

23. 阿根廷作家波赫士（一八九九～一九八六）曾表示：「我總是在心中暗暗設想，天堂應該是圖書館的模樣。」

最後，朵里安合上《甜美的憂傷》，放在桌子上。他蹙起眉頭，伸出一手，薩克里一聲不吭便將《賽門和艾蓮諾的情歌》遞過去。他們又回頭看書。

薩克里讀一則童話（故事雕刻師用什麼盒子藏東西，他猜裡面放的就是命運的心臟）正讀得入神時，朵里安合起書來。

慢慢地，他們嘗試釐清一千個疑問。只要在一本書和另一本書之間作出一個連結，就有更多東西怎麼就是兜不攏。有些故事看似完全獨立且距離遙遠；有些故事則和他們兩人此刻置身的故事有明確關聯。

「以前有個……」朵里安才開口就頓住，當他繼續說的時候，是對著牆上的男人說，而不是坐在他對面的這位，「以前是有個機構，一般都稱為奇汀基金會，不曾對外公開，是行內話。我從來就不曉得它的起源，從來沒人姓奇汀，可是這不可能是巧合。」

「圖書館將這本書標記為奇汀基金會的贈書，」薩克里說，舉起《甜美的憂傷》，「他們跟收藏者俱樂部有什麼關聯？」

「他們是相反勢力，是……有待殲滅的標靶。」朵里安頓住。他站起來在房裡踱步，薩克里突然有種困在那幅畫作籠子裡的感覺，只是行動不受限於牆面。

「再說一次墓穴那本書跟你說的話？」朵里安問，停步拿起《賽門和艾蓮諾的情歌》，一面踱步一面翻頁。

「有三個東西迷失在時間裡。一本書、一把劍、一個人。《甜美的憂傷》一定就是那本書，因為艾蓮諾把書給了賽門，然後那本書就在地表上停留，多久？一百年？指示說要『找到人』而不是『找到人和劍』，所以也許那把劍已經歸還了。看守人辦公室裡有一把劍，就掛在一眼就能看到的地方。」

「賽門就是那個迷失在時間裡的男人，」朵里安說，「一定是。《甜美的憂傷》裡那個迷失在時間裡的男人甚至有帶鈕釦的外套。」

朵里安拿起《甜美的憂傷》，在兩本書之間來回翻閱。

「你想誰是那個海盜？」他問。

「我想海盜是個隱喻。」

「什麼的隱喻？」

「我不曉得。」薩克里說，嘆口氣，回頭看著那個彩繪籠子裡，被諸多鑰匙團團包圍的男人。

「誰是那個畫家？」朵里安問，薩克里腦袋裡的那個聲音同一時間這麼問。

「我不知道，」薩克里說，「我看過好幾幅，可能都是同一個畫家的作品。我房間就有一幅兔子海盜的畫。」

「我可以看看嗎？」

「當然。」

薩克里將《甜美的憂傷》和《賽門和艾蓮諾的情歌》收進袋子，朵里安將《際遇與寓言》放回口袋，兩人一起出發穿過走廊。這條走廊薩克里多少認得，模樣類似隧道，書架以曲線造型配合每個彎處。

「你逛過多少地方了？」薩克里在兩人行進時問，看著朵里安放慢腳步，盯著四周。

「只有幾個房間。」他回答，俯視腳下。這條走廊的地板是玻璃，露出下方擺滿移動式屏風的房間，屏風上印滿了故事，雖說從這角度看去，是個關於一隻貓咪在迷宮裡的故事。

「我見過的人只有你，還有那個穿著白袍不講話，頭髮很蓬鬆的那個天使女生。」

「那是拉愛姆，」薩克里說，「她是助手。」

「她有舌頭嗎？」

「我沒問。我覺得會滿失禮的。」

一張扶手椅旁放了座華麗的望遠鏡，朵里安在那裡停步。望遠鏡正對著嵌進旁邊牆面的窗。他拉開栓鎖，打開窗戶。窗戶後方的景致大半是黑暗，遠處有柔和的光。

朵里安回到望遠鏡那裡，透過望遠鏡眺望。薩克里看著他嘴角揚起一抹笑容。片刻之後，他往旁邊一站，打手勢要薩克里來看。

等薩克里的眼睛適應眼鏡加望遠鏡鏡片的組合之後，視線便能穿越廣闊的空間，望進遠方。那裡有幾扇窗戶可以看進其他房間，是海港的其他區域，刻在崎嶇的岩面上，往下降入暗影當中。但是在被光線映亮的大片岩石上，停著一艘大船的殘骸。船身裂成兩半，下方的海被偷走了。破爛的旗幟軟趴趴掛在桅桿上，一疊疊的書堆在傾斜的甲板上。

「以前這裡有海妖賽壬嗎？你想？」朵里安問，聲音非常接近薩克里的耳朵，「唱歌害水手發生船難？」

薩克里閉上雙眼，試著想像這艘船在海上航行的景象。

他從望遠鏡轉開，預計朵里安會在他旁邊，但朵里安已經又沿走廊往前了。

「可以問個問題嗎？」薩克里追上他的時候說。

「當然。」

「在紐約的時候，你為什麼要幫我？」這是薩克里一直想不通的，想說他一定不只是想拿回自己的書。

「因為我想啊，」朵里安說，「我大半輩子都按別人的意思做事，而不是照自己的意願，我想改變這一點。憑衝動下決定。不按牌理出牌。這種方式讓人耳目一新，也滿可怕的。」

轉幾個彎，穿過一條滿是故事的彩繪玻璃走廊之後，他們抵達薩克里的房門。薩克里上前去開，但鎖上了。他忘了自己上了鎖，於是從毛衣底下掏出鑰匙。

「你還戴著啊。」朵里安說，看著那把銀劍，薩克里除直接確認說是，他還戴在身上，很少摘下來之外，不知道還能怎麼回應。可是就在他打開門的時候，立刻因為那隻波斯貓的憤慨號叫聲而分神，他無意間將貓鎖在了房裡。

「噢，抱歉。」薩克里對貓說，貓什麼也沒說，只是在他的雙腿之間鑽竄，然後沿著走廊遠去。

「牠在裡頭多久了？」朵里安問。

「幾個小時吧？」薩克里猜測。

「唔，至少牠過得還舒服。」朵里安邊說邊環顧房間。他將焦點放在壁爐平臺上方的畫作上，看起來像是古典風格的高桅船海景，不祥的烏雲密布，驚濤駭浪，除了兔子海盜之外，完全走寫實路線。「你想這是巧合嗎？」他問，「假裝自己是兔子的女孩認識一位畫家，然後有幾幅畫作的內容是兔子？」

「你認為那些畫作是那位畫家替艾蓮諾畫的？」

「我覺得有可能，」朵里安說，「我想這裡頭有故事。」

「我想這裡的故事可多了。」薩克里說。他放下袋子，那瓶酒鏗鏘撞上石地。薩克里拿出酒瓶，拂去燈籠和鑰匙圖案上的塵埃，納悶這酒是誰裝瓶的，前後放在酒窖多久，等待有人打開。乾脆現在就開吧？

薩克里望著木塞酒瓶，眉頭一皺。

「別批評喔。」他對朵里安說，從桌上拾起一支筆，用它將木塞一路推進瓶子裡，這是大學時代缺乏恰當的酒吧工具時，用過無數次的招術。

「應該可以在哪裡找到開瓶器才對。」朵里安說，旁觀這個不盡優雅的過程。

「你之前明明還滿欣賞我隨機應變的技能。」薩克里回應，舉起成功開啟的酒瓶。

薩克里痛飲一口酒，朵里安哈哈笑。如果能先倒入醒酒瓶並且用酒杯盛裝，也許可以提升酒的口感，但這樣喝起來依然濃郁、美味、明亮。莫名地給人發亮的感覺，有如瓶身上的燈籠。這酒並未在他的舌頭周圍低聲訴說詩詞或故事，但滋味卻比故事還古老。嘗起來有如神話。

薩克里將酒瓶舉向朵里安，他接過去的時候，讓自己的手指停在薩克里的手指上。

「你那時候是為了我才回去的，對不對？」朵里安突然問，「抱歉我沒早點提起，一切都還朦朦朧朧的。」

「主要是米拉貝的功勞，」薩克里說，「我只是副手，後來我被綁在椅子上下了藥。」那些事情感覺跟現在距離好遙遠，雖說近期才發生。「我已經好多了。」他補了句。

「謝謝，」朵里安說，「你不必這樣的。你什麼都不欠我，我……謝謝。我本來以為可能不會再醒來，可是醒來的時候人卻在這裡。」

「不客氣。」薩克里說，雖然覺得自己應該多說一些。

「那是多久以前的事了？」朵里安問，「四天？五天？一星期？感覺更久。」

薩克里無言看著朵里安，沒有適當的答案。他覺得可能是一星期、一輩子，或一瞬間。他心想我**覺得自己認識你好久**，但沒說出口。於是兩人只是四目相對，什麼都不需要說。

「這是你從哪裡拿來的？」朵里安以瓶就口，小啜一下之後問。

「從酒窖拿的，在宴會廳的遠端，無星之海舊址再過去的地方。」

朵里安看著他，眼神流露上千個問題，但一個也沒問出口，只是大灌一口酒，再將酒瓶遞還給薩克里。

「在它的年代裡一定很神奇的。」他說。

「你覺得大家以前為什麼會來這裡？」薩克里說，又啜一口帶有神話滋味的酒，然後將酒瓶遞給朵里安，無法辨別自己腦袋和脈搏的高速運轉是因為酒，還是因為朵里安的手指擦過他的手指。

「我想大家以前來這裡的原因，就跟我們來這裡相同，」朵里安說，「為了尋覓什麼。即使我們不知道是什麼。尋找更多的什麼。尋找令他們驚嘆的什麼。尋覓歸屬的地方。我們來這裡是為了在別人的故事裡漫遊，一面尋覓我們自己的故事。敬尋覓。」朵里安說，將酒瓶朝薩克里傾去。

「敬尋獲。」薩克里回應，在朵里安將酒瓶遞給他時，重複同樣的動作。

「我還滿喜歡你讀我的書，」朵里安說，「再次謝謝你幫我拿回來。」

「別客氣。」

「很怪，不是嗎？愛上一本書這件事。紙頁上的文字變得如此珍貴，感覺就像是你個人歷史的一部分，因為它們就是。終於有人讀到我熟知的故事，真不錯。你最喜歡哪一則？」

薩克里思索這個問題，同時思索**熟知**這個詞的特殊用法。他想了想那些故事，片段的影像再次浮現腦海，他任自己將它們單純當成故事來思索，而不要試圖拆解它們、搜尋當中的秘辛。他瞅著手中的酒瓶以及上頭的鑰匙和燈籠，想起酒館裡的先知與覆雪客棧裡共酌的那些酒。

「我不知道。我喜歡那個講劍的故事。有好多故事都滿悲傷的。我想客棧主人和月亮是我的最愛，可是我想要……」薩克里打住，不確定他想從中得到什麼。**更多吧**，也許。他將酒瓶遞還給朵里安。

「你想要更幸福的結局嗎？」

「不是……不見得是更幸福。我想要更多故事。我想知道之後發生什麼事，我想要月亮找到方法回來，即使她無法留下。那些故事都像那樣，感覺是更大故事的局部。感覺書頁之外發生了更多事情。」

朵里安若有所思點點頭。「那是衣櫥嗎？」他問，指著房間另一側的那件家具。

「是啊。」薩克里說，分神得只能陳述事實。

「你檢查過了嗎？」

「為了什麼？」薩克里問，但在朵里安難以置信地挑起眉毛時，領悟到他的意思，「噢，噢，沒有，還沒有。」

他想，這是他擁有過唯一正式的衣櫥，他過往曾經在櫥櫃裡坐了那麼多時間——字面上與象徵上[24]皆是——他無法相信自己竟然還沒檢查這座衣櫥是不是納尼亞的入口。

朵里安將酒瓶遞給薩克里，然後走向那座衣櫥。

「我自己對納尼亞倒是沒有特別的好感，」朵里安說，邊說邊用手指拂過雕刻木門，「太多直接的象徵，不合我口味。雖然當中確實有種浪漫。雪地。有紳士風度的薩梯。」

朵里安打開門，綻放笑容，雖說薩克里看不出他為了什麼而笑。

朵里安伸出一隻手臂，撥開一排排的麻料和喀什米爾衣料，動作緩慢小心。將動作的時間間隔拉長，而不是直接伸向衣櫥後側。好整以暇的。

他甚至不需要靠文字就能說故事，薩克里腦海某處有個聲音說，突然迫切希望自己正穿著朵里安碰觸的那件毛衣，這個思緒讓他閃了神，片刻之後才意識到朵里安已經踏進衣櫥並消失了蹤影。

因為境遇和時間而嚴重損毀的紙星星，星星的形狀幾不可辨

一時之間踏進時間裡的男人，氣呼呼地穿過走廊，再次找路脫離了時間。掉落的分枝燭臺並不是罕見的東西。助手預期會有這種狀況，他們有辦法預知火焰何時可能會傾覆，有辦法可以防患未然。

助手們無法預測迷失在時間裡的男人會採取什麼行動。他們無從得知他何時會出現在何方。他出現的時候，他們並不在場。

現在的助手沒有以前多，在這個時刻，他們通常忙著照料其他事務。

起初火焰悄悄潛行，然後忽地竄起，將書從書架上拉下，成了燒蜷的紙張，使得蠟燭化為一攤攤的融蠟。

火在走廊之間奔竄，就像大海一樣，淹沒了它流經的一切。

火找到娃娃屋那個房間，將它據為己有，整個宇宙迷失在時間裡。

娃娃們只看到一陣閃光，接著一切化為烏有。

24. 象徵上指的應是隱藏自己的同志身分。

神智。

薩克里・艾思拉・羅林斯盯著容納大量毛衣、麻料襯衫和長褲的衣櫥，再次質疑自己的神智。

「朵里安？」他說。朵里安一定躲在暗影裡、蜷縮在吊掛的衣物下方，就像薩克里過去做過多次的那樣，獨自坐擁一方世界，緊密扎實、遭人遺忘。

薩克里伸出一手穿過毛衣和襯衫，納悶自己為何要接受暗影就是暗影，這個地方明明遠遠超過表象，他的手指該要碰到扎實木頭的地方，卻什麼也沒摸到。

他噗哧一笑但笑聲卡在喉嚨裡。他踏進衣櫥，將手探得更遠，該是衣櫥後側的地方只有一片空，超過手指該碰到牆壁的地方。

他跨出一步，然後再一步，喀什米爾掃過他的背部。他房間的光線很快退去。他往側邊伸出手，輕輕碰到了有弧度的扎實岩石。也許這裡是一條隧道。

薩克里往前走，進入了眼前的黑暗，一隻手揪住他的手。

「我們來看看這會通到哪裡去，要不要？」朵里安在他耳畔低語。

薩克里抓住朵里安的手，兩人十指交扣，一同隨著隧道轉彎，踏進另一個房間。

這個房間的照明只靠一支蠟燭，擺在鏡子前方，所以有雙重的火焰。

「我想這不是納尼亞。」朵里安說。

薩克里讓自己的眼睛適應光線，朵里安說得對，這裡不是納尼亞，而是放滿了門的房間。

每扇門上都刻了圖樣。薩克里走向最近的那扇，在過程中鬆開朵里安的手但隨即覺得後悔，但就是不敵好奇心。
門上有個女孩對著幽暗的天空高舉燈籠，天空裡滿是帶翅的生物，對著她尖叫、扒抓和低嘶。
「我們別開那道門。」薩克里說。
「同意。」朵里安說，回頭一看。
他們經過一道又一道的門。這裡有個雕刻的城市，到處聳立著弧形的高塔。還有一座島嶼在月光籠罩的天際之下。
有一扇門描繪了鐵欄杆後方的人影，朝著另一個籠子裡的人伸出手，這讓薩克里聯想到地下室的那位海盜。他準備開門的時候，朵里安將他的注意力引向另一扇。
這扇門上頭雕刻了一場慶祝盛會。有幾十個無臉的人影在掛飾和燈籠下方跳舞。有一條掛飾上蝕刻了一串月亮，滿月的周圍是漸盈和漸虧的弦月。
朵里安打開門。後方的空間一片陰暗。他走了進去。
薩克里跟了上去，但才走進去，朵里安就不見蹤影。
「朵里安？」薩克里說，回到擺滿了門的房間，但那個房間也消失不見了。
他再次轉身，此時正站在擺滿書籍的明亮走廊上。
一雙身穿長禮服的女子與他錯身而過，她們對彼此的興趣顯然更勝於對他，路過的時候正嘻笑著。
「哈囉。」薩克里對著她們的背影呼喚，但她們並未轉身。
他望向背後。沒有門，只有書本。高高的架子上凌亂地疊滿了一整批翻舊了的書，有些攤開來。往下幾個架子那裡有個俊俏的年輕男子，頂著薑色頭髮，髮色亮得接近紅，正在翻閱其中一本書。

「打攪一下。」薩克里說，但男人並未從書中抬起頭。薩克里伸手去碰他的肩膀，指尖底下的布料觸感很奇怪，若有似無。碰到一個身穿西裝外套的男人肩膀，但只是碰到的念頭，而不是實際的觸感。就像電影的配音和畫面有落差，只不過改成碰觸的版本。薩克里詫異地抽回了手。

薑色頭髮男人抬起頭，但不是真的看著他。

「你來參加派對嗎？」他問。

「什麼派對？」薩克里回應，但男子還來不及回答，他們就被人打斷了。

「溫斯頓！」走廊下個彎處傳來男人呼喚的聲音，就是剛剛兩位長禮服女孩離去的方向。薑色髮男人放下書本，對薩克里微微一鞠躬，然後起身追尋那個聲音。

「我想我剛看到鬼魂了。」薩克里聽到他語氣隨意地對同伴說，兩人在走廊上走遠並隱去蹤影。

薩克里看看自己的雙手。跟平常沒有兩樣。他拿起那本男人放回架上的書，捧在手裡感覺扎實卻又不大扎實，就像腦袋告訴他他正捧著一本書，但實際上卻沒有書那樣。

可是那裡有本書。他翻開來，令他訝異的是，他認出了書頁上的詩詞片段。是薩芙[25]。

有人會記得我們
我認為
即使是在另一時空

薩克里合上書，放回架子上，書本的重量並未隨著動作同時轉移，但他發現自己已經預期會有觸覺的落差。

另一條走廊傳來陣陣笑聲。音樂在遠處演奏。薩克里確實置身於他所熟悉的無星之海海港，但一切生機盎然、熱鬧歡騰。有好多人。

他路過他推想是裸女的金色雕像，直到她動了起來，他才意識到是金色顏料一絲不苟畫在真正裸女的身上。她伸出手，在他路過的時候碰了碰他的手臂，在他的衣袖上留下一道道金粉。

他繼續往前走，有少少幾個人向他致意，但人們似乎知道他在場，在他經過的時候會讓開。他往前走的時候，人潮越來越多，他這才意識到他們的去向。

再轉個彎，便來到一道寬闊的下行階梯，通向宴會廳。階梯張燈結彩，掛著燈籠和沾了金彩的紙花環。加了金箔的五彩碎紙一波波撒落在石階上。碎紙黏在長禮服的衣襬和長褲的褲口，在人潮拾級而下的時候飄飛打轉。

薩克里跟了上去，被捲進了派對人士的潮浪裡。他們進入的宴會廳既熟悉又完全超過預期。他知道的那個空洞虛無的空間現正擠滿了人。枝形吊燈全都點亮了，朝廳堂灑下舞動的光線。天花板上滿滿都是鋁箔氣球。閃著微光的長緞帶從氣球垂掛下來。薩克里走得更近時，看出那些緞帶的末端繫著珍珠。一切波動起伏、閃閃爍爍，散放金黃光芒。聞起來有蜂蜜和焚香，麝香、汗水和酒味。

虛擬真實如果沒有任何氣味，其實也沒那麼逼真，他腦袋裡有個聲音評道。

氣球簾幕好似迷宮，巨大的空間由近乎透明的牆面隔成不同區域。一個空間化為了多個；即興的房間、凹室、聚集成小群小群的椅子、濃豔珠寶色調的地毯蓋住了石地，桌面披著深沉夜空藍的絲綢，上面有點點星辰。絲綢上擺滿了銅碗和花瓶，堆滿了酒、水果和乳酪。

他身邊有個女人以絲巾將頭髮挽起，身穿助手的長袍，捧著一只盛滿金色液體的大碗。

25. Sappho（約莫西元前六三〇～五七〇）古希臘女詩人。

他看著的時候，賓客將雙手伸進碗裡，移開時，手上沾滿了閃閃發亮的金彩。順著手臂淌流，滴落在衣袖上，薩克里看到有人的耳後和頸背都有金色指印，領口上和腰際下也留下了暗示著行為越界的指痕。

更接近宴會廳中央的地方，緞帶簾幕打開，房間可以完全擴展開來。舞池占據的大半空間，朝遠側的拱道往前延伸。

薩克里沿著邊緣走動。旋轉的舞者們如此之近，長禮服掃過了他的腿。他抵達聳立的壁爐，發現那裡擺滿了蠟燭，堆在爐床裡，也沿著平臺擺放，在石頭上滴成了一池池蠟淚。蠟燭間放著裝了金沙和水的瓶子，裡面養著小白魚，扇形尾巴在光線中亮如火焰。火焰和魚的上方畫了符咒：滿月兩側是弦月，一盈一虧。

薩克里的手附近有點動靜，勾起了他的注意力，他往下一看，發現有人往他的手心塞了一張摺好的紙。他瞥了瞥周遭的派對人士，但他們都沉浸在自己的世界裡。

他攤開這張紙，上頭以金墨潦草地手寫了些字。

月亮從來不曾開口要求死神或時間施恩，但有個東西是她期盼的，是她渴求的，她從來不曾如此渴望任何東西。

有個地方對她來說逐漸變得珍貴，那裡面的某個人更是如此。

月亮從借來的時間裡偷走一些時刻好返回這個地方。

她找到了一個不可能的愛。

她決心找到方法保住它。

薩克里抬頭望著四周的人海，他們跳舞、飲酒、歡笑。放眼看不到朵里安，但這一定是他寫的，所以他肯定就在附近。薩克里再把紙摺好，將這個故事片段塞進口袋，繼續穿過宴會廳。

壁爐再過去的地方有些桌子，上面擺滿了酒瓶。一位穿著套裝的女人站在桌子後方，負責斟酒和調酒，以細緻的酒杯遞給路過的人。薩克里看著她工作，混和的液體冒煙起泡、變換色彩，由清澈到金色到紅色到黑色，然後再次清澈起來。

他聽到調酒師祝福某人農曆新年快樂，一邊遞出雞尾酒杯，酒液表面蓋了一層金箔，要弄破才喝得到酒。薩克里在表面被破壞以前，繼續往前走。

在一個安靜的角落裡，有個男人往地板上倒沙子，沙子的色調有黑、灰、金、象牙白，做出了精巧細緻的圖案，曼陀羅般的多重圓圈，描繪了舞動的人形、氣球、大火堆，外圍有一圈貓咪，更外圍的圓圈則是蜜蜂。他以羽毛邊緣將細節刻進沙子裡。薩克里湊得更近，好看得更清楚，但作品一完成，男人就將全部拂去，然後重新開始。

附近有個身上除了緞帶以外別無他物的女子，正斜倚在靠背長椅上。緞帶上寫了詩，繞過她的喉嚨、腰際，在她腿間往下盤繞。有不少仰慕者正在閱讀她，但她讓薩克里聯想到地下墓穴的屍骸；他正要別過身子時，一行文字攫住他的目光。

首先，月亮去找死神商談。

那則故事繼續攀著女子的手臂、繞過她的手腕，薩克里為了讀這個故事而靠得更近。

她問死神是否能夠饒過一個靈魂。

只要能力所及，死神願意實現月亮的任何心願，因為死神向來慷慨大方。這是個簡單的禮物，可以輕易贈予。

緞帶在那裡結束，繞過女子的無名指。薩克里讀了其他緞帶，但再也沒有關於月亮的內容。

薩克里繼續走，發現宴會廳有另一區域有幾百本書，藉著書脊從天花板垂掛下來，攤開來懸浮著。他伸手去碰腦袋上方的其中一本，紙頁翻飛著作為回應。整批書重新排列組合，好似一群雁鴨改變了飛行隊伍。

他覺得自己在舞池另一側看到了朵里安，於是試著朝那個方向前進。他隨著人群移動。人好多。雖然他覺得自己比較不像鬼魂了，但大家頂多只是瞥他一眼，四周的空間和人似乎更為扎實。他幾乎感覺得到掠過他手指的那些手指。

「原來你在這裡。」旁邊有個聲音說，但不是朵里安，而是之前那位薑色髮年輕男子。他脫掉了西裝外套，雙臂一路到指尖全沾滿了金粉。薩克里以為自己聽錯了，男人應該是在跟別人說話，但男人正直直看著他。「你是什麼時候的？」男人問。

「什麼？」薩克里問，依然不確定男人在對自己說話。

「你不是現在的人。」薑髮男人說，將一隻金手舉向薩克里的臉，用手指輕輕拂過他的臉頰，薩克里感覺到了，這次真的感覺到了，他詫異得無法回話。薑髮男人作勢要拉他到舞池去，但人群在他四周移動，拆散了兩人，接著男人再次消失不見。

薩克里試著尋找房間邊緣，想遠離人潮。他原本以為樂手們在他後面，但此時長笛就在他面前，左邊某個地方有幾副鼓。光線更暗了，也許氣球正往下沉，他移向周邊的時候，空間縮得更小。他路過的地方，有件金色洋裝棄置在一張扶手椅上，好似蛻掉的蛇皮。

薩克里一走到牆邊，就發現上頭蓋滿了文字，在深色石頭上沾金彩以筆刷寫成。那些字很難讀懂，金屬色澤的顏料反射了過多或過少光線。薩克里追讀在牆面上展開的故事。

月亮找時間商談。

（他們已有好一陣子沒說話。）

月亮請時間原封不動留下一個空間和一個靈魂。

時間逼月亮等待答覆。月亮接到回覆時，伴隨而來的是個條件。

時間同意幫忙月亮，前提是月亮要協助時間找到方法留住命運。

月亮許下承諾，雖說她還不知道怎麼倒轉已經打破的東西。

於是時間同意在遠離星辰的地方，留一個藏匿之處。

現在，在這個空間裡，白日與黑夜以不同的、奇特的方式流逝。緩慢的。慵懶且甘美。

牆上的文字在此結束。薩克里望向整場派對，看著氣球飄過吊燈與旋轉中的舞者，附近有個女孩以金彩在另一個女孩赤裸的肌膚上畫著一行行散文，之前金彩可能被借來在牆上書寫。一個男人端著放滿小蛋糕的托盤經過，上頭的糖霜都是詩。有人遞了杯酒給薩克里，接著酒杯卻消失不見，他想不起到哪去了。

薩克里掃視人群，想尋找朵里安，納悶自己是不是迷失在目前過得特別古怪又緩慢的時光，而又該怎麼找回方向，接著視線落在房間對面的一個男人身上，對方也倚在牆面上，頂著一頭沾了金粉的淡色複雜髮辮，除此之外，跟目前的看守人一模一樣。沒更年輕也沒更老一天。看守人正望著群眾裡的某個人，但薩克里看不到是誰。他尋找線索，想查出今年的年份，但眾人的衣著風格變化多端，很難猜測。二〇年代？三〇年代？他納悶看守人是不是看得到他，納悶看守人到底幾歲，又看誰看得這麼專注。

他試著追隨看守人視線的方向，往前穿過拱道，通往放滿蠟燭和燈籠的樓梯間，蠟燭和燈籠在往黑暗延伸的浪濤上灑下閃爍挪移的金光。

薩克里停下來，盯著無星之海的閃爍浪花。他朝它走近一步，然後再一步，接著有人將他往後拉。那隻手臂繞過他的胸口，另一手摀住他的雙眼，迴旋的動態為之平靜，金色的火光隨之黯淡。

他不管到哪裡都分辨得出來的聲音，就在他耳邊低語。

「所以月亮找到了方法保住她的所愛。」

朵里安將他往後帶，踏上了舞池。薩克里感覺得到四周狂歡的人海，即使肉眼看不到，卻能真正感覺到他們的存在，知覺毫無延遲，雖說此刻他的感官徹底集中於他耳邊的人聲以及脖子上的吐息，任由朵里安帶領他和這個故事，不管想去哪裡都行。

「過去位於某個十字路口的一家客棧，現在坐落於另一個十字路口，」朵里安繼續說，「在某個更深更暗、鮮少有人能找到的地方，就在無星之海的岸邊。」

朵里安從薩克里的眼睛上挪開手，現在將他轉過來，幾乎轉了一整圈，兩人面對面站著，在人群中央舞動。朵里安的髮絲沾了一道道金粉，金粉順著脖子往下拖過了外套的肩部。

「目前還在那裡。」朵里安說，停頓許久，薩克里以為故事已經完結，但接著他湊得更近，「天空不見月亮的蹤影時，她就是到那裡去了。」朵里安將每個字緩緩呼在薩克里的唇上。

薩克里作勢跨過兩人之間的丁點距離，但還來不及這麼做以前，傳來有如雷鳴的爆裂聲響。腳下的地面搖搖晃晃。朵里安失去平衡，薩克里抓住他的手臂好穩住他，免得他撞上其他跳舞的人，但在場並沒有其他舞者。一個人也沒有。既沒有氣球，也沒有派對，更沒有宴會廳。

兩人一同站在空蕩蕩的房間裡，一扇雕刻的門已從鉸鏈上脫落，上頭描繪的慶祝活動凝結破損。

薩克里還來不及問怎麼了以前，另一聲爆響隨之而來，一陣石雨朝他們的腦袋落下。

濺了點點金彩的紙星星

無星之海正在上升。

潮浪移動的速度起初相當緩慢，貓頭鷹們靜觀其變。

浪濤拍打遺棄已久的海岸，貓頭鷹們從上方飛越而過。

牠們發出警告，表達欣喜之情。

時候到了，牠們早已等候多時。

牠們尖啼歡慶，最後海平面高到連牠們也不得不找庇護所。

無星之海持續上升。

現在它淹過了海港，將書本紛紛從架上扯下，將心占為己有。

終結已經到來。

此時此地，貓頭鷹王以自己的雙翼帶來了未來。

薩克里・艾思拉・羅林斯跟蹌穿過喀什米爾和棉麻，他和朵里安穿過衣櫥跌跌撞撞回到房裡時，順帶扯下了毛衣和襯衫，後方的隧道正在崩塌，送來一蓬塵灰。

薩克里房裡的書本大多已從架上摔落。棄置的酒瓶已經落下，酒液灑在書桌的側邊。兔子海盜在壁爐旁邊的地板上發生船難。

又一陣顫動，衣櫥狠狠砸下，薩克里衝向門口，朵里安緊跟在後。薩克里抓起自己的袋子，往肩上一掛。

薩克里往心走去，不知道還能去哪裡，一面忖度在地底下碰上地震的時候，到底應該怎麼辦。

顫動停下，但損害相當明顯。他們在倒落的架子和家具之間磕磕絆絆，停下來救出困在坍塌桌子底下的虎斑貓。虎斑貓沒向他們道謝就逃之夭夭。

「我沒想到她真的會這麼做。」朵里安說，看著那隻貓躍過歪倒的燭臺，融化的蜂蠟在石頭上積成攤，然後消失在暗影裡。

「做什麼？」薩克里問，但前方傳來巨響。他們繼續往前走，跟貓咪相反方向，薩克里默默將之視為壞預兆。

他們抵達心之前，有人正在叫囂，但薩克里聽不出內容，因為有金屬撞擊的鏗鏘響，朵里安將他往後拉，伸出手臂抵在牆上，擋住薩克里往前的去路。

「我要你知道一件事。」朵里安說。心那裡又傳來巨響。薩克里朝著噪音的方向望去，但朵里安伸手往上，將薩克里的臉轉過來面對自己，手指纏在薩克里的髮間。

話音如此輕柔，在喧囂持續不斷的狀況下，薩克里幾乎聽不見。朵里安說：「我要你知道，我對你的感覺是真的。因為我想你也有同感。我曾經失去很多東西，我不想連這個也失去。」

「什麼？」薩克里問，不確定自己聽對了，關於朵里安指的是哪類的感受，他想要更多資訊，也很好奇朵里安為何挑這個不巧的時機進行這場對話。但接著才發現原來這不是對話，因為朵里安只扣住他的目光片刻，便放開他並走了開來。

薩克里繼續背貼著牆，恍恍惚惚。地板再次震動，更多書本從附近的架子上滾落。

「現在到底是怎麼回事？」他大聲問，沒人有答案，連他腦海裡的那個聲音也沒有答案。薩克里調整他肩膀上的袋子，跟在朵里安後頭。

抵達心的時候，就明白剛剛那些碰撞聲響的起因。時鐘宇宙坍塌了，鐘錘自由地擺盪，纏在好幾個大圈的金屬上，上方有東西徒勞地想要移動它們，但它們只是以不規則的間歇起起落落，搥打著地板，將原本龜裂的瓷磚砸成了粉塵。那雙金手毫髮未傷，但現在有一隻朝著下方龜裂的地磚傾斜，另一隻則控訴似地指向一堆岩石，就是通往電梯的門原本所在之處。

從看守人辦公室傳來的吼叫聲越來越大。朵里安往上盯著崩塌的鐘錶裝置，薩克里這才意識到，朵里安一直不曾有機會看到心原本的樣子，而在他們四周開展的一切感覺非常不公平，令人惱怒，一時之間——就那麼一瞬間——他巴不得他們從來不曾來到這裡。

看守人的聲音是第一個能聽清楚內容的。

「我並沒有准許任何事情，」他說——不，他是用吼的——對著薩克里看不到的對象，「我明白——」

「你並不明白。」有個聲音打了岔，薩克里之所以認出來，更因為是旁邊的朵里安身子一僵，而不是自己真的記得艾蕾格拉的聲音。「我之所以明白，是因為我老早看出這會走到什麼地方，而我不會任由它發生。」艾蕾格拉說，接著出現在辦公室門口，披著皮草大衣，面對他們的時候，抹了口紅的紅唇扭成怪相。看守人尾隨在後，長袍沾滿塵埃。

「看來你還活著，羅林斯先生，」艾蕾格拉說，語氣平靜隨興，彷彿前一刻不曾放聲大吼，彷彿他們不是站在破損、鏗鏘響的金屬，以及擺脫書脊、翻飛不停的紙頁之間，「我知道有人會因此覺得高興。」

「什麼？」薩克里說，雖然他想問的是誰，但問題被後方的嘈雜聲蓋住，艾蕾格拉並未回答。

片刻間，她的雙眼在他和朵里安之間來回跳動，一隻藍眼比薩克里記憶中的還亮，他有種感覺就是被觀看，而且是頭一次被真正看見，但這種感覺轉瞬即逝。

「你根本不懂，」她說，薩克里聽不出她在對他或朵里安說話，「你根本不曉得你為什麼來這裡。」或兩者皆是，薩克里心想，她將注意力整個轉到朵里安身上。「我跟你還有事情沒完。」

「我對妳無話可說。」朵里安告訴她。宇宙在磚地上砸出了重響，替他的發言加了標點。

「什麼讓你覺得我想談？」艾蕾格拉問。她走向朵里安，只有在他倆幾乎面對面的時候，薩克里才看到她握著一把槍，被大衣的毛皮袖口遮住了部分。

薩克里還來不及消化眼前的事情，看守人就先有了反應。他揪住艾蕾格拉的手腕，將她的胳膊往後一拉，奪走她手中那把左輪手槍，但她搶先扣下扳機。她原本直接瞄準朵里安的心臟，這下子彈轉而往上射發。

子彈從掛在上方的其中一隻金手上彈跳回來，金手被撞得搖搖擺擺，往後歪扭，撞進了齒輪。

子彈最後卡在貼磚的牆面裡，就在一幅壁畫中央，畫中原本描繪的是一間監獄牢房，有個女孩在鐵欄杆的一側，海盜在另一側，但早已裂開褪色，而這一小塊金屬所施加的破壞，和時間帶來的毀壞無法二分。

上方，搖擺著星球的機械裝置再次往下重擊，這一次鋪磚地板屈服於壓力，瓷磚下方的石頭應聲裂開，裂隙後方不是薩克里預期的擺滿書本的走廊，而是通往一個洞穴，這個岩洞往下延伸得好遠好遠，進入了幽影和黑暗。

你忘了我們在地下，他腦海裡的聲音說，**你忘了那是什麼意思**，它說了下去，薩克里不再確定那真的是他腦海裡的聲音。

鐘錘從糾纏的金屬斷開來，重重摔落。

薩克里豎耳傾聽它砸中底部的聲音，想起米拉貝的香檳酒瓶，但什麼也沒聽見。

那道裂隙從細痕迅速擴展成裂口，再變成大洞，將石頭、瓷磚、星球、破損的枝形吊燈和書本一起拉下去，這些東西在那個落點聚集成堆的時候，好似高聳的浪濤。

薩克里後退一步，進入辦公室門口。看守人一手搭在他胳膊上好穩住他，接下來發生的一切感覺非常緩慢，雖說實際上只花了片刻時間。

艾蕾格拉腳一滑，地板在她的腳下崩塌，開口的邊緣找到了她的雙腳，她往下掉的時候伸手想抓住什麼，什麼都好。

她的手指落在朵里安星星鈕釦午夜藍外套的毛料上，將外套連人往後猛扯，兩人一起摔進裂口。

他們摔落的瞬間，薩克里對上朵里安的視線，他想起朵里安在幾分鐘、幾秒鐘、幾刻鐘之前講過的話。

我不想連這個也失去。

接著朵里安便消失不見，薩克里對著下方的黑暗放聲尖叫時，看守人在裂口邊緣將薩克里往後拉住。

一枚紙星星被展開來，改摺成迷你獨角獸，
但記得自己過去曾經是星星的時候，
也記得更早自己還是書本的某部分，
有時候這隻獨角獸會夢見
自己成為書本以前還是一棵樹的時候，
以及更早更早以前，
當時自己還是不同種類的星辰。

占卜師的兒子漫步穿越雪地。

他持著一把長劍，這把劍由頂尖的鑄劍師所打造，遠在他出生以前。

（那把劍的姊妹們都遺失了，一把為了成為新的東西而毀於火中。另一把沉落於海裡並遭到遺忘。）

這把劍現在安放於過去佩帶在一位冒險家身上的劍鞘裡，那位探險者當初為了保護自己所愛的人而喪命。她的劍和她的所愛都跟著她故事的剩餘部分而佚失。

（有段時間，有些歌曲詠唱這位冒險家的故事，但歌詞跟真相少有相符的地方。）

占卜師的兒子身上披掛著歷史與神話，望向遠處的一道光。

他以為自己行將抵達，但其實還有好遠的路要走。

另一個地方，另一個時間　插曲四

二十年前，前往（以及置身）義大利薩丁尼亞

某個星期二，畫家整理好行囊準備離開，打算永不復返。事後沒人記得那天是星期二，只有區區幾位記得她離開。那個週二的前後幾年有不少人離開，這只是其中一例。在有人膽敢使用**大出逃**這個字眼以前，那些案例都已經開始混融不清。

畫家自己只是隱約意識到那一天或那個月或那一年。對她來說，這一天的重點在於它的意義而不是細節，她旁觀、作畫和試圖理解，歷經數個月（數年）的時間，最終抵達了頂點。既然她理解了，她就再也無法只是旁觀和作畫。

她身披外套、提著行囊路過的時候，無人抬頭張望。她只在特定的一扇門那裡逗留，將顏料和筆刷留在那裡。她靜靜放下畫箱，並未敲響那扇門。有隻小灰貓在一旁看著。

「一定要讓她拿到喔。」畫家對貓咪說，貓咪順從地坐在畫箱上，擺出保護卻又像小睡的姿態。

畫家事後會後悔自己的這個舉動，但這也不是她能預知的。

畫家循著蜿蜒的路線走到心那裡。她知道更短的路線，即使蒙著眼睛也瞭如指掌。她單是靠碰觸、氣味，或是能夠引導她雙腳的更深層的什麼，就可以在這裡穿梭自如。她對自己鍾愛的一些房間做最後的巡禮。她扶正歪掉的畫框，理好一落落的書籍。她找到放在分枝燭臺旁邊的一盒火柴，將火柴收進自己的口袋。她最後一次穿過呢喃走廊，走廊跟她說了一則關於兩

姊妹分別踏上長征之旅、一只遺失的戒指、一份尋得的愛，故事並沒有結局，但用呢喃說出的故事很少有結局。

畫家抵達心的時候，可以看到看守人正在他辦公室的桌邊，但他的注意力一直放在書寫上。她考慮請他找個適合的地方，掛起她留在工作室、新近完成的那幅畫，可是她並沒有開口。她知道總會有人找到那幅畫，將它掛起來。她已經可以想像它掛在牆上，四周淨是書本的景象。

她不知道畫裡的那些人影是誰，雖說她在破碎的影像和半成形的幻影裡見過他們。她心中有部分希望他們並不存在，心中有另一部分知道他們此時正存在著，或未來即將存在。他們就在那個地方的故事裡，暫且如此。

畫家往上一瞥輕柔擺盪的時鐘宇宙。她透過一眼可以看到它閃閃發光、完美無缺，每個部分都照應有的方式移動著。透過另一眼望去，則是燃燒又破碎。

一隻金手指向出口。

如果她打算改變這個故事，這就是她的起點。

（看守人聽到門在她背後關上時，將會抬起頭來，但一直要到很後來，他才知道離開的人是誰。）

畫家路過前廳的那個地點，就是她起初抵達時擲骰子的地方。她擲出的都是劍和王冠。她現在可以看到更多劍和王冠。一個擁擠房間裡有一頂金王冠。幽暗岸邊有一片血泊，那裡有一把老劍。她有種想回到顏料身邊的衝動，但她無法畫盡自己看到的所有東西。永遠也畫不盡。她試過了。時間和顏料都不足以因應。

畫家揿下電梯按鈕，電梯隨即打開，彷彿一直在等她。她任由電梯帶她離開。

看得見的那隻眼睛模糊起來。那些畫作漸漸淡去。一方面令人如釋重負，另一方面教人恐懼。

等電梯將她帶到只靠一盞燈籠照亮的熟悉洞穴時，只剩一片朦朧。讓她多年揮之不去的影像、事件、臉龐，全都消散不見。

現在她幾乎看不到眼前岩石上那扇門的輪廓。

她從沒想到自己會離開。她曾經發誓永不離開。她許過誓言，現在人卻在這裡，打破誓言到無以挽回的地步。達成這件難如登天的事情，讓她壯起膽子。

如果她可以改變這部分的故事，就可以改變更多。

她可以改變這個地方的命運。

她轉動門把，使勁一推。

門開向一處海灘，迎面便是一片月光拂照的沙地。這扇門是木製的，如果門板曾經上過漆，風和沙也已經合力將木頭上的漆彩磨去。這扇門藏在懸崖側壁，被岩石遮掩。多年以來，瞥見它的人都誤以為是漂流木，也就是打從畫家上次到這裡以來。那時她還未被稱為畫家，只是艾蕾格拉；當時她還是個年輕女子，找到了一扇門，穿過它，自此沒再回來。直到此時此刻。

艾蕾格拉來回張望空無一人的海灘。天空過於遼闊。四周淨是海濤反覆拍岸的聲響。氣味令人難以招架，鹽分和海水和空氣重重撞上她，是一種糅雜了懷舊與懊悔的侵襲。

她隨手關上了門，讓自己的手停在久經風吹日曬的表面，平滑、柔軟又涼爽。

艾蕾格拉鬆手讓行囊落在沙地上。接著褪下皮草大衣，夜間空氣沉重，暖得不適合穿皮草。

她往後退開一步。舉起腳來，以靴跟一踢。扎扎實實的一踢，足以蹬破那片老舊木頭。

她又踢一次。

等她無法再用靴子造成更多破壞的時候，找來了一顆石頭來砸它，木頭破開碎裂，劃破她的手，木屑扎進她的皮膚底下。

最後成了一堆木片，再也不是門。後面除了實心的岩石之外別無一物。

只剩球形門把，連帶著參差碎木，一同掉落在沙地上，這些碎木原本是門，更早以前是樹，自此再也非門也非樹。

艾蕾格拉從大衣裡取出火柴，點燃了原本是門的東西，看著它焚燒。

如果她可以阻止任何人進去，就可以避免她預見的事情發生。收在她行囊中那只罐子裡的物品（在她明白這是什麼東西之前，遠在它尚未成為罐中物以前，她看過也畫過它）會是個保障。沒有了門，她可以阻撓那本書的回歸，阻攔接下來即將發生的一切。

她知道總共有多少扇門。

她知道任何一扇門都關閉得了。

艾蕾格拉在手中轉動門把，考慮將它拋進大海，轉念卻收進了行囊裡，跟那只罐子放在一起，希望盡可能留住那個地方的任一部分。

接著，在空蕩蕩的沙灘上，在星光點點的大海邊，艾蕾格拉．卡瓦羅雙膝跪地，放聲啜泣。

第五部

貓頭鷹王

The Owl King

薩克里・艾思拉・羅林斯被往後拖，遠離扯裂這個海港之心的大洞，進入看守人的辦公室，那裡的地板依然安在，他的雙腳頻頻在破裂的瓷磚上打滑。

「坐，」看守人說，強迫薩克里坐進辦公桌後方的椅子。薩克里試著再站起來，但看守人壓著他坐下。**「呼吸。」**看守人建議，但薩克里不記得該怎麼呼吸。「呼吸。」看守人重複，薩克里嗆著緩緩吸了口氣，然後再一口。他不明白看守人怎能如此鎮定。他不懂當前正在發生的任何事情，但他繼續呼吸。等他穩住呼吸，看守人就放開他，而他依然留在椅子上。

看守人從書架上取下一只瓶子，往一個杯子裡倒滿清澈的液體，放在薩克里面前。

「喝了這個。」他說，留下瓶子並走了開來。他並沒多說一句：「會讓你好過點。」坐在椅子裡的當下，薩克里並不相信自己有可能好過一點，但他還是聽話喝了下去並咳了起來。

那東西並沒有讓他覺得好過點。

它讓一切都銳利、更鮮明和更糟糕。

薩克里將杯子放在看守人的筆記本旁邊，試著將焦點放在什麼上頭，只要不要在腦海裡重播最後幾分鐘的可怕畫面就好。他看著攤開的筆記本，一頁接一頁讀下去。

「這些是情書。」他詫異地說，對自己也是對看守人說，後者毫無回應。

薩克里繼續閱讀。有些是詩詞，有些是散文，但行行充滿了激情，清楚明確，一看就知道要不是寫給米拉貝，不然就是關於米拉貝。

他往上瞥了瞥站在門口的看守人，後者正往外望進宇宙落入的那個大洞，天花板上只剩一只星星不服氣地懸盪著。

看守人猛搥門框，力道大到裂開來，薩克里這才明白他表面的平靜底下是幾乎壓抑不了的暴怒。

他眼見看守人嘆口氣，將手貼在門框上。裂縫自動修補起來，緩緩癒合，最後只剩一條線。心的石頭開始轟隆移位。破裂的岩石蓋過地板上的空洞，一塊接一塊地重建表面。

看守人回到辦公桌邊，拿起那個瓶子。

「米拉貝之前在前廳，」看守人說，回答了薩克里不敢問的問題，並且替自己倒了一杯，「這一來我就沒辦法取回她的屍體或殘骸，要等廢墟整個清除完畢為止。全部要花一段時間才修復得了。」

薩克里試著說點什麼，什麼都好，但就是開不了口，只是將腦袋往下貼在桌面上，試圖要理解。

為什麼只有他們兩人在這個充滿失落和書本的房間裡。為什麼之前陸續崩垮的東西現在都毀壞了，而似乎只有地板修補得了。而那隻橘貓又到哪裡去了。

「拉愛姆呢？」薩克里找回自己的聲音時問。

「可能在什麼安全的地方吧，」看守人說，「她一定事前就聽到風聲了。我想她之前試著警告過我，可是我當時無法明白。」

薩克里沒問看守人能否續杯，就逕自行動。

薩克里伸手去拿杯子，卻握到了旁邊的一個物品，是個骰子，比通關測驗的骰子還古老，但側面刻了同樣的符號。他拿了起來。

他在辦公桌上擲了骰子。

它如他預期地落在桌面上，露出單面的雕刻心臟。

令人心碎的騎士，和令騎士心碎的心

「心代表什麼意思？」薩克里問。

「就歷史上來說，擲骰子是為了看看命運對初來乍到的人有什麼看法，」看守人說，「有一段時間，擲骰子的結果被拿來評估潛在的道路。心是給詩人，就是那些心敞開著火的人。在更久以前，骰子被說書人拿來用，看看一則故事要朝浪漫、悲劇或懸疑的方向走。骰子的用途隨著時間改變，但在有助手以前就有蜜蜂，在有監護人之前就有劍，全部的符號還沒刻在骰子上以前就已經存在。」

「那就表示道路不只有三條。」

「我們每個人都有自己的道路，羅林斯先生。符號供人詮釋，而不是定義。」

薩克里將蜜蜂、鑰匙、門、書和電梯想了一遍，審視將他帶到這個房間跟這張椅子的那條道路。他越是回溯那些時刻，越覺得也許甚至在開始以前就已經太遲。

「你試著救他，」薩克里對看守人說，「艾蕾格拉準備射殺朵里安的時候，你阻止了她。」

「我不希望你受我受的那種苦，羅林斯先生。我以為我或許能夠阻止我們現在所處的這個時刻。很遺憾我功虧一簣。你的感受我已經感受過無數次。並不會隨著經歷的次數變多而容易起來。只是變得熟悉而已。」

「你以前就失去過她。」薩克里說。他正準備理解，即使他還不確定他相信。

「許多、許多次，」看守人確認，「我失去她，不管是因為際遇或死神或我個人的愚蠢，多年過去，她再次回來。而這一次她確信有什麼已經改變，但她從未告訴我她會這麼想的理由。」

「可是……」薩克里才開口便打住，對朵里安在他耳畔說話的記憶令他分神。

（偶爾命運會再次將自己聚合起來，而時間一直在等候。）

「你認識的那個叫米拉貝的人，」看守人說了下去，「不，抱歉，你叫她麥克斯，對吧？過去幾個世紀以來，她曾經以不同的載體活過。有時候她記得，有時候則……上次的輪迴轉世，她叫做希維雅。她從電梯裡出來的時候，渾身溼透，你最初來到的時候渾身滴著油彩，讓我想起了她。那天晚上，雷克雅維克附近一定下了雨，我一直沒問。起初我認不出是她。我很難得認得出來，每一次我總在事後納悶，我怎麼會這麼盲目。而最後總是終結於失去。希維雅相信，那點也可能改變。」

他頓了一下，盯著自己的杯子。薩克里等待片刻才發問：「她發生什麼事了？」

「她死了，」看守人回答，「有一場火災。這個空間頭一次發生這類的事件，而她就在當中。我盡量把能夠帶到地下墓穴的東西帶過去，但很難將一個女人從書本和貓咪的殘骸區分開來。事後，我想也許那是她最後一回現身。火災過後，一切確實都改變了。起初很緩慢，後來門一扇接一扇關起，最後我確定即使她想回來也回不來，然後某一天，我頭一抬，她人已經在。」

「你在這裡多久了？」薩克里問，盯著眼前這個男人，想到那位被關在地下室籠子裡的隱喻海盜、時間、命運、遭火焚的地方，想起看守人從金箔宴會廳對面凝望的模樣。跟現在沒有兩樣，只是髮間有更多珍珠。

看守人拿起骰子，握在手心。「我在**這裡**還不存在以前，就已經在了。」他在桌上擲了骰子，並沒有看著它落下。「來吧，我想給你看個東西。」

看守人起身走向辦公室後側，到一扇薩克里之前沒注意到、塞在兩座高聳書架之間的門。

薩克里往下看著桌子。

骰子朝上的那面是一把鑰匙，但薩克里不知道是上鎖還是解鎖的意思。他站起來，發現自己的雙腿比預期來得穩健。他望向心，那裡的地板碎片依然還在慢慢重組之中。他跟在看守人後面，在一座書架前停下腳步，架上有個模樣熟悉的罐子，裡頭有隻手在飄浮，朝他的方向揮著打招呼或道別或表達其他感觸。他想起他們逃離收藏者俱樂部之後，米拉貝袋子裡的那個笨重物品，一時納悶，那原本是誰的手，然後架子震動起來，接著他便移進了辦公室後方的房間裡。

看守人點亮一盞燈，照亮一間比薩克里房間還小的密室，或者是因為擺滿了書本和藝作，所以看起來更小。角落裡的床也蓋滿了書。架上放著雙排的書，書本占滿所有能堆放的平面空間以及大半的地板。薩克里四下張望想找那隻橘貓，但沒找著。

他在放滿筆記本的架子前停步，這些筆記本就跟辦公桌上那本相同。書脊上有名字。琳、葛瑞絲、愛夏、艾緹安。很多名字有不只一本筆記。在好幾本希維雅之後，是好幾排彼此呼應的米拉貝。

薩克里想問問筆記本的事，於是轉向看守人，後者正忙著點其他盞燈，但這個疑問凋萎在他脣間。

看守人再過去的牆上有一大幅畫。

薩克里最初的想法是，那是一面鏡子，因為自己就在裡面，但是當他走得更近，畫中的薩克里卻動也不動，雖說畫中的細節栩栩如生，看起來應該會呼吸。

這是一幅真人等身的肖像。畫作裡的薩克里跟真人薩克里面對面站著，同樣踩著仿麂皮鞋子，一樣穿著藍色睡褲，睡褲以油彩呈現時，不知怎地顯得優雅又古典。可是畫中的薩克里沒穿上衫，一手持劍，輕輕垂在身側，另一手高舉著一根羽毛。

朵里安站在他背後，朝畫中的薩克里傾身，在他耳畔低語。朵里安的一隻胳膊環抱著他，掌心往上偏斜，蜜蜂在他的指尖上舞動並且朝手腕簇擁。朵里安的另一手朝旁邊伸展，手上披垂著掛了幾十把鑰匙的鍊子。

兩人腦袋上方飄浮著一頂黃金王冠，再過去則是一片星辰滿天的遼闊夜空。

這全都寫實得令人揪心，只是這位薩克里的胸口迸裂，心臟暴露於外，後方可見星光點點的夜空。也或許那是朵里安的心。或者兩者皆是。無論如何都符合身體結構，小到動脈和主動脈都是，但以金屬質地的金彩繪成，覆滿了火焰，有如燈籠一般發光，完美地將繪成的光點投射在蜜蜂、鑰匙、劍和他們兩人的臉孔上。

「這是什麼？」薩克里問看守人。

「這是艾蕾格拉在這裡畫的最後一件作品。」看守人回答。

「艾蕾格拉就是那個畫家，」薩克里想起收藏者俱樂部擺滿了海港畫作的地下室房間，「這是她什麼時候畫的？」

「二十年前。」

「怎麼可能呢？」

「我還以為占卜師之子不會需要問。」

「可是……」薩克里打住，腦袋不是在游泳[26]而更像溺水，「我媽不……」他再次打住。或許他母親確實可以清楚看見這個，只是不入畫而已。他從沒問過。

這比在《甜美的憂傷》裡讀到自己還奇怪，也許因為他只是推測自己是書裡的那個男孩，而畫中的男人卻絕對是他，這點毋庸置疑。

「你原本就知道我們是誰。」薩克里說，再次看著畫作版本的朵里安，想起他們當初將朵里安帶下來的時候，看守人仔細端詳他的情景。

「我認得你們的臉孔，」看守人說，「多年來我天天看著那幅畫。我知道你們總有一天可能會到來，但我不知道總有一天是事隔幾個月或幾十年或幾世紀。」

「即使要幾個世紀，你也還是會在這裡，對吧？」薩克里問。

26. 腦袋游泳意思是頭昏腦脹或搞不清楚方向。

「我只會在這地方消失的時候才離開，羅林斯先生，」他說，「但願我們都比這地方更長命。」

「現在怎麼辦？」

「我真希望我有答案，我並不知道。」

薩克里回頭再看那幅畫、看看那些蜜蜂、劍、鑰匙和金色的心，他的視線起初試圖迴避，但最終無可避免又回到朵里安身上。

「他有一次想幹掉我。」薩克里說，憶起彷彿一輩子之前在覆雪人行道上的米拉貝，以及當他後來問起時，她所說的話。

沒成功。

「你說的我恐怕不懂。」看守人說。

「我想有什麼改變了。」薩克里說，試著釐清自己紛雜的思緒。

門口有個聲音，看守人抬起頭，瞪大雙眼，唇間逸出了一口無言的喘息。

薩克里轉身，雖說有心理準備，但一看到米拉貝，依然覺得驚詫。她站在門口，滿身塵埃，懷裡摟著那隻橘貓。

「改變就是故事的本質，艾思拉，」米拉貝說，「我還以為我跟你說過了。」

朵里安正在墜落。

他已經墜落了好一陣子，為時早已超過了任何測量得了的距離。

他看不到艾蕾格拉。她原本壓在他的外套上，接著閃過一片白，繼而在一陣落石、瓷磚、鍍金金屬當中消失蹤影。可能是某個星球遺失的行星環敲中了他的肩膀，力道大得他確定自己斷了肩骨，但之後淨是一片黑暗、急掠而過的空氣，此刻他獨自一人，不知怎地依然墜落不止。

朵里安想不起發生了什麼事。他記得地板裂開，然後沒了地板，只剩碰撞聲四起的混亂。他記得薩克里臉上的表情，他當時可能也露出了同樣的神情。參雜了訝異、困惑和驚恐。接著就不見了，在一瞬間。甚至不到一瞬間。

朵里安想，要不是因為有種近乎熟悉的感覺，要不然這一切感覺會更怪異，他已經往下墜落不只一年的時間，而這種感覺終於逐漸成為事實。

也或許他一直都在墜落。

他再也不知道哪個方向才是向上。這種自由墜落令人暈眩，他的胸口感覺彷彿就要爆開，幸好他還記得怎麼呼吸，而呼吸感覺如此複雜。**一定越來越接近地心了吧**，他心中的愛麗絲想。

接著有個方向有光，可能在下方。光線雖然微弱，但以他覺得不可能的高速逐漸接近。

思緒塞滿他的腦袋，思緒太多而難以聚焦於其一，彷彿它們全都爭相成為他臨終前的最後一個思緒。他認為如果他行將死去，應該早些開始整頓死前的心緒。他想到薩克里，後悔有好多話沒說出口、有好多事沒做。還沒讀的書。還沒說的故事。還沒作的決定。

他想到和米拉貝共處的那個改變一切的晚上，可是即使現在，他也不確定自己後不後悔。他以為自己會在一切走向終結以前，想通自己相信什麼，但他並沒有。

下方的光線越來越近。他正落入一個大洞穴，洞穴的地面正在發光，朵里安的思緒陣陣閃過，影像和感觸。擁擠的人行道、黃色計程車。比人感覺更真實的書本。飯店房間、機場、紐約公共圖書館的玫瑰閱覽室。站在雪地裡，透過酒吧窗戶望著自己的未來。戴著王冠的貓頭鷹。金箔宴會廳。一枚接近完成的親吻。

朵里安抵達下方發亮的地面以前，最後一抹思緒掠過心頭；他試著移動身體，好讓自己赤腳先著地。在這個思緒紛揚的漫長墜落中，奪得最後一個位置的思緒是：**也許無星之海不只是個兒童床邊故事**。

也許，**也許**他的下方會有水。

可是就在墜落抵達終點，朵里安狠狠撞上無星之海時，他才領悟到，不，這並不是水。

而是蜂蜜。

薩克里・艾思拉・羅林斯盯著米拉貝，她正不可思議地站在門口，身上沾滿塵埃，岩粉撒滿了衣物和頭髮。她夾克的一邊袖子扯破了，指關節綻放紅色血花，一道血跡沿頸而下，除此之外她似乎並無大礙。

米拉貝放下橘貓。牠蹭了蹭她的腿之後，走回自己偏好的那張椅子。

看守人壓低嗓門咕噥了點什麼，然後朝她走去，在一堆堆書本之間穿梭，目光不曾稍離米拉貝。

看著他們凝望彼此，薩克里頓時覺得自己闖進了別人的愛情故事裡。

看守人走到米拉貝身邊時，如此激情地擁她入懷，薩克里轉開身子，但一別開身子卻讓他再度與那幅畫面對面，於是他索性閉上雙眼。一時半刻，他可以鮮明且強烈地在肺部的空氣裡感覺到，再三反覆地失去、尋獲並且再次失去，到底是什麼感覺。

「我們沒時間這樣。」

薩克里聽到米拉貝的聲音，一睜開雙眼便看到她旋身穿過門口，走回辦公室。看守人尾隨在後。

薩克里遲疑一下，但還是跟了上去。他在門口徘徊，看著米拉貝將辦公椅踢向壁爐。壁爐平臺上的一只罐子倒下來，裡頭的鑰匙撒了出來。

「你覺得我事先沒有計畫，」米拉貝說，爬上椅子，「一直都有計畫的，大家花了好幾世紀研擬。只是……在執行上有些枝節橫生。要來嗎，艾思拉？」她問，看也沒看薩克里。

「我什麼？」薩克里說。看守人同時發問，「妳要去哪？」結果兩個問題重疊起來變成：**妳是什麼？**薩克里認為這也是個非常好的問題。

「得去救艾思拉的男友，因為那顯然就是我們的工作。」米拉貝對看守人說。她使勁將展示在火爐上方的那把劍抽走。另一個容器砸裂，鑰匙灑散出來。

「米拉貝——」看守人正要抗議，但她舉起那把劍直指著他。從她持劍的方式可以看出她會使劍。

「停了，拜託。」她說，既是警告也是心願，「我愛你，可是不會呆呆坐在這裡，等待這個故事有所改變。我要讓它改變。」她的視線順著劍身而去，扣住他的目光，在久久的無言對話之後，她放下劍來，遞給薩克里。「帶上它。」

「『單槍匹馬很危險』[27]。」薩克里接下劍時，引用這句話作為回應，雖說原版的說法順序不同，部分對著她說，部分對著自己說，部分對著手裡的劍說。這是一把細薄的雙刃直劍，看起來彷彿屬於博物館，雖說他認為就某個方面來說，那就是它曾經所在之處。刀柄有繁複的漩渦形裝飾，而握把上的皮革已經磨舊，薩克里看得出之前曾有不少人握過。劍刃鋒利依然。

這跟他在畫作裡持的那把劍相同，雖說畫中的版本拋過光。實際拿起來比看起來還重。

「我需要別的東西穿，」米拉貝說，從椅子上爬下來，拂掉袖子上的塵土，對著扯破的袖子皺眉，「給我一分鐘，到電梯那裡跟我會合，艾思拉。」

她沒等薩克里回答就離開，沒對看守人多說一個字。

看守人望向米拉貝穿過的門口，雖說她早已離開視線範圍。薩克里看著他望著她原本所在的空間。

「你就是那個海盜，」薩克里說，所有的故事都是同一則故事，「在地下室，書裡寫的。」看守人轉身看著他。「米拉貝就是那個救了你的女孩。」

「那是很久以前的事了，」看守人說，「在更古老的海港裡。而且**海盜**並不是貼切的翻譯。說地痞可能更接近。他們以前都叫我海港大爺，最後決定海港不應該有大爺。」

「發生什麼事了？」薩克里問。打從第一次讀了《甜美的憂傷》，就一直在納悶這件事。**他們的故事並未在此終結**。顯然如此。

「我們沒逃多遠。他們抓她代我受死，將她活活溺死在無星之海，逼我眼睜睜看著過程。」看守人伸出戴滿戒指的手，貼上薩克里的額頭，而那個碰觸來自某個比薩克里所能想像還古老許多的某人——或某物。那種感觸像波浪一樣，從他的腦袋往下湧向腳趾，在他的肌膚上泛起漣漪、輕輕震動。

「願神祇們祝福和保守你，羅林斯先生。」看守人將手拿開之後說。

薩克里點點頭，拿起袋子和劍，走出了辦公室。

他避開了地板上依然正在勤奮修補的那些區域，一直貼著心的邊緣走，既沒有回頭，也不往下看，只是直直往前望著通往電梯的那扇破門。

米拉貝站在前廳中央，將糾纏的髮絲甩散，一頭粉紅漸漸回到了更鮮亮的色調。她已經抹去臉上的大半塵土，換上了薩克里頭一次看到她不扮裝時的那件蓬鬆毛衣。

「他祝福了你，是不是？」她問。

「是。」薩克里回答。他依然可以感覺到皮膚的震顫。

「那應該有幫助，」米拉貝說，「只要用得上的助力，我們都需要。」

「發生什麼事了？」薩克里問，環顧周遭的亂象，發亮的琥珀色牆面裂開，有些完全粉碎。電梯正在冒煙。

米拉貝低頭看著斷瓦殘礫，用靴尖推開了什麼。她腳邊的那些骰子滾了滾，但並未停

27.《薩爾達傳說》電玩裡的經典臺詞之一：「單槍匹馬很危險，帶上它。」（It's dangerous to go alone! Take this.）。

下。它們落入地板上的裂隙，繼而消失不見。

「艾蕾格拉氣急敗壞到想辦法從另一側把門關起來，」她解釋，「你喜歡這個地方嗎？艾思拉？」

「喜歡。」薩克里困惑地回答，但就在說出口的同時，才意識到自己指的不是這地方目前的模樣，空蕩蕩的走廊和破損的宇宙。他指的是這地方從前的模樣，還活著的時候。他指的是滿滿人潮的宴會廳。眾多尋覓者在寫下與尚未寫下的故事裡，以及在彼此之中，尋找自己還尚未知道如何稱呼的事物，並且找到它們。

「喜歡的程度比不上艾蕾格拉，」米拉貝說，「我母親在我五歲的時候從這個地方消失了，她失蹤以後，艾蕾格拉撫養我長大。她教我怎麼畫畫。她在我十四歲的時候離開，開始嘗試把這一切封起來。我開始畫門，就是希望放某個人，放任何人再進來，她想辦法派人幹掉我，前後很多次，因為她把我當成危險人物。」

她頓住，薩克里不知道該說什麼。他的腦袋因為有太多故事，有太多複雜的感受而天旋地轉。

這就是那種時刻。在這個節骨眼上，薩克里可以說自己很遺憾，因為他確實是，但這個感觸感覺太微小，或者他可以乾脆執起她的手，什麼都不說，就讓這個手勢替他發言，但她的手太遠了。

於是薩克里什麼也沒做，接著那個時刻就過去了。

「我們現在得走了，我們有事情得做，」米拉貝說，「你媽都怎麼稱呼這樣的時間點？意義非凡的時刻嗎？我見過她一次，她請我喝咖啡。」

「妳什麼？」薩克里問，但米拉貝沒回答，兀自走向電梯。門為她開啟。電梯停在地板下方幾英寸，米拉貝踏進去的時候又往下降了些。

「你說過你信任我，艾思拉。」她說，看到他猶豫了。

「是沒錯。」薩克里說著便小心踏進電梯，站在她身邊，腳下的地板並不穩固，手裡的劍沉甸甸的。那種震顫的感覺已經止息。他有種古怪的平靜感。覺得接下來不管發生什麼事，身為副手的他都能應付得來。「我們接下來要去哪裡，麥克斯？」他問。

「我們要往下行。」米拉貝說，她往後退一步，抬起穿靴子的腳，狠狠踢了電梯側面。

電梯搖搖晃晃，又往下降了幾寸，兩人陡然急速下墜的時候，那番平靜從薩克里的胃部掉了出去。

朵里安沉入了蜂蜜之海，緩緩移動的流勢將他往下拉。蜜海濃得無法在當中泅泳，扯著他的衣物，將他往下壓。要將他溺斃於甜美之中。

這甚至不在他預期的前百大死法裡面。遠得很。

他看不到海面，但他伸出手，盡可能朝著他相信是往上的方向延展手指，但他感覺不出手指四周是否有空氣，無法辨別自己是否在接近海面的任一地方。

這種死法真是愚蠢又有詩意，他心想，接著有人抓住他的手。

他從海中被拉出去，越過某個感覺像是牆壁的東西，接著某人將他安頓在平滑堅硬、感覺並不平穩的表面上。

朵里安試著表達感激，但一張嘴就被黏呼呼的甜意嗆住。

「躺著別動。」耳畔有個聲音說，話語模糊且遙遠。他依然睜不開眼睛，但那個聲音的主人將他往下推，他背抵著牆。每口呼息都是甘甜的喘息，而他下方的表面正在移動。他堵塞的耳朵之外的聲響並不規律，尖銳刺耳。有東西撞上他的肩膀，使勁揪住並有爪刺的感覺。他用手臂護住腦袋，但這樣變得太難呼吸。他抹抹自己的臉，揩掉了部分蜂蜜，呼吸跟著輕鬆起來。他上方有東西正在盤旋。

他安坐的表面突然傾斜，他往旁邊滑去。表面穩定下來之後，尖銳刺耳的噪音退去。朵里安咳了咳，某人往他手裡塞了塊布。他用布抹抹臉，直到足以睜開眼睛，開始拼湊自己眼前的景象。

他正在小艇上。一艘大船。不，是小艇。是一艘懷著成為大船抱負的小艇，幾十盞小小燈籠沿著多重的暗色船帆掛起。也許這是一艘真正的船。某人正幫忙他脫掉浸滿蜂蜜的外套。

「他們暫時走了，但還是會回來。」有個聲音說，現在更清晰。朵里安轉頭想將他的救命恩人看得更清楚，她在船的欄杆外甩動他的星星鈕釦外套，好讓蜂蜜滴回海中。

她的頭髮是暗色波浪和辮子纏結而成的複雜髮型，以一條紅絲綢往後紮起。膚色是淺棕色，鼻梁上有鮮明的雀斑。眼眸深色，眼線以黑和閃耀的金描成，看起來更像油彩而非彩妝品。她穿著一條條棕色皮革紮綁而成的背心，底下曾經是一件毛衣，但現在領口鬆垂，袖口以鬆垮的針法和零星的毛線串接在一起，她大半的肩膀和肩頭暴露在外，有一條明顯的大疤痕繞過她的左三頭肌。背心下方的裙子體積龐大，好似降落傘那樣綁成鬆軟的環圈，淺淡到近乎無色，恍如深色靴子上方的一朵雲。

她將外套掛在欄杆上，繼續讓它自行滴蜜，確定外套穩固到不會掉落。

「誰走了？」朵里安才開口要問，才講出誰這個字，就再次被蜂蜜嗆住。女子遞給他一只扁瓶，他放到脣前，這水比他嘗過的任何東西都可口。

女子同情地看著他，又遞給他一條毛巾。

「謝謝。」他說，拿扁瓶交換毛巾，說出口的那聲謝在脣上又黏又甜。

「貓頭鷹走了，」女人說，「牠們來調查這陣騷亂。牠們想知道情勢什麼時候會改變。」

她越過甲板走開，留朵里安整頓自己的心情。一串串發亮的燈籠繞著桅杆往上延伸，越過酒紅色欄杆。串燈好似螢火蟲，沿著欄杆繼續前行，到了船首則往高處攀升，那裡有個兔子的船首雕像，耳朵沿著船身兩側往後延展。

朵里安深深久久地呼吸。每次呼息裡的甜度都少於前一次。所以，他還沒死。他的肩膀不再疼痛。他往下看著自己光裸的胸膛和手臂，確定身上會留下一些傷口，至少有些挫傷和擦傷，但竟然什麼都沒有。

唔，也不是什麼都沒有。

他的胸膛上，胸骨上方，有個劍的刺青。劍刃彎曲、半月造型。劍柄金得燦亮，金屬質地的墨跡在肌膚底下閃閃發光。

呼吸頓時再次困難起來，朵里安勉強站起身，靠著欄杆穩住自己，望向無星之海。宇宙模型的斷塊緩緩沉入海底。一隻金色的手絕望地往上指著，在他觀望的當兒消失不見。洞穴往幽影裡延伸，海水散放柔和的亮光。遠處，幽影在移動，好似羽翼一樣撲拍著。

蜜從他的頭髮和長褲滴下，在赤腳周圍積成一攤。他走出那攤蜜，腳趾下方的甲板暖烘烘。

他走向船首，追隨他推想是船長的女人的去向。

他發現她坐在絲綢覆蓋的東西旁邊，絲綢跟在甲板上展開的船帆同樣質料。

「噢。」他說，領悟到那是什麼。

望著艾蕾格拉的屍體，他很難消化自己感受到的一切。

「你認識她嗎？」船長問。

「認識。」朵里安回答。他沒補充說他認識這女人大半輩子，沒說對他來說她是最接近母親角色的人，沒說他對她愛恨交織，而要是在幾分鐘之前，他會親自動手殺了她，可是現在站在這裡，他感受到的那種失去，深切到無法言說。他覺得斷開了牽絆。他覺得迷茫。他覺得自由。

「她叫什麼名字？」船長問。

「她叫艾蕾格拉。」朵里安說，此時意識到自己並不清楚這是否為她的真名。

「我們以前都叫她畫家，」船長說，「當時她的頭髮不一樣。」她補了句，溫柔地輕觸艾蕾格拉的一綹銀髮。

「妳認識她？」

「我還是兔子的時候，她讓我拿她的油彩來玩。我從來就不大會畫畫。」
「妳還是什麼的時候？」
「我以前是隻兔子。我再也不是了。我不需要當兔子了。要改變自己是誰，永遠不嫌晚，我花了好久時間才領悟到這點。」
「妳叫什麼名字？」朵里安問，雖說他早已知道。在這樣的地方，不可能有太多前任兔子。
船長對他擰起眉頭。這個問題顯然有好些時間沒人提過，她頓了頓，思考著。
「以前在上頭那邊，大家都叫我艾蓮諾，」她說，「那不是我的名字。」
朵里安盯著她。她年紀沒大到足以當米拉貝的母親。差得遠了，她甚至可能比米拉貝還年輕。可是兩人長得很像，眼睛和臉型都是。他納悶下頭這邊的時間如何運作。
「你叫什麼名字？」艾蓮諾問。
「朵里安。」他說，感覺比他用過的任何名字都真實。他已經開始喜歡上它。
艾蓮諾看著他並點點頭，接著轉頭面對艾蕾格拉。
艾蕾格拉的雙眼閉合。頭部有一道又長又深的傷口，越過頸子，雖說沒有多少血跡。她的身體大半都蓋著蜂蜜，黏在了絲綢上，皮草大衣遺失在大海的某處。朵里安頓時覺得，自己能夠從墜落存活下來是何等幸運。他納悶自己是否相信運氣。艾蕾格拉身上女衫的領口鬆開來，朵里安在她的胸口尋找劍的刺青，但上頭並沒有。只有一個蜜蜂形狀的纖細傷疤。
艾蓮諾吻了吻艾蕾格拉的額頭，然後將絲綢往上拉，蓋過她的臉龐。
她站起來看著朵里安。
「我可以帶你過去，如果那是你要去的地方，」艾蓮諾邊說邊指著他，「我知道在哪裡。」
「帶我去哪？」朵里安問。
「你背上的那個地方。」

朵里安將手往上伸到肩膀那裡，碰碰蓋滿整個背部的刺青頂端邊緣，刺青巧奪天工。一棵樹的枝椏，櫻花森林的冠蓋，燈籠和串燈閃耀如星辰，雖說那一切只是襯底，真正的視覺焦點是：蜂巢下方放滿書本的樹木殘根，淌著蜂蜜，頭戴王冠的貓頭鷹棲於頂端。

薩克里・艾思拉・羅林斯正在跳舞。宴會廳人潮洶湧，樂聲震耳，但有種自在氣氛，片刻不停的完美動態。他的舞伴不停變換，全都戴著面具。

一切閃閃發光，金黃美麗。

「艾思拉。」他聽到米拉貝的聲音，臉龐雖然貼得很近，但聲音過於輕柔遙遠，「艾思拉，回我這邊來。」她說。

他並不想回去。派對才剛開場，秘密就在這裡，答案就在此地。再一支舞過後，他就會理解一切，拜託，再一支舞就好。

一陣強風將他和眼前的舞伴分開，他抓不住另一個舞伴。沾了金粉的手指滑過他的指尖。音樂時走時停。

派對漸漸淡出，像是被一口氣吹散似的，米拉貝在他眼前幾乎清晰起來，臉龐距離他的臉才幾寸遠。他對她眨眨眼，試著回想兩人身在何方，但接著意識到，他絕對不會知道他倆此時的所在位置。

「發生什麼事了？」薩克里問。世界朦朧旋轉，彷彿他依然在跳舞，雖說他現在可以看出自己其實正倒在硬邦邦的地板上。

「你失去意識了，」米拉貝說，「可能是衝擊的關係，讓你一時招架不住。我們降落的方式不是太優雅。」她指指附近的一堆金屬，是那座電梯的殘餘。「喏，」她補充，「為了方便人工呼吸，我事先把這個拿下來了，不過完好無缺。」

她將他的眼鏡遞還給他。

薩克里坐起身，戴好眼鏡。

電梯崩塌裂解，薩克里很訝異他倆——唔，他——竟然能從這場墜落存活下來。也許看守人的祝福起了效用，而神祇們眷顧著他，因為上方並沒有樓梯井，只有一個敞放的大洞穴。

米拉貝扶薩克里起身。

他們位居的中庭四周圍繞著六座獨立的石頭拱門，大多早已破損，但依然屹立不搖的那些，拱頂石上都雕刻了符號。薩克里只能看出一把鑰匙和一只王冠，其餘那些他猜也知道是什麼。拱門過去是一座城市的廢墟。

薩克里看著他們四周的建物時，唯一浮現腦海的字眼是古老，但這並非特定時期的古老，而像是按照高燒時的幻夢，以象牙和黃金打造出來的建築。柱子、方尖碑和寶塔式似的屋頂。一切閃閃發亮，彷彿整座城市和容納城市的大洞窟都披覆著一層水晶。馬賽克裝飾延伸過牆面，嵌進他腳下的地板裡，雖說書本占去了絕大部分的地面。一落落書本堆疊並散落在整個空間裡，被曾經來到這裡閱讀它們的人所拋棄。

這個洞窟極大，輕易圍起這座城市。遠牆那裡有懸崖，刻出了階梯、馬路、像燈塔那樣打亮的高塔。雖說這些高塔只是孤立的烽火臺，一切都散放著光芒。感覺大到地底下無法容納。過於遼闊、過於複雜，遭人深深遺忘。

電梯旁邊一個狀似噴泉的建物裡點著火，火焰似水流動，一盆盆往下垂滴的火好似披掛在枝形吊燈上的水晶，雖說當中只有幾盆是點燃的。中庭四周有類似的噴泉，但其餘空間全都籠罩於幽暗中。

薩克里拿起一本書，手感扎實笨重，紙張被某種黏呼呼的東西封住，原來是蜂蜜。

「蜜與骸骨的失落城市。」他說。

「嚴格來說是海港，雖然大多海港都像城市。」米拉貝澄清，薩克里將這本無法閱讀的書擱回原本的地方，「我記得這個中庭，是這座海港的心。他們以前舉行派對的時候，會在拱門上懸掛燈籠。」

「妳記得這個？」薩克里問，往外眺望空蕩蕩的城市。已有許久不曾有人涉足此地。

「在我會開口說話以前，原本記得一千個人生，」米拉貝說，「有些會隨著時間淡去，大部分感覺更像是半遺忘的夢境，但我到了當地，就會認出自己來過的地方。我想那就像是被你自己的鬼魂糾纏。」

薩克里看著她往外遠望破損的建築。他試著判定，比起在曼哈頓市區排隊點咖啡，她在這裡看起來更真實或更不真實，但他無法區分。她看起來一模一樣，只是身上有了瘀傷，渾身沾滿塵埃和一臉疲倦。火光在她的髮間嬉戲，讓它呈現各種色調的紅與紫蘭，不肯讓它在單一的顏色上安頓下來。

「這邊發生什麼事了？」薩克里問，試著理解一切，腦袋有一部分依然在金黃色的宴會廳裡旋轉。他用腳趾戳戳另一本書。它拒絕開啟，紙頁封得死緊。

「潮浪湧升，」米拉貝說，「這就是歷史的循環。一座海港下沉，另一座新海港會在更高的地方開啟。它們改變自己，以便適應這座海洋。這座海以前從未退潮過，但是我想連海都有可能覺得自己受到冷落，再也沒人留意，於是回到了自己所來之深處。看，你可以看到運河的位置，在那邊。」她指著一處，有幾座橋跨越空無一物的區域。

「可是……現在海在哪裡呢？」薩克里問，納悶空無往下延伸得多遠。

「一定還要更往下，比我原本想的還低。這是最低的海港之一。如果必須往更深處走，我不知道我們會找到什麼。」

薩克里看著這個滿地書本、曾經沉沒的城市遺跡。他試著想像人們熙來攘往的情景，一時片刻腦海浮現了景象——街上行人摩肩接踵，燈光往外延伸到遠處——接著再次變成了無生氣的廢墟。

他從來不在故事的開端。這個故事比他古老多了。

「我在這座海港裡過了三輩子，」米拉貝說，「在第一生，我九歲就死了。我一心想到派對上看大家跳舞，但父母告訴我，我得等到十歲再說，然後在那一生裡，我活不到十歲就死了。下一個輩子，我活到七十八歲，前後跳過不少舞，可是除非母親在時間之外懷了我，否則我終有一死。相信古老神話的人試著要建構一個地方，好實現那種狀況。他們在一座又一座的海港裡嘗試。他們將各種理論和建言傳承給後繼者。他們在這裡和在地表上辛勤研究，他們過去多年以來有過許多名字，即使成員越來越少。近來他們以我祖母的名字來命名。」

「奇汀基金會。」薩克里猜測。米拉貝點點頭。

「他們大多在我來不及致謝以前就過世了。在那段時間裡，沒人考慮過之後可能會發生什麼事。沒人想到後果或影響。」

那把劍放在地上，米拉貝撿了起來。她動作嫻熟地揮舞一下。劍握在她手裡彷彿輕如羽毛。她邊說邊繼續轉著劍。

「我——唔，前一個我——把這個東西藏在非常不舒服的長禮服裡面，偷偷帶出博物館。那個時代還沒有金屬探測器，而且守衛一般不會檢查女士長禮服的背面。謝謝你拿書來還，那本書已經遺失好久。」

「那就是我們來這裡的目的嗎？」薩克里問，「歸還失物？」

「跟你說過了，我們要救你男朋友。再一次。」

「為什麼我覺得那不——等等，」薩克里說，「妳看過那幅畫。」

「當然看過。我在面對那幅畫的床上待了很多時間。那是艾蕾格拉最棒的作品之一。我以前用炭筆臨摹過一次，可是一直畫不好你的臉。」

「所以妳才希望我們兩個下來這裡，因為我們在那幅畫裡。」

「唔……」米拉貝才開口，但接著微微聳了肩，表示他可能說得對。

「那不是命運……那是藝術史。」薩克里抗議。

「誰說到命運了？」米拉貝說，但她邊說邊漾起笑容，就是老派電影明星那種迷人笑法，在火光中看來頗為嚇人。

「妳不是……」薩克里頓住，因為**妳不是命運嗎？**這種問題聽起來太荒謬，即使只是隨興聊起過往的生命，而且儘管他已經差點就要瘋狂地相信，眼前這位女子不知怎地就是命運。他盯著她。她看起來就像普通人。也許她就像她筆下彩繪的門：可以矇騙眼睛的精確模仿。移動的火光落在她身上的不同部位，餘下的部分則隱入暗影裡。她以深色眼眸和糊掉的睫毛膏，眨也不眨看著他，他再也不知道該怎麼想，或者該問什麼。

「妳是什麼？」薩克里最後決定這麼問，但旋即後悔。

米拉貝的笑容消失不見。她朝他跨出一步，站得太近。她臉上有什麼改變了，彷彿原本戴了隱形面具，但現在已經摘除，一個從粉紅頭髮和玩世不恭召喚出來的人物，就跟遙遠的那場派對裡的尾巴和王冠一樣虛假。薩克里試著回想，自己是否曾經在她身上感覺到同樣古老的存在，就像他對看守人的感覺，不知怎地，他知道這個存在向來就在，而那抹消失的笑容比最早期的電影明星都還古老。她湊得近到可以吻上他，而當她開口的時候，嗓音低沉平靜。

「我是很多東西，艾思拉，可是我並不是你當初沒開那扇門的原因。」

「什麼？」薩克里問，即使他確定自己早已明白她的意思。

「不管你當時年紀多大，沒開那扇門是你自己該死的錯，不是別人的錯，」米拉貝告訴他，「不是我的，也不是那個把門塗掉的人，不管是誰。是你的。是你決定不開那扇門。所以不要站在那裡編造神話，好把自己的問題怪在我身上。我有自己的問題。」

「我們不是來這裡找朵里安的，是來這裡找賽門的，對吧？」薩克里問，「他是最後一個迷失在時間裡的東西。」

「你之所以在這裡，是因為我需要你做一件我辦不到的事，」米拉貝糾正他，她將劍朝他推去，劍柄朝上，逼他接過去。這把劍比他記憶中的還沉重。「而且你在這裡，是因為你跟著我走，你不一定非得要。」

「我不一定**非得要**？」

「對，沒錯，」米拉貝說，「你想認為自己不得不，或者認為自己**應該要**，但你永遠都有選擇。你不喜歡選擇，對吧？你什麼都不做，直到某人或其他東西說你可以行動。你甚至不是自己決定來這裡的，直到一本書給你批准。要不是我把你拖出看守人的辦公室，你還會坐在那裡自怨自艾。」

「我才不——」薩克里抗議，因為這番話背後的心緒和真相，但米拉貝打了岔。

「閉嘴。」她說，舉起一手，朝他背後望去。

「別對我下——」薩克里才開口，接著轉身去看她凝望的東西，然後住了嘴。

有個像暴雨雲的影子朝他們的方向移來，伴隨著風似的聲響。火噴泉上的火焰搖曳不停。

那片雲越來越大、越來越響，薩克里終於領悟到眼前那是什麼。

那個聲響不是風而是翅膀。

薩克里．艾思拉．羅林斯唯一見過、非標本的貓頭鷹，是在距離母親農舍不遠的地方，時值黃昏前的某個春季傍晚，貓頭鷹正棲在路邊的電線上。他當時開車路過，放慢了速度，因為路上沒有其他車輛，也因為他想確定那確實是貓頭鷹，而不是其他猛禽，而那隻貓頭鷹確確實實以鷹眼瞅著他看，薩克里也回盯著牠，直到後頭有輛車子駛來，他才繼續往前開，而那隻貓頭鷹目送他遠去。

現在有多不勝數的貓頭鷹，上百隻眼睛盯著他看，逐漸近逼。由羽翼和爪子組成的陰影逐漸朝他們降落。貓頭鷹從上方俯衝而下，穿過街道升騰高飛，擾亂了骨骸和塵埃。

火在變動的空氣中搖擺，忽強忽弱，亮度減低，陰影變得更暗，那朵貓頭鷹雲越來越近，先是吞噬了一條街道，然後另一條。

薩克里感覺米拉貝的一手搭在他的胳膊上，但他沒辦法從那些往下盯著他倆的幾十個——不，是幾百個眼睛挪開視線。

「艾思拉，」米拉貝邊說邊掐他的手臂，「快跑。」

薩克里呆立片刻，接著腦袋裡的什麼對米拉貝的聲音起了反應，聽從她的指示，從地上一把抓起袋子，朝反方向衝刺，遠離那片黑暗和那些眼睛。

薩克里衝過了那些拱門，朝建築群奔去，碰上第一條街道便沿街衝刺，在書冊上磕磕絆絆、跌跌撞撞，試著抓緊袋子和那把劍。他可以聽到米拉貝在他背後，靴子踩蹬地面，跟他自己的腳步聲差了丁點時間，但他不敢回頭張望。

街道岔開的時候，薩克里稍有遲疑，但米拉貝的手搭上他的背，將他朝左邊一推，薩克里沿著另一條街、另一條幽暗的小徑狂奔，視線所及頂多只有前方兩步的距離。

他又轉了個彎，腳步的回音消失了。他回頭望去，米拉貝已經不見蹤影。

薩克里身子一僵，左右為難，不知該循原路回頭找米拉貝，或是繼續往前衝刺。

接著他四周的陰影移動了，兩側深深洞開的窗戶和門口擠滿羽翼和眼睛。

薩克里往後踉蹌，跌了一跤，劍落在地上。他試著穩住自己，身下的石頭小徑刮傷了他的掌心。

貓頭鷹們就在他上方，他看不清陰影裡有多少隻。其中一隻扣住他的手，爪子刺進他的皮膚。

薩克里將劍取回來，盲目地胡亂揮舞，刀刃削過爪子和羽毛，劈出鮮血和骨頭。隨之而來的尖鳴震耳欲聾，但貓頭鷹退開的時間久到足以讓薩克里站起身來，在血跡斑斑的石頭上頻頻打滑。

他頭也不回，盡可能以最快的速度狂奔。他在這座迷宮般的城市毫無方向感，於是決定遵循自己的耳朵，只要遠離羽翼的聲音就好。

他繞了一個接一個的彎。這條巷道通往一條馬路，帶他越過一座橋，下方虛空的深處有金黃色的東西，但薩克里並未停下腳步察看。他抵達橋的另一頭，那裡沒有馬路、沒有小徑，只有一個裂口，裂口之後是一段階梯的殘餘，始於他的腦袋上方，持續往上延伸，其餘的梯級付之闕如。

薩克里回頭望去，那座城市看起來空蕩蕩的，但接著貓頭鷹出現，一隻接一隻，再一隻，直到牠們構成一個由翅膀、眼睛和利爪組成，無法區分個體的團塊。

牠們的數量遠超過他所能想像，而且移動的速度如此之快，他無法想像有人能比牠們動作更快。也無法想像會有人膽敢這麼嘗試。

薩克里看著他上方的階梯。看起來扎扎實實，刻進岩壁。說起來也不算太高，前方的裂口也沒有那麼寬。他可以搆得著。他先將劍拋到最低的那個梯級，劍穩穩地待在原地。

薩克里吸了口氣，往上一躍，一手攀住石階，另一手安放在那把劍上，接著那把劍一滑，將握著劍的他一起帶走。

於是那把劍將薩克里．艾思拉．羅林斯帶離這座遭人遺忘城市的這段破損階梯，讓他滑進了下方的黑暗中。

朵里安這輩子沒什麼渾身沾滿蜂蜜的經驗，所以過去不曾明白蜂蜜竟會無孔不入，而且堅決不離開。他從儲存在船艙大桶裡的冷水裡再撈起一桶水，往自己的腦袋上淋。冷水沖刷過肌膚時，他冷得打起哆嗦。

如果朵里安認為自己在作夢，這樣震撼的冰冷可能會將他喚醒，但他知道自己並不是在作夢。他心知肚明。

他盡可能將身上的蜂蜜沖掉之後，再將衣服穿上，讓星星鈕釦外套繼續攤晾著。《際遇與寓言》放在內側口袋裡，不知怎地經過跋涉勞頓之後依然原封無損而且沒沾到蜜。

朵里安用手耙過仍舊黏答答、逐漸泛白的頭髮，覺得自己實在老到不適合面對種種驚奇，也納悶自己何時從青春、忠誠又順服，變成困惑、漂泊不定、中年，但他知道確實發生在何時，因為那個時刻至今仍在心頭揮之不去。

船往前漂蕩時，他可以望進其他洞穴，瞥見彼此相連的空間。樓梯、瓦解中的高聳拱門。破損的雕像和繁複的雕刻。蜂蜜散放的柔光映亮了這些地底廢墟。遠處有一道瀑布（蜂蜜瀑布）在岩石上起泡噴濺。地底世界的下方另有世界，至少過去曾經如此。

艾蓮諾正在後甲板上調整一系列朵里安不認得的儀器，但是操縱這樣的船隻可能需要一些創意。有一個儀器看起來像是一串沙漏。另一個儀器則是球體形狀的羅盤，除了指上指下之外，還有標準的方位。

「好些了嗎？」她在他走近時，抬眼瞥了瞥他的溼髮並問道。

「好多了，謝謝，」朵里安回答，「可以問個問題嗎？」

「可以，可是我不見得有答案，或者說，即使我答得出來，也不見得答得對或答得好。問題和答案不見得能像拼圖小塊那樣湊得剛剛好。」

「我在上頭那裡並沒有這個。」朵里安說，指著胸口那枚劍的刺青。

「那不是個問題。」

「我現在怎麼會有？」

「你以前認為你有嗎？」艾蓮諾說，「那些事情在下面這邊可能會混淆不清。你原本可能相信應該要有，所以現在就有了。你一定是個不錯的說書人，通常需要花點時間，可是你在海裡泡了好些時間，那樣也有幫助。」

「那只是個念頭，」朵里安說，想起當初讀薩克里的書時的感覺，讀到監護人過去是什麼樣子，試著猜想如果自己是個真正的監護人，而不是拙劣的模仿，他的劍會是什麼模樣。

「那是你告訴自己的一則故事，」艾蓮諾說，「海聽到你這麼說，所以那把劍現在就存在了。事情就是這樣運作的。通常必須是很個人的事，一個你親如肌膚的故事。不過我現在可以靠這種方式來掌控這艘船，需要先經過不少練習就是了。」

「妳靠念力讓這艘船存在？」

「我先找到船的部分零件，然後對自己說了船其餘部分的故事，最後我找到的部分和故事的部分變得毫無二致。它可以自行控制方向，但我必須交代它往哪裡去，有時還得幫忙掉回正確的方向。我也可以更換船帆，但它們喜歡這個顏色。你喜歡嗎？」

朵里安抬頭看著深紅色船帆，船帆頓時一亮，接著又恢復了勃艮第酒紅色。

「我滿喜歡的。」朵里安說。

「謝謝，你在上頭那邊背上就已經有刺青了嗎？」

「是。」

「會不會痛？」

「很痛。」朵里安說，回想起在刺青店連續進行好幾個時段，店裡彌漫著咖啡與印度線香的氣味，高聲播放經典搖滾，蓋過了刺針的嗡鳴。幾年前他在影印機上複印了那幅單張插畫，掛在牆面上，萬萬沒料到自己會弄丟《際遇與寓言》那本書，而在無書的那段時間裡，他手上只剩那張圖，他希望能夠比牆面更貼近它，希望放在一個無人能奪走的地方。

「對你來說很重要，對吧？」艾蓮諾問。

「對，沒錯。」

「重要的東西有時會帶來痛楚。」

聞此，朵里安漾起笑容，儘管話中含藏著真相，或者正因為話裡有真相。

「要花點時間才到得了。」艾蓮諾說，調整球形羅盤，在舵輪上盤繞繩索。

「我想我不懂我們要去哪裡。」朵里安承認。

「噢，」艾蓮諾說，「我可以拿給你看。」

她再次察看羅盤，然後帶著他到船長室。船長室中央有張長桌，上頭放滿了蜂蠟蠟燭。皮製手扶椅塞進圓形爐灶旁邊的角落裡，有根管子往上延伸，向外穿過甲板。後側有幾扇多色彩繪玻璃。繩索、緞帶、鋪著毯子的大吊床從天花板的橫樑上垂掛下來。戴著單邊眼罩、佩了把劍的絨毛兔子跟著其他幾件物品一起擱在架子上。一個有叉角的頭顱。陶土馬克杯裡插滿了筆和鉛筆，一瓶瓶墨水和筆刷。一串串羽毛沿牆垂掛，四周的空氣只要有動靜，羽毛就會隨之飛揚飄動。

艾蓮諾走到桌子遠端。蠟燭間有一疊紙，紋理、大小和形狀皆不相同。其中一些是透明的；大多都有線條和註記。

「變動不停的地方很難繪製成地圖，」她解釋，「地圖必須跟著改變。」

她拿起桌上那疊紙張的一角，固定於鉤子上，鉤子繫在從天花板垂下的繩子上。紙張的其他角落她也如法炮製，再來轉動牆上的滑輪，地圖的片段往上抬升，以緞帶和線繩與彼此相接。它一層層升起，像多層的紙張蛋糕那樣鼓脹起來。頂端那幾層滿是書本，朵里安找到宴會廳，再來找到了心（一個小小心形紅飾品跟著殘餘的手錶掛在那裡），下方則有個又高又空的空間，貫穿了好幾層。下方有洞窟、道路和隧道。看得更仔細時，可以看到高大雕像、零星建築和樹木的剪紙。金色絲綢進進出出鑽過低層，一艘迷你小船釘在接近中心的那層上。絲綢一路往下垂到桌面，在紙城堡和紙高塔的圍繞之下，堆成了一道道的波浪。

「這就是那片海嗎？」朵里安問，摸著金色絲綢。

「說是海，總比說是『一系列複雜的河川和湖泊』簡單，對吧？」艾蓮諾回答，「全都彼此相連，但分成不同的小區。我們目前在地勢較高的一個小區，那片海要往下面這裡走。」她指著較低層，這邊沒有地圖其他部分那麼詳盡，「可是，如果你不是貓頭鷹，下頭那邊不大安全，變動程度太大，只是我個人的經驗談。」

「延伸到多遠？」朵里安問。

艾蓮諾聳聳肩。「我還沒查出來，」她說，「我們目前在這裡。」她碰碰中央一波金色海濤上的小船，「我們先順著這邊走，接著在這裡轉向。」她指著往上移動的兩個絲綢漩渦，「然後我會把你留在這邊。」她指著一系列紙張樹木。

「我要怎麼回來這邊？」朵里安說，往上指著心。

艾蓮諾細看地圖，接著走到桌子另一側。她指向森林另一側。

「如果你從這裡出來，再來往這邊走，」她指著一條從樹林往北延伸的小徑，「就應該找得到那家客棧。」這裡有棟掛著小小燈籠的建物。「從客棧那裡，你就應該能換路到上頭這邊。」她帶他繞過地圖角落，讓他看看最接近心的那些小徑。「一旦到了那裡，你的羅盤應該就能再起作用，羅盤永遠會指出回到心那裡的方向。」她指指心。

朵里安看著脖子上的鍊子，上頭繫著他房間的鑰匙，以及大小有如墜鍊盒的羅盤。他打開羅盤時，裡面滴出了一點蜂蜜，但指針狂亂擺動，遍尋不著方向。

「這就是這東西的作用嗎？」他問，之前沒人跟他解釋過。

「你回到那邊去的時候，情勢會有所不同，」艾蓮諾說，「有時候你沒辦法回到原本的老地方，必須前往新的地方。」

「我不是想回到那個地方，」朵里安說，「而是想回到某人身邊。」開口承認這點，感覺像是一種確認。

「人也會改變的，你知道吧。」

「我知道。」朵里安點著頭說。他不願去想這一點。他莫名地一直想到那個地方去，但到了那裡之後，才明白原因何在。原來到那個地方，才能遇見那個人，而現在他兩者都失去了。

「你可能已經離開很久了，」艾蓮諾說，「時間流動的方式在下頭這裡不同。會過得更慢。有時候，時間不會停下來路過，而是直接略過。」

「我們迷失在時間裡了嗎？」

「你可能是。我並沒有。」

「妳在下面這邊做什麼？」朵里安問。艾蓮諾望著層層的地圖，思索著這個問題。

「好一陣子我一直在找某個人，可是怎麼都找不到，之後我就開始找我自己。既然我已經找到自己了，就又回頭繼續探索了，探索是我在開始投入其他事情以前，就已經在做的事。而且我認為探索是我命定該做的事。聽起來會不會很傻？」

「聽起來驚險刺激。」

艾蓮諾對自己微笑。她和米拉貝有同樣的笑容。既然已經明白下頭這裡有那麼多空間和時間可以迷失，朵里安納悶賽門後來的際遇如何。他試著不去想上方已經過了多少時間，艾蓮諾收起地圖，將心往下摺進了無星之海。

「我們距離一個適合分別的地方並不遠，」她說，「如果你準備好了的話。」

朵里安點點頭，兩人一起回到甲板上。他們駛進了另一個洞窟，洞窟裡鑿出偌大的凹室，每個凹室裡都有高大的人形雕像。總共有六尊，各個手裡握著一件物品，雖說當中有不少都已經破損，而且雕像全身蓋滿結晶的蜂蜜。

「這是哪裡？」朵里安在他們走向船首的時候問。

「其中一座舊海港的一部分，」艾蓮諾回答，「這裡的海平面比我上次經過的時候還高。我應該更新我的地圖了。我想說她會喜歡這邊。她跟我說過，在下面這裡死去的，都應該回歸無星之海，因為這片海就是故事的起源地，而所有的結局都是開端。然後我問她，那些在下頭這邊出生的人又如何呢，她說她不曉得。如果所有的結局都是開端，那麼所有的開端也是結局嘍？」

「也許吧。」朵里安說，他俯視艾蕾格拉的遺體，披著絲綢，以繩索綁在木門上。

「大小剛好的只有這個。」艾蓮諾說明。

「滿適合的。」朵里安要她放心。

兩人合力抬起門，越過圍欄，往下降到無星之海的海面上。門的邊緣浸入蜂蜜裡，但門板飄浮未沉。

等門板漸漸漂遠，跟這艘船拉出距離以後，艾蓮諾站上圍欄，將一盞紙燈籠拋到門上。燈籠落在艾蕾格拉腳邊，一傾，裡面的蠟燭先是碰上紙罩而著火，再來點燃了絲綢，火一路沿著繩索蔓延。

那扇門和門上的人都起火了，離船越漂越遠。

朵里安和艾蓮諾在圍欄邊並肩佇立觀望。

「你想說點悼詞嗎？」艾蓮諾問。

朵里安盯著那個女人燃燒的遺體，她拿走他的名字與人生，向他許下上千個從未實現的諾言。那個女人在他年少迷失、形單影隻時找到他，給他一個目標，送他踏上一條令他難以置信，既驚奇又怪異的道路。直到一年前，她向來是他最信任的人；而就在不久前，要不是時間和命運出手介入，她瞄準他的心臟，準備讓他一槍斃命。

「不，我沒有想說的話。」他告訴艾蓮諾，她轉身並若有所思地瞅著他。但接著她點點頭，將注意力轉回船舷，久久凝望此時已經漂遠的火焰，然後才開口說話。

「謝謝妳在其他人當我是鬼魂，視線總是穿過我的時候，真正看見了我。」艾蓮諾說，朵里安的喉頭意外地哽咽了一下。

艾蓮諾將手搭上朵里安抵在圍欄上的手，兩人默默維持那樣的姿態，目送那團火焰良久，直到脫離視線範圍，而這艘船繼續朝著目的地自動駕駛。

燃燒的門經過那些古老雕像的時候，映亮了它們的臉。

那些石像只是許久以前居住在這個空間裡的人，但它們認出了自己當中的一員，在艾蕾格拉．卡瓦羅回歸無星之海時，默默致意。

薩克里．艾思拉．羅林斯往上凝望一個在遠處發亮（並不燦亮）的昏暗光源，覺得自己位於光源下方非常遙遠的深處。

懼高症的相反是什麼？恐深症嗎？

那裡有一處懸崖，一道陰影，從城市往上延伸至那個昏暗光源。他隱約看到了那座橋。他落地的地方僅有一絲光線，有如暖色調的月光。

他不記得自己落地的情形，只是滑行，滑行不止，然後轉眼已經著地。

他落在一堆岩石上，腿很痛，但身骨似乎無一處斷裂，連他那副堅不可摧的眼鏡也沒受損。薩克里伸出手將自己拉起來，手指卻扣在一隻手上。

他猛地抽回手臂。

他再次試探地伸出手，那隻手依然在那裡，僵住不動，從那堆岩石裡探出來，而那並不是一堆岩石。那隻手的旁邊有一條腿以及像是半個腦袋的圓形東西。薩克里站起身的時候，手搭在了一個與軀幹分家的臀部上。

他站在一片破損的雕像群之中。

附近的一隻手臂正握著未點燃的火炬，從外表看來是一根真正的火炬，而不是岩石刻成的。薩克里緩緩走過去，從雕像手中抽出火炬。

他將劍往下擱在腳邊，在袋子裡摸找打火機，很感激過去的薩克里隨身備好的東西包括這一項。

他試了幾次才勉強點燃火炬。火光足以讓他探索環境，雖說他並不知該往哪裡走。他隨著重力往前行進，哪個方向容易走，就隨著傾斜的地面往前行。雕像在他腳下移動；他靠著劍保持平衡。

在凹凸不平的表面上很難同時兼顧長劍和火炬，但他兩種東西都不敢拋在後頭。他需要仰仗火炬的光，而那把劍感覺……至關緊要。雕像碎塊在他的腳下挪移著，創造出身體部位的迷你雪崩。他拋下劍，往外伸手穩住自己，結果碰上了比岩石柔軟的東西。

他手指下的頭顱並不是象牙或大理石雕出來的。而是人骨，攀住了周圍的最後一點皮肉。他趕緊將手抽回，零星的毛髮追隨他的手指而揚起。

薩克里將火炬插在附近雕像等待的手中，以便看得更仔細，雖然他不確定自己真的想看清楚。

幾乎已成骷髏的屍體藏在缺損的雕像之間。要是薩克里往旁邊多走幾步，永遠都不會注意到它，雖說現在他聞得到腐臭味。

這具屍體並未裹在回憶裡，而是披掛著碎解的衣物殘片。曾經由衣物裹覆的不管是誰都早已遠去，一併帶走自己的故事，只留下枯骨、靴子和裹住軀幹的皮製劍鞘，但裡頭並沒有劍。

薩克里頓住腳步，在劍鞘的實用以及必須接觸屍體才能拿到劍鞘之間左右為難，內心一番天人交戰之後，他憋住氣，笨拙地從前任主人身上解開腰帶，在這個過程中，骸骨、腐肉和難以辨識的液體隨之崩散淌流。

他頓時萌生一個念頭：那會是他在這下頭的下場。他將這個想法盡可能用力推出腦海，將心神集中在細碎的羽毛和金屬上。

他將劍鞘與皮製綁帶卸下，這套東西確實適合這把劍，雖說不盡完美，但也夠好的了，讓他不必一直握著劍。他花了點時間才弄懂怎麼披掛在毛衣上頭，但這把劍終於停在了他背上。

「謝謝。」薩克里對那具屍骸說。

那具屍骸什麼也沒說，因為幫得上忙而默默覺得感激。

薩克里繼續往前，跌跌撞撞跨越雕像。現在比較容易了。為了讓手臂休息，輪流換手舉火炬。

雕像的碎塊越來越小，最後在他腳下只剩碎礫。一大區的大理石化為了某種可能是步道的東西。

而步道又變成一條隧道。

薩克里覺得火炬的亮度似乎正在減弱。

他不知道自己前後走了多久。他納悶現在是否依然是一月，而遙遠的地表某處是否依然在下雪。

他只聽得到自己的腳步、呼吸、心跳以及火炬的火焰劈啪響。火炬絕對變暗了，這點教人失望，因為他原本希望它是個神奇的恆亮火炬，而不是一般會熄滅的那種。

附近有個聲響，不是發自於他。沿著地面有動靜。

聲音持續下去，越來越響。附近有個大型東西正在移動。原本在他背後，此時在他身旁。

薩克里轉身仰頭望去，火炬的光照亮一隻深色大眼，周圍繞著淺色皮毛。那隻眼睛沉著地瞅著他，然後眨了眨。

薩克里伸手摸了摸柔軟無比的皮毛。他可以在手底下感覺到每口呼吸，雷鳴般的巨大心跳，然後那個生物又眨了眨眼，別過身去，隱去身影之前，火炬光線照出了牠的長耳朵和毛茸茸的尾巴。

薩克里望進黑暗，目送那隻白色巨兔。

這一切都始自於一本書嗎？

或是更加古老？將他帶到此時此地的一切，是否都古老得多？

他試著指認那些時刻，企圖釐清當中的意義。

沒有意義，再也沒有了。

那個聲音好似風的耳語。

「什麼？」薩克里大聲問。

「**什麼？**」回音一次次回覆他。

你來得太遲，繼續下去很愚蠢。

薩克里伸手往後，拔劍出鞘，往外舉起抵抗黑暗。

你早就死了，你知道吧。

薩克里頓住動作，豎耳傾聽，雖說他並不想要。

你凌晨太早出門散步，因為疲憊和壓力癱倒在地，接著失溫而死，可是你的屍體埋在雪堆裡，要等春天雪融了才會有人發現。目前積雪過多。你朋友們以為你失蹤了，其實你就在他們腳下。

「那不是真的。」薩克里說，語氣不如他想要的那般篤定。

你說得對，不是真的。你根本沒朋友，而這全是虛構。是你腦袋企圖自我保護的微弱嘗試，跟自己編一個有愛情、冒險與謎團的故事。就是你盼望自己人生所能擁有的事物，但你一直忙著打你的電動、讀你的書，不曾到外頭好好尋覓。你白白浪擲的人生即將終結，那就是你在這裡的原因。

「閉嘴。」薩克里對黑暗說。他想要放聲大喊，但說出口卻疲軟無力，強度甚至不足以產生回音。

你明明知道這是真的。你之所以相信，因為它比這番胡扯的可信度還高。你在假裝。你想像出這些人和這些地方。你跟自己說了個童話故事，因為你太害怕真相。

火炬的光線漸漸消逝。雪般的冰冷悄悄爬過他的肌膚。

放手吧，你永遠找不到路出去的。沒有出路了。你現在就在終點。遊戲完結。

薩克里強迫自己繼續往前走。他再也看不到那條步道通向何處。他專注在每個腳步上。

他打了哆嗦。

放棄吧，放棄更輕鬆，放棄更溫暖。

火炬熄滅。

你不必怕自己會死，因為你早就死了。

薩克里試著往前移動，但什麼也看不見。

你死了。你身亡了。沒有額外的人生。你有過自己的機會。你玩過自己的遊戲。你輸了。

薩克里雙膝跪地。他原本以為自己有把劍。他為什麼會有把劍？好蠢。

是很蠢沒錯，全是胡扯。你應該停止想像關於劍、時間旅行、不會對你說謊的男人、貓頭鷹皇族、無星之海的事。這些東西全都不存在，都是你杜撰出來的。都在你的腦袋裡。你可以別再走了。無處可去。你走累了。

他走到疲憊，嘗試到厭倦了，甚至不知道自己想要什麼，不知道自己在尋覓什麼。

你不知道你想要什麼。你從來不曉得，以後也永遠不會知道。徹徹底底結束了。你已經到了終點。

有隻手搭在薩克里的胳膊上。他認為他的胳膊上有隻手。也許。

「別聽。」有個不同的聲音湊近他耳朵說。他認不出那個聲音或口音，也許是英國、愛爾蘭、蘇格蘭或什麼的。他很不擅長辨認口音，就像他不擅長其他一切。「它謊話連篇，」這個聲音說了下去，「別聽。」

薩克里不知道該相信哪個聲音，雖說英國—愛爾蘭—蘇格蘭口音聽起來往往比較正式、有分量，另一個聲音沒有口音，但也許根本沒有任何聲音，也許他應該休息一會兒。他試著躺下，但有人扯著他的胳膊。

「我們不能待在這裡。」其中一個聲音堅持，英式口音那個。

你替自己想像出幫手來，你走投無路到會相信這種事，真可悲。

那隻手放開他的胳膊。那裡從來就沒有手，什麼都沒有。

一道光閃現，突來的明亮掃過這個空間。一時片刻可以望見遠處有條隧道、一條步道和巨大木門，接著再次陷入黑暗。

你是個微小、悲傷、無足輕重的傢伙。這一切都無關緊要。不管你做什麼，都不會對任何事情造成衝擊。你早已被遺忘。留在這裡，休息吧。

「起來。」另一個聲音說，那隻手再次出現，拖著薩克里往前。

薩克里彆扭地勉強起身，手裡那把劍敲中他的腿。

他確實有把劍。

不。

黑暗裡的那個聲音改變了，先前語氣平靜，現在怒沖沖。

不，黑暗又說了一次，薩克里試著移動，而某人——**某物**——揪住他的腳踝，纏繞他的雙腿，企圖將他再次往下扯。

他加緊握住劍柄的力道，心神聚焦在胳膊上的那隻手，而不是那些滑上他的雙腿、繞過他脖子的東西，雖說感覺一樣真實。

他並非孤身一人。這件事正在發生。

他有一把劍，而他在無星之海附近一座失落城市下方的洞窟裡。而且他追丟了命運，雖說放眼不見五指，但他依然相信。該死。

他的雙腳現在移動得更快，一步又一步再一步，雖然黑暗裡的那個東西如影隨形，亦步亦趨，跟他一起持續沿著步道前行，步道終止於狀似一道牆的東西。

「等等。」不是黑暗的那個聲音說，那隻手離開薩克里的胳膊，被某種不是手的東西取代，笨重、冰冷，捲繞在他的肩上。

他前方有一絲光線，來自一扇敞開的門。

黑暗發出可怕的聲音，雖然不是尖叫，但那是薩克里所能想到，最能形容他腦袋裡和腦袋周圍那種尖亢聲音的字眼。

聲音大到薩克里一踉蹌，黑暗揪住他，猛扯他鞋子，環繞他雙腿，將他往後拉。他失去平衡，往後滑倒，試著抓住那把劍。

有人伸出手臂攬住他的胸口，將他拉向那道光和門。薩克里無法分辨男人或黑暗哪個較強大，但他以一隻胳膊緊緊扣住拯救他的人，另一手則舉劍朝黑暗頻頻戳刺。

黑暗對他低嘶。

你連自己為什麼在這裡都不曉得，它呼喚，薩克里被拉向那道光時，耳裡和腦袋裡淨是那些聲音，**他們在利用你——**

門關起來，悶住那些聲音，但是它們持續震動和搖晃，門的另一邊有東西試圖闖進來。

「幫我一起弄這個。」使勁抵住門的男人說，努力不讓門被推開。薩克里眨眨眼、適應明暗，但他可以看到男人正掙扎著要拉起大型木頭橫桿，於是站起來，抓住厚重橫桿的另一端，滑進了沿門架設的金屬托架。

木桿滑入定位，牢牢關住了門。

薩克里將額頭靠在門上，試著穩住呼吸。門很巨大，表面有雕刻，隨著每秒鐘過去，在他皮膚底下感覺越來越逼真與扎實。他在這裡，這件事確實正在發生。

薩克里嘆口氣，抬頭環顧方才進入的空間，接著看著站在他身旁的男人。

這個空間是座聖殿，那些門四扇一組，通往敞放的中庭，一層接一層持續向上延伸，周圍淨是木頭階梯與樓座。懸吊式的碗盆裡點了火，原本用來擺放供品的平面擺滿蠟燭，進一步強化了晃動的火光；蠟淚滴在雕刻的祭壇、雕像的肩膀與攤開的手掌上。書頁以線串成長長的橫條，旗幟似地披垂在樓座上，脫離了裝幀而飄飛撲動著。

在這個光之聖殿裡，薩克里・艾思拉・羅林斯和賽門・強納生・奇汀在困惑的沉默中彼此凝望。

在派對上戴面具的眾多賓客中認出她來，比他原本料想的**更簡單**。主動上前搭訕，炒熱對話氣氛，邀她到他以假名在飯店樓上預定的房間。

他以為她會更謹慎。

他對這個晚上懷抱不少期待但都並未落實。

如此輕易就走到這個階段，反而令他忐忑，明明已經將派對的閒談和音樂的鬧聲拋在後頭，他心神卻更難定。這也太容易了。蜜蜂、鑰匙和劍顯而易見且華麗地垂掛在她的頸項周圍，不費吹灰之力就認出她來。三兩下就讓她開口。輕輕鬆鬆就將她帶上樓，到一個沒有目擊者的地方，目擊者只有窗外的這座城市，但這座城市自有它掛念的事情，根本不會留意或關心。

一切得來全不費工夫，而這種輕易令他困擾。

可是現在也太遲了。

此刻她正站在窗邊，雖說沒什麼景致可言，只能看到部分的對街飯店，而一角的夜空裡不見任何星辰。

「你有沒有想過，外頭那裡有多少故事？」她問，一根指頭抵在窗玻璃上，「在當下這一刻，我們四周有多少情節正在開展？我好奇需要多大篇幅的書才能全都記錄進去。可能需要一整座圖書館，才容得下曼哈頓的一晚。一個小時。一分鐘。」

他當時認為，她很清楚他為何在這裡，以及一切為何來得如此容易，而他再也沒有遲疑的餘裕。

他心中有部分希望留在這份偽裝裡，持續扮演這個角色、戴著這副面具。

他發現自己想跟她暢談下去。她的問題令他分心，讓他想到這座城市裡的其他人，充滿這條街道、這個街區、這家飯店、這個房間的所有故事。

但他有任務要執行。

他走近她的時候，從口袋裡取出武器。

她轉身看著他，表情難以解讀。她舉起一手，將掌心貼在他的側臉上。

他發動攻擊之前可以看到她心臟的方位。他甚至無須別開與她交會的視線，動作如此嫻熟，幾近反射動作，技巧磨練得這般高超，連想都不用想，雖說此時此地那種不必思考反倒令他困擾。

轉眼便完成了，他一手抵住她長禮服的領口，另一手貼住她的背部，免得她倒落或抽開身子。如果從遠處望入窗內，看起來會相當浪漫，一根細長的針刺穿她的心臟，這個細節會隱沒在這場擁抱當中。

他等著她呼吸嗆咽，等待她心跳停止。

但並沒有。

她的心臟持續跳動，倔強且堅持，他的指下感覺得到。

她繼續仰頭望著他，雖說眼神已經改變，而他現在明白了。之前她一直在掂量他這個人，而現在已經掂量完畢，發現有所欠缺，而她的失望如此鮮明無掩。鮮血淌下她的背部，流過他的指間以及他手下依然跳動的心臟。

她嘆口氣。

她往前傾身，往他貼靠上來，鼓動的心臟抵著他的手指，而她的呼吸、肌膚，她的全部，在他懷裡都如此的鮮活，令他恐懼不已。

她態度隨興平靜，往上伸手摘掉他的面具。她盯著他的雙眼，任由面具落地。

「我對死去女孩的浪漫故事已經非常厭倦了，」她說，「你不會嗎？」

朵里安驚醒過來。

他正在船長室的扶手椅裡，在一艘航行於蜜之海的海盜船上。他試著說服自己的腦袋，曼哈頓飯店房間只是一場夢。

「作惡夢了嗎？」艾蓮諾在房間對面問，她正忙著調整地圖，「我以前也會作惡夢，為了擺脫它們，我會寫下來，摺成星星扔掉，有時候還滿有效的。」

「這個惡夢我永遠擺脫不了。」朵里安告訴她。

「有時候惡夢會留下來。」艾蓮諾點著頭說，她在金色絲綢上做了更動之後，再次將地圖收摺起來。「我們快到了。」她說，然後往外踏上甲板。

朵里安在飯店房間的回憶中多停留一口吐息的時間，然後尾隨她走出去。他拿了她提供的背包，裡面裝了幾樣或能派上用場的東西，包括一扁瓶的水，雖說艾蓮諾堅稱他在蜂蜜裡浸泡足夠時間，有好一陣子不會覺得餓或渴。裡面另有折疊小刀、一段繩子和一盒火柴。

她不知怎地找來了一雙合他腳的靴子，高筒反折，很有海盜風格。穿起來幾乎可說舒適。配上他的星星鈕釦外套，看起來就像童話裡走出來的人物。也許他確實是。

他往外踏上甲板，眼前的景象讓他定住腳步。

那個洞窟裡有一整片濃密的櫻花樹林，一路延伸到河流邊緣，花朵盛放，扭曲的樹根消失在蜂蜜海面底下，零星的櫻花落下，往河流下流漂蕩。

「漂亮吧？」艾蓮諾說。

「美。」朵里安同意，雖然這個單一的字眼無法傳達，看到這個長久鍾愛之地如何扯動他的心。

「因為水流的關係，我沒辦法久留，」艾蓮諾解釋，「準備要走了嗎？」

「我想是吧。」朵里安說。
「找到那家客棧時，麻煩幫我跟客棧主人打聲招呼。」艾蓮諾說。
「我會的。」朵里安告訴她。因為他知道自己可能不會再有機會，於是補了句：「我認識妳女兒。」
「你認識米拉貝？」艾蓮諾問。
「是。」
「她不是我女兒。」
「不是嗎？」
「因為她不是人，」艾蓮諾澄清，「她是打扮成人的別種東西，就像那個看守人那樣。你知道吧？」
「我知道。」朵里安承認，雖說他自己沒辦法以這麼簡單的方式解釋。那場回憶的夢境又在他腦海裡重播，他倆一起在飯店酒吧共度餘下的夜晚，他的世界分裂瓦解，而米拉貝在馬汀尼杯的底部裡接住了那些碎片。他有時納悶，要是米拉貝當時沒陪在他身邊，可能會發生什麼事，他又可能會做出什麼事。
「我想，當你困在一個人裡面的時候，可能很難不去當一個人，」艾蓮諾沉吟，「她一向對一切都非常氣憤。她現在是什麼樣子？」
朵里安不知道怎麼回答這個問題。他的手指裡感覺到並不存在的一個心跳。一時半刻憶起並召喚出一個概念：一個不是人的人，他再次重溫那晚的感受，而在那所有的恐懼、困惑和驚異之下，有種完美的平靜。
「我想她已經不氣了。」他告訴艾蓮諾，雖說即使脫口而出的當兒，他正想著，那股平靜或許更像是暴風雨中的寧靜。

艾蓮諾偏著腦袋思索著，接著點點頭，似乎相當滿意。

朵里安真希望能拿什麼來報答艾蓮諾的善心，作為交通的費用。也因為她救了他的命，這點似乎有家族遺傳。

他只有一樣東西可給，而他現在領悟到，比起書不在他手上，那本書無人閱讀的事實更令他困擾。況且，他向來隨身攜帶，並且以墨漬紋在了背上，而且時時在他腦海裡上演。

朵里安從外套口袋裡掏出《際遇與寓言》。

「我想把這個給妳。」他說著便遞給艾蓮諾。

「這對你來說很重要。」她說。這是陳述而非提問。

「對。」

艾蓮諾在手裡翻轉那本書，蹙眉看著。

「很久以前我把一本對我來說很重要的書送了人，」她說，「我一直沒拿回來。總有一天我得把這個還給你，是吧？」

「只要妳先讀過就好。」朵里安說。

「我會的，我保證，」艾蓮諾說，「我希望你找到你的人。」

「謝謝，我的船長，」朵里安說，「祝福妳未來有許許多多精采的歷險。」他向她鞠躬，她哈哈一笑。兩人在此時此地分道揚鑣，以便推展各自的故事。

朵里安下船並非易事，得靠複雜的繩索操作，加上謹慎小心的跳躍，接著他便站在岸上，目送那艘船沿著海岸駛離，變得越來越小。

從這裡他可以讀到刻在船側的文字：

尋覓&尋獲。

船在遠處化為一抹亮光，繼而消失無蹤，朵里安再次落單。

他轉身面對森林。

他從沒見過更大的櫻樹，高高聳立、虬枝盤曲，枝椏朝著四面八方蜷扭，有些高到足以掃過洞窟上方高處的岩壁，其他的矮到伸手即能觸及，全都開滿了成千上萬的粉紅花朵。根部和樹幹從堅實的石地裡竄長出來，石地在樹木周圍裂開。

紙燈籠串掛在樹枝上，有些懸在不可思議的高度，有如星辰點點散布於樹冠中。雖然無風，但燈籠依然擺盪著。

朵里安走進森林時，林木間偶爾會出現樹木殘幹。有些上頭放滿燃燒的蠟燭，蠟淚從側面滴落在地。其他殘幹上頭則堆滿了書本，朵里安伸手拿起一本，卻發現是實心木頭，從原本那棵樹刻下來並加以彩繪而成。

櫻花在他四周紛紛飄落。林間闢出了一條小徑，從樹上的標記便可辨別，扁石嵌在樹木根部，每顆石子上頭各立著一根燃燒的蠟燭。朵里安循著路徑前行，轉眼便看不見無星之海，不再聽得到浪濤拍岸的聲音。

一枚花瓣飛舞著，落在了他手上，雪花似地在他的皮膚上化開。

朵里安往前走的時候，櫻花持續飄落，一次幾枚花瓣，接著積聚起來，漸漸堆在了小徑上。

他無法確認它們在哪個時刻從櫻花化為雪。

他往前走著，靴子留下印記。越往小徑深處走，越少火光作為標示。花雪落得越來越密，滅掉了燭火。

現在更冷了，碰上朵里安裸露肌膚的花，感覺都像冰一樣冷。

黑暗來得又快又重，朵里安什麼也看不見。

他往前一步，再一步，靴子深深陷入雪裡。

有個聲音。起初他認為是風，但這個聲音更平穩，有如呼吸。接著有東西在他身旁移動，接著到了他前方。他什麼也看不見，四周是徹底的黑暗。

他停下腳步，小心翼翼將手探進背包，雙手握住那個火柴盒。

朵里安盲目地試圖劃亮火柴。第一根火柴從顫抖的指間掉落。他吸了口氣，穩住自己，再試一根。

這根火柴點燃了，投下一道顫抖的焰光。

有個男人站在朵里安面前的雪地上，比他還高還瘦，但肩膀更寬闊。闊肩上頂著貓頭鷹的腦袋，以又大又圓的雙眼往下俯視他。

貓頭鷹頭一偏，打量著他。

那雙大大的圓眼眨了眨。

火焰燒到了火柴末端，光線搖曳，接著滅去。

黑暗再度包圍朵里安。

薩克里・艾思拉・羅林斯想像過書中的眾多角色，但從未夢想過自己最後可能會跟其中一個打照面，即使他之前知道賽門・奇汀是個真人，而非書中角色，照樣在腦袋裡想像出一個角色的形象，而那份想像跟他目前看到的這位有著天壤之別。

男人的年紀大過薩克里想像中的那位十八歲男孩，不過對於迷失在時間裡的男人來說，年齡又是什麼？他看起來三十多歲，深色眼眸，棕金長髮往後綁成馬尾，其間插著幾根羽毛。原本可能是純白的褶襉襯衫現在是灰色的，但他的背心狀況較好，缺了幾顆鈕釦的地方改以繩結取代。他用一條皮革纏繞腰際兩圈，有如雙層皮帶，上頭吊著幾樣物品，包括一把刀和一捆繩索。更多皮革和布塊條條裹在他的膝蓋、手肘和右手上。

他的左手不見了，從手腕以上被削去。這條手臂末端也裹著東西作為保護，上方露出的皮膚以及脖子有一部分曾經在過去的某個時間點上嚴重燒傷

「你還聽得到它們的聲音嗎？」賽門問。

薩克里搖搖頭，一方面是為了甩掉對那些聲音的記憶，另一方面是為了回答他的問題。他在某一刻鬆手拋下那根火炬，雖說現在他不記得自己是否曾經有過火炬。他試著回想，憶起了雕像、黑暗和巨兔。

他仰頭看著那些雕像，幾個世紀以來雕像群凝望著慶典和祭拜者，接著是一片虛空，而在虛空之後，它們的視覺被蜜海奪去。當潮浪退去，光線再度回歸，它們首先看見了一個男子，此時眼前則有兩位。

「它們謊話連篇，」賽門向薩克里保證，回頭對著門點點腦袋，「還好我聽到你的聲音。」

「謝謝。」薩克里說。

「穿過去就好，」賽門給他建議，「讓它穿過你，然後放它走。」

賽門別開身子，讓薩克里平定自己的心緒。他正在發抖，但開始平靜下來，試著細看眼前、四周和上方的景象。

這裡有幾十座巨型雕像。有些人物頂著動物腦袋，有些則完全失去了腦袋。它們散落在整個空間裡，看起來如此有機；要是它們當真動了起來，薩克里也不會訝異，也或許它們正在移動，只是速度非常、非常緩慢。

往外延伸的四肢、王冠、叉角之間懸著繩索、緞帶和細線，將雕像纏在樓座和門上，上頭串著書頁、鑰匙、羽毛和枯骨。中庭中央掛著長長一系列銅月。有些繩索串在齒輪和滑輪上。

有兩座雕像如此之大，樓座繞著它們而建，雕像各據一側，面對面，越過在石頭、紙張、真人身上展開的其他情節。

最近那尊雕像的細節如此詳盡、外型如此肖似，薩克里一眼便認出是看守人，即使臉龐有一部分被翻飛的書頁、弦月的月彎掩住。他的雙手以熟悉的姿勢往外舉起，彷彿期待一本很大的書會擱在攤開的掌心上，卻只有紅緞帶、血紅色的長條絲綢，披掛在他的手指上，繼而繞過他的手腕，然後往外延伸，將他綁在樓座、門以及面對面的另一雕像上。

對面的人像看起來不像米拉貝，但顯然意在呈現她，或是她以前的樣子。紅緞帶捆在她的手腕上，繞過她的頸子，往下拖向地面，鮮血似地積繞在腳邊。**嘿，麥克斯**。薩克里心想，雕像微微轉過頭，以空洞的石眼盯著他看。

「你受傷了嗎？」賽門問，薩克里往後踉蹌，在後頭的祭壇上保住了平衡。祭壇表面在他的手下相當柔軟，石頭上蓋著一層又一層的蠟淚。薩克里搖頭回應那個問題，雖說他並不確定。他的肺部和鞋子裡依然感覺得到黑暗的沉重。也許他應該坐下。他試著回想該怎麼做。附近的緞帶翻飛不止，上頭寫著薩克里讀不懂的字，禱詞、請求或神話。祈願或警告。

「我……」薩克里正要開口，卻不知該怎麼把這句話講完。他不知道自己是什麼，現在不曉得了。

「你是哪個？」賽門問，細細端詳著他，「心還是羽毛？你佩著劍，可是沒帶星星。讓人想不透。你不應該來這裡的。你應該在別的地方才對。」

薩克里張嘴要問賽門到底在說什麼，卻只說了思緒反覆回歸的唯一一件事：「我看到一隻兔子。」

「你看到……」賽門疑惑地看著薩克里，薩克里不確定自己說起話來正不正常，他覺得自己的思緒跟身體兩相分離。

「那隻天兔不是兔子，」賽門糾正他，然後將注意力轉向腦袋上方的繩索和齒輪，「如果你看到那隻天兔，表示月亮在這裡，」他說，「比我原本想的還晚。貓頭鷹王要來了。」

「等等……」薩克里開口，以他之前問過的問題，搖搖擺擺地試圖穩住自己，「誰是貓頭鷹王？」

「王冠會一個一個傳承下去，」賽門回答，心思放在調整繩索上，即使只靠單手，動作也相當純熟，「王冠從故事傳到故事。過去以來有過很多貓頭鷹王，王冠與利爪兼備。」

「現在的貓頭鷹王是誰？」薩克里問。

「貓頭鷹王不是一個誰。不見得是。在這個故事裡不是。你把過去的狀況跟現在的狀況混為一談了。」賽門嘆口氣，停下修補動作，將心神放回薩克里身上。他吞吞吐吐地解釋，搜尋正確的字眼。「貓頭鷹王是一個……現象。過往像海浪一樣撞進現在。牠在選擇與作出決定前之間的空間裡撲拍翅膀，預示改變的來臨……是久經等待的那種改變，那種改變預言提出過，兆頭也警告過，寫在星辰裡、注定會發生。」

「誰是那些星辰？」這個問題薩克里之前想過，但尚未問出口，雖說他一直很疑惑，貓頭鷹王到底是人、鳥或是某種天氣。

賽門盯著他，眨了眨眼。

「我們就是星辰，」他回答，彷彿這是在整個隱喻與錯誤導向之海中飄浮的事實裡，最明顯的一個，「我們都是星塵和故事。」

賽門轉開身子，從牆壁附近的一只鉤子上解掉繩索。他扯了扯這條繩索，上方遠處的齒輪和滑輪動作起來。一個彎月形狀的東西縮起並消失不見。「這樣不對，」他說著便拉扯別條繩索，牽動了翻飛的紙頁，「門就要關起來了，把可能性跟著帶走。即使她不確定故事的走向，故事還是得到記錄，現在有其他人跟著她走，閱讀著，尋找著終局。」

「什麼？」薩克里問，雖然他指的可能是**誰**，而他不記得這兩者的差別。

「這個故事啊，」賽門重複，彷彿這回答了原本的問題，而不是創造出新問題，「我原本在故事裡，後來漫遊到故事之外，我找到這個地方，我可以在這裡傾聽而不是被閱讀。這裡的一切都低聲說著這個故事，海洋和蜜蜂都在低語，我聆聽，試著找出這一切的形狀。找出它一直所在的地方，以及它要往哪裡去。新的故事包繞住舊有的故事。古老故事對低語來說有如火焰吸引飛蛾。這個故事在反覆述說的地方磨薄了，有些漏洞會讓人掉進去。我試著要記錄，但失敗了。」

賽門往上伸手指指那些雕像、緞帶、繩索、紙張和鑰匙。

「這就是……」薩克里開口。

「這就是這個故事，」賽門替他把想法說完，「如果你在下面這裡停留得夠久，就會聽到它嗡嗡響。我盡我的能力去捕捉，就能平緩那種聲音。」

薩克里更仔細瞧。在緞帶、繩索、齒輪、鑰匙之間有更多，在火光中挪移、閃動和改變著：一把劍和一只王冠，周圍繞著一群紙蜜蜂。

一艘沒有海的船。一座圖書館。一個城市。一堆火。一處充滿骸骨和夢境的裂口。海灘上一個披著皮草大衣的人影。一個像雲朵或一輛藍色小車的形狀。一棵櫻桃樹開滿書本紙張做成的花。鑰匙和緞帶挪移著，當中的影像逐漸清晰起來，清晰到不可能是以紙張和細線編織而成的。藤蔓透過窗戶爬進來，繞過睡在看守人辦公室裡的橘貓。兩個女子坐在星辰底下的野餐桌上，暢飲聊天。她們的背後有個男孩站在不曾打開的彩繪門前。

薩克里換了個角度觀看，一時半刻，這整個稍縱即逝的建構好似一頭巨型貓頭鷹，包圍整個室內，接著在紙頁的一陣翻飛中，再次裂解為故事的片片段段。變換之後的觀點帶來更多，也更少。原本交纏的人形此時分了開來。某處正在下雪。十字路口那裡有家客棧，某人正朝客棧走去。月亮裡有個門。

「這個故事正在改變，」薩克里如此專注於移動的影像上，當賽門的聲音在身旁響起時，他不禁吃了一驚。雖說當他再次定睛觀看，眼前只剩糾纏的紙張、金屬和布塊，「移動得太快，事件互有重疊。」

「我還以為時間原本不……」薩克里才開口卻又打住，不確定時間原本不是什麼，或不會是什麼，或現在是什麼，「我原本以為時間在這裡是不一樣的。」

「我們以不同的速率進行，但全都朝著未來移動，」賽門告訴他，「她像一口氣一樣憋住它，現在她走了。我原本以為不會發生那種事。」

「誰？」薩克里問，但賽門並未回答，以單手更動更多繩索。

「蛋就要裂開，」他說，「已經裂開。將會裂開。」

上方落下了一連串鑰匙，有如風鈴，彼此撞得鏗鏘作響。

「不久，龍就會來吃掉這個世界，」賽門轉身面對薩克里，「你不應該來這裡的。故事跟著你過來，這就是他們希望你置身的地方。」

「誰？」薩克里再次問，這回賽門似乎聽到了問題，湊上前耳語，彷彿害怕讓人聽見。

「他們是失落神話的神祇，替自己寫下新的神話。你還聽得見嗡嗡聲嗎？」

語畢，空氣隨之轉變。捲動的微風掃過了室內，吹得書頁和緞帶頻頻翻飛，也吹滅了幾根蠟燭。這個空間陷入暗影時，賽門動作迅速地重燃蠟燭。

薩克里跨離幾步，免得擋到賽門的路，往後退到以獅鷲為坐騎的雕像那裡，那是個頂著頭盔的戰士，動作凝止在半空中，正騰起撲向看不見的敵人，劍已出鞘，雙翼開展。

有一隻小貓頭鷹停在雕像的劍上，往下盯著他。

薩克里詫異地往後一彈，伸手要去拔自己的劍，但他之前將劍留在一段距離的地上。貓頭鷹繼續盯著。牠很小，幾乎只見蓬鬆的羽毛和眼睛，爪子裡抓著某樣東西。

「你為什麼會害怕引導你的東西？」賽門平靜地問，並未轉頭看他，一心忙著點燃蠟燭。室內變得更亮了。「貓頭鷹只是推動故事往前，那就是牠們的生存目的。這一隻一直在等某人抵達。我早該知道的。」他喃喃自語，一邊走了開來。

小小貓頭鷹鬆爪讓那個東西落在薩克里的腳邊。

薩克里往下一看。

他鞋子旁的石頭上有一枚摺起的紙星星。

貓頭鷹往上飛，停在樓座欄杆上，持續往下盯著薩克里。當薩克里毫無作為時，貓頭鷹不耐地發出鼓勵的啼鳴。

薩克里撿起紙星星，上頭印了文字，看來頗為熟悉。他納悶貓咪在走廊上一路拍玩了多遠，才讓這枚紙星星掉到下面這邊，不管貓頭鷹是在下頭何處撿到的，最後這枚星星來到了此地。

薩克里攤開星星閱讀。

月亮裡的門

占卜師的兒子站在六個門口之前。

薩克里・艾思拉・羅林斯往下看著自己一直渴望閱讀的文字，終於又找到一個以占卜師兒子為開場的句子，以熟悉的襯線字體印成，讓他近乎狂喜。這個紙片在變成星星以前，是從書本裡撕下來的，再由小貓頭鷹餽贈給他，接著他打住動作。

那隻貓頭鷹從樓座那裡對他鳴叫。

他還沒準備好。他並不想知道。

時候未到。

他讀了頭幾個字便將紙片摺回星星，收進口袋。

三個原本迷失在時間裡的東西，全都到齊了。他袋子裡的《甜美的憂傷》、腳邊那把劍、房間對面的賽門。

薩克里覺得既然三樣東西齊聚一堂，應該會發生什麼事，但毫無動靜。至少這裡並沒有。

找到人。

找到他了，接下來呢？

薩克里將注意力轉回賽門，他還忙著在祭壇和樓梯上點蠟燭。地面覆滿了蜂蠟，一段段好似蜂巢，雖說任何完美的六角形都已經因為腳步和時間而毀不成形。

光線逐漸加強，薩克里可以看到搭建在這座聖殿上的其他層次。地上放了好幾堆玻璃罐，從蠟淚較少的地方移來這裡。迷失在時間裡的男人一直在這裡，隱匿蹤跡，歷經幾個星期、幾個月或幾個世紀。

薩克里走向賽門，在他忙著點蠟燭時，追隨他的腳步。

「你是紙上的文字，」賽門低語，自言自語或是對薩克里說，或是對上方攀附在個別文件上的那些文字說，「當心你對自己說的那些故事。」

「什麼意思？」薩克里問，想起黑暗中的那些聲音，納悶它們是否就是這樣的故事。賽門聽到他的聲音驚跳一下，詫異地轉向他。

「哈囉，」賽門重新問候他，「你是來這裡閱讀的嗎？我曾經相信我自己是來這裡閱讀，而不是被閱讀的，但這個故事已經改變了。」

「怎麼個變法？」薩克里說。賽門茫然地瞅著他。「故事怎麼個變法？」薩克里試著釐清，往上指著那些紙頁和雕像，因為賽門的行為而憂心，甚至更擔憂一切不停反覆，明明該要越來越明瞭，卻越來越令人摸不著頭腦。

「打破了，」賽門回答，並未細說人要怎麼打破一則故事。也許就像打破諾言，「它的邊緣很銳利。」

「我要怎麼修補它？」薩克里問。

「沒辦法修補，只能在破損之中往前挺進。看，那邊。」賽門指著故事裡薩克里看不見的某個東西，「你和你的所愛和你的刀刃。潮浪即將高漲。有隻貓正在找你。」

「貓？」薩克里抬頭望向貓頭鷹，要是貓頭鷹能夠聳肩，那隻貓頭鷹就會聳聳肩，但牠們無法，至少動作並不顯眼，於是那隻貓頭鷹只是鼓脹自己的羽毛。

「到了終點有那麼多符號，而在開頭只有蜜蜂。」賽門說。

薩克里嘆口氣，拾起那把劍。有那麼多符號。**符號供人詮釋，而不是定義**，他提醒自己。那把劍現在感覺更輕了，也或許他已經習慣了它的重量。他將它插回劍鞘。

「我必須找到米拉貝。」他告訴賽門。

賽門不解地盯著他。

「就她，」薩克里說，往上指向那尊雕像，「你的……」他打住，擔心賽門並不知道米拉貝是他的女兒，而揭露這麼大的消息可能會令人吃不消，於是他又從頭說起，「米拉貝……命運，不管她是誰。這次輪迴轉世有一頭粉紅頭髮，通常在更高的海港那裡活動。我不知道你有沒有在故事裡見過她，可是她是我朋友，她就在下面這邊的某個地方，我必須找到她。」

薩克里心想，現在有不只一個人要找，但他並不想討論這件事，不願去想這件事，不願去想他。那個名字雖說可能並非真名，但在薩克里的腦海後方像咒語一樣再三反覆：**朵里安、朵里安、朵里安**。

「她不是你朋友，」賽門說，打斷了薩克里的思緒，擾亂了他整個存在，「書本之屋的女主人。如果她離開了你，那是她刻意的。」

「什麼？」薩克里說，但賽門說了下去，在雕像周圍踱步，扯著更多繩子和緞帶，串在上方的書頁和物品像暴風雨一樣打轉。那隻貓頭鷹在樓座上喊叫，往下飛來，停在薩克里的肩上。

「你不應該把故事帶來這裡，」賽門責備薩克里，「我避開了故事所在之地，我再也不應該在裡面。我之前試著回去，只是帶來痛苦。」

賽門望著左手原本所在的那個空洞空間。

「有一次我回到故事裡，結果故事陷入火海，」他說，「我最後一次靠近故事的時候，有個一邊眼睛亮如天空的女人奪走我的手，警告我永遠別再回去。」

「是艾蕾格拉。」薩克里想起罐子裡的那隻手，也許那是為了保險起見，為了讓賽門的某個部分永遠迷失不見，或者那只是她典型的恫嚇技巧，只是超過了口頭恫嚇的範圍。

「她現在已經走了。」

「等等，是死了的走了，還是迷失的走了？」薩克里問，但賽門並未明說。

「你應該跟我來，」賽門說，「我們一定要在海占有我們以前離開。」

「上頭說我要跟你一起走嗎？」薩克里問，往上指著那些緞帶、齒輪和鑰匙，用的是他的右手，免得推擠到左肩上的貓頭鷹。依循編入巨型行動故事雕刻的指示，似乎不比照著書本內頁進行的好更多。

他不打算回到黑暗裡，但從這裡起步不只一條路可走。

賽門往上盯著那個故事，凝望的模樣彷彿在遼闊的天際裡尋找某顆特定的星星。

「我確實不知道你是哪一個。」他對薩克里說。

「我是薩克里，占卜師的兒子。我必須知道接下來怎麼做，賽門，拜託。」薩克里說。

賽門轉身，疑惑地看著他。不，並非疑惑，而是茫然。

「誰是賽門？」他問，將焦點轉回那些齒輪和雕像，彷彿問題的答案就在那片無星的廣袤之地，而不在他自身當中。

「噢，」薩克里說，「噢。」

這就是迷失在時間裡的男人的狀態。自我迷失於時代變遷中。去觀看，但在觀看之中不復記憶，連自己的名字都不記得。

要是沒人提醒就不會知道。

「喏，」薩克里說，在袋子裡摸找，「這個應該給你留著。」

他將《賽門和艾蓮諾的情歌》遞出去。

賽門盯著那本書，遲疑著，彷彿依然整齊收納於裝幀裡的故事，是個難得一見的物品，但接著他便接了下來。

「我們是紙上的文字，」他柔聲說，在手中翻轉那本書，「我們都即將來到結局。」

「讀這本書也許可以幫你想起事情。」薩克里建議。

賽門翻開這本書，又匆匆合起來。

「我們沒時間弄這個。我要上去了，等它開始的時候，到地勢高點的地方比較安全。」賽門走向另一扇高聳的門，將它拉開。後方的小徑有照明，但他還是回來從雕像手中抽起一把火炬。「要跟我一起來嗎？」他問，回頭面向薩克里。

貓頭鷹將小小爪子扎進薩克里的肩膀，薩克里無法分辨這個舉動意在鼓勵或勸退。

薩克里抬頭看著那則他發現自己在其中的故事，中間缺了月亮。他看著米拉貝和看守人的雕像，以及他不知其名的其他人物，他們一定也在這故事的某個時間點上扮演了角色。他納悶之前有多少人穿過這個空間，有多少人吸進這個參雜著煙霧和蜂蜜的空氣，納悶他們當中是否有人跟他現在有同樣的感受：沒把握、害怕，無法知道作哪個決定才正確，納悶到底有沒有一個正確的決定。

薩克里轉身面向賽門。

他唯一的答案，就是他自己的疑問。

「無星之海往哪裡走？」

朵里安站在黑暗籠罩的雪地裡，不只因為寒冷而頻打哆嗦。

他弄丟了火柴。

他什麼也看不見，卻依然看得到望著他的貓頭鷹眼。他從來不曉得在黑暗中全副衣裝，依然可以感覺如此赤裸。

朵里安吸口氣，合上雙眼，伸出顫抖的空手，掌心朝上。一種供奉。一種引介。

他等待著，傾聽穩定的呼吸聲。他的手一直向外伸著。

有隻手在黑暗中握住他的手。長長的手指包覆著他的手，抓力溫柔但堅定。

那隻手引導他往前。

他們走了好一段時間，朵里安跨出一步又一步被積雪拖慢的腳步，追隨領路向前的貓頭鷹男，相信這正是自己該走的方向。那片黑暗狀似無止無盡。

接著現出一道光。

光線如此柔和，朵里安以為可能是自己的想像，但就在他繼續前行的時候，那道光變得越來越亮。

他附近的穩定呼吸聲戛然停下，由風聲所取代。

他抓握的那些手指平空消失。前一刻有隻握著他的手，下一刻什麼都沒有。

朵里安試著表達自己的感激，但嘴唇不肯在凜冽的空氣中吐出隻字片語。他索性用想的，盡可能高聲想著，巴望有人聽得見。

他往光線走去。更靠近的時候，可以看出有兩道光。

一扇門的兩側各亮著一盞燈籠。

他看不到那棟建築的其他部分，但夜藍色大門中央有個弦月形狀的門環。朵里安以近乎凍僵的手提起門環，敲了敲。

門打開的時候，風將他往屋裡推。

朵里安進入的空間與他先前離開的天差地別，溫暖明亮抹除了黑暗冰冷。敞放寬闊的玄關滿是火光、書本和深色木頭，窗戶覆滿了冰霜。屋內彌漫著香料酒和烤麵包的氣味，這一切給人帶來的慰藉筆墨難以形容。感覺就像擁抱，如果擁抱是一個地方。

「歡迎啊，旅人。」一個低沉的聲音說。

他背後有個蓄著大鬍子的魁梧男人逆著風將門拴上。如果這個地方是個人，就會是這個男人，由舒適化身而成的血肉之軀；朵里安得千忍百忍，才不會癱入對方的懷抱裡並發出嘆息。

他試圖回應招呼，卻發現自己冷到無法言語。

「天氣太糟不適合旅行。」客棧主人說，速速將朵里安帶到巨大的石頭壁爐那裡，壁爐幾乎占滿大廳遠側的整面牆。

客棧主人讓朵里安坐進椅子裡，替他取下背包，放在視線範圍內的地板上，然後作勢想替朵里安脫掉外套，但想了想還是作罷，只是幫他褪下沾滿雪的靴子，留在火邊烘乾。客棧主人隱去蹤跡，之後帶了毛毯回來，披在朵里安的腿上，也帶了填滿發亮煤炭的裝置，放在椅子底下。另外在朵里安的脖子上兜了條烘暖過的布巾，像是圍巾，然後遞來一只冒著熱氣的杯子。

「謝謝。」朵里安勉強說，以顫抖的雙手接過杯子。他啜了一口，雖說嘗不出液體的滋味，但是身體暖和起來，那才是重點所在。

「我們會盡快讓你解凍，別擔心。」客棧主人說，確實如此，那份飲品、火、那個地方帶來的暖意滲進了朵里安的體內，逐漸驅走了寒氣。

朵里安聽著狂風呼嘯，納悶它在呼嘯些什麼，忖度那是警告或是祈願。壁爐裡的火焰旺盛地舞動著。

坐在一個自己想像過千百次的地方，朵里安暗想，感覺頗為奇怪。而這裡不只符合他原本的想像，還超過更多。有更多細節，更多感觸。這個地方擺滿了他不曾想像過的東西，感覺更奇怪，彷彿這間客棧先是從他的腦海裡拉出來，再由另一個未現身的說書人加以美化。

他越來越習慣奇怪。

客棧主人又端了個杯子來，另帶了一塊烘暖的布，用來取代前一塊。

朵里安解開外套上的星星鈕釦，好讓暖意更貼近自己的肌膚。客棧主人往下瞥了瞥，注意到朵里安胸口的那把劍，詫異地退開一步。

「噢，」他說，「是你啊。」他的視線閃回朵里安的雙眼，然後回到那把劍，「我有個東西要給你。」

「什麼？」朵里安問。

「我妻子留了個東西給我，要我轉交給你，」客棧主人說，「她事先給了我指示，以免你在她不在的時候上門。」

「你怎麼知道是要給我的？」朵里安問，舌頭尚未除霜完成，每個字都沉甸甸的。

「她告訴我，總有一天會有個佩著劍、穿星星的男人到來。她給了我東西，要我在你抵達以前先鎖起來。現在你來了。她曾經提過，你可能不知道自己在找這樣東西。」

「我不懂。」朵里安說。客棧主人笑了。

「我也不見得都懂，」他說，「可是我相信。我承認我原本以為你會帶一把真正的劍過來，而不是劍的圖案。」

客棧主人從自己襯衫底下抽了一條鍊子出來，上頭掛了把鑰匙。

他挪開火堆前方爐床上的一塊石頭，露出一處相當隱密的隔間，上頭有個精巧繁複的鎖。他以鑰匙打開，探手進去。

客棧主人取出一只正方盒子，吹去蒙在上頭的塵埃和灰燼，從口袋裡掏出一塊布，擦亮之後遞給朵里安。

朵里安接過了那只盒子，滿頭霧水。

那只美麗的盒子以獸骨刻成，用黃金鑲嵌出精美的設計。盒面的圖樣是兩把交錯的鑰匙，由星辰團團包圍。盒子側邊則飾有蜜蜂、劍、羽毛和一只金色王冠。

「這個東西你保存多久了？」朵里安問客棧主人。

客棧主人綻放笑容。

「好久嘍，請別要我計算時間，我這裡老早不放時鐘了。」

朵里安垂眼看著盒子，拿在手裡又沉又實。

「你說你妻子託你轉交給我。」朵里安說，客棧主人點點頭。朵里安的手指拂過盒子邊緣的一連串金色月亮。滿月，漸虧，繼而消隱不見，然後再度返回，漸盈，然後再次滿月。他忖度在下面這裡，故事和真實之間是否有任何差別。「你妻子是月亮嗎？」

「月亮是天空中的岩石，」客棧主人輕笑著說，「我妻子是我妻子。很遺憾她目前不在，她會很想見見你的。」

「我也滿想的。」朵里安說，回頭看著手裡的盒子。

盒子似乎沒有蓋子。金色主題反覆出現，圍繞著盒子的每一側，他找不到鉸鏈或接縫。月亮沿著盒子邊緣盈虧不斷，再三反覆。朵里安以涼冷的指尖掃過每一個，納悶要等多久月亮才會又新又暗，而客棧主人的妻子會再回來，接著他頓住動作。

他推斷是盒子頂端的地方，其中一個滿月當中有個凹陷，是隱藏於圓形中的六角印記，比起視覺，更仰賴觸覺才能找到。

那不是鑰匙孔，但可以放進某樣東西。

他真希望薩克里此時就在身邊，因為薩克里對這樣的謎題可能更拿手，以及其他多種原因。

缺了什麼？他想，打量著盒子。金色圖樣之間的凹處藏著貓頭鷹和貓。有星星以及可能是門的其他形狀。朵里安把腦海裡的故事全想過一遍。什麼該在這裡卻不在？

他的領悟來得突然又簡單。

「你有老鼠嗎？」他問客棧主人。

客棧主人不解地看著他片刻，然後笑了出來。

「方便跟我過來一下嗎？」他問。

朵里安的身子比抵達此地之前溫暖許多，點了點頭，站起身，將盒子放在椅邊的桌上。

客棧主人領著他穿過大廳。

「這家客棧原本在別的地方，」客棧主人說明，「牆內的東西改動很少，但我跟我妻子提過，我有時候還滿想念老鼠的。牠們以前都會咬破麵粉袋，偷偷將種子藏在我的茶杯裡，很氣人，可是我習慣了，一等沒了牠們，反倒想念起來。所以她把老鼠帶來給我。」

他在一雙書架之間的櫥櫃前停下腳步，打開櫃門。

裡面的架子上擺滿了銀製老鼠，有些在跳舞，有些在睡覺，有些則啃著迷你的金色起司塊。其中一隻揮舞一把金色小劍，是個迷你騎士。

朵里安將手伸進櫥櫃，拿起帶劍的老鼠。老鼠站在六邊形的底座上。

「我可以拿嗎？」他問客棧主人。

「當然。」客棧主人回答。

朵里安將老鼠騎士帶回壁爐邊的椅子那裡，放進盒面那顆月亮的凹處，正好相符。

他轉動那隻老鼠，隱藏的蓋子咔答鬆開。

「哈！」客棧主人歡喜呼喊。

朵里安將帶劍的銀製老鼠往下放在盒子旁邊。

他掀開盒蓋。

裡面是一顆跳動不止的人類心臟。

薩克里・艾思拉・羅林斯幼時會把玩母親種類廣泛的水晶收藏：盯著它們直看；將它們高舉向光，凝望藏納其中的物質、裂隙、因為時間而斷裂與癒合的傷口，想像這些礦石之內的世界，他的手心掌握了整個王國和宇宙。

他當時幻想的空間完全比不上他目前穿過的水晶洞窟，他舉高手中的火炬照亮去路，肩上棲著一隻貓頭鷹，鳥爪刺進他的毛衣。

他在十字路口一時遲疑，貓頭鷹往前飛，先去探路。牠透過眨眼或鼓起羽毛或咕咕鳴叫回報消息，但這些信號難以辨識，薩克里假裝明白，雖說他無法理解，於是人與鳥繼續前進。賽門警告過他，那片海距離遙遠，但並未提到這條路徑如此幽暗曲折。

現在這個不算迷失在時間裡的男人和羽毛同伴來到一處正在等待他們的營火，搭造良好、熊熊燃燒。火堆旁邊有一頂布料大帳篷，看來不少旅人在天候不佳的空間裡都曾經借用過。帳篷裡面明亮討喜。

帳篷空間偌大，高到足以讓薩克里站著四處走動。裡面有靠枕、毯子，似乎是從別的時空偷來的，安放在此為疲憊的路過旅人提供暫時休憩的處所，色彩繽紛到和這個單色的空間並不搭調。外頭甚至有個樁柱，供他擱置火炬，下方懸掛了其他東西。

一件外套，鈕釦繁多的老舊外套。

薩克里脫掉因旅途勞頓而損壞的毛衣，小心翼翼穿上賽門遺失許久的外套。那些鈕釦上刻印了家徽，雖說在火光中除了幾顆星辰之外看不出其他圖樣。

這件外套比他的毛衣溫暖。肩部那裡相當寬鬆，但薩克里並不介意。他將自己的外套掛在椿柱上。

薩克里扣好新的老外套時，貓頭鷹重新停在他的肩上，人鳥一同探勘這頂帳篷。

帳篷裡面有張桌子，擺了中等豐盛的餐飲。

有一只放滿了水果的碗：蘋果、葡萄、無花果、石榴。外皮酥脆的圓麵包。一隻香烤嫩雛雞。

有幾瓶酒和幾瓶神秘的東西。失去光澤的銀杯等著被斟滿。一罐罐的果醬和蜂巢。有個小小物品仔細包在紙張裡，後來發現原來是隻死老鼠。

「我想這是給你的。」薩克里說，但貓頭鷹老早往下俯衝取走了這份零嘴。貓頭鷹仰頭看他，鼠尾從嘴喙那裡垂掛下來。

帳篷另一側有張桌子擺滿了不可食用的物品，整整齊齊排在金線刺繡的布巾上。小刀、打火機、多爪小錨、一球麻線、一雙匕首、捲得死緊的羊毛毯子。空扁瓶。上頭有星星形狀洞口的金屬小燈籠。一雙皮革手套。一捆繩索。一張狀似地圖的羊皮紙捲。一把木弓和一筒箭。一把放大鏡。

他的袋子容得下其中一些，但非全部。

「庫存管理。」薩克里對自己喃喃。

那張補給桌子中央有張摺起的紙條。薩克里撿起並攤開來。

等你準備好的時候

挑一扇門

薩克里環顧帳篷。那裡並沒有門，只有他剛剛穿過的蓋布入口，以線繩綁起固定。

他從椿柱上拿起火炬，往外踏進洞窟，循著帳篷後方的小徑前行。

小徑在一堵結晶狀的牆壁前戛然停下。

小徑應該持續延伸的那道牆上有門。

其中一扇標示了蜜蜂。另一扇是鑰匙。還有劍、王冠、心、羽毛，雖然這些門的順序不是他後來所熟悉的。王冠在末端。蜜蜂則在中央，心的隔壁。

占卜師的兒子站在六個門口前，不知道該選擇哪一個。

薩克里嘆口氣，回到帳篷。他放下火炬，拿起一瓶幸好已經開好的酒，替自己斟了一杯。在他繼續上路以前，有人給了他一個歇腳的地方，而他要把握這個機會，儘管類似他之前有過的那種虛擬歇息。又不是在一扇門前擺了太多治療藥水，預示即將會有危險降臨。

他細看擺滿了物品的那張桌子，試著決定該拿什麼，也停下來想想自己原本已經有的：

一把帶鞘的劍。

一隻小貓頭鷹同伴，目前正用爪子撕扯一只絲綢抱枕。

掛在他脖子上的鍊子上有羅盤，目前指針正繞圈旋轉。兩把鑰匙：他房間的鑰匙，以及從《際遇與寓言》掉出來的窄鑰匙，他不知怎地一直沒問朵里安。還有一把小小銀劍。為了想想某人、想想某事，**只要是其他事情都好**，薩克里繼續檢視袋子裡的物品。

有《甜美的憂傷》，它的熟悉帶來慰藉。打火機。鋼筆，他不記得自己曾經收進袋子裡。裹在餐巾布裡，壓得扁平的無麩質檸檬罌粟籽瑪芬糕。

薩克里棄置瑪芬糕，跟其他餐點一起留在桌上。他撕開不知怎地依然熱騰騰的烤雞。米拉貝如果才來過不久，為何不停留一下呢？也許他進入了一個時間之外的小區域，那裡的食物永遠都是暖熱的。他放了更多雞肉在銀盤上，將一個抱枕拉近火堆，坐了下來。貓頭鷹跳過來，停棲在附近。

薩克里望著放在他眼前的選項，若有所思嚼著烤雞的翅膀，閒散地忖度，在另一隻鳥面前吃鳥肉，是不是很失禮，接著想起凱特跟他說過，她曾經目睹海鷗謀殺鴿子的故事，於是自行推斷應該不算失禮。

他喝著酒，一面評估自己的選項、自己的未來、自己的過去以及自己的故事。他一路以來走了多遠，又剩多少未知的距離得跨越。

薩克里從口袋拿出那枚摺紙星星，在手裡翻轉，讓它舞動越過手指。

他還沒讀。

時候未到。

貓頭鷹對他咕咕叫。

占卜師的兒子將寫著自己未來的那枚紙星星拋入營火。

火焰吞噬了它，紙張焦黑捲起，直到不再是星星，它曾經收錄的文字永遠佚失不見。

薩克里站起來，從庫存桌面上拿起羊皮紙捲。那是一張地圖，畫法粗略，裡面有一圈樹木和兩個可能是建物的正方形。一條步道從建物標示到周圍森林裡的某個點，看起來沒什麼幫助。

薩克里放回去，改拿小刀，也拿了打火機備用，還有繩索和手套，全部收進袋子。打量剩餘的物品過後，他也拿走了麻繩。

「準備好了嗎？」他問貓頭鷹。

作為回應，貓頭鷹往外飛越營火，進入陰影裡。

薩克里拿起火炬，尾隨牠走向一整牆的門。

那些門很大，由色調比周圍水晶更深沉的礦石刻成，上頭以金彩繪出符號。

好多門啊。

薩克里厭倦了門。

他執起火炬，遠離那些門和帳篷，探索參差水晶和遺忘建築之間的暗影。他將火光帶入那些對照明陌生已久的地方，那些地方將突來的照明當成隱約記得的夢境，予以接納。

牆上有條淺淡的線條。隔著一隻手臂的距離，又有另一條。

有人在洞窟表面上刮出了一個門的概念。

薩克里將火炬湊得更近。水晶飲進了火光，足以讓他看見蝕刻於上的門把形狀。

占卜師的兒子站在畫在另一道牆上的另一扇門前。

如此深入故事的男人有自己該遵循的道路。過去曾有一段時間，在諸多英里與頁數之前，原本有多條道路。現在只剩一條道路可供薩克里・艾思拉・羅林斯選擇。

那條通往終局的道途。

另一個地方，另一個時間　插曲五

兩年前，紐約，哈德遜河谷

這輛汽車的外表看起來比實際車齡老舊，因為重新上漆多次，而手法並不專業，目前是天藍色，保險桿上貼著幾枚貼紙（彩虹旗、平等標誌、有腿的魚[28]、抵抗這個詞）。這輛車試探地接近蜿蜒的車道，不確定自己是否找對了地址，因為GPS導航系統一直弄得駕駛人滿頭霧水，找不到衛星、頻頻失去訊號，被其他的行車人以不少創意十足的髒話飆罵過。

車子駛近那棟房子，停了下來。等待著，觀察那間白色農舍和後方的穀倉，穀倉的色調是濃郁的靛青色，而不是更傳統的紅。

駕駛人那邊的門打開，一位年輕女子走出來。她穿著亮橙色大衣，重得不適合近乎夏季的天氣。她的頭髮剪得極短，髮色漂白到算不上金色的無色。她摘下圓形太陽眼鏡，四下張望，不完全確定是否已經抵達目的地。

天空的藍和汽車的漆互為應和，天際飄散肥滿的雲朵，花朵沿車道和屋前步道盛放，從汽車延伸到前廊小徑上有點點黃色和粉紅，前廊以線繩掛著風鈴與稜鏡，在單色的屋舍上投下虹彩。

前門開著，但紗門關著並閂起。門邊掛了告示，是一個褪色的手繪標示，有星辰，以及從迷你咖啡杯裡捲曲升騰的蒸氣組成的字母。**靈性導師**。沒有門鈴。年輕女子敲了敲門框。

「哈囉？」她呼喚，「哈囉？羅林斯太太？我是凱特．霍金斯，妳說我今天可以過來？」

凱特往後退一步，東張西望。確定是這房子沒錯，不可能有很多提供靈性指導的農場。她眺望穀倉，瞥見正從花叢中跳走的兔子尾巴。她正納悶是否該繞到房後試試，這時門打開了。

「哈囉，凱兒小姐。」門邊的女人說。凱特想像過薩克里的母親幾次，但浮現在腦海裡的，從不是站在門口這人的模樣：穿著連身工作服、曲線玲瓏的嬌小女人，滿頭濃密的小鬈髮，以渦紋圖案的絲巾往上紮。她的臉雖然有皺紋但年輕渾圓，一雙大眼畫了綠色的亮片眼線。其中一邊前臂可以看到部分的太陽刺青，另一邊前臂上有三面月[29]的刺青。

她給凱特一個大大的擁抱，凱特沒料到如此嬌小的女人會有這麼大力氣。

「終於見到妳了，真好，羅林斯太太。」凱特說，但樂芙．羅林斯夫人搖搖頭。

「叫我小姐就好，不是針對妳個人，親愛的，」她糾正，「叫我樂芙，或女士，或嬷嬷，或者隨妳怎麼叫都行。」

「我帶了餅乾來。」凱特說，舉起一只盒子，樂芙．羅林斯夫人笑著帶她進屋。前廳放滿了藝品和照片，凱特在深色鬈髮小男孩照片前面停下腳步，小男孩一臉嚴肅、掛著過大的眼鏡。接下來的幾個房間都漆成了鮮麗的特藝彩色[30]，塞滿不配對的家具。各種顏色的水晶在桌上和牆上排成圖案。兩人路過一個告示底下，上頭寫著**天上如是，地上亦然**[31]，穿過一面珠簾之後，踏進設有古董爐灶的廚房，有一隻波索犬正在睡，經過介紹得知名叫赫瑞修。

樂芙．羅林斯夫人端了杯咖啡讓凱特坐在廚房桌邊，將蜜蜂形狀的檸檬餅乾從盒子裡拿出來，擺在花朵圖案的瓷盤上。

28. 表示支持物種起源演化論的符號。
29. 原文為triple moon，由三個月亮組成的符號。
30. 原文為Technicolor，一般譯為特藝七彩或特藝彩色，是一種採用於拍攝彩色電影的技術，約在一九二〇年代發明，最初應用在美國好萊塢的電影製作。
31. As above, so below. 這個格言和神聖幾何（sacred geometry）、赫密士主義（Hermeticism）、塔羅有關，來自《翠玉錄》（Emerald Tablet，又稱「艾默拉德石板」）。

「妳不……」凱特打住，不確定這樣是否合適，但都開口了就仍繼續問，「妳不擔心嗎？」

樂芙．羅林斯夫人啜了口自己的咖啡，越過馬克杯上緣瞅著凱特。這個表情意有所指，當中的含義超過她之後說出口的話語。凱特讀得出來。這是個警告。顯然談這件事目前還是不安全，不算安全。凱特納悶，是否曾經有人告訴樂芙．羅林斯夫人，一切都已經結束了，而當夫人聽到的時候，是否也覺得那番話聽起來像謊言。

「不管我擔不擔心，會發生的事依然會發生，」樂芙．羅林斯夫人再次放下馬克杯的時候說，「不管妳擔不擔心，也照樣會發生。」

不過，凱特確實擔心。她當然擔心了。她將「擔心」像一件從不脫下的外套一樣牢牢穿在身上。她擔心薩克里，擔心連在這裡顯然也無法拿出來討論的其他事情，即使此地隱匿於山丘上的樹林間，周圍有魔咒、水晶和不怎麼留神的看門狗守護著。凱特從盤子上拿起一塊蜜蜂餅乾，看著它，嚼著蜂蜜檸檬口味的翅膀時，納悶樂芙．羅林斯夫人是否知道那些蜜蜂的事。

接著她跟夫人說了件自己尚未對任何人坦承過的事。

「我替他寫了個遊戲，」凱特說，「為了我的論文。妳也知道，有時作家會說他們為某個讀者寫了本書？我就像是為了一個玩家寫了個遊戲。現在已有不少人玩過，可是我想沒人真的懂，只有他。」她啜了口咖啡。「起初我在筆記本裡編寫『選擇自己的歷險』那類的遊戲，都是迷你神話、結局多重的故事中的故事。然後我將它轉成文本遊戲，所以變得更複雜，裡面也容納更多選項，那就是它目前的狀態，可是雇用我的公司希望我能進一步擴展，發展成完整版本。」

凱特停下，望進咖啡杯深處，想起選擇、移動和命運。

「妳認為他永遠玩不到了。」樂芙．羅林斯夫人說。

凱特聳聳肩。

「等他回來，他會想玩的。」

「我原本想問妳，怎麼知道他會回來，接著才想起妳做哪類工作。」凱特說。樂芙・羅林斯夫人呵呵笑。

「我並不知道，」她說，「我是憑感覺。兩者並不相同。搞不好我弄錯了，不過我們要等看結果才曉得。上次我跟薩克里聊天時，可以看出他打算去哪裡散心，只是我沒想到會這麼久。」她望出窗外，若有所思，久到凱特忖度她是不是忘了身旁有人，但她接著說下去，「很久以前有個高人讀了我的牌，起初我沒有放在心上。當時我畢竟還年輕，更在意立即的將來，而不是長遠的未來，可是隨時間過去，我明白她當時說得相當精準。她那天解牌時告訴我的一切全都發生了，除了一件事，我沒有理由相信當其他事情她都說對了，會有一件事是她搞錯的。」

「那件事是什麼？」凱特問。

「她說我會有兩個兒子。我生了薩克里，事後幾年我想也許她只是數學不好，也許他出生前在我的肚子裡原本是雙胞胎，只是後來不是了。但後來我想通了，我早該想通的。我知道他會回來，因為我還沒見過我的兒婿。」

凱特咧嘴一笑。這份感觸讓她開心，如此就事論事、如此單純，這麼有包容力，而她跟自己父母之間的一切，卻時時都是種掙扎。但她不確定自己相信這套說法。如果能夠相信，會滿好的。

樂芙・羅林斯夫人問起凱特的計畫，凱特說在加拿大找到一份工作，要先開車到多倫多探訪朋友幾天再繼續上路。朋友那部分是虛構的，免得暴露真相，也就是自己得單槍匹馬探索陌生的城市，但樂芙・羅林斯夫人不予置評。凱特提起虛擬真實，說到氣味的話題時，樂芙・羅林斯夫人拿出她一整組手工調製的香精油，兩人輪流嗅著那些瓶子，一面討論記憶和芳香療法。

兩人合力將薩克里的物品從藍車上卸下，來回好幾趟，將東西拿到其中一間備用臥房裡。

搬完之後，凱特獨自留在那個房間裡，從袋子裡拿出一條摺起的條紋圍巾。打從她織完這條圍巾以來，對於以過度簡化、顏色標示的學院[32]為個性分門別類，她的感受有了轉變，但她依然熱愛條紋。她在圍巾旁邊留了個鑰匙圈隨身碟，上頭以亮銀色簽字筆寫了<3k[33]。

凱特從袋子裡抽出一本亮藍綠色筆記本。她還沒準備好要跟它分開。時候未到。

樂芙．羅林斯夫人在樓下的前廊上給凱特一瓶柑橘類的精油（為了醒腦），再加一個擁抱。

凱特轉身要離開時，樂芙．羅林斯夫人將凱特的臉捧在手裡，直直望進她的眼睛。

「要勇敢，」她說，「要大膽，勇於表達。不要為任何人改變，只為自己而改變。全盤接受自己的本質，不管它朝哪種方向成長。當妳將自己的感覺告訴某人，對方卻不相信你，就不要在那個人身上浪費時間。九月的那個星期二，妳覺得自己沒人可以講話的時候，就打電話給我，ＯＫ？我會在電話旁邊等。在水牛城附近的時候，要按照速限開車。」

凱特點點頭。樂芙．羅林斯夫人踮起腳尖，吻了她的額頭。凱特拚命忍住不哭，也成功了，直到夫人告訴她，在感恩節或加拿大的感恩節，或不管她選擇慶祝什麼冬季佳節，都歡迎她過來，因為這裡永遠、永遠都會有個冬至派對。

「妳以為自己無家可歸，可是妳現在有了，懂嗎？」

凱特擋不住溜出眼眶的幾滴淚水。她咳了咳，吸進明亮的春季空氣，無言地點點頭，感受與自己最初抵達時不同。凱特走回自己車邊的時候，一時半刻相信、真正相信這個女人比大多數人都看得到更多，而且看得既遠且深；要是這個女人相信薩克里活著，那麼她也相信。

凱特戴上墨鏡，發動車子。樂芙．羅林斯夫人在前廊上揮手目送車子駛離。她回到屋內吻自己的指尖後，貼在鬈髮男孩的照片上，接著轉入廚房替自己再倒杯咖啡。波索犬打了哈欠。

天藍色車子沿著蜿蜒的車道往外行駛，奔向自己的未來。

32. 典故來自《哈利波特》系列裡的學院分類。

33. <3代表「愛」的符號，k則是凱特的名字首字母。

第六部

凱崔娜・霍金斯的秘密日記

The Secret Diary Of Katrina Hawkins

凱崔娜・霍金斯的秘密日記摘文

好了，這回要用手寫的，因為我再也不信任網路了。

也不是說我以前就信得過網路。

可是狀況越來越詭異了。可是怎樣都好啦。

我準備把目前查到的東西都記在這裡，才不會再弄丟。我把筆記從筆電裡調出來，刪掉檔案，不過我會先抄寫在這邊，再把影本送進碎紙機。

他們不知怎地刪除了我的手機內容，所以那些筆記全都不見了，我也可能忘了其中一部分。我會在這裡試著重建自己所記得的，盡可能按照時間順序來。

為了因應緊急狀況，我找了支拋棄式手機。

我想盡可能把資料都保存在一個便於攜帶的地方，這樣就可以時時放在身邊。

筆記本，現在只有你跟我了。希望之後我讀得懂自己的筆跡。

我希望不管結果如何，一切都值得。不管何時有結果。

滑稽的是：當成人平空消失，沒有明顯的謀殺證據時，就不會啟動徹底的追溯偵察行動。

所以我就這麼做了。

部分因為「失蹤是常有的事」這種反應惹我心煩，部分因為我認為，最後那幾天我是最常跟薩[34]碰面的人。

警察想知道薩為什麼到紐約市去，我知道是為了那場化裝舞會（我跟警察說了，他們說他們查過，但我不知道他們是不是真的查了。我說薩借走我的面具時，他們看著我的表情，彷彿事情是我自己瞎編出來的），可是那一切感覺都很臨時起意、沒計畫，所以我試著往前多推個兩三天，進行額外的追溯調查。

他當時似乎……我說不上來。就像他自己，卻更極端，存在感時強時弱。像是他或多或少在場。我一直想起我們在雪地裡的那場對話，當時我請他合教課程，想起當時……就是有種感覺。他為了什麼事分神了，我原本打算問他怎麼回事，可是後來我們出去喝一杯的時候，萊可希一直在場；我知道他跟萊不夠熟，沒辦法聊到那麼深，然後他就走了。

警察不喜歡「他為了什麼事分神了」這種說法，當你說不出讓他分神的是什麼。聽起來如此空洞。大家不都會分神嗎？這麼稀鬆平常。

他們也不喜歡我對「妳傳給他的簡訊講些什麼？」的回答是「我替他織了哈利波特圍巾。」

「你們竟然還在迷那個，年紀不會有點太大嗎？」其中一個警察問我，語氣暗示著**你們這些享盡特權的千禧年老孩子們，那種事情你們大到不該碰了。**

我聳聳肩。

我討厭自己用聳肩來回應。

「妳跟他多熟？」他們問我，眼前有一杯警察局提供的微溫茶水，盛在不環保的免洗杯裡，裡頭擺了個茶包，試著要讓水多點茶味但失敗了。

人能跟任何人有多熟？我們有幾堂課重疊，而所有研究電玩的人多多少少彼此認識。我們有時候會一起去酒吧，或是在媒體教學大樓交誼廳的爛咖啡機旁邊流連。我們會聊電玩、雞

34. 薩指的就是薩克里。

尾酒、書、身為獨生孩子；不在意身為獨生孩子，雖然大家似乎認為我們應該會在意。

我想告訴他們，我跟薩熟到足以請他幫忙，也加以回報。我知道他會點酒吧酒單上的哪款雞尾酒，如果沒什麼有意思的東西可以點，他就會點側車。我知道我們觀點雷同，都認為電玩遠遠不只是掃射東西，電玩可以是任何東西，包括掃射東西。有時候星期二晚上他會跟我去跳舞，因為我們都更喜歡舞廳人潮較少的時段，我知道他舞技滿高超的，可是他至少要先喝個兩杯才可能進舞池。我知道他讀過不少小說，支持女性主義，如果早上八點以前在校園裡碰到他，可能因為他還沒上床睡覺。我知道我覺得我們正要從一般朋友，進展成「可以幫你一起搬屍體」的那種深交，卻又還不到那個階段，彷彿我們必須再一起進行一個支線任務，多贏幾個互相認可的積分之後，相處起來會更加自在一些，可是我們當時還沒完全摸透兩人的友誼動能。

「我們原本是朋友。」我告訴他們，這句話聽起來既錯誤又正確。

他們問我他有沒有交往對象，我說我想沒有，他們似乎不再相信我們是朋友，因為朋友應該會知道這種事。我差點告訴他們，我知道他跟那個麻省理工的傢伙分手的時候撕破臉，那個人有個名詞詞性的名字，貝爾或貝伊[35]什麼的），可是我沒說，因為事過境遷很久了，而且我滿確定的問題主要出在遠距離戀情，而且跟失蹤沒有特別相關。

他們問我，是否認為他可能做了什麼——比方說從橋上跳下去什麼的——我說我想不會，但我也認為，大多數人在大半的時間裡，都跟從什麼地方跳下去只隔了兩步距離。你永遠不知道隔天會將你推往這個或那個方向。

他們跟我討手機號碼，但從沒打來過。

我打過去留了幾次訊息，想看他們有沒有查出什麼。

從來沒人回電給我。

薩克里·艾思拉·羅林斯站在遍地白雪的田野上。更多雪在他四周輕盈地飄落，攀住他的眼鏡和髮絲。田野四周有樹木，枝椏上鋪著細薄的雪花。夜空雖然有雲，但散放著柔光，因為雲朵掩住了星辰和月亮。

薩克里轉身，背後有扇門，是個單獨立在田野中央的長方形，開向一個水晶洞窟。後方遠處有火光閃動，往外朝雪地伸來，但前一刻還在薩克里手中的火炬，跟著他的貓頭鷹一起消失不見。

肺部裡的空氣乾冷明亮，讓他很難呼吸。

一切感覺都過了頭。太寬闊、太敞放。太冰冷、太怪異。

遠處有一道光，薩克里穿過輕輕飄落的白雪走向它，它變成了沿著建築立面串起的許多小燈，那棟建築看來非常眼熟。一蓬煙霧從煙囪裊裊升起，蜿蜒著穿過飄雪，朝星辰飄去。

他來過這裡。是不是才幾個星期以前？也許是，也許不是。年復一年，看起來不曾改變。

薩克里·艾思拉·羅林斯經過在光線中看來像黑色的靛青色穀倉，踏上母親農舍的覆雪階梯。他站在後側門廊上，冰冷困惑。他的背上綁著一把劍，插在古老的皮革刀鞘裡。他穿著曾經在時間中失而復得的古董外套。

他不敢相信米拉貝竟然送他回家。

可是他人就在這裡。他的皮膚可以感覺到雪，腳下也有磨損木條的觸感。閃爍不定的串

35. Bell or Bay作為名詞時，前者的意思是鈴、後者是海灣。

燈繞在欄杆上，從屋簷懸垂下來。前廊上散布著以銀緞帶裹住的冬青枝椏，還有留在外頭供養精靈的碗。

雪的氣味底下有壁爐柴火的味道，還有肉桂味，可能是剛出烤爐的餅乾。

屋裡亮著燈，裡面滿滿是人。歡笑聲。杯子互碰的脆響。是文斯·葛拉迪[36]的音樂不會錯。

窗戶都結了霜。這場派對是光線與色彩構成的朦朧景象，被窗框切割為長方形。

薩克里的視線投向穀倉和花園。車輛沿著車道停放，有些他認得，有些不認得。

穀倉過去的樹林邊緣有一頭公鹿，正穿過飄雪盯著他看。

「原來你在這裡，」背後有個聲音說，薩克里的身子同時又冷又暖，「我一直在找你。」

公鹿消失在樹林裡。薩克里轉向那個聲音。

朵里安站在他背後的門廊上，頭髮剪得短些，神情較不疲憊，穿著有馴鹿和雪花圖樣的毛衣，同時看來喜慶得諷刺，卻又將他襯得更養眼。腳上踩著條紋毛襪，沒穿鞋子。手裡拿著杯摻了星星形狀冰塊的威士忌。

「你的毛衣呢？」朵里安問他，「我還以為，按照規定，在醜毛衣競賽裡拔得頭籌的人，賽後還要把毛衣繼續穿在身上？」

薩克里默默瞅著他，腦袋無法理解這個熟悉的人怎麼會出現在徹底不同卻同樣熟悉的脈絡裡。

「你還好嗎？」朵里安問。

「你怎麼會在這裡？」薩克里好不容易開口說。

「受邀過來的啊，」朵里安說，「我們兩個連續幾年都接到邀請，你明明知道。」

薩克里回頭望向田野上的那道門，視線卻無法穿過落雪看到它，門彷彿不曾存在似的，彷彿這一切都是一場夢，一場他替自己想像出來的歷險。

他忖度自己現在是不是在作夢，可是不記得自己睡著過。

「我們在哪裡認識的？」薩克里問站在身邊的男人。朵里安對這個問題露出不以為然的表情，但稍作停頓後還是遷就他。

「在曼哈頓，阿爾貢金飯店的一場派對。我們派對後一起到雪地上散步，最後到了一家復古風格的昏暗酒吧，一路聊到黎明，然後我像紳士一樣陪你走回你的飯店。這是個測試嗎？」

「那是什麼時候的事？」

「將近四年前吧，你想回顧以前的事嗎？如果你想要，我們可以來個週年慶祝活動。」

「你的職……你的職業是什麼？」

朵里安的表情一時從起疑到憂心，但接著回答：「就我上一次查證，我是書籍編輯，雖然現在我後悔承認那件事，因為如果你忘了，我就可以耍過你，要你把一直在琢磨的計畫，就是你不確定是書還是遊戲、裡面有海盜的那個計畫。我通過考驗了嗎？外頭很冷耶。」

「這不會是真的。」薩克里朝前廊欄杆伸手，太害怕而不敢碰觸身旁那個人。手指底下的欄杆扎扎實實，碰上他皮膚的雪融化了，引發溫和的麻木感。

這裡的一切都給人溫和的麻木感。

「你是不是喝太多凱特調的那款潘趣酒？她在上頭掛了警告標語，所以我才只喝這個。」朵里安舉高手裡的威士忌。

「米拉貝發生什麼事了？」薩克里問。

「誰是米拉貝？」朵里安啜了口威士忌。

「我不知道。」薩克里說，而這話也是真的。他並不知道，不完全知道。也許她是他虛

36. Vince Guaraldi（一八二八～一九七六）美國知名爵士鋼琴家。

構出來的。從神話和染髮劑召喚出來的。如果她是真的，她就會在這裡，他老媽會喜歡她的。

朵里安的臉龐再次浮現憂慮，大多集中在眉梢那裡。

「你又發作了嗎？」他問。

「我**什麼**？」

朵里安垂眼望著酒杯，停頓許久之後才開口。說話的時候，字字句句平靜沉著，語氣平穩熟練。

「過去你一直很難區分幻想和現實，」他說，「有時候你會發作，不記得事情，或是記起從沒發生過的事。你有好一陣子沒發作了。我還以為你的新藥有效，可是也許——」

「我才沒有發作。」薩克里抗議，但幾乎說不出口，呼吸越來越吃力，每口吐納都是困惑和冰凍。他的雙手在顫抖。

「一到冬天總是會惡化，」朵里安說，「我們會撐過去的。」

「我——」薩克里才開口，但無法把話說完，他沒辦法穩住自己。腳下的地面感覺再也不是扎實的。他無力分辨現實和幻想。「我不——」

「回屋裡吧，親愛的。」朵里安傾身吻他，動作隨興自在，彷彿之前已做過千百回。

「這是個故事，」薩克里在朵里安的唇貼上自己的嘴以前低語，「這是我編給自己聽的故事。」

薩克里舉起一隻仍在顫抖的手到朵里安的唇那裡，將他輕柔地推開。他感覺很真實。逼真、扎實、舒適、熟悉。如果他感覺不是這麼逼真，事情會簡單一點。

從屋裡傳來的閒談和音樂聲消逝，彷彿某人或某物將背景音量轉小。

「你身上那是睡衣嗎？」朵里安的概念問。

薩克里再次仰望天空。雲朵已經分開，不再飄雪。

月亮俯瞰著他。

「妳現在不應該在這裡的，」薩克里仰頭向月亮呼喚，「我現在不應該在這裡的。」他自言自語。

薩克里轉頭面向朵里安的概念，這個概念打扮成他的約會對象，來參加他母親的冬至盛會，這點既讓他歡喜，卻也幾乎讓他同等害怕，並說：「我恐怕非走不可了。」

「你在說什麼？」朵里安問。

「我確實想身處在這裡，」薩克里說，這是他的真心話，「或者說，不同版本的這裡。我想我可能愛上你了，可是眼前的狀況並沒有真的發生，所以我得離開了。」

薩克里轉身循著原路回去。

「**可能**愛上我？」朵里安對著他的背影喚道。

薩克里抗拒回頭的衝動。那不真的是朵里安，他提醒自己。

他繼續往前走，雖說部分的他想留下來。他繼續穿過月光籠罩的雪地，遠離那棟房子，雖說感覺自己一直在後退。也許這是個考驗。為了往前而往後。

他走向田野間的那扇門，但就在走近的時候，可以看出那裡並沒有門。再也沒有了。只有積雪。持續吹入樹林裡的陣陣飄雪。

薩克里想起他當初選擇不拿的那張地圖，圖中有兩棟被樹林包圍的建築。可是他再也看不到那棟農舍了，只知道它應該在的方向，不清楚它是否還在。他試著回想地圖上箭頭指出的方向，以及它指出的是哪部分樹林，甚至是公鹿曾經所在的地方，但他辦不到，於是判定自己並不在乎。

如果這是他編給自己的故事，他可以要自己往前走。離開這裡。

他仰望星辰滿布的天空。月亮定定俯視著他。

薩克里定定回望。

「我們不應該在這裡的。」薩克里再次昂首向月亮大喊。

月亮一語不發。

她只是靜靜旁觀。

等著看接下來會怎麼發展。

凱崔娜・霍金斯的秘密日記摘文

我向科技部門編了個傷感的故事，關於我失蹤的朋友和「不小心」被我刪除的那封電子郵件（並不存在），我當場還真的掉了幾滴淚，但他們替我查了薩克里的大學電子郵件帳號，因為警察懶得處理。他失蹤那天之後，電郵帳號就再也沒有動態，可是他失蹤之前也什麼都沒有。一月竟然毫無動態，這點超級詭異。我確定我一月的第一個星期，跟他為了什麼事情來回通了好些郵件，而且我轉傳過我的J學期課表給他。

我查過自己的電子郵件，完全沒有薩的來信，前幾個月都沒有，但我「知道」應該有才對。

我檢查過他的房間。我等到他那個樓層沒人的時候才下手，三兩下就撬開了他的門鎖，校園裡的室內門鎖都很差勁。

他的筆電在，我開了機，但有人將它還原到出廠預設設定，筆電甚至沒有密碼保護。他的檔案全都不見了，電玩也不見了，那個絕妙的電影《銀翼殺手》桌布也平空消失，變成了常見的高畫質自然風景。

這不正常。

我尋找從圖書館借出的書籍，但一本也沒有，也許他帶到紐約去了。他身邊老是放著一堆圖書館的書。

我找到有點詭異的東西：床底下的一張小紙條，壓在襪子底下，所以很容易漏掉（薩每隔一天就洗衣服，連丟在地板上的衣服都是乾淨的），可是紙質跟桌上的拍紙簿不合。

上頭有著隨意的潦草筆跡，像是邊做其他事情邊寫下的筆記。大多都無法閱讀，但中間有個圖案。唔，應該說是三個圖案。

蜜蜂、鑰匙、長劍。

排在中央，由上往下。

它們畫在一個狀似門的長方形裡，或者只是個長方形，薩不是很會畫畫。那隻蜜蜂看起來更像蒼蠅，但身上有條紋，所以我猜是蜜蜂。

看起來好像有點重要，所以我收進口袋。

接著我偷了他的ＰＳ４。打賭他們沒有聰明到消除裡頭的資料。

薩顯然沒有聰明到把線索藏在他存進ＰＳ４的電玩裡。或者他沒有時間或者沒有先見之明，或不管什麼，但還是可惜。失望的偵探表情。

也許他有秘密筆記本。如果有，可能隨身帶著。

我覺得懸疑小說裡的線索都還比這個多，或者說能夠實際連向更多線索的線索。我想追出一條足跡，卻只有雜七雜八的怪東西，根本湊不出足跡的形狀。

我不知道自己原本預期能找到什麼，也許找到某個他傳了訊息的對象，而那人事先知道他的計畫什麼的。如果他擬過計畫的話。也許他沒有。

我找到了那家慈善機構，薩去參加的派對就由他們舉辦——我的前提是他真的出席派對了，我知道他在飯店報到過，因為警方查過這件事，所以警方也不是全然沒用——可是這家慈善機構滿詭異的。

他們為了藝文相關活動提供／籌措大筆資金，很多活動聽來都很酷，但是當我想要追蹤源頭或找人時——執行長或什麼的——卻進入了迴圈，一家慈善機構是另一家的附屬，後者又登記為其他幾家之一的從屬機構，可是這些慈善機構就像莫比烏斯環，不會停在某人身上。聽起來就像掩護洗錢用的，可是我打了電話給幾個地方，他們全都確認收到了捐款，但無法給我其他資訊。

所以我繼續挖掘。我找到了一堆地址，試撥幾個號碼。其中一個讓我陷入答錄訊息的煉獄裡，另一個號碼已經停用。

距離最近的那個地址在曼哈頓，埋在其中一個網站（在搜尋引擎上找不到的網頁之一，對了，深深埋藏到不應該找得到的地步）的分頁裡的分頁。

我找了找。派對過後兩天，那個地方卻失火了。

不可能是巧合。

我在曼哈頓。

我拍了那棟建築的照片，整個封起來了。建築外殼看來還好，只是窗戶都烤黑了，煙霧損毀了不少地方。有點可惜，這棟建築還滿漂亮的。

有個告示寫著「收藏者俱樂部」。有個女士從對街的建築走出來遛狗，我問起這棟房子的事，她說是因為電線走火，抱怨起老舊建築裡的電力系統，她的巴哥犬（名叫巴爾薩澤[37]）對我的靴子調查了一番。我問那是什麼樣的俱樂部，她說她認為是私人俱樂部，但不確定屬於哪種類型。說她看到有人進進出出，但不是非常頻繁。說常有貨運送東西上門，但她露出一副覺得自己說溜嘴的表情，這倒也說得過去，因為她等於是透過窗戶偷窺鄰居的動靜。要不是因為那樣，不然就是她判定我針對一個失火的地點追問太多（才兩個！）問題很奇怪，所以牽著她的巴哥犬出發散步去了。也許她認為我是個縱火見習生。

37. 聖經裡東方三博士之一的名字。

我查了查「收藏者俱樂部」，可是這個詞太過一般，起不了作用。有個收藏郵票的俱樂部取了同名，只隔了幾個街區。網路上沒有任何資訊將那個名稱跟地址串連起來，至少我看不出來。

我探勘了建築後方的巷弄，所有可以進出建築的點，勉強穿過巷子，沒有露出迷路的樣子。我的兜帽一直沒放下，繼續走著，因為後頭這裡有監視攝影機，但我瞥了建築後側久久一眼。深度不及同個街區的其他建築，有一道籬笆，還有積雪的花園，看起來相當新穎，雖說建築後側有同樣破損的窗戶，而且後門已用木條封起。

華麗的鑄鐵柵門上有著渦漩的裝飾，左右兩扇柵門閉合的中線上有一把劍。

我想那也不是巧合。我不確定我今後還能相信巧合這種東西。

事後我散了個久久的步，從中城開始漫步，最後來到Strand書店。怪的是，我一直認為自己會在那裡巧遇薩。彷彿他在書架之間瀏覽，徹底忘了時間，沒意識到過了多少日子。

我在那個散發霉味的地下樓層停留很久，一直感覺有人盯著我看，或者附近有什麼我看漏了的東西。這很蠢，因為我覺得對的那本書就在那裡，就在某個地方；如果我閉上雙眼，朝書架伸出手，它就會在那裡，在我的指尖底下。

我用這種方式試了幾次，但沒成功。

所有的書就只是書而已。

我到Lantern's Keep雞尾酒小館去，對著服務生展露我身為雞尾酒怪才的面貌之後（他問我是不是酒保，所以我不得不承認我只是酒喝很多），我用了不是我飯店的無線網路，做了點暗黑網路深入檢視的工作，找到了這個陰謀論網站，裡頭確實有好些冷靜理智的人（只要在他們的版上貼文，大多東西他們都能在二十分鐘內破解）。

我用假電子郵件在網站上註冊，加入網站之後貼了這個：

尋找資訊：
蜜蜂
鑰匙
劍

我忘了弄螢幕截圖，是我的錯。可是我在十分鐘內就得到了三個回覆，其中一個罵我蠢，另一個只是貼了七個問號，第三個則是聳聳肩的表情符號。

五分鐘過後，那則貼文就被移除，我在版上的信箱內出現兩則訊息。

頭一個來自其中一位版主，只是說「別這樣。」

我回答說那不是垃圾訊息，只是個問題。

那個版主再次回答說：「我知道，不要就是了。妳不會想深入那種事情的。」

第二則訊息來自不曾貼過文的帳號、使用者名稱毫無意義，由字母加數字拼成，訊息如下：

王冠
心
羽毛

貓頭鷹王要來了。

占卜師的兒子穿過雪地，對著月亮說話。

他請月亮給他指個路，或是給他一個徵兆，或是讓他知道一切都會好好的，即使那是個謊言，但月亮悶不吭聲，薩克里艱難地往前行進，雪攀住他的睡褲褲管，落入他的鞋子裡。

他抱怨說她應該做點什麼，而不是只在那裡發光，接著道了歉，因為他憑什麼質疑月亮要不要採取行動。

不管他跋涉多遠，樹林似乎都沒有變得更近。到現在早該走到了才對。

薩克里知道，儘管有星辰和月亮，自己依然深在地底下方。他可以感覺上方沉沉地籠罩著。

彷彿過了許久卻毫無進展之後，他停下來整理行囊，看看有什麼派得上用場。手指扣住一本書，他停止尋覓。

他拿出《甜美的憂傷》，沒打開，只是握著片刻，然後放進外套口袋，好讓它更貼近自己。

清空書本的行囊頓時笨重起來，裡頭的其他東西似乎沒有必要。

這些物品都幫不上他的忙。在這裡幫不上。

薩克里將袋子棄置於地，留給積雪。

他的手指繞住脖子上的鍊子，上頭有鑰匙、劍、羅盤，而這只羅盤目前完全無法為他指出方向。

他繼續走著，手一直握著鍊子不放。現在只剩書和劍，整體更為輕盈。

薩克里巴不得朵里安真的在場，對他的渴望幾乎超過希望自己知道下一步該怎麼行動。

「如果朵里安在下頭這裡的某個地方，我想見他，」薩克里對月亮說，「現在。」

月亮並未回答。

（她一直不曾回應他的任何要求。）

薩克里走啊走，思緒頻頻回到他拋在後頭的那個地方、屋裡那場想像的派對，以及看到他置身其中的這個故事滲透到他的正常生活、填補了空蕩蕩的空間，所為他帶來的感受。

有腳步聲越來越近。有人在奔跑，雪悶住了聲響。薩克里僵住不動，有隻手揪住他的胳膊。

薩克里轉身要對付背後的人，拔劍出鞘，好抵擋新出現的幻覺。

「薩克里，是我。」朵里安說，防禦地舉起雙手。看起來跟薩克里記憶中的相同，從較長的頭髮到星星鈕釦的外套，只除了之前沒有月光拂照，也沒有沾滿雪花。

「月亮不在天空的時候，都到哪去了？」薩克里問，劍繼續舉著，他從對方回應的笑容知道，這不是幻想，而是真人。朵里安在這裡，卻又不在這裡。跟他一起站在月光籠罩的雪地裡，同時也置身於其他地方。不過真的是朵里安。他從腦袋到幾乎凍僵的腳趾，都很清楚這點。

「在原本坐落在某個十字路口的客棧裡，現在那家客棧在下頭這邊，跟其他不管是什麼在一起，」朵里安說，對著雪地與星辰大手一揮，「我現在就在那邊。我想我可能在睡。我正望著窗外的雪地，想著你，接著就看到你，然後轉眼到了外頭這邊。我不記得自己走出了那棟房子。」

薩克里放下劍來。

「我還以為我失去你了。」他說。

朵里安再次抓住他的胳膊，將他拉得更近，額頭貼上他的額頭。他同時覺得溫暖卻寒冷，真實卻又不真實。

這個人就是薩克里願意迷失自己，永遠希望不被找到的所在。

又開始下雪了。

「你現在也在下面這邊，對吧？」朵里安問，「世界下面的世界下面的世界？」

「你摔下去以後，我跟麥克斯——我是說米拉貝，一起搭電梯。我目前的位置比當時更往下，在路過蜜與骸骨失落之城之後的某個地方。我穿過了一扇門。我應該別再那樣做了。我弄丟了我的貓頭鷹。」

「你想你可以從你那邊找到那家客棧嗎？」

「我不知道，」薩克里說，「我一定越來越接近無星之海了。我跟你甚至可能再也不在同一個時間裡了。如果……如果發生什麼事——」

「你別亂來，」朵里安打斷他，「你別亂道別。我會找到你的。我們會找到對方，我們會一起把狀況弄明白。你現在可能獨自一人，可是你並不孤單。」

「**單槍匹馬很危險**，」薩克里說，幾乎不假思索，至少部分是為了忍住跟著雪花一起刺痛他眼睛的淚水。他收劍入鞘，從背上取下。「拿去吧。」他邊說邊把劍遞給朵里安，直覺這樣做是對的。朵里安可能知道怎麼使劍。

朵里安接下劍來，正要開口說別的，但轉眼便消失不見，比眨眼還快。他原本還在，接著就不在了。雪地裡甚至沒留下腳印。沒有他曾經在場的痕跡。

只是那把劍不見了，月亮也消失在雲朵後方。

雪現在更輕了，雪花幾乎在飄蕩。玻璃雪球[38]般的雪。

薩克里伸手想確認自己什麼也摸不著。雪包覆他往外伸的手，溜進他繼承而來的外套袖口底下。

朵里安來過這裡，他在心中對自己確認，**他就在下面這裡的某個地方，他活著，我不孤單**。

薩克里深吸一口氣。空氣再也沒有那麼冰冷了。

附近有個柔和的聲響。薩克里轉身便看到那頭公鹿正盯著他看。近到足以看到牠的吸吐在空氣中化為白霧。

公鹿頭上的叉角是金色的，覆滿了蠟燭，好似以火焰與蠟構成的王冠，扭曲燃燒著。

薩克里盯著公鹿，公鹿回望著他，那雙鹿眼宛如深暗的玻璃。

一時之間，人與鹿都靜定不動。

接著公鹿轉身走向樹林。

薩克里跟了上去。

他們比他預期的更快抵達樹林邊緣。月光或星光或想像的人造光線透過樹林篩下來，雖說大多空間都留在陰影中。雪看起來更像藍色而非白色，樹木一律都是金色。薩克里停頓腳步，仔細察看其中一棵樹的軀幹，發現樹皮上蓋滿了細緻的金箔。

穿越林間時，薩克里盡可能緊跟著公鹿，不過有時候引導他往前的頂多只是一道光。他很快就看不到田野，被這片深邃黑暗的金箔樹林所吞噬。

樹木越來越粗壯高大，地面感覺凹凸不平，薩克里用鞋子掃開積雪，發現下頭不是土壤而是鑰匙，一堆堆鑰匙在他腳下挪移。

公鹿帶領薩克里到一處空地。樹木在這裡分開，上方露出一片星辰滿布的天空。月亮不見了，薩克里將注意力轉回地面時，連公鹿也拋下了他。

空地周圍的樹木上面掛滿了緞帶。有黑有白有金，繞著樹枝和軀幹，在雪地裡纏結不分。緞帶上串著鑰匙。

小鑰匙、長鑰匙、笨重的大鑰匙。裝飾繁複的鑰匙、樸素的鑰匙、破損的鑰匙。它們要

38. Snow-globe 這裡的雪花球指的是通常以玻璃製成的圓球形聖誕節應景飾品，裡面有迷你雪景、城鎮、人物等元素，上下翻動或搖動一下，會有雪花飄蕩。

不成堆擱在粗枝上，要不從枝椏垂下、自由擺盪；緞帶交錯纏結，將鑰匙捆紮在一起。

空地中央有個身影坐在椅子上，背對著他，目光望入樹林。在這樣的光線中很難看清楚，但薩克里瞥見了一絲粉紅。

「麥克斯。」薩克里呼喚，但她並未轉身。他走向她，但積雪拖慢了他的進度，一次只能踩一步。感覺花了好久時間才走到她身邊。

「**麥克斯**。」他再次呼喚，但椅子裡的人影依然沒有轉身。他走得更近時，她依然動也不動。他伸手碰她的肩膀，心中的盼望隨著他手指碰到的部分一起化掉，他原本沒意識到自己牢牢攀住這絲盼望。

椅子裡的身影以雪和冰刻成，長禮服披瀉在椅子四周，布料裡的波紋變成了浪濤，而浪濤裡有船隻、水手和海怪，接著她長禮服裡的海洋迷失在飄飛的雪花裡。

她的臉龐空洞冰冷，但不只像之前的雕像那樣近似而已，這尊人像的準確程度可說以冰凍的水捕捉而成，彷彿以有血有肉的版本作為模子打造出來的。除了現在已經損壞的肩膀，小至沾了雪花的睫毛，都是米拉貝的完美仿製。

她的胸口裡有一盞燈，在雪下發出紅光，製造出他之前從遠處看見的柔和粉紅幻覺。

她的雙手擱在懷裡。他原本預料那雙手會往外伸，等著書本，就像那尊蜂后的塑像，但它們只是握著一條扯斷的緞帶，就像樹上的緞帶，只是這條曾經串了把已被取走的鑰匙。

薩克里現在可以看出，她並不是在眺望林間，而是望著眼前的另一張椅子。

這張椅子空著。

彷彿她一直在這裡等待他。

掛在樹上的鑰匙擺盪不停，彼此撞得吭哐啷噹，發出鈴鐺般的聲響。

薩克里在那張椅子上坐下。

他看著面對他的身影。

他聽著在緞帶上舞動的鑰匙，在他們周圍彼此敲撞。

他閉上雙眼。

他深吸一口氣。空氣冷涼乾爽、明亮如星。

薩克里再次睜開雙眼，望著眼前米拉貝的身影。凍結著，等待著，長禮服上承載著老故事和好幾輩子。

他幾乎可以聽見她的聲音。

跟我說個故事，她說。

這就是她一直在等待的東西。

薩克里答應了。

朵里安在陌生的房間**甦醒**，依然感覺得到沾在皮膚上的雪以及手中的那把劍，但在這樣暖和的空間裡沒有雪能夠存活，而他的手指正緊抓著堆在床上的毯子，除此之外別無其他。

狂風在客棧外頭呼嘯，因為事件如此轉折而困惑。

（風不喜歡覺得困惑。困惑會摧毀它的方向感，而方向對風來說是一切。）

朵里安套上靴子和外套，將房間的舒適拋諸腦後。他扣好星星形狀的釦子時，指尖碰到的雕刻獸骨，比起幾分鐘前那把劍，或比起對貼在薩克里冷涼皮膚上的記憶所給他的真實感相差無幾。

主廳燈籠的亮度已經調暗，但石砌大壁爐裡的火堆依然燒得很旺。蠟燭讓光線擴及到桌椅那裡。

「被風吵醒了嗎？」客棧主人問，從火邊的椅子起身，手裡有本攤開的書，「如果你想要，我有助眠的東西可以給你。」

「不用，謝謝。」朵里安說，盯著這位從他腦袋裡拉出來的男人，置身於一個他萬分渴望探訪的大廳裡。如果朵里安可以召喚出某個地方，讓他遺忘自己先前所來之處，或是遺忘自己即將前往之地，就會是這樣一個地方。

「我得離開了。」他對客棧主人說。

朵里安走到客棧門口，打開門。他以為會是飄雪和森林，但迎面卻是大洞窟，無風無雪的大洞窟。遠處有個像山脈的形狀，可能是座城堡，距離非常、非常遙遠。

「關起來吧，」客棧主人在他背後說，「拜託。」

朵里安猶豫片刻，但還是將門關起。

「這座客棧只能把你送往你該去的地方，」客棧主人告訴他，「可是**那個**深遠的地方，」他指著門，「只有貓頭鷹膽敢在那裡飛翔、等待牠們的國王。你不能毫無準備就貿然前往。」

他走回火邊，朵里安跟了上去。

「我需要什麼？」朵里安問。

客棧主人還來不及回答，門便打開了，鉸鏈使勁扯開。風搶先進來，夾帶一陣強勁的雪，雪之後，有個披著夜空色調兜帽長斗篷的旅人隨之現身，斗篷上裝飾著星座的銀線刺繡。即使旅人將兜帽往後拉，雪花繼續攀附在她的深色髮絲上，持續在皮膚上閃閃發光。門在背後自行猛地甩上。

月亮直接走到朵里安面前，走近的時候，從斗篷裡抽出一只裹在午夜藍絲綢裡的長形包裹。

「這是你的，」她說著便遞給他，省卻了多餘的介紹，「準備好了嗎？時間不多了。」

朵里安解開絲綢包巾以前就知道裡面放了什麼，拿在手裡的重量相當熟悉，雖說他先前只在夢裡握過一次。

（如果這把劍從鞘裡被拔出來時，可以如釋重負嘆口氣，它就會這麼做，因為它過去已經被失去與尋獲這麼多次，它知道這是最後一回了。）

「我們不能讓他到外頭去，」客棧主人對妻子說，「這……」他不忍心說出是什麼，那種難以形諸言語的危險遠遠糟過於朵里安的想像。

「那是他想去的地方。」月亮堅持。

「我會在那裡找到薩克里，對吧？」朵里安問。

月亮點點頭。

「那我就要到那裡去。」

（這裡有一陣停頓，只有風聲和火堆的劈啪響，以及不耐地等著繼續下去的故事嗡嗡響，像貓一樣發出呼嚕聲。）

「我去拿他的行囊。」客棧主人說，讓朵里安單獨留在月亮身邊。

「這家客棧是個受到框限的結界，」她告訴他，「不管潮汐如何改變，它永遠不動如山。你一旦離開這裡，就會再次脫離框限，不管你遇到什麼，千萬都不能信任。陰影裡有些東西，不管他們過去是神祇、凡人或故事，它們現在都成了別的東西。它們會配合你調整自己，就可以將你拖離正軌。」

「配合我？」

「為了嚇唬、混淆或誘惑。它們會用你自己的思緒來陷害你。我們目前存在於邊緣，是你所謂的故事或神話的邊緣，要探索起來可能不容易。緊緊抓住自己所相信的。」

「可是如果我不知道自己相信什麼呢？」朵里安問。

月亮以暗夜色澤的眼眸瞅著他片刻，彷彿可能要給他什麼，也許是警告或祝願，但她只是握住朵里安的手提到自己唇前，接著放開他。這個舉措簡單卻深奧，他在這當中尋得了問題的答案。

客棧主人帶著朵里安的行囊回來，現在更笨重了，朵里安感覺得到裡面有那只裝了心臟的盒子的重量。也許他應該把心臟還給命運，但他決定一次先專心完成一個故事再說。

朵里安打開客棧的門，眼前是先前那片幽暗的景致。現在看起來更像城堡而不是山脈，其中一扇窗戶上甚至可能亮著一盞燈，可是距離過於遙遠而無法確認。

「願神祇祝福和庇佑你。」客棧主人說。他往朵里安的唇送上最輕盈的一枚吻。

朵里安隨身配備了一把劍和一顆心，踏進了未知，將那家客棧拋在後頭。

他離開的時候，風在他背後呼號，害怕即將降臨的事端，但凡人無法理解風的願望，不管風哭號得多響亮，所以朵里安並未注意到最後這幾個警告。

凱崔娜・霍金斯的秘密日記摘文

我覺得我聽過貓頭鷹王，但不知道是在哪裡聽到的。

我問艾蓮娜那天晚上下課後跟薩聊了什麼，她說他在圖書館借了某本不在系統內的怪書，說他事後回來追蹤同一批藏書捐贈裡的其他書籍，完全開啟圖書館偵探模式（照她的話說），可是她不知道原因，他也沒提。她提到有幾本（包括第一本）到目前都還找不到，所以也許在他身邊。

她把當時給他的藏書捐贈人姓名也給了我。

J・S・奇汀，所以我做了一番調查。不少調查。

喬瑟琳・西蒙・奇汀生於一八一二年。關於她的生平資料並不多，沒有結婚紀錄，接下來也沒有孩子什麼的。聽起來好像被家族斷絕關係。其他的奇汀：有個兄弟，已婚，無子，只是紀錄中有個無名的「受監護人」在青少年時期死亡。兄弟的妻子過世，他再婚，第二任妻子亡故，後來那個兄弟壽終正寢，我猜是獨自終老。有另外兩個奇汀表兄弟頂多活到二十幾歲。奇汀家族好像就到此為止，或者至少那個分枝是這樣，因為那個姓氏還滿常見的。

沒有喬瑟琳的死亡紀錄，至少我沒找到。

可是那本書以她的名字捐贈，是不到三十年前的事耶？艾蓮娜趁她上司午飯休息時間，讓我調查圖書館的檔案，我找到了完整的紀錄，雖說當時並未數位化，因為他們還在轉換資料，是手寫紙張的低解析度掃描，有一半無法辨讀。

可是，關於那家基金會以及關於捐贈方法的指示，都有點奇怪的地方，一位女士將自家圖書館藏書分贈位於不同國家的好幾所大學，而她過世的當時，這些學校有些甚至還不存在。我的意思是，說真的，就算她活到一百歲，這所學校……稍微手算一下，可怕……是在她離世四十或五十年才建校的。

艾蓮娜幫我找到了其他幾本捐贈的書籍，其中有些太過現代，不可能屬於十九世紀的女士。裡頭有爵士時代[39]的東西。也許那不是「她的」圖書館，而是以她的名字命名的圖書館？或者是基金會自己的關係，名稱沿襲自早期的東西。我遍尋不著奇汀基金會的資訊，彷彿根本不存在。

那些書本裡頭有一本又有了蜜蜂的圖案。在封底條碼貼紙下方印著褪色的蜜蜂—鑰匙—劍。這全都好詭異。而且不是那種好的詭異法。我喜歡好的詭異法。

我關閉了Twitch帳戶，因為一直有人試圖攔截我那個蜜蜂符號的聊天室。

我收到來源不明的簡訊，寫著**別再打探了，霍金斯小姐**。

我沒回覆。

我跟薩之間的那些簡訊全都不見了。

在星光映照的森林裡，**占卜師的兒子**坐在鑰匙團團圍繞的椅子裡，對著冰雪塑成的女子說話。

起初他不知道該說什麼。

他不認為自己善於說書，向來不是。

他想起自己成長期間大量閱讀的那些故事，神話、童話和卡通。

他想起《甜美的憂傷》以及為看守人而設的考驗，在鑰匙的包圍之下說故事，除了自己的故事之外什麼故事都能說，但他沒有故事。

他沒練習過什麼，也沒做任何準備，可是這份要求並沒有任何預設。

跟我說個故事。

這份要求並未指定什麼或設下條件。

於是薩克里開始說話，起初吞吞吐吐，但逐漸自在起來，彷彿在照明昏暗的酒吧裡，對著精調雞尾酒，跟老朋友聊天，而不是坐在滿地積雪的童話森林裡，對著默不作聲的人像講話。

他從十一歲男孩在巷弄裡發現一扇彩繪而成的門說起。他鉅細靡遺地描述那扇門，小至彩繪的鑰匙孔。他告訴她，那個男孩如何沒打開那扇門，事後巴不得曾經打開過，接下來幾年偶爾會想起這件事，那扇門一直縈繞在他心頭不去，至今依然。

他跟她說起年少時四處搬家，不曾在任何一處找到歸屬感；不管位於何處，幾乎總是寧

39. Jazz Age指的是一九二〇年代爵士樂產生廣泛影響力的年代。

可身在其他地方，最好是在虛構的地方。

他跟她說起自己擔心這一切都毫無意義。擔心這一切都微不足道。他是誰、他自認是誰，都只是一組對他人藝術的參照指涉，而他如此專注於故事、意義、結構上，他希望自己的世界可以將那些東西全部靈巧俐落地呈現出來，卻遲遲無法實現，而他擔心永遠不會實現。

他跟她說了從未與人訴說的事情。

關於在一個藕斷絲連的漫長過程中令他心碎的男人，以致於他無法分辨傷害與愛，而事過境遷多時之後，不管他何時想要釐清自己目前的感受，卻只有空無的感覺。

他告訴她，在那之後，大學圖書館對他來說成了試金石；他覺得自己墜落不止的時候，就會去找本新書，全心投入，讓自己換個身分、置身於他方一陣子。他描述那間圖書館，小至不可靠的燈泡和找到《甜美的憂傷》的時刻，以及那個時刻如何出乎意料地改變了接下來的所有時刻。

他對她朗讀《甜美的憂傷》，當星光不足以照亮那些文字時，就憑靠記憶述說。他告訴她朵里安的那些童話故事，關於城堡、劍、貓頭鷹，以及失落的心、失落的鑰匙和月亮。

他告訴她，他一直覺得自己在尋覓什麼，總是想到那扇並未開啟的門，以及他穿過另一道彩繪門時，大失所望的感受，而那種感受依然尚未消失，但置身保存於時間中的那間金箔宴會廳時，那種感受一時消隱不見。他發現，自己一直在尋覓的東西，是一個人而不是一個地方，在這個特定地方的一個特定的人。接著那個時刻、那個地方和那個人全都不見了。

他細數接下來發生的一切，從電梯砸毀到黑暗中的聲音，到在聖殿裡找到試圖記錄這個故事的賽門，然後往外穿越雪地，路過那場幻覺節慶派對，進入了有公鹿的樹林，直到將他自己的故事帶進兩人此時所在的這片空地，一路描述到刻在她長禮服上的船舶細節。

接著，薩克里不剩任何出於自身的東西可說時，便開始編造內容。

他說出自己納悶的事情：她長禮服上的其中一艘冰凍船隻要往哪裡駛去，就在他說話的當兒，那艘船動了起來，往外越過冰凍的浪濤，漸漸遠離米拉貝，橫越雪地。

那艘船周遭的森林跟著改變，船穿過的樹木漸漸消逝，但薩克里繼續坐在椅子裡，而冰雪版本的米拉貝陪著他，傾聽著，他在敘說的過程中摸索前進，步調緩慢蹣跚，一時找不到語言可以形容時，他會靜心等待，不刻意追趕；不管那艘船和這個故事想去哪裡，他都願意起而追隨。

船隻行過的地方，周遭的雪也隨之融化，浪濤起了漩渦，頻頻拍打著船身。

他想像自己乘著這艘船橫渡海洋。朵里安在那裡，他丟失的貓頭鷹同伴也在。他順道加上了他那隻波斯貓。

薩克里想像那艘船正要駛往的地方，不是為了帶乘客回家，而是為了帶他們前往未曾發掘的去處。他駕著那艘船和那則故事，前往它尚未遊歷過的種種地方。

透過時間和命運，經過月亮、太陽和星辰。

某處有扇尚未開過的門，上頭標示著王冠、心和羽毛。

他可以看到那扇門就在眼前，在陰影裡閃閃發光。有人握著可以打開這扇門的鑰匙。門的後方是無星之海的另一座海港，生氣蓬勃，有書、船、浪濤，沖刷著過往的故事以及即將生成的故事。

薩克里盡可能追隨那些故事和那艘船到最遠的地方，接著將它們帶回來。帶回此時此地。帶回這個遍地是雪的此刻，再度由滿地鑰匙的森林所圍繞。

他在這裡停住。

船駛回冰凍的長禮服，下錨停泊，跟那些海怪在一起。

薩克里跟米拉貝都坐著，一起在故事說完之後的沉默裡。

他不知道前後過了多少時間，也不曉得到底有沒有流逝任何時間。
沉默之後，他起身走到他的聽眾那裡。他敬了個小禮並湊向她。
「會在哪裡結束，麥克斯？」他在她耳畔低語。
她的腦袋迅速轉向他，以茫然的冰眼瞅著他。
薩克里僵住不動，詫異得無法動彈。她舉起手，不是伸向他，而是伸往掛在他頸上的鑰匙。
她拿起原本藏在《際遇與寓言》裡那把又長又薄的鑰匙，將它跟羅盤、劍分開，握在自己的掌心裡。一層冰霜凝結在那把鑰匙上。
她從椅子上起身，這個動作連帶將薩克里的身體往上拉直。她的長禮服轉眼崩毀，將船隻、水手、潮浪中的海怪送進了冰凍的墳塚裡。
接著她將掌心和上頭的鑰匙推向薩克里的胸口，抵在他外套敞開的鈕釦之間。
她的手如此冰冷，反倒帶來灼燙的感覺。她將那塊白熱的金屬壓在他的皮膚上。
她探出另一隻手，將他拉近，寒凍的手指耙過他的髮絲，將他的唇拉向她的嘴。
一切都過熱、過冷，薩克里的整個世界就是最燦亮的黑暗中一枚想像中的吻，嘗起來有蜜、雪和火焰的滋味。
他胸口裡有種緊繃感，漸漸擴大、灼燒，他再也無法分辨冰在何處結束、他自己在何處開始；就在他認為自己再也無法忍受時，緊繃感整個粉碎，戛然而止。
薩克里睜開雙眼，試著理順呼吸。
米拉貝的冰雕肖像不見了。
那把鑰匙不見了，鍊子上只遺留了劍與羅盤。薩克里的胸口上有了鑰匙的烙印，以後永遠都會在。
其他的鑰匙也跟著平空消失，樹木也是。

薩克里不再置身於樹林。

此刻他站在覆雪的巷弄裡，如果那條巷弄至今依然存在，永遠不可能容納得了那樣的雪。

現在他身邊有另一個冰雕人形。更小的一尊，戴著眼鏡、滿頭鬈髮，穿著兜帽運動衫、扛著背包，面對一面不是冰而是真磚砌成的牆，大半都洗白了，顏色淺淡，和落雪交融不分。

牆上有一道細緻的彩繪門。

色彩豐潤，有些顏料是金屬質地。中央那裡有隻蜜蜂，就在窺視孔可能所在的高度，那裡畫有造型呼應其他彩繪雕刻的線條。

蜜蜂下面有把鑰匙，鑰匙下面有把劍。

薩克里伸手去碰那扇門，指尖觸及蜜蜂和鑰匙之間的那部分門，停在覆蓋涼爽磚塊的平滑顏料上，表面些微的參差不平洩漏了下方的紋理。

這是一堵牆，一堵有著美麗圖案的牆。

這個圖案如此完美，足以欺瞞眼睛。

薩克里回頭轉向年幼自我的幽魂，但那個人形已經不見蹤影。雪不見了。他獨自一人在巷弄裡，站在一扇彩繪門前。

光線有了變化。黎明前的微光驅走了星辰。

薩克里朝著彩繪的門把伸手，握住了冰冷的金屬，圓形立體。

他打開門，跨步穿了過去。

於是占卜師的兒子找到了通往無星之海的路。

朵里安在深處探索，綁在背上的行囊細心地裹住裝有命運心臟的那只盒子，以及一把超過他歲數許多的古劍，但古劍的劍齡遠遠不及那些從陰影裡盯著他看的東西，而那些古老東西依然狡猾敏捷。

握在懂得使劍的人手裡時，劍並不會忘記如何找到自己的標的。

劍刃和朵里安的星釦外套袖子沾滿了鮮血。

打從他離開客棧以來，就有……東西一直跟著他，而隨著他往前行進，有更多加入了它們的行列。

那些東西想要奪取他性命、血肉、夢境。

那些東西想要鑽進他的皮膚底下，把他當外套一樣穿在身上。

不知有多少年，沒有凡人如此接近並帶來這般的誘惑。

它們在他四周變換形狀，用他自己的故事來對付他。

即使月亮事前警告過，朵里安也沒料到會碰上這種情形。

感覺太過真實。

前一刻，他身在洞窟之中，目光追隨遠處的一道光；下一刻他行走於城市街道，可以感覺陽光照在肌膚上，也聞得到行經車輛的廢氣。

他並不信任眼前所見的任何東西。

朵里安繼續走在擁擠的市區人行道上，如果別看得太仔細，這裡還滿像曼哈頓中城的。

他動作熟練地閃躲行人。

他路過的時候，商務人士、遊客和幼童都轉身盯著他看。朵里安避免和任何人或任何東西有眼神接觸，但接著他走到了一個熟悉的地標，兩側各有一隻大貓。

他之前從未意識到，耐心&堅忍有多巨大。這兩頭比真獅還大的石獅以不屬於它們的平滑黑眼珠追蹤著他。

朵里安在圖書館階梯前方暫停腳步，加緊握劍的力道，納悶石獅是否會跟這個地方用來攔阻他的一切一樣流血。

他作好心理準備，等著兩頭獅子撲襲，卻有東西從背後揪住他，扣住他的脖子，將他拉進街道。

它推著朵里安撞上一輛計程車的側面，喇叭的尖鳴害他一時失去平衡，但他一直牢牢握著劍沒鬆開，一恢復平衡便使勁揮劍，迅速確實地擊中了標的。

他劈倒的東西起初看來像是揮動著公事包的商務人士，接著又像是無形無狀、多手多腳的影子，再來幻化成一名驚聲尖叫的幼童，最後變得空無一物。

街道、計程車、圖書館和石獅隨之失去蹤跡，將朵里安獨自留在空曠的洞窟裡。

上方那片無星的黑暗如此遼闊，他幾乎可以相信那是天空。

遠處有座城堡，最高塔樓的窗戶裡亮著一盞燈。朵里安可以看到城堡以及城堡坐落的那片散放柔光的海岸。他的目光鎖定城堡，因為那座城堡不像下面這個世界的其他事物那樣會挪移變換，他將它視為指路的燈塔。

不屬於他的鮮血積在他的靴子裡，每踩一步就滲流出來。

他腳下的地面變換著，從岩石變成了木頭，接著開始傾斜，隨著不真的存在的浪濤搖搖晃晃。

他在一艘船上，頂著明亮的夜空，在敞闊的大海上行駛。
眼前站在甲板上的是個披著皮草大衣的身影，看起來是艾蕾格拉，但他知道並不是。
它們試圖要讓他放下戒心。
朵里安加強握劍的力道。

凱崔娜・霍金斯的秘密日記摘文

他們目前正在監視我，就在我寫這個的當下。

我在Noodle Bar排隊要點拉麵的時候，背後有個傢伙開始跟我搭訕，問起我身上那件「博覽群書的女性是危險生物」的T恤，問我有沒有吃過附近的其他拉麵店，然後趁我忙著點餐時，丟了個東西到我的袋子裡。我不知道那是竊聽器或什麼的，我現在先寫，等他一離開，我就會把袋子裡的東西全倒出來檢查。那個傢伙目前正坐在餐廳的另一側，拉開可能算是「適恰的」距離。他把鼻子埋在一本書裡，我認得封面，但看不出書名。是書店放在前側桌面的新書。可是他並沒有在閱讀，只是翻到了接近結尾的某個地方，可是書衣太新穎，根本不像快讀完的書，而且是會留下指印的那類書皮，尤其如果你邊吃邊讀。

我的觀察力可能變得太敏銳了。

可是他幾乎沒在看書，也很少碰自己的麵。他的手法不大細膩，他看著我寫字，打量我的日誌，彷彿想趁我不備之時一把搶走。

我現在總是時時戒備。

除非我死翹翹雙手變冷，否則你搶不走這本《探險活寶》[40]筆記本的啦，你這白痴。

這件事有點讓我聯想到那晚在獅鷲酒吧盯著薩克里看的那個傢伙，不過這一位年輕些，

40. Adventure Time（二〇一〇~二〇一八）美國奇幻電視動畫系列，深受奇幻角色扮演遊戲《龍與地下城》以及電玩的啟發。

長相也不如那個灰髮俊男吸睛。

（我之前也試著追蹤那個傢伙，問了女服務生和酒保，可是只有一個女服務生記得他——說她試圖跟他調情，卻被他拒絕，但他態度還算不錯，可是無論在之前或之後都沒見過他。）

這個傢伙到現在已經搞清楚我不會比他早離開。絕不可能。如果他試圖比我更晚走，我會像間諜電影那樣，找出穿過廚房從後門離開的逃生路線。

現在更晚了。我贏了拉麵店的那場僵局，那個傢伙最後終於離開了，速度超慢，猶豫不決，彷彿捨不得丟下碗裡的剩麵。

半個小時以上，那本書沒翻超過兩頁。

離開時，我刻意朝錯誤的方向，迂迴地繞了一大段路，現在我在公園裡停下，把袋子裡的東西全倒出來。

裡頭有個迷你小鈕釦般的傳送器，大小就跟手錶電池一樣，還帶點黏性，所以即使我把東西都倒出來，它還是賴在袋子內側不走，要不是因為先前注意到他丟了這個進去，我永遠也不會發現。我不知道那是導航系統或麥克風或什麼的。

這一切真的很詭異。

現在到家了。

回家的路上，我多買了一條門鍊以及動態偵測器。

然後烤了肉桂酸奶餅乾，替自己調了杯幸運草俱樂部[41]酒，因為我早就把蛋拿出來，也為了尋求慰藉而重玩《黑暗靈魂》[42]，現在對人生、對自己、對存在的感受都好轉了點。

每一次螢幕說**你死了**，我就好過一些。

你死了。

你死了，而這個世界繼續運轉。

你死了，而狀況沒這麼糟，是吧？來一塊餅乾。

我只是坐在那裡哭了半個鐘頭，不過覺得好過了點。

我想薩死了。喏，我說出口了。反正我是用寫的。

我想，到了某個時間點，我不再尋找他的下落，反而開始搜尋**為什麼**，而現在那個**為什麼**正在對我搞鬼。

我把那個可能是追蹤裝置的東西，貼在公園一隻貓咪的身上。

41. clover club又譯為「三葉草俱樂部」，由琴酒、檸檬汁、覆盆子糖漿和蛋清調成的一款雞尾酒。

42. Dark Souls角色扮演電玩遊戲。

占卜師的兒子穿過一扇門，進入了寬廣敞放的洞窟，位於地底之下很深很深的所在。在海港下方、在城市下方、在書本下方。

（他不離身的那本書，是被帶進地底如此深處的第一本。這裡的故事不曾以這種方式受到束縛，它們一直處於不受拘束的野放狀態。）

薩克里納悶，自己是不是一直都在這個洞窟裡，在裡頭漫步，看到了模樣和感覺像雪、樹和星光的東西。納悶自己現在是否已經穿越了自己的故事，從另一側出來。

有東西碰上他的腳踝，柔軟但堅持，他往下一看，找到了他那隻波斯貓的熟悉扁臉。

「嘿，」他說，「你怎麼下來這邊的？」

貓並未回答。

「聽說你在找我。」

貓咪既未確認，也未否認這句話。

薩克里往背後一瞥，不意外地發現自己穿過的門已經消失不見。門原本所在的地方有座懸崖，相當高聳，頂端可能有個建築，從這個角度很難辨識。

貓再次用腦袋蹭了蹭薩克里的腿，將他推往另一個方向。

往這個方向走有一片岩地，盡頭是山脊，再過去則有光。

他可以聽見浪濤聲。

「要來嗎？」薩克里問那隻貓。

貓既沒回答，也沒有動作。牠坐下來，平靜地舔著腳掌。

薩克里往前走了幾步，更接近山脊。貓沒跟上來。

「你不來嗎？」

貓盯著他。

「好吧。」薩克里說，雖然這不是他的本意。「你會講話，對吧？」他問。

「並不會。」貓說，牠一鞠躬然後轉身走進陰影裡，留下薩克里無言地看著牠離開。

他一直目送到再也看不到貓，並不用很久，接著便自行走向山脊。等他走到夠高的地方，可以看見等在後方的東西時，才意識到自己身在何處。

薩克里・艾思拉・羅林斯站在無星之海的岸上。

那片海散放著光，有如琥珀後方的燭光。一片籠罩於永恆日落的海洋。

薩克里深吸一口氣，預期會有刺鼻的鹹海味，但這裡的空氣卻馥郁甜美。

他往下走到邊緣，望著起落不斷的浪濤在岩石上留下蜂蜜。傾聽它們發出的聲音：柔和催眠的嗡嗡響。

薩克里脫掉襪子，放在浪濤不會碰到的地方，踏進了緩緩波動的海浪裡，當海攀住他的腳趾時，他呵呵笑了出來。

他往下伸手，拂過蜜海的表面，然後舉起一指到唇邊，試探地舔了舔。他預期會是鹽分時，嘗到的卻是甘甜。他不確定自己是否想在這片海裡游泳，雖說它很可口。

要不是因為他老早屈服於相信不可置信的事，他會認為絕不可能有這種東西。

接下來呢？他想著，但這個問題幾乎立即離開他的腦海。無所謂。現在無所謂。在深處這裡，時間很脆弱的地方，是無所謂的。

此時此刻，這就是他的全世界。無星且神聖。

他眼前的無星之海延伸到遠方，海的對面有個城市的幽魂，空洞且黝暗。

腳邊的地上有個東西，在海與岸交接之處。薩克里撿了起來。是一只破損的香檳酒瓶，看起來已經在這裡好幾年。酒標早已磨去，損壞的邊緣參差銳利，淌著蜂蜜。

薩克里仰頭望著又深又廣的黑暗，聳立於上方的建物看起來幾乎像座城堡。再過去，薩克里可以看到層層疊疊往上盤旋。那裡的陰影更為深暗。空間彎曲且向外移動，亮著點點並非星辰的光。

他一時對於自己走了多遠感到驚異，在雙手裡轉著那只破酒瓶，想像著上方那些高遠的階梯以及那間宴會廳。

他聽見腳步聲走近。既然他終於抵達無星之海，既然此刻就是當初那個**時候未到**的時候，能再次找到命運也是恰到好處的事。

「嗨，麥克斯。」薩克里轉身時，有個奇怪迅速的動態。一時半刻，他的視線變暗且模糊；當眼睛終於聚焦時，站在眼前的並不是米拉貝。

是朵里安。

薩克里試著說出朵里安的名字，但他沒辦法，朵里安挑起眉毛，震驚地望著他。薩克里無法呼吸，他過去不曾遇見任何真的讓他換不過氣的人，也許他真的墜入了愛河，可是等等，他現在真的無法呼吸。他覺得頭重腳輕。那片海散放的光漸漸消逝。香檳破酒瓶從他的指尖落下，粉碎於地。

薩克里．艾思拉．羅林斯往下看著自己的胸膛，朵里安的手正握著那把劍的劍柄，就在他開始理解發生了什麼事的時候，一切陷入了黑暗。

凱崔娜・霍金斯的秘密日記摘文

我坐在獅鷲酒吧後側的雅座裡，所以不在任何人的視線上，邊喝酒邊閱讀，有個穿著白色皮草大衣、有點年紀的女人在我對面坐下，彷彿我在等她似的。她一眼藍色、一眼棕色，拿著一杯透明如水晶的馬汀尼，裡頭有兩顆（相配的）橄欖。杯身依然蒙著冰霜，一定是剛剛才從吧檯那裡點的。

「妳的去向還真難掌握，霍金斯小姐。」她說，掛著虛假但幾乎逼真的討喜笑容。

「並沒有，」我說，「這城市沒那麼大。我常去的酒吧就兩家。妳手上可能也有我的課表，對吧？其實不需要追蹤裝置。」

她不再微笑。肯定是**他們**的一員，只是現在我碰上了裡頭的大咖，眼前這女士是個專家。這次室內對面沒有破綻百出的監看行動。

她什麼都沒說，所以我問：「原本是什麼？」——我對著巨大的皮草大衣點點頭。她一點都不打算遮掩，我還滿欣賞這點的。

「是人造皮草。」她說。真令人失望。「那本書如何？」她拿著馬汀尼朝我那本《超強寫手》點了點。

「上課用的。」我說，這是真的。她這麼善於閒聊，讓我措手不及，我從沒料到這些人真的會開口跟我講話。

「妳挺想念他的，是吧？」她衝著我的酒說，是側車雞尾酒。我之所以點這個，是因為我想不到別的。我只是不想待在自己的公寓裡。我忘了請他們別用糖粉，杯腳被弄得黏答答。

「妳知道他人在哪裡嗎？」我問。

她什麼都沒說，但浮現詭異的眼神——是棕色的那隻眼睛；藍色那隻眼睛則霧霧的，我想有白內障。我無法解讀那個眼神，我知道這感覺應該是**啊哈妳確實知道他人在哪裡**的時刻，但並不是。她看著我，一面啜飲自己的馬汀尼。她放下酒杯的時候說：「分手的事讓妳滿傷心的吧。」

我沒跟任何人說過我跟萊可希分手了。我開始努力調查薩到底發生什麼事的時候，萊很生我的氣，說他可能只是拍拍屁股走人，說我只是在氣他沒事先告訴我，然後我就怪她利用蜜蜂鑰匙劍這東西，設定成她劇場闖關任務遊戲，接著她就罵我「浪費她的時間」，這話說得也太苛刻了，我不確定我傷不傷心。我覺得還過得去。反正我不確定我現在想跟人談戀愛。事情會改變。現在，事情改變的速度特別快；才一個星期，一切天差地別。不過，雪還在下就是了，那點倒是沒變。

「也還好。」我說。

「可是妳現在誰也沒有了，」那個女士說，「這樣也**還好**嗎？」

我很生氣，因為她說對了，可是我才不要跟她說呢。我有我的筆記本、我的計畫，我坐在那裡獨酌，是因為我沒有想對酌的人。我身邊沒有人。她說的方式彷彿在暗示，她知道我家人也沒那麼喜歡我。

我什麼也沒說。

「妳獨來獨往，不會寧可找個歸屬的地方嗎？」

「我屬於這裡。」我說，我不懂她在暗示什麼。

「多久？」女士問，「妳要留在這裡上兩年制的研究所課程，因為妳不知道還能做什麼，然後妳就得離開了。妳不想加入比妳更大的什麼嗎？」

「我不是虔誠型的人。」我告訴她。
「那不是宗教組織。」她說。
「那又是什麼？」
「我恐怕不能告訴你，除非妳同意加入我們。」
「這是密教或別的嗎？」
「是別的。」
「我需要更多資訊。」我告訴她，我啜了口我的側車，因為感覺這樣做才對，可是害得我手指黏呼呼。在雞尾酒杯口沾糖粉真蠢。「或者這是個『我已經知道太多』的情況？」
「確實，但我並不會特別擔心那一點。如果妳告訴任何人妳知道的，或者妳自認知道的，也沒人會相信妳。」
「因為太詭異了嗎？」
「因為妳是個女人，」她說，「大家比較容易認定妳發了瘋。說妳**歇斯底里**。如果妳是男人，才可能會引發問題。」
我悶不吭聲。我在等更多資訊。她盯著我看了好久。那隻藍眼的顏色絕對不自然。
「我喜歡妳，霍金斯小姐，」她說，「妳不屈不撓，我欣賞不屈不撓的個性，只要沒用錯地方。可是我想我也許可以好好利用這一點。妳很聰明、意志堅定、懷抱熱情，而這些正是我在尋找的特質。而且妳是個說書人。」
「那又有什麼關係？」
「那就表示妳跟我們的興趣領域很投合。」
「藝文慈善，對吧？我原本以為藝文慈善機構不會給人這麼強烈的秘密會社感。」
「那個慈善機構只是個偽裝，妳明明知道，」女士說，「妳相信魔法嗎？霍金斯小姐？」

「是亞瑟・C・克拉克[43]『足夠先進的科技與魔法無法二分』的那種魔法，或者是『真正的魔法』魔法？」

「妳相信神秘的、奇異的、不可能的或不可思議的事物嗎？其他人斥之為夢境和想像的事物，妳相信它們實際上存在嗎？妳相信童話嗎？」

我感覺胃部陡然一沉，往下落到腳邊，因為我一直是個相信童話的孩子，但我不知如何是好，因為我不再是孩子了。我都二十幾歲了，明明人在雞尾酒吧裡，卻老覺得自己年紀不夠大到能喝酒，所以我說：「我不知道。」

「妳知道，」女士說，再次啜著自己的雞尾酒，「妳只是不知道該怎麼承認。」

我當時可能對她擺了個鬼臉，但我不記得了。

我問她想從我這裡得到什麼。

「我要妳跟我離開這個地方，再也不回來。妳會把自己原本的生活和姓名拋在腦後。妳會幫忙我保護一個大多人不相信存在的地方。妳會有個目標。而且總有一天我會帶妳到那個地方去。」

「其實我不是那種相信**總有一天**的小妞，抱歉。」

「不是嗎？妳明明躲在學術殿堂裡，逃避現實世界。」

我想，即使她說得沒錯，來這招也太卑鄙了，可是到了那時她已經惹毛我了，於是我說：「喂，要是妳有個童話故事地方可以去，幹嘛在酒吧後頭跟我閒扯？」

她給我一個詭異的表情，我不知道是因為我說了喂，還是因為別的。她停下來思索這句話，比起我說過的大多事情都想得更久。可是接著她只是從口袋掏出名片，滑過桌面朝我送來。

上頭寫著**收藏者俱樂部**。

上面有個電話號碼。

底部有一把小小的劍。

真心告白：我有點受到吸引。我是說，有個女性長輩想提供童話執法工作給妳，彷彿她是奇幻之地的警察，這種事有多常見？可是就是有什麼不大對勁，我喜歡我的名字，而且她迴避關於薩的問題，讓我覺得心煩。

「薩克里接受了妳的工作，還是說，他是那個燒了妳俱樂部房子的傢伙？」我問，想說不是前者就是後者。從她臉上的神情看來，是後者。那抹假笑又回來了。

「我可以跟妳說妳想知道的很多事情，可是首先妳得接受我的條件。這裡沒什麼值得妳留戀的東西。妳不好奇嗎？」

我很好奇，我超級好奇的。我好奇到無以復加。我考慮跟她說，如果她能讓我跟薩談談，或是能證明他還活著，我會考慮看看，但我覺得她不是那種可以討價還價的類型。要是我現在不跟著這位女士走，我永遠都不會再見到她。

「還是不要好了。」我告訴她。她一臉大失所望，然後再次打起精神。

「我說什麼才能讓妳改變主意？」她問。

「妳的眼睛怎麼了？」我問，雖然我知道不管她說什麼，都無法改變任何事情。

我問這個問題所招來的笑容是真誠的。

「從前從前，我為了得到看見的能力，獻出了一隻眼睛。」她說，「妳一定知道魔法需要獻祭，多年來我可以看見整個故事。那種能力在這裡無法運作，因為我後來作了個決定，此後只能看到此刻的朦朧版本。有時候我想念那種清晰度，但話說回來，那就需要**獻祭**。」

43. Arthur C. Clarke（一九一七～二〇〇八）英國作家和發明家，以撰寫科幻小說聞名，最知名的科幻小說作品是《2001太空漫遊》。

我幾乎相信她了。我盯著她看，那隻霧濛濛的藍眼回盯著我，反射了我們上方那種復古燈泡的光線，那完全不是白內障，而是迴旋的暴風雨天空，清澈無比。一聲閃電劈啪閃掠而過。

我飲盡剩下的側車，以黏答答的遲鈍雙手，抓起書本、袋子和外套，站起身，將書本舉到額頭那裡，向她敬個禮。

我拿起桌上的名片。

然後匆匆撤離那個地方。

「我很失望，霍金斯小姐。」我跨步離開的時候，她說。我並沒有回頭，聽不到她接著說了什麼，可是我知道是什麼。

「我們會好好盯著妳的。」

占卜師的兒子死了。

他的世界是安靜到不可思議的黑暗，空蕩蕩且無形無狀。

無形黑暗裡的某處有個聲音。

哈囉，羅林斯先生。

那個聲音聽起來非常、非常遙遠。

哈囉。哈囉。哈囉。

薩克里什麼都感覺不到，連腳下的地面都無法。其實他連自己的腳都感覺不到。只有空無、遙遠至極的聲音，別無其他。

接著事情改變了。

就像清醒過來，不記得自己曾經睡著，但並不是漸進式的，他的意識驟然且震撼地恢復過來，他的存在懸浮於詫異當中。

他回到了自己的身體裡，或者說回到了他身體的一個版本裡。他躺在地上，穿著睡衣長褲、赤著腳、披著他依然認為屬於賽門的外套，不過這件外套和外套的死後版本都知道自己屬於將它們穿在身上的這個人。

他的胸口有個烙印不久的鑰匙記號，但是沒有傷口、不見鮮血。

他也沒有心跳。

可是，讓他毫無疑問地確認自己真的死了的，就是他的眼鏡已經不見，但眼前的一切依然清晰無比。

薩克里對於死後的想像一向很多元，從空無到輪迴到自我創造的無限宇宙，但最後總是回到徒勞的臆測，推想等自己死了自然就會知道。

現在他死了，躺在海岸上，這裡很像他真正送命的那片海岸，只是不一樣，但他氣憤難平，尚未注意到其中的差異。

他試著回想發生什麼事，而記憶清楚得令人痛苦。

朵里安回到他身邊，在眼前。就那麼一刻，他找到了自己苦苦尋覓的東西，但接著故事並未照著該有的方式發展。

他認為自己終於（**終於**）得到了那個吻以及更多，他在腦海裡重播最後那幾刻，巴不得自己當時知道那是最後幾刻，而即使他事先知道，他現在也不曉得自己會怎麼做，如果他當初有時間反應的話。

那絕對是朵里安，在無星之海的海岸上。也許朵里安不覺得是他。在雪地裡，他起初也不認為那是朵里安本人。要是他自己，他也會舉劍自衛，只是這一回朵里安確實知道怎麼使劍。

感覺彷彿所有的片段全都拼湊到位，帶來了這一刻，而當中有一半的片段是他自己填放進去的。

他很氣自己，有那麼多事情是他做了以及沒做的，他浪費了那麼多時間等待自己的人生開場，而現在卻結束了，接著浮現另一個想法，頓時對某人湧現清晰強烈的怒火。

薩克里站起身來，對著命運放聲尖叫，但命運並未回應。

命運不住這裡。

什麼都不住這裡。

你之所以在這裡，是因為我需要你做一件我辦不到的事。

那是米拉貝說過的話，在電梯砸毀之後，在其他一切發生之前。

她需要他死去。

她明明知道。

她一直都知道會發生這種事。

薩克里試著再尖叫一次，但他不忍心。

他改為嘆氣。

這不公平。他幾乎還沒開始。他應該在自己故事的一半，而不是在結局，或不管這是什麼死後的尾聲。

他什麼都還沒做，什麼都還沒成就。有嗎？他不知道。他找到了迷失在時間裡的男人，也或許他自己成了一個迷失在時間裡的男人。他抵達了無星之海，找到了他所尋覓的，然後再度失去，就在一口氣之間。

他試著判定，打從這一切開始以來，自己是否有所改變，因為那不正是重點所在嗎？他的感受跟先前不同，但是赤著腳站在海岸上，沒了心跳，他無法在自己的內心比較「感覺不同」跟「已經改變」。

一片海岸。

薩克里向外眺望海洋。這不是他幾分鐘之前（是幾分鐘嗎？）駐足的海岸。這片海岸跟之前那片近似，包括他背後的懸崖，可是當中有差異。

這片海岸上有艘船。是一艘槳划小船，船槳整齊地靠在椅板上，一半船身在海裡，一半船身在岸上。

等著他。

船四周的海很藍，藍得明亮又不自然。

薩克里將一根腳趾探進那片藍裡，海水顫動。

原來是彩色碎紙。這些彩色碎紙由各種色調的藍、綠和紫構成，以邊緣的白色作為浪花。它從岸邊往遠處延伸，其中混雜著長條飾帶，佯裝為海濤的長紙捲。

薩克里仰頭望著聳立於背後懸崖上的建物，無疑是座城堡，雖說是以彩繪厚紙板打造而成。他從這裡可以看出那只是個立面，是兩堵有窗戶的牆，缺乏結構和立體感。是將城堡的念頭彩繪並豎立起來，好從比這裡更遠的地方瞞過人眼。

城堡再過去則是星辰：巨大的摺紙星辰懸在消失於黑暗中的細線上。懸在半空的流星掃到一半，行星位處的高度各不相同，有的有行星環、有的沒有。一整個宇宙。

薩克里轉身，視線越過紙海，向外遠眺。

海的對面有個城市。

這座城市亮著閃閃爍爍的燈火。

他之前蹣跚穿越的情緒風暴停息了，出乎意料地由平靜所取代。

薩克里往下看著那艘船。他拿起一把船槳，輕歸輕，但握在手裡很扎實。

他將船往外推向紙海，船繼續浮著，碎紙海隨之移動旋轉。

薩克里再次望向海對面的城市。

他的追索顯然還未結束。

時候未到。

連在死亡裡，命運都還沒跟他完全了斷。

薩克里・艾思拉・羅林斯踏進船裡，動手划了起來。

凱崔娜·霍金斯的秘密日記摘文

嗨，筆記本，有一陣子沒見了。

一切都變得有點安靜。我在酒吧碰到那個女士之後不知道如何是好，整個人疑神疑鬼了好久，連寫個東西或談什麼都不敢，索性埋頭苦幹。轉眼時間過去了，什麼事也沒發生，現在都夏天了。

唔，倒是發生了一件事，我當時並沒記下來。有人給了我一把鑰匙，放在我校園的信箱。是一把笨重的銅製鑰匙，但頂端的造型像一根羽毛，所以看起來像一支鵝毛筆，尾端是匙齒，而不是筆尖。上頭用細線繫了個標籤，就像老式的包裹標籤，上頭寫著**給凱特，等時間到來**。我原本以為有人邀我參與他的論文計畫，但之後卻無消無息。鑰匙還在我手上，我把它套進我的鑰匙圈（從頂端的羽毛環圈穿過去），標籤留著沒動。我想我還在等時間到來。

我以為在酒吧碰到的那位女士會再回來。我想那次的感覺就像拒絕召喚，但我又不是參與了什麼英雄旅程[44]。感覺我當時作的決定並沒有錯，可是你也知道，事後難免會東想西想。要是當初接受了，後來已經發生什麼事了呢？

那就是我開始進行的東西，雖說事前毫無計畫。我有好一陣子完全放著工作沒碰，我不知道自己想做什麼，不知道自己到底想要什麼。所以我一直在想，我想要什麼，然後再三回到以

44. 英雄旅程是人類學者和神話學者經常探索、常見的故事結構，比方說心理學我開始認為家奧托·蘭克與比較神話學者喬瑟夫·坎伯。拒絕召喚就是當英雄接到歷險旅程的召喚時，出於憂慮和沒安全感而不願離開平凡的世界而踏上旅程。

電玩形式述說故事。我開始認為，如果這一切是個遊戲，可能是個發展到一半，還滿像樣的遊戲。裡面的元素有間諜電影、童話、選擇自己的歷險。史詩般的樹狀敘事，不屬於固定類別，也沒有既定路線；會轉變成不同的故事，但全是同一則故事。我在其中嘗試一般可以在遊戲裡進行，但無法在書本裡做的事。試圖捕捉更多故事。書本是用紙張做成的，但故事是一棵樹。

你在酒吧裡遇到某人，你跟著他們走或不。

你打開一扇門，或不。

不管哪一種，重點都是：接下來會如何？

我用了多到荒唐的筆記本，裡面寫滿了各種可能性，但總算有點眉目。

在現實生活中，接下來發生的事是我找到了喬瑟琳．奇汀，算是。

我找到了西蒙．奇汀。

幾個月前，我請託倫敦的朋友普莉緹，如果方便的話，替我做點跟奇汀基金會有關的圖書館偵察工作。不過後來遲遲沒有回音，所以我以為她毫無所獲，但昨天她傳簡訊給我，說她找到了些東西，問我是不是還想要。

她可能以為我瘋了，因為我給了她全新的電子郵址，要她一把所有東西寄給我以後，立刻發簡訊過來，這樣我可以隨即列印出來並刪除那封郵件，我也要求她在寄出之後立刻刪除。希望這樣做就夠了。就跟你說過了：我疑神疑鬼。

顯然以前有這麼一個「非官方的」英國圖書館會社。大部分成員都是無法加入正規學會的人，當中有不少女士，但並非全都是女性。

這些人感覺都是些狠角色，以書蟲的角度來說。

看起來像是個地下會社，所以紀錄並不多。

可是倫敦某家私人圖書館有兩三個檔案，有人找了出來，試著挖掘更多資訊，看看是否足以寫成文章或撰書或什麼的，但一直沒能從中找到分量夠多的東西。

所以沒有真正的紀錄說有個正式團體，但有些筆記本的殘篇和幾張照片。褪色的深褐色影像，有人戴著不可思議的帽子和闊領帶，拍攝背景都是美麗的書架，就是籠子形的那種書架，一切看起來珍貴、華麗，給人偽裝成秘密通道的感覺。

那些筆記本的殘片有些無法辨讀，我讀了一些掃描檔的列印版，不過以下是我讀得懂的部分：

……另外三座城市裡有記錄在案的門，A.還沒從江戶回報。等待回覆。錯失了跟……聯絡的機會。

……懷疑我們處於輪迴之間。我們如同前輩那樣秉持耐性，我們擔憂諸多的後繼者也會持續如此。我們會竭盡全力推動已經啟動的事物。

……在下方度過更多時間。房間完成了，看來頗為實用。現在一切都憑靠信心。有些討論說為了安全想將檔案分散各地，J.已經把不少文件都搬往小木屋去……

就這樣。剩下的資料褪色到無法判讀，或只是不完整的編號。我不知道是什麼意思。如果秘密會社行事不這麼隱密，事情會比較簡單。還有別的片段提到六扇門和存在於「時間之外」的地方裡的地方，還有「最後的輪迴轉世」，我不知道，有點葛札爾[45]崇拜的感覺。[46]

然後有那些照片。

45. Gozer典故出自蘇美文化的毀滅之神，在一九八四年上映的超自然喜劇電影《魔鬼剋星》（Ghostbusters）裡則是抓鬼特攻隊的死敵。

46. 在前後這幾個段落裡，A是艾蕾格拉的名字首字母，J是喬瑟琳的名字首字母。K則是奇汀這個姓氏的首字母。

其中一張是個坐在桌邊的金髮女士，沒看鏡頭。垂著腦袋，頭髮往上梳高，正在看書。她戴著一條可能是心形的項鍊，我看不出來。也看不出她年紀多大。

背後寫著西蒙·K。有個日期，但褪到只能勉強看出1和8，後面可能是6或5，看不出來。普莉緹說，上頭沒有其他標示，但猜可能是一八六〇年。這些日誌片段不可能比那個年代晚多少，要不然會稱為東京而不是江戶。

另外有張團體照。超級模糊。十三個人站在書架前方，有些人站著、有些人坐著，神情都一副他們寧可去看書的樣子。我知道以前老派攝影得站著不動老半天，可是這群人看起來特別不安。其中一個女士抽著菸斗。沒人的影像清楚聚焦，況且那張照片的頂端和一側受到水害。

可是其中一個名字手寫在背面：J.S.Keating[47]。唔，可以讀出J和A，接著要不是K就是H，然後還有個ing。

如果那些名字按照順序寫，她就是照片裡從右邊數來第二個、站著的那位金髮女士，轉身對著照片盡頭的那個人說話，後者因為水害幾乎隱去蹤影。看不出寫在背後的全名，但開頭是A.。這位女士跟那張西蒙裡的照片是同一人。

姓名清單下方寫著：貓頭鷹的會面。

占卜師的兒子划著船橫越紙張做成的海洋。

他後方海岸上的建物此時看起來就像紙製城堡。上層窗戶發著光。一條龍的影子繞住最高的塔樓。

船槳插入碎紙和飾帶之中，攪出有藍有綠的閃動水光，雖說這裡並沒有天空可以映出這樣的色彩。

薩克里望著天空原本應在的空間，納悶上頭那裡的某處是不是有人正在改動這個宇宙。划動一艘小船越過海洋，從這樣遙遠的距離。看來一定微不足道。只是一個大上多倍的畫面裡的微小動靜。

但置身於下面這邊的海洋中心，感覺放大許多。

抵達海洋對面的城市，花的時間遠超過他預期。

天際線上燈火繁多，但薩克里朝著最亮的划去。

他越駛越近，看出是座燈塔。

他靠得更近時，可以看出那座燈塔是用酒瓶想像出來的，瓶頸插了根在燃燒的蠟燭。

這城市是那座城堡與它那條龍的相反，城堡與龍看著城市的形狀化為四周有彩繪山脈環繞的建築與塔樓，然後進一步化為最初用來建構它們的物體。

小船四周的碎紙將他迎向岸上。

47. 就是喬瑟琳・西蒙・奇汀。

薩克里將船拉到海灘上，免得海再次將船帶走。

岸上布滿了沙，每顆沙粒都很巨大，但只有薄薄一層。下方是扎實的表面。薩克里將那艘船附近的一區沙粒撥開，露出底下拋光的桃花心木桌面，世界的這個部分正棲身於桌上，沙粒和時間磨掉了桌面原本的光澤。

他從海灘走到綠色紙草上。他現在知道自己身在何方，即使他並不明白自己為何在此。他更加深入娃娃宇宙，這裡是他向來渴望親眼一見的所在，雖說他從未想像以這個視角來觀看。海灘沿途有懸崖、洞窟和藏寶箱，還有更多有待探索的東西，但薩克里知道自己要往哪裡去。他往內陸走，紙草在他的赤腳下發出脆響。

他路過一座倒塌的聖殿遺跡和白雪覆蓋的客棧，紙雪花遍撒在綠意盎然的紙草地上。他越過一座鑰匙打造的橋以及一片長滿書頁紙花的牧草地。他沒停下腳步閱讀那些紙花。這個世界有些部分顯露出原本的樣貌：紙張、鈕釦、酒瓶；其他部分則是完美的縮小版複製品。

從遠處看來，它們就像原本要呈現的東西，但等薩克里走得更近時，就會發現質感都不對勁。人造感暴露了出來。

農舍四周是假裝為綿羊的一顆顆棉球。

他上方的摺紙鳥兒在細線上撲動，懸掛著但並未飛翔。

薩克里持續走著，建物出現得越來越頻繁。他繞過街道，空間裡林立著厚紙板高樓，上頭畫有間隔不一的窗戶線條。他路過一間飯店，穿過一條掛滿燈籠和橫幅裝飾的巷道，為了不會發生的節慶而張燈結彩。

這座城市變成了更小的鎮。薩克里穿過兩側都是建築的主街。商店、餐廳、雞尾酒吧。另有一間郵局、酒館和圖書館。

有些建築已經倒塌。有的建築則以膠帶和膠水重建。修飾過也擴增過，但感覺空蕩蕩的，連裡頭有人影佇立的那些也是，人影茫然地望出窗外或是望進酒杯裡。

這是某個世界的概念，沒有任何東西將生命吹入其中。

是沒有故事的片段。

不是真實的。薩克里胸口裡的空洞因渴望真實的東西而疼痛。

他路過一個娃娃，面朝下倒在街道中央，穿著縫線過於粗大的訂製套裝。

薩克里試著拉它起來，但瓷料裂開，娃娃的手臂斷去，於是他任它繼續倒著，逕自往前走。

山丘頂端有棟房子俯瞰著這個城鎮。

房子有個大前廊，還有許多潆著琥珀色的窗戶。屋頂上有個圍著柵欄的平臺，可以欣賞海景。如果有人站在那裡，可以看到他走來，但是陽臺目前空無一人。

它看起來比這世界的其他部分更真實。

以紙張、膠水和隨手找到的物件，在房子四周建造而成的世界。

他可以看到娃娃屋側面的鉸鏈，鎖頭讓娃娃屋的立面固定在原位。

屋門兩側的燈籠亮著。

薩克里登上通往娃娃屋前廊的階梯。

有種低鳴的聲響。嗡嗡嗡。

門開著。

有人預料他會來。

門上掛著告示，上頭寫著：

認識自己，學習受苦

嗡嗡聲越來越響，以倍數增加，變成急促的噪音，最後化成文字。
哈囉哈囉哈囉哈囉哈囉哈囉哈囉。
哈囉羅林斯先生你終於來了哈囉哈囉。
哈囉。

凱崔娜・霍金斯的秘密日記摘文

這次隔了更久時間才又見面，筆記本。我剛重讀之前寫的內容，因為我不記得之前寫到哪裡。

明明是自己寫下來的思緒，卻想不起來，真詭異。之前的那個凱特，有時候感覺只是我在街上錯身而過的人。

我一直沒查出喬瑟琳・奇汀的任何事情。我依然不記得自己以前在哪裡聽過貓頭鷹王，也還是不曉得那把鑰匙的用途。偶爾在圖書館會看到有人在監視我，把我嚇個半死，實在不怎麼有趣。

我有睡眠障礙。

薩依然下落不明。

已經一年多了。

我跟薩的媽常打電話互找不到，他的東西都在我這邊，從大學倉儲拿出來，裝箱放在我公寓。我一直跟他媽說，我會載過去給她，可是她堅持要我等到五月畢業之後再說。我哪有資格跟占卜師爭呢？況且，薩對書的品味絕佳，所以現在我身邊有一堆閱讀材料。

我已經不再跟人講話了，我知道我應該要，可是很難。我之前跟一個在Adjective Noun當酒保的傢伙約會了一陣子，他人滿好的，但是我有點任由關係無疾而終。他傳了個簡訊我沒回，就再也沒有他的音訊，現在我到那裡去喝酒，他就只是個對我態度還不錯的一般酒保，滿詭異的，彷彿我們的關係都是我想像出來的，實際上沒發生過。

就像那張照片。我沒在這裡寫過那件事，可是幾個月前我在網路上找到那場慈善化裝舞會的一張照片。那裡有一組影像，其中一張合照裡有個一身白色長禮服、頭戴王冠的女人，還有一個穿西裝的男人，兩人看起來要不是剛剛停下舞步，不然就是正要開始共舞。他們看起來互相認識。兩人都沒看鏡頭。她將手搭在他的心口上。

我不認得那個女人，但那傢伙是薩。有鏡頭光暈，女人的影像更為清晰，但男人絕對是他沒錯。他戴著我的那副面具。

那張照片沒有標題。

我試著下載更大的影像，以便儲存那個檔案，螢幕卻跳出該頁面不存在的錯誤訊息，我回到幾組影像仔細尋覓，那張照片卻已經不見了。

我的腦海裡可以看見那個影像，可是近來我一直無法確定是不是自己想像出來的。是不是看到了自己想看到的東西或之類的。

不久之後我刪除了所有的社群媒體，關閉了部落格。除了實驗失敗的無麩質酥皮點心之外，我也不再烘焙了。

不過我試著保持忙碌。

我的「無盡可能的筆記本」變成了我的畢業論文，可能還不只如此，所以我來到曼哈頓開會（現在還在這邊，明天回佛蒙特），我在這裡的第二天就接到了未知號碼傳來的簡訊。

哈囉，凱特。聯合廣場的東北角，下午一點。

下面的圖示是蜜蜂、鑰匙和劍。

我去了，我當然會去了。

當時聯合廣場舉辦了農夫市集，整個地方熱鬧得不得了，我花了點時間才找到站的地方，不知道自己該要尋找什麼，所以我推想有人在找我。當然了，依照匿名簡訊的指示行動還滿危險的，可是在擁擠街道的中央感覺還算安全，好吧，怎樣都行。我就是好奇。

我到場三分鐘左右，電話就嗡嗡響起，又接到一則簡訊。

往上看。

我往上看，花了點時間才看出有個女生站在超大型的巴諾書店樓上窗戶那裡，往下俯視著我，舉起一手彷彿要揮動，但並沒有。她另一手握著手機，一見我在看她，就開始在手機上打字。

我認出她了。薩失蹤前後，她來上過我的課一次，可是那年的一月過後就沒再看到她。她愛織毛線，幫我把金探子圖樣弄得更完美。我們兩個針對重疊敘事，以及單一故事都不是整體故事，有過一場頗酷的對話。她叫莎拉什麼的。

她當時在場，我一直沒想到她。一次也沒有。

我隔壁的公共電話響了起來。真的。我從沒想到那種東西真的能用，我在心裡早已把它們劃歸為懷舊的街頭藝術物件。

又一則簡訊讓我的手機嗡嗡響。**接電話**。我再次抬頭望去。她有兩支手機，一支貼在耳邊，用另一支打簡訊。想也知道。手機再怎麼多都不夠。

我附近的人開始用奇怪的眼光打量我。我站得離那個公共電話太近，沒有其他人能接。

於是我接了起來。

「我猜妳不叫莎拉。」我一把話筒貼上耳朵時就說。

「對。」她說，嘴唇在窗前先動了，一秒之後聲音才從話筒傳來。她停頓了好久，但一直留在線上。我們只是站在那裡互望。她有種近乎悲傷的詭異笑容。

「她邀妳加入我們，而妳拒絕了，對吧？」

我不需要問她指的是誰或什麼。

「我決定讓選項保持開放。」我說。

「妳很聰明。」

她語氣苦澀。我等著她說別的。農夫市集的一個帳篷裡有人在賣曼哈頓屋頂蜂蜜，我分了神，忖度都會蜜蜂和鄉間蜜蜂比較起來不知如何，擔心曼哈頓的蜜蜂沒有足夠的花朵可以採蜜。

「我想要歸屬於什麼，妳懂嗎？」不叫莎拉的人說，但她沒等我回答，「有分量的什麼。我想做點能發揮效用的什麼，特別……特別的什麼。管理階層解散了整個組織，我們全被遣退了。沒人知道發生了什麼事。我現在不知道該做什麼。」

我說：「對妳來說感覺是滿慘的沒錯。」這樣說有點惡劣，即使狀況聽起來真的有點慘。她平心接受了。

「我知道狀況對妳來說很難熬，」她說，「我不希望妳一直處在緊繃狀態。我想讓妳知道，再也沒人監視妳了。」

「妳原本在監視我？」

她聳聳肩。

「妳原本應該保護的那個地方怎麼了？」我問。

「我不知道，我從來沒去過，也許已經不見了。我甚至不知道它到底存不存在。」

「妳為什麼沒去找？」我問她。

「因為當初我簽過一份協議，說如果我去找那個地方，他們可以除掉我。他們資遣我、給我新身分時，向我耳提面命說，那個條款照樣有效。要是他們知道我現在在跟妳講話，肯定會殺了我。」

「真的假的？」我問，因為這種事也太扯了。

「全都是真的，」她說，「他們討論過要除掉妳，但判定這樣做太冒險，怕有更多人投入調查羅林斯的案子。」

「薩克里在哪裡？」我問，接著有點希望自己沒問，免得她確認他死了，因為不管我怎麼想，我都已經習慣了存在於不知真相之中的一絲小小希望。

「我不知道。」她飛快地說，語氣更驚慌。她望向背後，「我……我不知道。我只知道現在都結束了，想說應該讓妳知道一下。」

我想她希望我說謝謝，但我並沒有。

我說：「誰是貓頭鷹王？」

她掛斷了電話。

她從窗戶轉開身子走遠，深入書店裡。

我知道我沒辦法找到她。要在曼哈頓中央的五層樓書店裡銷聲匿跡，還滿容易的。

我又發簡訊給那個號碼，但顯示發送失敗。

我不知道該怎麼開始尋找那個或許甚至不存在的地方

占卜師的兒子站在實物大小的娃娃屋門口，那裡塞滿了比實物還大的蜂巢，大小如車輛的蜜蜂盤據於內。蜜蜂們爬下階梯、越過窗戶和天花板，攀過了手扶椅、沙發與枝形吊燈。

薩克里的四周全是嗡嗡作響的蜜蜂，全因他的到來而興高采烈。

哈囉哈囉羅林斯先生謝謝你登門造訪已經有好久好久沒人來拜訪我們我們一直在等待。

「哈囉？」薩克里回答，原本不打算說成問句，但這確實是個提問。他走進娃娃屋時滿腹都是疑問。他一踏進門廳，雙腳便陷入淌滿地板的蜂蜜裡。

哈囉羅林斯先生哈囉哈囉哈囉。

巨型蜜蜂四處攢動，穿越包覆在蜂巢裡的房間，在樓梯上上下下，在房間與房間之間竄飛，忙著張羅自己的事務，不管牠們在忙些什麼。

「怎麼……你們怎麼會知道我的名字？」薩克里問。

有人跟我們說過很多次薩克里・艾思拉・羅林斯先生。

「這是什麼？」他問，往屋子深處走，每一步都慢吞吞、黏呼呼。

這是個娃娃屋給娃娃的屋子用來保存故事的屋子這屋子無法完全容納這個故事這屋子無法容納大部分的故事大部分的故事都更大這個故事非常大。

「我為什麼在這裡？」

你之所以在這裡是因為你死了所以現在你在這裡介於地方之間也因為你是鑰匙她說等該結束的時候會送來一把鑰匙好在故事結束時將故事鎖起來而你來了。

薩克里低頭看看胸口那個鑰匙形狀的傷疤。

「是誰跟你們說的？」他問。他明知故問。

故事雕刻師，傳來嗡嗡響的回答，出乎薩克里的意料，**就是雕刻這個故事的人有時候她在故事裡有時候她不在有時候她是片段有時候她是個人她很久以前跟我們說過你會來我們在這裡等你等了好久好久羅林斯先生。**

「等我？」

是的羅林斯先生你把故事帶到這裡來謝謝你謝謝你故事已經很久沒來這邊我們沒辦法鎖住從我們身邊遊蕩到那麼遙遠的一個海港故事我們通常往上往上往上走這一回我們往下往下往下行我們往下來到這裡等待現在我們跟故事一起在這裡你想來杯茶嗎？

「不了，謝謝。」薩克里說。他瞥著前廳一座滴著蜂蜜的老爺鐘，富裝飾性的表面描寫搭乘小船的貓頭鷹和貓咪，指針停頓在午夜之前的一分鐘。「我要怎麼離開這裡？」他問。

不能出去只能進來。

「唔，那麼接下來會如何？」

沒有接下來這裡沒有這就是終結你不知道終結的意思嗎？

「我知道終結的意思。」薩克里說。他之前感受到的平靜消失了，由嗡嗡低鳴的煩亂不安所取代，他無法分辨來自蜜蜂本身，或是別的地方。

你還好嗎羅林斯先生怎麼了你應該要高興才對啊你喜歡這個故事你喜歡我們你是我們的鑰匙你是我們的朋友你愛我們你自己說過。

「我沒說過。」

你說過你說過在我們給你杯子蛋糕的時候。

薩克里想起自己以鋼筆將永恆的忠誠寫在紙上，透過送餐升降機往下送，感覺是許久以前、無比遙遠的往事。

「原來你們就是廚房。」他說，意識到他之前已經跟蜜蜂有過多次對話，雖說牠們透過書寫表達得更好。

在那個地方我們是廚房但在這裡我們是我們。

「你們是蜜蜂。」

我們喜歡蜜蜂。你想來個提神的茶點嗎我們可以把蜂蜜變成任何東西任何東西只要你想像得出來的東西我們對這件事很拿手我們有過很多練習我們可以給你杯子蛋糕的概念它嘗起來會非常逼真就跟真的蛋糕一樣只是比較小。你想來個杯子蛋糕嗎？

「不了。」

你想要兩個杯子蛋糕嗎？

「不了。」薩克里重複，音量更大。

我們知道我們知道你會想來杯雞尾酒和杯子蛋糕是的是的那樣會更好。

薩克里還來不及回答，有隻蜜蜂就將他推向一張小桌，上頭現在放了一個杯身結霜的雞尾酒杯，裡頭盛滿了亮檸檬黃的液體，配上裝飾著迷你蜜蜂的小杯子蛋糕。

出於好奇，薩克里拿起杯子小啜一口，以為嘗起來會像蜂蜜

確實如此，但也有熟悉的琴酒和檸檬味。好喝極了，想當然耳。

薩克里將杯子放回桌上。

他嘆口氣，再往房子深處走。有些蜜蜂尾隨著他，喃喃說著蛋糕的事。大半家具都淋滿了蜂蜜，但有些尚未沾染。走路時，他的赤腳陷入吸飽蜂蜜的地毯。

前廳後方各有一間客廳、書房和圖書室。

圖書室裡的一張桌上有間娃娃屋。不同於薩克里此刻置身的維多利亞風格的娃娃屋，這個迷你建物以小小磚塊和多扇窗戶構成。看起來像所學校，或者是某種公共圖書館。薩克里從

一扇窗戶往內窺看，那裡沒有娃娃，也沒有家具，但裡頭的牆面上彩繪了畫作。

建築四周有一池蜂蜜宛如護城河。

「這是無星之海的意思嗎？」薩克里問蜜蜂們。

那是下一則故事這則故事現在就要終結鑰匙已經過來要鎖住故事摺起收藏供作閱讀或講述或留在存藏的地方我們不知道它終結以後會發生什麼事我們很高興有人相伴我們在終結時不見得都有同伴。

「我不懂。」

你是鑰匙你帶了終結過來是時候該將故事鎖起並說再見說晚安和道別我們等了你好久好久羅林斯先生我們原本不知道你會是鑰匙我們遇到鑰匙時不見得都能順利辨識出來有時候他們讓我們很意外哈囉意外。

薩克里繼續漫步穿過房子，進入正式的宴會房間，裡頭為不存在的晚宴做好了布置。餐具櫃上方放了個蛋糕，但是缺了一塊，不過沒蛋糕的那個空間填滿了蜂蠟。

他在和廚房相連的**膳務室**裡閒逛。這個原本用來生活的空間現在只有蜜蜂和一個死去的孤身男子。

房子後側是個陽光室，不規則蔓延的窗戶上蒙著蜂蜜。他在這裡找到了一只娃娃。一個女娃娃，是彩繪的瓷器。雖有裂痕但並未斷裂。她坐在椅子裡，雙腿的彎度不大正常，盯著窗外。彷彿等待某人到來，某個會從後花園悄悄溜進來的人。

她手裡有本書。薩克里從她那裡拿來，但那不是真的書，而是以木塊製成的假書，無法翻開。

薩克里望出沾滿蜂蜜的窗戶。他盡可能用手掌抹淨窗面，往外眺望花園，視線越過城市和紙海。這個故事裡有這麼多故事，而他就在這裡，就在這些故事的終點。

「這個故事還不能結束啊。」薩克里對蜜蜂們說。

為什麼羅林斯先生為什麼還不是終局現在故事結束了鑰匙在這裡時候到了。

「命運還欠我一支舞。」

這句話之後響起了難以辨識的低鳴，然後化為了言語。

噢噢噢嗯我們不知道她為什麼會那樣我們不見得都明白她的行事方式你想跟她講講話嗎羅林斯先生我們可以替你打造一個跟故事雕刻師對話的地方在這個故事裡的一個所在你可以在當中跟她對話她也可以跟你說話我們自己沒辦法跟她對話因為她現在沒死可是我們可以打造一個對談或跳舞的處所我們很會替故事所打造處時間所剩不多了不會持續很久可是我們辦得到如果你想要的話你想要嗎？

「是的，我想要，麻煩了。」薩克里說，等候期間，持續望著窗外的那個世界，手裡捧著那個未完成的書本概念。

蜜蜂開始在這個空間裡打造一個空間的故事。一個娃娃屋裡的新房間。牠們一面工作、一面發出低鳴。

凱崔娜．霍金斯的秘密日記摘文

我想起我當初在哪裡聽到貓頭鷹王的事了。

我不知道我為什麼花這麼久時間才想起來。

兩三年前我參加過一場派對，也許是薩失蹤之前的幾個月，我不記得了。我想是在夏天。一定是夏天，因為我記得溼氣和蚊子和夜間的熱霾。就是在朋友的朋友住家舉辦的那種轟趴，事後我也認不出當時的那間房子，也指認不出朋友的朋友，因為在那種光線裡所有的房子都混雜了藍色、灰色和棕色，而且在那些街道上，房子看起來都一模一樣，彼此難以區分，有時候連朋友的朋友也是如此。

這間房子後頭的戶外掛了滿酷的串燈。就是有正式燈泡的那種堅實耐用的經典串燈，看起來彷彿從某家法式咖啡館借來。

我當時出去透個氣或什麼的。我不記得我為什麼在室外。只記得自己在院子裡仰望天空，試著回想星座的位置，雖說我只能看出獵戶座。

我獨自一人在屋外。也許空氣太潮溼，或者蟲子太多，或是時間晚到沒剩多少人，大家都在屋子裡。我坐在野餐桌上，只是抬頭盯著宇宙，那張桌子大到跟院子的空間不成比例。

接著有個女孩——不是，是女人。女子。怎樣叫都好。這個女士走出來，拿了杯飲料請我。我想她是碩士生或助理教授，或某人的室友什麼的，但我猜不出她的年紀。比我年紀大點，但不會大很多。

年齡運作的方式還真有趣。有好長一段時間，差一歲事關緊要，然後過了某個時間點，差一歲根本不算什麼。

她給了我一個不透明的塑膠杯，跟我丟在屋裡的那杯一模一樣，可是裡面盛著品質更好的波旁威士忌，加了冰塊。

我接受了，因為有謎樣的女子在星空底下請我喝波旁，非常符合我個人的美學。

她坐在我旁邊，告訴我，如果我們人在電影或小說裡或什麼的，我們就是那個敘事從那場派對之後會持續追蹤的人。我們在哪裡，故事就在那裡；可以像一條線那樣追隨的故事，而不是屋子裡那些彼此重疊的派對故事，那裡有太多情節糾纏在一起，浸泡在廉價的酒精裡，塞進數量不足的房間中。

我記得我們聊到了故事，故事怎樣行得通、怎樣行不通，當你預期人生更像故事，能將所有無聊的細節和日常的東西編輯掉，人生有時感覺卻如此緩慢詭異。就是我和薩以前常聊到的那類東西。

我們談到了童話，她跟我說了個我從沒聽過的，雖說我知道的童話還不少。

是關於隱藏的王國，就像一個聖所，沒人知道它到底在哪裡，可是當你需要的時候就會找到它。

它會在夢境裡呼喚，或是唱起魅惑的歌曲，然後你就會找到一扇魔法門或入口或什麼的。不總是如此，但有時就是會。你必須相信它或需要它，或者運氣夠好，我猜啦。

這讓我想到瑞文戴爾[48]，某個與世隔絕的靜謐地方，可以用來把書好好寫完，可是這個隱藏王國在地底下，而且有個海港，如果我沒記錯的話。可能是這樣吧，因為它位於某個稱作無星之海的地方，我知道那部分我沒記錯，因為那裡絕對是在地底下沒錯，所以才沒有星辰。除非那整個部分是個隱喻。諸如此類的。

我對那個空間的記憶超過伴隨而來的故事，可是我想那個故事有一部分跟這個隱藏王國是個暫時空間有關。還有它注定要終結消失，因為正在消失的精靈王國是廣為人知的概念，而且那個地方有個開端、中間，而且正朝著終局移動，可是接著它卡住了。我想那個故事可能也重新開始了好幾次，可是我不記得了。

那個故事有些部分困在了故事空間的外頭，其他部分則迷途了。有人試著不讓那個故事終結，我想。

可是那個故事想要一個結局。

結局就是賦予故事意義的東西。

我不知道我是否相信這一點。我想這整個故事都有意義，但我也認為，為了要得到擁有故事形狀的完整故事，需要某種解決。甚至不是解決，而是一個可以離開故事的恰當地方。一個道別。

我想最棒的故事感覺起來就像它們還在進行，在某個地方，在故事空間之外。

我記得當時納悶，這個故事是不是一個類比，關於滯留在某地或某段關係或任何情境裡，超過應有的時間，因為大家太害怕放手或往前走或太恐懼未知，或者人們之所以抓著東西不放，是因為他們想念那個東西往昔的樣子，即使那個東西現在不同以往。

或者說，那是我自己從中推論出來的，別人如果聽了同一個故事，可能會看到不同的東西。

可是總之，這個隱藏王國的生命以魔法童話的方式被保存著，而且就像它會對那些需要找到它並從中獲得庇護的人歌唱一樣，它開始對某人低語，要那人過來摧毀它。這個空間找到了自己的漏洞，施展自己的魔咒，這樣它更能得到一個終結。

「有用嗎？」我記得當時問，因為她在那裡停下故事。

48. Rivendell 英國作家托爾金的史詩奇幻小說《魔戒》裡，位於中土大陸迷霧山脈中的精靈據點。

「時候未到，」她說，「可是會的，總有一天。」

之後我們又聊了些別的，可是那個故事不限於此。它有一整組的角色，感覺像是個正式的童話故事。有個騎士，也許？我想他很悲傷？或者有兩個騎士，其中一人心碎了。還有某個像普西芬妮的女士一直反覆離開和回來。有個國王，我之前就記得是個鳥類國王，可是我忘了是哪種鳥，現在我發誓是貓頭鷹。也許吧。可能啦。

可是我忘了它的意思，忘了它在故事裡的含義。

真詭異，我現在竟然能想起這麼多。我記得燈光、星辰、手裡那個不透明的塑膠杯、融化的冰稀釋了我的波旁、從屋裡傳來混雜了大麻跟焚香的氣味。我確實找到了獵戶座。兩輛汽車路過，播放著那年夏天四處都會聽到的歌曲。但我不記得整個故事，不算完整，因為那個故事在敘說的那個時刻，故事本身似乎沒有說書人或星辰那麼重要。那個故事感覺並不平常，不是像不透明塑膠杯或某人的手那樣能讓你掌握的東西。

如果我沒記錯的話。我已經不再能夠確定。至少我確定我記得她。

我記得我們笑個不停，我記得在我們開始聊天以前，我原本為了這個或那個覺得難過或傷心，但之後就不再難過或傷心了。

我記得我有點想吻她，可是我不想毀了當時的氣氛，而且我不想當那種一喝醉就在派對上親每個人的女生，雖然我以前就是那樣。

我記得我希望跟她要手機號碼，可是我並沒有，或者我要到了只是後來弄丟了。

我確實知道的是，我不曾再見到她。要是再見到，也會記得才對。她很辣。

她有一頭粉紅頭髮。

占卜師的兒子在巨型蜜蜂的引導下，在娃娃屋拾階而下，到了原本會是地下室的地方，但那裡現在是個寬闊的宴會廳，由蜂巢築成，金光閃閃、美輪美奐。

準備好了羅林斯先生時間所剩不多可是喏這裡就是那個地方你想要的那個可以跳舞談話的空間故事雕刻師在裡面等你麻煩你代我們向她問候謝謝。

薩克里往下走到宴會廳時，低鳴聲逐漸靜下，被音樂掩蓋過去。是他認得但說不出曲名的爵士經典。

房間裡擠滿了歡舞的幽魂。透明的人影身穿歷久彌新的正式服裝和面具，由亮片和蜂蜜構成，散放著光輝，在拋光的蠟製地板上旋舞，地面布滿六邊形圖案。

這就是蜜蜂所建構出來的舞會概念。感覺並不真實，但令人覺得熟悉。

薩克里走過來的時候，跳舞的人分立兩側讓路給他，接著他便看到她在房間對面。扎實、實在且**在這裡**。

米拉貝看起來就像他初次見到她那樣，打扮成野獸國國王，雖說她現在頂著王冠的頭髮是粉紅色的，而長禮服也添加了裝飾：披垂的白布上頭現在有了幾乎隱形的刺繡，以白線繡出森林、城市、洞窟的圖樣，以蜂巢和雪花串連在一起。

她看起來就像一個童話故事。

薩克里走到米拉貝身邊時，她朝他伸出手，他接受了。

此刻在這個以蠟和金製成的宴會廳裡，薩克里．艾思拉．羅林斯和命運跳起了最後一支舞。

「這全都是我腦海裡的東西嗎？」薩克里問，兩人在金色的人群中旋舞，「這些都是我杜撰出來的嗎？」

「如果是，不管我給你什麼答案，也都會是杜撰的，不是嗎？」米拉貝回答。

薩克里對這番觀察無法給出妥當的回應。

「妳當初就知道會發生什麼事，」他說，「是妳讓這一切發生的。」

「並不是，我將門提供給你，你選擇要不要打開。故事不是我寫的。我只是推著它往不同的方向走。」

「因為妳是故事雕刻師。」

「我只是個在找一把鑰匙的女孩，艾思拉。」

音樂改變，她引領他轉身。他們四周那些金光燦爛的幽魂也在旋轉。

「我不記得所有我死去的情形，」米拉貝說下去，「有些我記得無比清晰，有的人生則彼此混融不清。可是我記得溺死在蜂蜜裡，還有一時之間，被故事悶住快窒息時，我什麼都看見了。我看到了上千個海港，我看見了星辰，我看到了你跟我在故事盡頭的此時此地，可是我不知道我們怎麼才能走到這個地步。你說要找我，不是嗎？因為我沒死，所以其實我不能過來這邊。」

「可是妳……妳不是想去哪裡都可以嗎？」

「不算是。我在一個載體裡。這一次是個不朽的載體，但依然是個載體。也許我又變回跟以前一樣。也許我現在是完全不同的新東西。也許我只是我自己。我不知道。只要有個毫無疑問的真相，就不再有神話。」

一時半刻，兩人默默共舞，薩克里思索著關於真相和神話的事，其他的舞者繞著他們舞動。

「謝謝你找到賽門，」米拉貝在停頓之後說，「你讓他回歸他的道途上。」

「我並沒有——」

「有的。要不是因為你把他帶回故事裡，他還會繼續躲在裡面。現在他在他必須置身的所在。有點像是被找到了。這全是意料不到的，他們千方百計要讓我在時間之外受孕，不曾停下來思考，在那之後我父母會有什麼遭遇，結果所有的事情都變得複雜起來。如果故事當中有幾個部分還迷失在時間裡四處遊走，那個故事是無法結束的。」

「那就是艾蕾格拉希望讓那本書繼續失蹤的原因嗎？還有賽門跟他的手。」

薩克里用眼角餘光瞥了瞥在他們旁邊跳舞的一對男女，那個男人閃閃發亮，一時之間彷佛沒了左手，穿著跟他相似的外套，但是接著那隻左手映出了反光，雖然透明但存在。

「艾蕾格拉看到了結局，」米拉貝說，「她看到了未來乘著翅膀而來，而她千方百計想要阻擋這件事，甚至做出違背自己心意的事。她希望自己可以保存現在，讓她鍾愛的海港維持原狀，可是一切糾纏不分、受到約束。故事一直消逝，蜜蜂往下回到了牠們的起點。牠們追隨這個故事很久，穿過一個又一個海港，可是如果事情不改變，蜜蜂就不再花那麼多心力。為了要再找到蜜蜂們，這個故事必須在更靠近這片海的地方終結。我必須相信總有一天有人會一路跟著那個故事往下行。相信會有個故事將其他故事全都收束起來。」

「對了，蜜蜂們跟妳問候，」薩克里告訴她，「接下來會如何？」

「我不知道接下來會怎樣。」米拉貝回答。「說真的，我不知道。」她補了句，回應薩克里拋給她的表情。「我花了很久時間試著要走到這個點，這個目標感覺比登天還難，我沒多想等在之後的會是什麼。能夠回到起點，這個做法滿好的。我還以為我們不會有機會跳完我們的這支舞，有時候舞就是無法跳完。」

薩克里依然有上千個問題想問，但他只是將米拉貝拉近，將頭靠在她的頸子上。他可以聽見她的心跳，緩慢穩定，與音樂同拍。

現在，除了這個房間、這個女子和這個故事之外，別無其他。他可以感覺故事從這個點往外擴張的方式，透過空間、透過時間，延伸得比他所能想像的都遠，但這就是它跳動、低鳴的心臟。此地、此時。

他再度平靜下來。再次找到他的麥克斯讓他如釋重負，雖然他知道他們各有所屬的對象，但眼前依然有這個房間、這支舞、這個時刻，而這才是重點所在，也許比其他事情都要緊。

四周的牆壁後方傳來低鳴的噪音。舞動的幽魂一個接一個消逝，最後只剩他們兩人。

「我不知道你是否能了解我有多感激，艾思拉，」米拉貝說，「為了一切。」

音樂走走停停，宴會廳開始震動。其中一面牆裂開，蜂蜜從地板滲出來。

時間所剩不多羅林斯先生舞你跳完了故事結束我們真的該走了。

低鳴的警告從他們的四面八方湧來。

「我錯過了，」薩克里說，「我錯過了好多。」他指的其實不是這個故事。

「結束的時候你在。」米拉貝說，這番話並未讓他覺得好過。

「現在如何？」薩克里問，因為突然間**現在**似乎比**接下來**更有意義。

「那不是我能決定的，艾思拉。我說過，事情不是我促成的，我只是提供機會和門。其他人必須打開它們。」

米拉貝伸出手，用手指在蜂巢牆面上描了一條線，又一條，再一條，最後大約有了個門的形狀。

「再會，艾思拉，」米拉貝說，「謝謝你。」

她向他行了個禮。一支舞結束。

「不客氣，麥克斯。」

他也鞠躬回禮，慢慢打直身子，預料等他往上看的時候，她早已失去蹤影，但她卻已經回來，就在他眼前，她吻了他，嘴唇短暫輕盈地掃過他的臉頰，就像離別的禮物。終結之前偷來的一刻，參雜著蜂蜜與必然。

她隨手關上了門，門化入了蠟牆裡，留得薩克里獨自在空無一人、漸次崩塌的宴會廳裡。

該走了羅林斯先生。

「走去哪？」薩克里問，但低鳴聲已經停下。在薩克里腳邊四周迴旋的蜂蜜越漲越高。他走到階梯那裡，往上走進娃娃屋。蜂蜜尾隨著他。

回到娃娃屋時，蜜蜂已經全數撤離。

瓷娃娃從陽光室消失了。

薩克里試著打開前門，但門已被蠟封死。

他登上娃娃屋的階梯，路過無人的娃娃臥房和櫥櫃，最後找到另一段通往閣樓的階梯，梯面因蜂蜜而黏答答，閣樓裡放滿了遭到遺忘的回憶，閣樓裡有一架扶梯，通向屋頂的一扇門。

薩克里將那扇門推開，從娃娃屋頂端爬了出去。他站在有圍欄的平臺上，往外眺望海洋。蜂蜜透過彩色碎紙汩汩往上冒，將藍色的海洋變成金色。

蜜蜂簇擁在他下方的屋頂上，對著他發出低鳴，牠們開始起飛遠離。

再見羅林斯先生謝謝你扮演鑰匙的角色你是一把稱職的鑰匙也是個好人我們祝福你未來諸事順利。

「未來的什麼事？」薩克里對著蜜蜂大喊，但牠們並未回答。牠們飛進了幽暗中，路過行星和星辰的模型，留得薩克里獨自面對海洋的聲響。一等低鳴消失不見，他便開始想念那個聲音。

此刻蜜海漸漸上漲。

蜂蜜淹過了紙草，草和蜜海混而不分。燈塔倒下，燈光熄滅。蜂蜜偷走了海岸，將建築拉倒，態度堅持且不耐。

現在只剩一座海洋，漸漸吞噬了宇宙。

海洋抵達了那棟房子。海浪沖過門口，湧上階梯，娃娃屋的鎖隨之斷裂。房屋立面倒下，蜂巢內部也跟著迸裂。

那艘划槳小船正在飄蕩，距離不足以輕易搆得，但薩克里別無選擇。這個世界正在沉落。人都死了不該會擔驚受怕成這樣。

蜂蜜淹到了他的膝蓋。

這真的是終結了，他心想。這個世界下面沒有別的世界。

這個之後沒有任何東西接續下去。

娃娃屋在他下方往下陷落時，這一切的現實明擺在眼前。

終結來了，薩克里抗拒著。

他靠著圍欄拉自己起身，朝那艘船撲去。他一打滑，落入了蜜海中，蜂蜜像久違的愛人那樣擁住他。

他去抓船的邊緣，但沾滿蜂蜜的手滑得抓不住。

船翻覆了。

這座無星之海將薩克里・艾思拉・羅林斯據為己有。

它將他往下拉，不肯讓他浮上海面。

他喘著想換一口他的肺部並不需要的氣，他周圍的世界四分五裂。

裂開。

有如一顆蛋。

拉愛姆站在一段樓梯的頂階上，這段樓梯曾經可以下行通往宴會廳，目前往下則會進入一片蜂蜜汪洋。

她知道這個故事。她爛熟於胸。字字句句、每個角色、每回轉折。這個故事已經在她耳畔低鳴多年，但聽到是一回事，親眼目睹沉落又是另一回事。

她在心裡想像過千百回，但這不一樣。海更暗沉，浪更兇猛，冒著泡泡，緊緊巴住岩石，將書本、蠟燭、家具跟著往下拉扯，散落的書頁和酒瓶先浮到了海面上，繼而屈服於它們的命運。

在拉愛姆的想像裡，蜂蜜移動的速度總是更慢。

早該走了。時間都超過了，但拉愛姆依然駐足原地，望著潮起潮落，直到蜂蜜漫到了她的腳邊，只有在那時她才轉身，背對汪洋走開，長袍下襬又黏又重。

拉愛姆蜿蜒穿過房間和走廊時，無星之海尾隨著她，緊緊跟在後頭爬行；她走完這最後幾步，身為這地方的最後見證人。

拉愛姆邊走邊對自己低哼，而這片汪洋傾聽著。她在一堵刻了藤蔓、花卉、蜜蜂的牆壁那裡停頓腳步，那堵牆看起來並沒有門，但拉愛姆從口袋裡掏出一只硬幣大小的金屬圓盤，將圓盤上的蜂蜜凸紋嵌進蜜蜂造型的雕刻裡，通往檔案庫的入口為她開啟。

蜂蜜跟在她的腳後，漫進房間，鑽過隱藏的書櫃和橫架。

拉愛姆經過架上的一個空缺，要不是因為很久以前給一隻兔子偷走，那裡原本放著《甜美的憂傷》，還有另一個缺口，這件事相較之下沒那麼久遠，當時她從檔案庫裡抽出《賽門和艾蓮諾的情歌》。

拉愛姆思索，將個人故事的片段提供給當事人，到底算不算欺騙命運，然後自行判定不管怎樣命運可能都不介意。

在那麼久遠的時間裡，有兩本書誤放於他處，看來也不是那麼糟糕的事，拉愛姆心想，抬頭看著書架。那裡有好幾千本書，是這地方的故事。由每位曾經在這些走廊上穿梭的助手前輩們所翻譯和謄寫。裝幀成好幾冊的單一敘事，或是由互有重疊的片段組合起來。

一個地方的故事無法輕易被收整。

此刻的聲音在她腦海裡聽起來奇怪又空洞。拉愛姆可以聽見過往故事的低鳴，雖說低沉又安靜。那些故事一旦被書寫下來，總是很平靜，不管它們是往昔的故事或當前的故事或未來的故事。

最怪的是缺了未來故事的高亢聲響。接下來幾分鐘會發生的事在她耳畔發出單調低鳴——比起她曾經聽過的層層疊疊的故事，都更加微弱——接著悄無聲息。然後這地方就不會再有任何故事要說。過去，她花了好久時間才學會怎麼解讀它們、將它們書寫下來，如此一來，書寫下來的內容就能近似它們在她耳畔開展的樣態，而現在它們幾乎都不見了。她希望不管是誰負責記下這最後幾刻，都能如實呈現，此次內容並非由她書寫，但從它們在她耳畔低鳴的方式，她可以看出它們已經被記錄下來。

拉愛姆最後一次穿過檔案庫，默默告別，任由故事在她周身低鳴，然後她持續往上行。

她開著檔案庫的門不關，讓海進來。

無星之海尾隨拉愛姆登上階梯，穿過走廊和花園，將雕像、回憶還有噢好多好多的書本據為己有。

電燈閃了閃之後滅去，將整個空間拋入黑暗，但有足夠的蠟燭可供拉愛姆辨識方向。她知道自己到時候會需要火焰引導方向，事先點亮了自己必經的路徑。

拉愛姆抵達心的時候，燃燒頭髮的氣味撲面而來。她踏進看守人的辦公室前並未敲門，也沒對他剪短的頭髮或正在壁爐裡焚燒的糾纏髮辮發表意見。串在髮絲間的珍珠燒得焦黑，落入了灰燼當中。

他每在這空間度過一年，就串上一顆珍珠。

他不曾跟拉愛姆提過這件事，但也沒有必要。她知道他的故事。蜜蜂們曾經低聲告訴過她。

看守人的長袍整齊摺好放在椅子上，他現在穿著早已過時的粗花呢西裝，上次穿這套衣服是好一段時間以前的事。他坐在桌前，借著燭光書寫。這一點讓拉愛姆對於一切花了這麼久時間而覺得好過一點，不過她向來知道他們會等到最後一刻才離開。

「貓咪都出去了嗎？」看守人問，沒從筆記本抬頭。

拉愛姆指著桌上的橘貓。

「他一直很固執，」看守人承認，「我們得帶著牠一起走。」

他繼續書寫，拉愛姆旁觀。如果想要，她可以閱讀他振筆疾書的內容，但她知道內容。祈禱、懇求。祝福、渴望、許願與警告。

一如既往，他書寫的對象是米拉貝，她和薩克里在深處的那些年間，他持續書寫，彷彿對她訴說，彷彿她聽得見每個在紙張上成形的文字，有如在她耳畔的低語。

拉愛姆納悶，他是否知道，米拉貝聽得見他，向來聽得見他，往後也永遠都聽得見他，穿越距離、無數個人生以及幾千個翻動的紙頁。

這不是我們故事終結的地方，只是它改變的地方。

看守人擱下筆，合起筆記本。

他抬頭看著拉愛姆。

「妳應該換個打扮。」他說，看著她的長袍和吸飽蜂蜜的鞋子。

拉愛姆解開長袍，褪了下來，下面穿著她最初抵達時的那套服裝：她以前的學校制服，方格裙配上扣領白衫。穿其他東西離開感覺似乎不對，儘管好像將過往的人生穿在身上；襯衫的尺寸現在已經過小，吸飽蜂蜜的鞋子也不得不繼續穿著。

看守人似乎沒注意到逐漸近逼的浪濤，站起來從桌上的酒瓶斟了杯酒。他提議要倒一杯給拉愛姆，但她婉拒了。

「別慌。」看守人對拉愛姆說。他看著她望著海。「全都在這裡，」他邊說邊將一根指尖抵在拉愛姆的額頭上，「記得釋放出去。」

看守人將自己的鋼筆遞給她。拉愛姆對著筆微笑，收進了裙子口袋。

看守人再一次環顧辦公室，但除了那杯酒之外，什麼都沒拿。兩人相偕走進下一個房間，橘貓跟了上去。

「這個可以麻煩幫我一下嗎？」看守人問，把酒放在架子上，兩人合力將薩克里和朵里安的大幅畫作移到一旁，露出嵌在後方石牆的那扇門。

「我們該去哪裡？」看守人問。

拉愛姆遲疑片刻，望著那扇門，然後回頭張望。海已經湧進辦公室，沖刷著辦公桌和蠟燭，將那把一直擱在角落裡的掃帚推倒。

「需要遵守誓言的時限已經過了。」看守人補充，拉愛姆轉回來面對他。

「如果可以，我想到那裡去。」她說，字字說得仔細緩慢，在她多年不曾用來說話的舌頭上感覺很奇怪，「你不想嗎？」

看守人考慮這個提議。他從西裝口袋裡掏出懷錶，看了看，將指針往這裡那裡轉動一番，然後點了點頭。

「我想我們時間還夠。」他說。

拉愛姆抱起橘貓。

看守人將手搭在門上，門傾聽那隻手的指示。門知道自己該往哪裡開，雖說它可以開向任何地方。

看守人打開門的時候，一波波蜂蜜湧入房裡。

「現在動作快。」他說，將拉愛姆跟貓咪迎進門，往外踏進陰雲遍布的天光之中。

看守人轉身，從架子上舉起酒杯。

「敬尋覓。」他邊說邊向步步進逼的海舉杯。

海並未回答。

看守人鬆手放掉杯子，任酒液濺出，杯子落在腳邊碎了一地，接著舉步離開這座正在沉落的海港，走進了上方的世界。

門關了起來，無星之海往門上猛撞，淹沒了辦公室和後頭的房間。悶熄了壁爐火堆和在其中悶燒的髮辮，滑過了那幅畫，將測量時間的用具與對命運的描寫都拉進它的表面之下。

此時這個曾經是海港的空間，再次化為無星之海的一部分。

它所有的故事都返回了源頭。

遠處上方，在灰濛濛的市區人行道上，看守人打住腳步，望入書店的櫥窗，拉愛姆則往上凝望高樓大廈，橘貓則怒視著無物與一切。

一行人繼續漫步，抵達街角的時候，拉愛姆看看路標，路標告訴她，他們正要離開海灣街，即將轉入國王街。

有隻貓頭鷹停棲在路標上，往下凝望她。

似乎沒有其他人注意到。

許久以來頭一回，拉愛姆不懂這件事的含義。
也不知道接下來會如何。

朵里安坐在石岸上，旁邊就是薩克里的屍體，就在無星之海的邊緣。

他啜泣到麻木無感，現在只是怔怔坐著，不想去看眼前那片不變的景象，但也無法轉頭無視。

他一直想著他在這地方碰上的頭一個幻化為薩克里的東西。他不知道那是多久以前的事，只記得當時自己措手不及，即使已經出現過好幾個艾蕾格拉和假扮成他姊姊的那些更大夢魘。他姊姊在他十七歲時過世。

雪正下著。那一次朵里安只有一時相信那真的是薩克里，而那一刻已經足夠。對那個並非薩克里的東西來說，這一刻也已足夠；那東西為了讓他放下戒心、為了擊潰他，而頂著薩克里的臉。朵里安不記得在那片遍灑鮮血的雪地上，自己如何躲過撲襲而來的利爪，並且迅速取回那把劍，再次站起身來。

月亮曾經警告過，但朵里安不相信有人真的能準備好面對這種感覺：在最幽深的黑暗中，揮劍劈砍所有自己在乎過的一切。

對於接下來出現的所有薩克里，他對付起來毫不遲疑。

他以為等他找到真正的薩克里時，可以辨別出差異。

他錯了。

朵里安一次次在腦海裡重播那一刻，之前那些生物一旦遭到劈擊，原本的偽裝就會旋即消失，由某人或某物或某地所取代，但這個薩克里卻維持原貌不變。接著是他緩慢且可怖的領悟：這一刻和這一刻所含納的一切全都再真實也不過。

之前，一切時時變動不停，令人眼花撩亂，速度快到讓他來不及緩過氣。現在，這一刻卻持續延伸下去，無止無盡、悽慘無比。現在沒有偽裝的城市、沒有縈繞不去的回憶，沒有飄雪。只有又廣又暗的虛空，以及四處散落著船隻與故事殘骸的海岸。

（之前獵殺他的那些在黑暗中蠢動的東西已經逃之夭夭，因為害怕如此的悲慟。）

（只有那隻波斯貓留了下來，蜷縮在他身邊呼嚕著。）

朵里安認為這種痛楚是他自己活該應得。他納悶這種痛楚何時會結束。是否會結束。

他懷疑並不會有結束的時候。

這就是他的命運。

他的故事終結在這裡，在這個永無止盡的椎心之痛，四周淨是破碎的玻璃和蜂蜜。

他考慮以劍自刎，但有貓在場讓他無法下手。

（所有的貓與生俱來就是監護人。）

朵里安在這種可怕的緩慢裡，沒有任何標記時間流逝的方法，可是現在無星之海的邊緣步步移近，明亮閃耀的海岸線越來越近。起初他認為那只是自己的想像，但不久就清楚看出潮浪確實正在高漲。

朵里安準備任由蜂蜜與憂傷慢慢溺斃自己，此時他看到了那艘船。

凱崔娜·霍金斯的秘密日記摘文

我考慮將筆記本交給薩的媽媽，但是我沒有。我覺得我跟這個筆記本之間還沒完，雖說裡面只是一堆片段，而不是任何完整的東西。

我希望有個缺漏的片段，也許甚至只是個小小片段，某個可以將其他片段拼組成形的東西，可是我完全不知道是什麼。

我跟薩的媽媽說了些事情。我並未全盤托出。我帶了蜜蜂形狀的餅乾來，因為我想如果蜜蜂對她來說有任何意義，她就會說點什麼，也因為這些加了蜂蜜檸檬糖霜的餅乾很好吃，但是她什麼也沒說，所以我沒提起。我不大想處理秘密會社、可能或可能不存在的地方這種事，而且難得能跟人聊聊也不錯。置身於其他地方，坐下來喝點咖啡配餅乾。那裡的一切感覺都更加明亮，無論是燈光、態度，一切。

她就是「知道」事情。我想她有點擊潰了我的心防，或者在我的心靈盔甲上鑿出了原本不存在的裂痕。那就是光線會透進來的原因。

有一刻，我問她是否相信世界上有魔法，她告訴我：「這世界**就是**魔法啊，親愛的孩子。」

也許是吧，我不知道。

她在我要離開的時候，放了張塔羅牌到我外套口袋裡。我一直到後來才注意到。是月亮。

我得上網查查，因為我不懂跟塔羅有關的事。它讓我想起薩自己有一副塔羅牌，曾經替我解過一次牌，他一直堅持說自己不怎麼拿手，可是每件事都被他說中了。

我找到的資料說，月亮塔羅牌是關於幻覺、找路穿越未知、秘密異世界、創造性的瘋狂。

樂芙夫人知道怎麼回事，我想。

我把那張牌放在儀表板上，這樣我開車的時候就看得到。

我覺得有什麼要發生了，我不知道是什麼。

我試著放手讓這一切過去，可是有什麼一直緊握不放。

不，有什麼一直在累積，一直將我引導到新的什麼以及接下來的什麼去。

如果這些事情沒發生，我也不會開始建構自己的電玩遊戲，也不會找到這份工作，現在更不會要往加拿大去。

感覺就好像循著薩為我留下來的一條線穿過迷宮，但搞不好他人根本不在這座迷宮裡。也許找到他並不是我的職責，也許去看那條線通往哪裡，**才是**我的工作。

把他的圍巾留在他媽媽家感覺很詭異，畢竟我放在身邊這麼久。

我希望總有一天他會拿到。

我希望到時他有個真正、**真正**精采的故事可以告訴我，就在他媽家舉辦的晚餐期間，我希望他帶著他先生出席，我也帶著某個人一起，如果我到時沒伴也不要緊。我希望我們徹夜暢談，一直到黎明時分。我希望故事和美酒可以永不中斷。

總有一天。

後來新的什麼
以及接下來的什麼

Something New And Something Next

從前，不是太久以前……

有艘船正在無星之海上航行，潮水正在上漲。

甲板下面有個此刻名叫朵里安的男人，徹夜守著薩克里．艾思拉．羅林斯的遺體。這艘船的船長在狂風駭浪中駕著船，她不叫艾蓮諾，也永遠不會叫艾蓮諾。

上面有陣騷動，疾風呼嘯、船隻搖晃，先是傾向一側，再斜向另一側。蠟燭上的火焰明明滅滅，繼而恢復正常。

「怎麼了？」艾蓮諾回到船艙裡的時候，朵里安問。

「有貓頭鷹沿著船帆停棲，」艾蓮諾說，其中一隻一路跟著她進來，是一隻小貓頭鷹，快速飛越船艙，然後停在橫樑上，「牠們讓船變得很難行駛。海平面漲得這麼快，牠們想活下去，也不能怪牠們。沒關係，反正現在我需要新的地圖。」

她講的是擺滿地圖的那張桌子，先前他們合力將薩克里的遺體放在上頭，鮮血滲過了紙張、金色緞帶，模糊了已知的路徑和尚未探勘、有龍活動的那些領域，現在全都迷失在汪洋下方。

朵里安正要開口道歉，但艾蓮諾阻止他，兩人默默無語地佇立。

「海會升到多高？」朵里安為了打破沉默而問，雖說他發現自己並不在乎。讓海繼續高漲吧，直到推著他們狠狠撞進地表。

「有很多洞窟可以行船，」讓他氣餒的是，艾蓮諾向他保證，「不管海升得有多高，我都知道有哪些路可以走。你需要什麼嗎？」

「不用，謝謝。」朵里安說。

「這就是你的人，是吧？」她問，垂眼看著薩克里。

朵里安點點頭。

「我以前認識某個人，他就有那樣一件外套。你在讀什麼？」艾蓮諾指指朵里安手裡的那本書，雖說他只是把這本書當護身符那樣拿著，而不是真正在閱讀。

他將《甜美的憂傷》遞給她。

艾蓮諾皺眉望著那本書，接著恍如認出失聯多時的老友那樣，喜悅在五官上漾開。

「你在哪裡找到的？」她問。

「是他找到的，」朵里安解釋，「在一間圖書館裡，在地表上。我相信這本書是妳的。」她臉上的神情逗得他幾乎想微笑。

「這本書從來就不是我的，」艾蓮諾說，「只有裡面的故事是。我從檔案庫偷走了這本書，我還以為再也見不到了呢。」

「應該還給妳。」

「不用，我們應該保留它，跟大家分享。總是有空間可以容納更多書。」

唯有此時，朵里安才注意到船艙裡有多少書本，塞在樑柱之間的空隙，放在窗檯上，堆在椅面上，墊在桌腳下。

船身一偏，一陣特別兇猛的海浪讓船艙斜向某個角度，然後又回到原位。一支鉛筆從桌上滾落，消失在扶手椅底下。

也使得原本在扶手椅裡打盹的波斯貓滑了下來，貓一臉煩躁，跑去調查鉛筆的失蹤案件，彷彿一開始就有這個打算。

「我應該回頭，」艾蓮諾說，將《甜美的憂傷》遞給朵里安，「我忘了告訴你，我從望遠鏡看到有個人在一個峭壁上頭，就坐在那裡看書。等海平面升到那麼高的時候，我會停下來接他上船。不然真不曉得他要怎麼脫身，他只有一隻手。如果海相更糟糕，記得找個東西抓緊。」

朵里安認為自己應該投海，任無星之海把他帶走，但他猜想如果這麼做，艾蓮諾會再救他起來。

艾蓮諾彆扭地輕拍一下朵里安的肩膀，然後回到甲板上去，獨留他和薩克里一起。

朵里安將薩克里額上的一綹鬈髮撥開。他看起來不像死了。朵里安不知道如果他面露死狀，是否會有幫助。

朵里安默默坐著，傾聽海浪撞擊船隻，厲風呼號，盤旋飛越洞穴的振翅聲；他耳裡所聽見的自己的心跳，聽起來彷彿有回音，因為確實如此，這時朵里安才領悟到心跳的回音來自何處。

他從行囊裡取出那只盒子，捧在手裡。

命運的心臟和屬於命運的心臟，朵里安自問，**這兩者有什麼差別？**

一顆由命運保存的心臟，直到被需要。

朵里安俯看著薩克里的遺體，再回頭看看盒子。

他想到自己所相信的。

當朵里安打開盒子，盒裡的心臟跳得更快，它的時刻終於到來。

凱崔娜・霍金斯的秘密日記摘文

有人在我車上留了張紙條。

車子停在多倫多市郊的購物中心停車場上，有人在上頭留了張紙條。全世界不到十個人知道我目前在這個國家，而且我查過身邊沒有追蹤器，應該絕對沒人可以找得到我或注意到我。我事先沒有計畫要在這家購物中心停留，我甚至不知道自己身在哪個城市裡，密西什麼的。

紙條上寫著**過來瞧瞧**，下頭附了地址。

紙條寫在一張頂端印有「來自奇汀基金會的問候」凸紋的信紙上。背後有個小小插圖，是戴著王冠的貓頭鷹。

我將那個地址輸入我的導航系統，不算很遠。

該死。

那個地址有一棟閒置的建築，原本可能是學校或圖書館，也許啦。破損的窗戶多到足以鞏固整個「廢棄的」形象。沒有任何標示。前門以木條封起，但沒有任何寫著待售或非請勿入或當心惡犬的標示。甚至沒有任何招牌寫著它原本是什麼，只有大門上方的編號讓我知道我來對了地方。

我在這裡停車停了二十分鐘，試著決定自己該不該進去。屋外的地面雜草叢生，彷彿多年無人造訪，甚至沒人開車經過。

有些塗鴉但並不多，大多是首字母縮寫和抽象的漩渦圖樣。也許加拿大的塗鴉比較有禮貌。如果要進去，應該在天色太暗以前進去。我可能應該隨身帶把手電筒。

感覺房子好像正看著我，老建築就是會給人毛毛的感覺。那個空間過往曾經有那麼多人，現在卻人去樓空，感覺起來額外空虛。

我現在進了屋裡，以前絕對是圖書館沒錯。有空空的架子和卡片目錄。沒有書籍，只有零星的請款單、包裹明細和幾張遺落的卡片，就是你得把自己名字寫在上頭的那種老式卡片。

放眼四處都是畫作。

就像由塗鴉和文藝復興油畫一同生下的壁畫寶寶。有些地方抽象模糊，有些地方則極度寫實。

有蜜蜂成群爬下階梯，櫻花樹帶來的雪暴，天花板則彩繪得有如夜空，布滿了星辰，不同盈虧階段的月亮橫越天際。

有些壁畫看來像是城市；有些看來像是圖書館中的圖書館。有個房間畫了棟城堡。有的畫的是人。真人大小的肖像，逼真到一開始我還以為裡頭有真人，差點開口打招呼。

其中一個是薩，另一個則是酒吧那個傢伙（我就知道那個傢伙滿重要的。我就**知道**。）

而其中一個人是我。

我竟然在該死的牆壁上。

我在牆壁上的打扮是我目前身上這件橘色外套，手裡拿著這本筆記本。

媽的到底是怎麼回事？

這一大面牆上有隻巨大的貓頭鷹。不是倉鴞，也許是橫斑林鴞？我不懂貓頭鷹。大得不得了，展開羽翼時，占據了大半牆面，爪上懸著繫在緞帶上的鑰匙，頭上頂著王冠。

貓頭鷹下方有一扇門。

門的中央上下依序是王冠、心、羽毛的圖樣。

那扇門並不屬於畫作。

是一扇貨真價實的門。

那扇門位於一道牆的中央，但另一側並沒有門。我查過了。另一側是扎扎實實的牆壁。

這扇門鎖著，但有個鑰匙孔，嘿，我有一把鑰匙呢。

也許時候到了。

我正坐在那扇門前，下方透著微光。

屋外的夕陽正要西下，但門底下的光線卻沒有改變。

我不知道該怎麼辦。

找到原本不知道自己一直在尋覓，甚至不確定是否存在的東西，突然間坐在一家加拿大的廢棄圖書館裡，跟那個東西面對面，令人不知如何是好。

我一直在吸薩的媽媽送我的柑橘類精油，但我卻不覺得腦袋變得更清晰。

只覺得滿是檸檬味、精神錯亂。

我走到屋外，坐在車子的引擎蓋上，看著月亮升起。有好多星星。我找到了獵戶座。

我將我的月亮塔羅牌收進口袋，我有我那把羽毛鑰匙，上頭的標籤還在。上面的筆跡和放在我車上的那張紙條一樣。

給凱特，等時間到來
過來瞧瞧

我要把筆記本留在我的車子裡，以免萬一。我不知道為什麼。這樣就會有人知道，這樣就會有個紀錄，要是發生什麼事，要是我沒回來。

這麼一來，在某時某地，可能會有某人讀到裡頭的內容，知道來龍去脈。

嗨，正在讀這個的人。

凱崔娜・霍金斯曾經在這裡。

這些事情真的會發生。

有時候聽起來可能很詭異，但有時候人生就像那樣。

有時候人生就是會變得很詭異。

你可以試著不理會，或者你可以看看詭異會把你帶到哪裡去。

你打開一扇門。

接下來會如何？

我打算一探究竟。

……命運與時間墜入愛河

薩克里・艾思拉・羅林斯喘著氣甦醒過來，新的心臟在胸口怦怦猛跳。

他記得的最後一件事是蜂蜜，如此多的蜂蜜灌滿他的肺部，將他往下拉到無星之海的底部。

可是他並不在無星之海的底部。

他活著。他在這裡。不管**這裡**是哪裡。

這裡似乎正在移動。他置身的表面硬邦邦的，但四周的一切都在搖晃。他的手指底下有一張張紙片、一截截緞帶和某種有黏性但不是蜂蜜的東西。

光線昏暗但有蠟燭，也許。他不知道自己身在何方。

他試著站起來，卻往下一摔，但有人接住了他。

薩克里和朵里安在困惑中難以置信地凝視對方。

在這個故事裡的這一刻，兩人都無言以對，不管用哪種語言都一樣。

薩克里笑了起來，朵里安湊過來，用嘴接走了他唇間的笑聲，現在兩人之間毫無隔閡：沒有距離、沒有話語，甚至沒有命運和時間讓事情橫生枝節。

我們就此離開他們，他們在無星之海上，沉浸於一抹等待多時的親吻裡，纏綿於救贖、欲望和過時的地圖之中。

可是這不是他倆故事終結的地方。

他們的故事才剛開始。

故事只要經過述說，就不會真正結束。

不是她要求的一則故事，而是許多故事

在曾經是圖書館的建物外頭，有一輛才棄置不久的藍色車子。

一隻橘貓睡在依然溫暖的引擎蓋上。

一個穿著粗花呢西裝的男人倚在車上，翻閱著一本藍綠色筆記本，雖然只能借著月光閱讀。

在那座磚造建築的側面那裡，有個年輕女子踮著腳尖，往窗戶裡頭窺看，穿著尺寸過小的學校制服。

他們都沒注意到有個女子穿過林子朝他們走來，但星辰注意到了，將自己的光明亮地照在她的王冠上。

她一直知道這個晚上會來到。

經過好幾個世紀和好幾個人生，她一直心知肚明。

唯一的問題是要怎麼抵達這裡。

頭戴王冠的女子在靜謐的黑暗中頓住腳步，看著男人閱讀。

接著她將注意力轉向天際。

她將手往上伸向星辰，掌心上有張卡牌，她將卡牌伸向夜空，以花稍的手勢身姿，展示給月亮和星辰看。

那張卡牌上有個空洞的虛空。**終結**。

她翻過卡牌。是一片連綿的明亮。**開端**。

她再次翻回卡牌，卡牌在她的指間化為金色粉塵。

她行了個禮。王冠沒從她的頭上掉落，但滑了開來。她扶正王冠，將注意力轉回地面，回到她自己的故事上。

她一襲無袖長禮服，走到車子那裡時，冷得打起哆嗦。

「我沒換衣服，」米拉貝告訴看守人，「沒想到會這麼冷。你等很久了嗎？」

看守人脫掉粗花呢外套，披在她的肩上。

「沒多久。」他要她放心，因為比起他們等待這個時刻所耗費的時間，區區幾個鐘頭不算什麼。

「她還沒打開，是吧？」米拉貝問，望向磚造建築。

「還沒，但不久就會。她已經作了決定。她留下這個。」他舉起亮藍綠色筆記本。他按了按封面上的紅鈕釦，小小的燈繞著一張笑臉在閃動，「羅林斯先生的狀況如何？」

「現在比較好了。他不覺得我會讓他擁有快樂的結局。我覺得有點被冒犯。」

「也許他不相信自己值得擁有快樂的結局。」

「你是這麼想的嗎？」米拉貝問，但看守人並未回答。「你不用到場的，你知道，」她補充，「再也不用了。」

「妳也不用，但我們都還是來了。」

米拉貝綻放笑容。

看守人舉起一手，將垂落的一綹粉紅髮絲撥到她耳後。

他將她拉近，好保住她身子的暖度，並吻上她的唇。

在磚造建築裡，一扇門開向了無星之海的一座新海港。

遙遠的上方，星辰歡喜地觀望著。

致謝

萬分感謝和我一同航行於無星之海的人們。

感謝理查德・派因，我依然相信他是個巫師，也要感謝墨水池管理經紀公司。

感謝珍妮・傑克森、比爾・湯馬斯、陶德・托蒂、蘇珊娜・赫茲、勞倫・韋伯以及道布爾戴出版社神奇團隊裡的每個人（包括卡麥隆・艾克羅伊德，謝謝提供了那些雞尾酒）。

感謝星光點點大海對面哈維爾・塞柯出版公司的伊莉莎白・佛利、理查德・凱布爾以及諸位。

感謝基姆・利格特那些寫作之約，包括虛擬的以及實體的，有時在艾斯飯店，有時則在紐約公立圖書館那些遭人遺忘的角落，也要感謝那一杯接一杯的氣泡酒。

一如既往，感謝亞當・史考特的一切付出。

感謝克里斯・巴蒂，美國小說寫作月的創立者，早該也把他寫進《夜行馬戲團》的謝詞，抱歉啊，克里斯。

感謝萊夫・葛羅斯曼讓我偷走他小說《魔術師》三部曲裡魔法學院的蜜蜂和鑰匙標誌。

感謝J・L・史納貝爾。在本書裡描寫的幾件飾品，包括那條銀劍項鍊，靈感都來自她精緻的血奶系列創作。

感謝伊莉莎白・巴瑞亞爾和黑鳳凰煉金實驗室，他們真的在瓶子裡安放了各種故事。因為他們，我寫作的時候，總是會考慮事事物物的氣味如何。

感謝BioWare遊戲公司，因為這本書在我深深愛上電玩《闇龍紀元：異端審判》的時候，才找到了立足點。

略記命名的方式：樂芙．羅林斯夫人這個名字是我從麻州賽倫的一座墓碑上借來的。如果與現存真人同名，純屬巧合。凱特和賽門是依循凱特．霍華德和西蒙．托命名的，因為正當我在獵尋名字時，他們寫了電郵給我（凱特的朋友「普莉緹」這名字也是以類似的方式，從普雷蒂．切伯那裡得來的）。如同小說內文裡寫的，艾蓮諾這個名字取自雪莉．傑克森經典恐怖小說《鬼入侵》裡的角色。而薩克里和朵里安一直就是薩克里和朵里安，不過有好幾次我幾乎改掉了朵里安的名字。米拉貝當然是由蜜蜂們命名的。

國家圖書館出版品預行編目資料

無星之海 / 艾琳．莫根斯坦；謝靜雯譯. -- 初版. -- 臺北市：皇冠, 2021.03 面; 公分. --(皇冠叢書；第4917種)(CHOICE；341)
譯自：The Starless Sea

ISBN 978-957-33-3673-0 (平裝)

874.57　　110001566

皇冠叢書第4917種
CHOICE 341
無星之海
The Starless Sea

作　　者—艾琳．莫根斯坦
譯　　者—謝靜雯
發 行 人—平雲
出版發行—皇冠文化出版有限公司
台北市敦化北路 120 巷 50 號
電話◎ 02-27168888
郵撥帳號◎ 15261516 號
皇冠出版社（香港）有限公司
香港銅鑼灣道 180 號百樂商業中心
19 字樓 1903 室
電話◎ 2529-1778　傳真◎ 2527-0904
總 編 輯—許婷婷
責任編輯—蔡維鋼
美術設計—嚴昱琳
著作完成日期— 2019 年
初版一刷日期— 2021 年 3 月

法律顧問—王惠光律師

讀者服務傳真專線◎ 02-27150507
電腦編號◎ 375341
ISBN ◎ 978-957-33-3673-0
Printed in Taiwan
本書定價◎新台幣 520 元 / 港幣 173 元